청와과 부동명왕 青瓜不動

옮긴이 **김소연**

경북 안동에서 태어났다. 한국외국어대학에서 프랑스어를 전공하고, 현재 출판 기획자 겸 번역자로 활동하고 있다. 옮긴 책으로는 교고쿠 나쓰히코의 『웃는 이에몬』, 『엿보는 고헤이지』, 하타케나카 메구미의 『뇌물은 과자로 주세요』, 미야베 미유키의 『마술은 속삭인다』, 『외딴집』, 『혼조 후카가와의 기이한 이야기』, 『괴이』, 『흔들리는 바위』, 『메롱』, 『흑백』, 『안주』, 『그림자밟기』, 『미야베 미유키 에도 산책』, 『만물이야기』, 『십자가와 반지의 초상』, 『사라진 왕국의 성』, 『희망장』, 『삼귀』, 『금빛 눈의 고양이』, 『어제가 없으면 내일도 없다』, 『눈물점』, 『영혼 통행증』, 『삼가 이와 같이 아뢰옵니다』, 텐도 아라타의 『영원의 아이』, 마쓰모토 세이초의 『짐승의 길』, 『구형의 황야』 등이 있으며 독특한 색깔의 일본 문학을 꾸준히 소개, 번역할 계획이다.

AOURIFUDO − MISHIMAYA HENCHO HYAKUMONOGATARI KYU NO TSUZUKI
by MIYABE Miyuki
Copyright © 2023 MIYABE Miyuki
All rights reserved.
Originally published in Japan by KADOKAWA CORPORATION, Tokyo.
Korean translation rights arranged with RACCOON AGENCY INC., Japan
through THE SAKAI AGENCY and JM CONTENTS AGENCY.

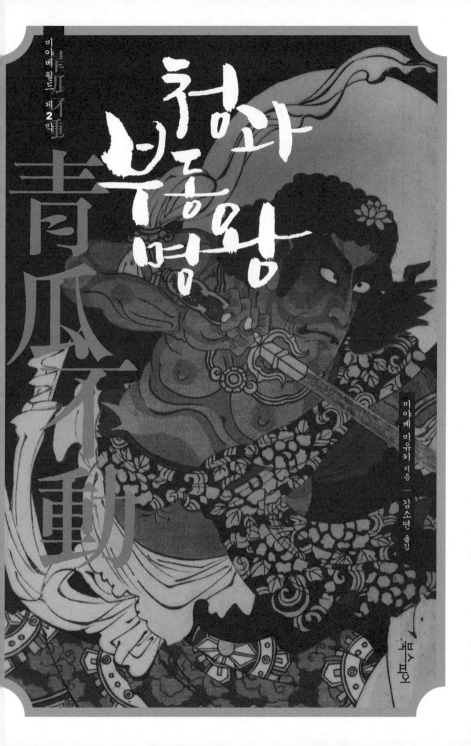

**일러두기**
＊작게 표시된 본문의 주는 옮긴이 주입니다.
＊괄호로 표시된 주는 원저자의 주입니다.

序
서
\

에도 간다 미시마초에 있는 주머니 가게 미시마야는 '흑백의 방'이라는 객실에 손님을 초대하여 조금 특이한 괴담 자리를 마련해 왔다.

한 번에 부르는 이야기꾼은 한 명뿐. 이를 마주하여 듣는 이도 한 명이고 이야기도 하나. 어두운 밤에 해야 한다고 고집하지도 않고 초를 켰다 껐다 하지도 않는다.

"이야기하고 버리고 듣고 버리고."

이야기꾼은 이야기하여 추억의 짐을 내려놓고, 듣는 이는 받아든 짐을 흑백의 방에만 넣어 두고 두 번 다시 입에 담지 않는다.

주인 이헤에가 시작한 이 괴담 자리는, 현재 차남 도미지로가 청자 역할을 맡고 있다. 최초의 청자였던 조카딸 오치카는 세책상에게 시집을 가서 남편과 사이좋게 살고 있고, 곧 산달을 맞이할 참이다.

지금은 미시마야의 모든 사람들이 오치카의 순산을 바라며, 약간 차분하지 못한 마음으로 새해를 기다리는 중이다. 아기 얼굴을 볼 때까지는 괴담 자리도 쉬기로 했기 때문에 도미지로는 조금 무료하다.

그림에 재주가 있는 도미지로는 이야기꾼의 이야기를 다 듣고 나면 묵화墨畵를 그려 왔다. 그것이 도미지로 나름의 '듣고 버리는' 방법이다. 차남이라 태평하고 솔직하며 밝은 성격에 맛있는 것을 좋아한다. 그런 도미지로의 입장도 후계자인 장남 이이치로가 다른 가게에서의 장사꾼 수업을 마치고 미시마야로 돌아옴으로써 일단락에 접어들고 있다.

청자로서의 도미지로를 뒤에서 받쳐 주는 이는 괴담 이야기가 불러들이는 괴이怪異로부터 미시마야를 지키는, 부정을 쫓는 힘을 가진 하녀 오카쓰다.

오치카와의 인연으로 미시마야에 머무르게 되었고, 청자 옆에 붙어 줄곧 지키는 역할을 해 온 오카쓰도 덕분에 잠시 휴식을 취하면서 그 다정한 눈빛으로 미시마야와 특이한 괴담 자리의 미래를 지켜보고 있다.

사람은 누구나 평생에 걸쳐 이야기를 만들며 살아간다. 때로는 그것을 이야기하고 싶어 한다. 인생의 덧없음을, 사랑의 아름다움을, 사라져 가는 영혼의 애틋함을, 모든 것을 다 태우고도 여전히 연기를 내며 남아 있는 증오의 끈질김을.

　그런 이야기를 듣기 위해 미시마야의 별난 괴담 자리는 계속될
예정이다.

청　　과
부동명왕

가루눈이 춤을 추듯 내리고 있다.

달력상으로는 초봄이지만 추위가 전혀 가시지 않았다. 오히려 되돌아와 눌러앉은 끈질긴 추위에 오늘 아침 일어났을 때 미시마 야에서는 주인 이헤에와 대행수 야소스케가 허리 통증을 호소하며 끙끙댔다. 사환 신타는 끊임없이 코를 풀고 있다.

그야말로 뼛속까지 스며드는 추위가 이어지는 와중에 오전부터 하얀 눈이 내렸다 그쳤다를 되풀이한다. 하늘을 덮은 구름은 회색 인데 거기에서 춤추며 내려오는 가루눈은 새하얗다. 눈이 씩씩하게도 내린다.

그렇게 계산대 안쪽의 화롯불을 쬐며 느긋하게 있던 도미지로에게 이이치로가 다가와 말했다.

"이거, 정말 안성맞춤인 날씨구나. 도미지로, 자, 얼른 옷 갈아입고 나오거라."

작년 말에 장사를 배우러 갔던 곳에서 돌아온 형 이이치로는 보름달처럼 이지러진 데라곤 없는 쾌남아. 가족에게 말할 때도 쓸데없이 목소리가 좋고 말투도 멋있다.

"옷을 갈아입다니, 형님, 이런 날씨에 어디 나가시게요?"

도미지로는 사실 잠깐 외출할 작정이었다. 모처럼 눈이 오니 장부와 휴대용 필묵을 들고 간다 일대를 산책하며 그림을 몇 장 그리려고 했는데 그저 연습을 위해서이니 누구에게 보여 줄 생각도 없어서, 말없이 가게를 빠져나갔다가 사과의 뜻으로 군고구마라도 들고 돌아오려고 했다.

"그럼 저랑 같이 나가실래요?"

한 발 먼저 본가인 미시마야로 돌아와 '도련님'이라 불리며 어른스러운 척하던 도미지로지만, 무엇이든 자신보다 윗길인 형님이 돌아온 뒤부터는 아이처럼 어리광을 부리곤 한다.

"너는 어디에 가려는 거냐?" 이이치로가 도미지로의 소매를 움켜잡으며 말했다. "지금부터 견본 판매를 하려는데 도망쳐 버리는 놈이 어디 있어?"

엥? 견본 판매란 무엇일까?

"너를 인대(모델)人臺로 삼아, 옷과 신에 어울리는 우리 가게 물건을 맞춰 입혀서 세련된 차림의 견본을 만든 후에 가게 앞에서 사람들에게 보여 주며 장사를 할 거다."

"어, 내가 인대를요?"

도미지로 입장에서 보자면 아닌 밤중에 홍두깨 같은 이야기다.

"그럼 가게 앞에 서 있는 건가요?"

"멍하니 서 있기만 해서는 곤란하지. 걸어다니거나 빙글 돌거나 배우 같은 몸짓을 해 보이지 않으면 좋은 인대가 될 수 없어."

눈이 내리고 있는데? 이러면 인대가 아니라 산제물이 아닌가. 그러나 이이치로에게는 전혀 주저함이 없었다. 이미 결정되었던 일인데 도미지로가 잊어버리고 있었을 뿐이라는 듯 재촉한다.

"옷과 띠는 아버지한테서 몇 개 빌려 두었다. 내 한 벌뿐인 나들이옷도 내어 주마. 옷치장은 오카쓰가 해 줄 테니, 너는 좌우간 근사하게 꾸미고 세련되게 웃으면서 멋들어지게 행동하면 된다."

오카쓰는 또 이런 이이치로를 나무라지도 않고 소리 없이 웃으면서 바라보다가 희고 가느다란 손가락을 휘며 말했다.

"자, 도련님, 어떻게 꾸며 드릴까요."

으악, 살려 줘!

불행 중 다행으로 도미지로가 가게 앞에 섰을 때는 눈이 그친 후였다. 대신 지독하게 차가운 바람이 불었다.

"이런 때야말로 목도리가 필요하지요."

이이치로가 기분 좋은 고양이처럼 목을 울리며 가게 앞에 모인 손님들에게 설명을 들려 주기 시작했다.

"초봄에 두르면 어울리도록 미시마야에서 심혈을 기울여 만든 목도리에 매화와 복사꽃 무늬를 짜 넣었습니다. 자수를 넣으면 두

꺼워지고, 염색은 겨울에서 봄까지의 날씨에는 어울리지 않지요. 삼베는 너무 얇고 무명은 너무 무거우니, 삼베와 무명을 반반씩 섞어 날실은 삼실, 씨실은 면사로 짠 직물로…… 예, 물론 저희 가게에서 특별히 만든 것입니다."

어쩌면 저렇게 머리와 혀가 잘 돌아갈까. 도미지로는 붙임성 있게 웃음을 띠면서, 이이치로의 지시대로 걷다가 서다가 도는 등 인대답게 움직였다.

──창피하다.

그렇지만 아니꼽게도 판매에는 효험이 있는 듯하다. 눈 때문에 미끄러워진 길을 지나가는 사람들의 관심을 확실히 끌어, 아까부터 목도리와 어깨 덮개를 꽤 많이 팔았다.

"이이치로 씨, 돌아오셨군요."

가게 앞에 막 도착한 듯한 모녀로 보이는 두 사람이 진열대 끝에 앉아 있는 이이치로에게 말을 걸었다. 이내 따라온 하녀까지 합세하여 셋이서 뺨을 붉힌 채 눈을 반짝반짝 빛내며 이이치로를 바라보고 있다.

"고맙습니다. 겨우 돌아왔답니다."

이이치로가 짐짓 과장된 말투로 익살을 떨면서도 자세를 바로하여 앉으며 깊이 머리를 숙인다.

"앞으로는 미시마야의 장사가 좀 더 여러분의 마음에 들도록 궁리를 거듭하여 정진하겠습니다. 모쪼록 잘 부탁드리겠습니다. 자, 무엇을 보여 드릴까요?"

행수에게 물건을 가져오게 하고 직접 모녀를 상대한다. 그 모습을 또 다른 여자 손님이 눈부신 듯 바라보고 있다.

──세상에, 여전히 인기 많은 미남이네.

이 틈에 잠시 쉬자. 몰래 뒷문으로 돌아가면 형님도 눈치채지 못할 테지. 싸늘하게 식은 몸에 무언가 따뜻한 것을 집어넣어야겠다. 볼일도 슬슬 참을 수 없게 되었고.

잠시 그쳤던 눈이 철수하려는 도미지로를 재촉하듯 갑자기 펑펑 내리기 시작했다. 행수들이 서둘러 손님을 가게 안쪽으로 맞아들이고, 머리카락이며 어깨에 묻은 눈을 닦을 수건을 가져온다.

이렇게 눈이 내리면 인대에게도 삿갓과 도롱이가 필요하다. 오오, 차갑다. 새 목도리를 뒤집어쓸 수도 없어서 한 손으로 차양을 만들어 얼굴에 떨어지는 눈을 피하던 도미지로가 빙글 발길을 돌렸다.

그때, 미시마야 건물 서쪽을 지나는 골목길──바로 도미지로가 향하려는 곳──에 있는 빗물통의 그늘에 우두커니 버티고 서 있는 커다란 사람 그림자가 보였다.

화재를 대비하여 설치하는 빗물통은 적당한 크기의 통을 아래에 두 개 나란히 놓고 그 위에 하나를 쌓아 올린 후 먼지와 비를 막을 수 있는 간소한 지붕을 얹은 형태이다. 이곳에 있는 물통은 높이가 5자 5촌<sub>약 165센티미터</sub> 정도일까.

그림자는 빗물통의 간소한 지붕보다 머리 하나가 더 커서 마치 지붕을 뚫고 튀어나온 듯 보였다. 체격도 상당했다. 그래서 빗물통의 '그늘에' 있었지만 전혀 몸을 숨길 수 없었다.

승려 차림이다. 커다란 대머리에 굵은 목, 둥글게 솟아오른 어깨. 가사를 입고 커다란 염주를 들고 있다.

아, 하고 생각한 순간 승려 차림의 그림자도 도미지로를 알아챘다. 스윽 뒷걸음질을 치더니 몸을 돌려 성큼성큼 걸어간다. 걸으면서 등에 지고 있던 삿갓을 들어 머리에 썼다. 가사의 길이는 짧고 각반에 짚신을 신고 있다.

갑작스런 일이라 얼굴은 보지 못했다. 눈의 장막 너머를, 덩치 큰 스님이 소리도 내지 않고 나는 듯이 재빠르게 멀어졌다.

순간 압도된 도미지로는 그 자리에 못 박혔다. 유키보즈雪坊主 산이나 언덕에 눈이 가득 쌓여 나무를 덮은 모습을 스님의 머리에 빗댄 것. 눈이 많이 쌓였을 때 나타난다는 요괴를 말하기도 한다, 그런 요괴가 있었나?

그때 차가운 바람에 휘말린 가루눈이 콧구멍으로 날아 들어왔다. 엣취! 크게 재채기를 하고 나서야 정신이 돌아와 허둥지둥 골목길로 뛰어들어 보았지만, 스님은 흔적도 없이 사라지고 발자국조차 내리는 눈에 지워진 후였다.

골목길은 막다른 곳에서 오른쪽으로 꺾으면 미시마야의 뒤뜰로, 왼쪽으로 꺾으면 두 채의 집 뒤를 지나 큰길로 나갈 수 있다. 큰길에 면해 있는 집과 상가商家가 빼곡하게 들어선, 간다의 번화한 일대다.

그래도 워낙 거구라서 눈에 띌 텐데. 쫓아가면 찾을 수 있을지도 모르지만 망설일 시간이 없었다. 그렇다, 도미지로는 측간에 가고 싶은 것을 참고 있었으니까.

도미지로는 아까와는 다른 이유로 거품을 물고 골목길을 달려가 뒤뜰을 통해 뒷문으로 뛰어들었다. 부엌 화덕 앞에 어깨띠를 맨 오카쓰가 보인다. 달걀을 한 손에 들고 맛있는 된장 냄새가 나는 커다란 냄비를 휘젓고 있다.

"인대 역할은 끝나셨어요?"

"응, 해방이야!"

볼일을 보고 살 것 같은 기분이 든 도미지로는 부엌 마루 위에 올라앉았다. 오카쓰가 커다란 냄비에 끓이고 있는 건 순무국인가.

"오늘의 간식이에요. 도련님, 간 좀 봐 주세요."

공기에 따른 따끈따끈한 국을 도미지로는 맛보았다. 위장 속에 스며든 국물이 영혼 한가운데에서부터 따뜻하게 데워 준다.

"맛있어……."

아아, 눈물이 날 것 같다.

"동그란 것이, 좋은 순무야. 게다가 이 된장, 색이 진하고 우리 집 된장국을 끓이는 된장과는 맛이 다른데."

오카쓰가 김 너머에서 생긋 웃는다.

"역시 도련님이시네요. 네, 평소에 먹던 된장과는 달라요. 오늘 눈 속을 뚫고 와 주신 손님한테 받았는데 교토에서 사 오신 선물이라고 하네요."

"손님? 가게가 아니라 안채에 누가 왔었어?"

"네, 그리운 얼굴이었는데 오래 계시지는 않고 돌아가 버리셨어요."

"누구지?"

뜨거운 순무 한 조각을 입 안 가득 넣고 맛을 보면서 도미지로는
별생각 없이 물었다.

"설마 씨름선수처럼 커다란 스님은 아니겠지."

정말로 '설마'라고 생각했기 때문에 가볍게 물었을 뿐인데 오카
쓰가 갸름한 눈을 크게 뜨며 놀란다.

"세상에, 도련님, 어떻게 아세요?"

깜짝 놀라는 바람에 순무가 목에 걸린 도미지로는 기침을 하고
말았다.

"에엑, 그 사람이 우리 가게에 온 손님이었단 말이야?"

가슴을 쓸고 숨을 가다듬으며 도미지로가 아까 골목길에서 있었
던 일을 이야기하자 오카쓰가 재미있다는 듯이 깔깔 웃었다.

"그러고 보니 도련님은 한 번도 뵙지 못하셨겠네요. 수상히 여기
시는 게 당연해요. 어쨌거나 정말로 수상한 분이니까요."

교녠보 님은──하고 말한다.

"교녠보?"

전혀 들어 본 적이 없는 이름은 아닌 것 같은…… 기분이 드는
데.

"오치카와 아는 사이였나?"

"네. 도련님은 모르시겠지요."

"아마, 강도가 우리 가게를 덮쳤을 때 크게 신세를 진 분이 아니

었나?"

오카쓰의 웃는 얼굴에 기쁘면서도 자랑스러워하는 듯한 기색이 어렸다. "맞아요. 교넨보 님은 본래 혼조에서 습자소를 하시던 아오노 선생님의 지인인데 그때 두 분이 힘을 합쳐 미시마야를 강도의 홍수에서 구해 주셨어요."

당시 도미지로가 급보를 듣고 달려왔을 때는 두 명의 구세주가 떠난 후였다. 아버지 이혜에와 어머니 오타미, 이 부근을 담당하던 오캇피키 한키치 대장으로부터 이야기를 듣고 '아이고, 다들 무사해서 다행이다' 하며 가슴을 쓸어내린 기억이 있다.

"그렇군, 그중 한 분은 스님이었나."

"가짜 스님이지만요." 오카쓰는 태연하게 말했다.

"가짜 스님? 사기꾼이란 말이야?"

"네. 올바르게 수행을 쌓아서 득도한 분은 아니에요. 마음 내키는 대로 전국 방방곡곡을 떠돌며 어깨너머로 배운 염불을 외지요. 그래도 지금까지의 삶에서 한 가지 의의를 찾아낸 계기가 되었던 일을 흑백의 방에서 이야기해 주신 적이 있답니다."

오치카와는 이야기꾼과 청자 사이이기도 했던 모양이다.

"오늘 우리 가게를 찾아오신 건……."

"오랜만에 에도로 돌아왔기에 오치카 아가씨께 인사를 드리러 왔다더군요."

응대하러 나간 오카쓰가, 오치카는 작년에 시집을 갔고 지금 배속에는 아기가 있다, 이제 산달이 된다고 이야기하자 교넨보는 매우 기뻐하며 이렇게 말했다고 한다.

──이 댁 지붕 위에 눈구름 속에서도 또렷하게 보이는 벚꽃색 삿갓구름이 걸려 있던데, 과연 경사의 표식이었군요.

가짜 스님이라더니 무슨 심안心眼이라도 가지고 있는 걸까? 도미지로는 살짝 눈썹을 찌푸리지 않을 수 없었다. 미시마야의 은인이라고는 하지만 수상쩍다.

"그럼 교넨보라는 분은 오치카를 만나러 효탄코도로 가셨나?"

"아니요. 그저 인사를 드리겠다고 시댁에까지 찾아간다면 오히려 무례하기 짝이 없는 일이라며 저한테 안부 좀 전해 달라는 말을 남기셨어요."

오카쓰가 그럼 이헤에와 오타미라도 만나고 가면 어떻겠느냐 권해도 싱글벙글 웃으며 사양하고 선물로 가져온 된장을 건네더니 뒷문을 통해 나갔다고 한다.

흐음──하며 도미지로는 입을 오므렸다.

포창신이라는 강한 역신의 가호를 받아 흉사를 물리치는 힘을 지닌 오카쓰는 미시마야 괴담 자리의 수호자다. 수상한 가짜 승려의 말이나 행동을 이렇게 무조건 인정해도 되는 걸까. 아니, 인정을 넘어서 왠지 기뻐 보이는 얼굴을 하고 있지 않은가.

"오카쓰는 교넨보 씨를 만나서 기쁜가 보네."

별난 괴담 자리에 대해서는 오카쓰가 도미지로보다 경험이 많다. 존중하는 의미로 도미지로는 늘 '오카쓰 씨'라고 부르곤 했다. 한데 방금 '씨'를 떼고 부른 것은 기분이 나쁘다는 표현이다.

"네. 그리운 얼굴을 뵐 수 있어서 기뻤어요."

도미지로의 기분이 상했음을 눈치채지 못했을 리 없는데도 오카쓰는 선선히 인정했다. 도미지로는 더욱더 기분이 상했다.

"그 가짜 스님, 골목길의 빗물통 그늘에 숨어 있다가 나한테 들킨 순간 도둑놈처럼 도망치던데. 무례하다고는 생각하지 않아?"

오카쓰의 눈이 약간 휘둥그레졌다. 역신의 가호를 받았다는 표식으로 마맛자국이 남아 버렸지만 본바탕은 머리카락이 까맣고 풍성하며 피부가 흰 미인이라 이런 표정을 해도 아름답다.

"도련님, 화내지 마셔요."

"하지만 오카쓰가 너무 방심하고 있잖아."

괘씸해! 하고 도미지로는 일부러 매서운 말투로 말했다.

"죄송해요."

오카쓰는 휘둥그레졌던 눈을 가늘게 뜨며 칭얼거리는 아기를 어르는 듯한 얼굴을 했다.

"하지만 교넨보 님은 자신의 풍채가 얼마나 수상한지 충분히 알고 계세요. 오히려 도련님을 조심스러워한 걸 거예요."

그래?

"한동안 에도에 머물며 시중 한쪽 구석에서 오치카 아가씨의 순산을 기원하겠노라 하셨으니까 도련님이 그렇게 기분이 상하셨다면 분명히 다시 모습을 나타낼 거예요."

"오카쓰가 편지라도 보내 줄 건가?"

"아니요, 아니요." 오카쓰는 또 기쁜 듯이 웃으며 하얀 손가락을 가볍게 흔들었다. "제가 따로 수고를 들이지 않아도 교넨보 님께는 전해질 거예요. 그런 분이거든요."

신통력이라도 있단 말인가? 더더욱 의심스럽다.

부루퉁한 기분으로 순무국을 한 그릇 더 얻어먹고 있는데 이이치로가 야소스케와 신타를 데리고 부엌으로 들어왔다.

"뭐야, 도미지로. 너 혼자만 편하게."

"엉덩이가 얼어붙을 것 같아서요."

"오카쓰, 우리한테도 그 맛있어 보이는 국을 좀 줘. 신타, 코 푸는 종이가 없으면 이걸 쓰렴."

아이고 허리야, 팽~, 엣취!

시끌벅적한 가운데 오카쓰가 순무국 그릇을 나누어주자 부엌 마루방에 훈기가 피어오른다.

"오, 이거 맛있군."

"많이 팔렸나요?"

"일각 반 만에 어깨 덮개 일곱 장에 목도리 다섯 개요. 비로드 덧깃도 세 장 나갔어요." 신타가 뺨을 붉히며 신난 목소리로 말했다.

"날씨 덕분이야."

"아아, 허리까지 스며드는군요, 이 국은."

맛있는 것을 먹고 있을 때 사람은 좋은 얼굴이 된다. 도미지로는 그들의 얼굴을 새삼 둘러보았다.

이이치로가 돌아왔어도 이헤에는 이렇다 할 떠들썩한 축하는 하지 않았다. 새해 인사를 다닐 때나 연회 자리에서, 장남이 돌아왔으니 이제 정식으로 미시마야의 후계로서 장사에 힘쓰겠다는 이야기를 간략하게 했을 뿐이다. 물론 거기에는 이유가 있다.

이이치로가 장사를 배우러 갔던 소품 가게, 도리아부라초의 '히시야'에서 그쪽이 가져온 혼담에 차질이 생겨 거북해졌기 때문에, 이이치로는 예상보다 일찍 미시마야로 돌아오게 되었다――라는 경위로 저쪽의 눈치가 보인다는 게 첫 번째. 또 하나는 이헤에와 오타미의 마음속에, 이쪽은 시집을 보낸 친정 쪽이라고는 하지만 소중한 오치카의 첫 출산이 경사스럽게 끝나기 전에 다른 일로 '경사로다, 경사로다' 하며 기뻐하고 싶지는 않다는 마음이 있었기 때문이다.

――1년 중에 맛볼 수 있는 '경사'에는 한도가 있으니까 오치카를 위해서 아껴 두고 싶구나.

괴담 자리에서 청자 역할을 하기 전의 도미지로였다면 '그렇구나' 하고 흘려듣거나, '그런 미신 같은 소리가 어디 있냐'며 웃었으리라. 지금은 다르다. 사람의 마음을 함부로 다루어서는 안 된다.

새해가 오고 이이치로는 스물다섯 살, 도미지로는 스물세 살이 되었다. 앞으로의 봄 여름 가을 겨울은 멍청하게 보낼 수 없다.

――나도 정신 바짝 차리자.

오치카가 엄마가 된다. 나도 어른이 되어야지.

하지만 가슴에 구멍이 뻥 뚫린 듯한 이 느낌은 무엇일까.

오치카의 아기 얼굴을 빨리 보고 싶다. 지금으로서는 가장 큰 바람이다. 그 마음에는 조금의 잡념도 없지만 한편으로 도미지로는 쓸쓸함을 느끼고 있다.

다시 청자 역할을 시작하고 싶다.

"도미지로, 간식을 다 먹고 나면 또 일해야 한다. 옷을 싹 다 갈아입고 이번에는 두건과 비옷을 파는 거야" 하며 이이치로가 일어선다.

"우리 가게에서 비옷 같은 걸 팔았었나?"

"이제부터 팔 거야."

어릴 때부터 형님에게는 당해 낼 수가 없었다. 다시 그 역할로 돌아가는 것에 이의는 없다.

"예, 예, 알겠습니다."

바쁘게 일하다 보니 마음이 흐트러져서 도미지로의 쓸쓸함도 사라지고, 오카쓰와의 (약간 가시가 있는) 대화에 대해서도 잊어버렸으나——,

오카쓰가 한 말은 사실이 되었다.

그날은 날씨가 일변하여 화창했다. 햇빛은 밝고, 목덜미를 어루만지는 부드러운 바람이 불고 있었다.

모처럼의 봄볕 속에서, 교넨보라는 이름의 가짜 승려는 시냇물을 막는 거대한 바위처럼 보였다. 어쨌거나 거한이라 세로로도 가로로도 크다. 몸통은 도미지로가 껴안아도 남을 정도다.

이 정도의 거구가 뒷문 바로 바깥에 버티고 섰으니, 햇빛이 차단되어 부엌은 어둑어둑해졌다. 보통은 그것만으로도 수상하고 무서울 텐데, 응대하러 나온 사환 신타는 강아지처럼 이 (오카쓰가 말하는) 가짜 승려를 잘 따르며 오랜만의 재회를 대놓고 기뻐하는 것 같았다.

신타는 교넨보를 객실로 안내하려고 했지만 가짜 승려는 완고하게 거절하며 그저 도미지로를 만나게 해 달라고 청했다. 신타가 가게 앞으로 부르러 왔을 때 도미지로는 또 형의 명령으로 인대 일을 하고 있었다. 이번에는 얇고 가벼운 삼으로 된 목도리를, 화창한 햇빛으로부터 이마나 눈가를 지킬 수 있도록 새로운 방법(세 가지나 된다!)으로 감고 걷거나 돌거나 생긋 웃거나 눈을 가늘게 뜨거나 하는 것이다. 그러다가 오늘 팔고 있는 목도리를 목에 건 채 부엌으로 가니 햇빛을 가로막을 정도로 커다란 남자가 기다리고 있었다.

"저는 교넨보라는 사람입니다. 정처 없이 떠도는 땡중이지만 미시마야 분들과는 약간의 인연이 있어 친분을 얻게 되었습니다."

부엌의 봉당에 우뚝 서 있던 교넨보는 몸을 굽히며 도미지로에게 머리를 숙였다.

"그 인연에 매달려 무례하게 찾아온 것은 오치카 님으로부터 괴담 자리의 청자 역할을 물려받으셨다는 도미지로 님께 긴히 부탁이 있어서입니다."

거구의 승려는 형인 이이치로와는 또 다른 종류의 '좋은 목소리'를 가지고 있었다. 이이치로의 목소리는 귀에 울린다. 교넨보의 목소리는 귀를 통해 가슴에 울린다.

게다가 얼굴 생김새. 거구에 어울리게 눈썹은 굵고 눈도 코도 입도 모두 큼직하다. 귀는 클 뿐만 아니라 모양이 찌그러졌다. 무서운 얼굴은 아니지만 이상한 얼굴이다.

──그런데 밉지가 않다.

오카쓰나 신타가 그를 무척 잘 따르는 것은 강도로부터 구해 준 생명의 은인이니 무리도 아니다. 하지만 이렇게 마주하니 아무런 은혜도 입지 않았을 뿐만 아니라 뒤로 돌아 자신을 피하는 바람에 불유쾌한 기분을 맛본 도미지로조차 왠지 모르게 경계가 느슨해지고 말았다.

──분하지만 나쁜 놈이라고는 생각되지 않아.

"우리 오카쓰가 스님을 두고 가짜 스님이라고 하더군요. 풍채가 수상하고, 그것을 스님 본인도 알고 계시다고요."

교넨보는 얼굴을 들더니 동글동글한 눈으로 도미지로를 바라보았다. 눈초리에 새겨져 있는 깊은 주름은 나이도 나이지만 떠돌이 생활을 하며 맞닥뜨린 비바람과 햇볕 때문이리라.

"그 말씀이 옳습니다."

천연덕스럽게 인정한 교넨보가 눈초리의 주름을 한층 더 깊이 새기며 굵은 목소리로 웃었다. 도미지로 뒤에 공손히 서 있던 신타도 따라 웃었다. 간지러운 듯한, 기분이 풀리는 웃음소리였다.

"즐거워하시니 좋군요. 하지만 저는 그다지 유쾌하게 웃을 기분이 아닙니다."

교넨보도 신타도 웃는 얼굴을 한 채 바싹 굳었다.

"요전에 뒷골목의 빗물통 그늘에 숨어 있었던 것은 스님이시지요. 무엇을 하고 계셨습니까? 왜 제 모습을 발견하고는 도망치신 겁니까?"

엄하게 캐묻는 도미지로를 신타가 깜짝 놀라며 바라본다.

"이거, 우선 깊이 사과드립니다."

교넨보는 성실한 얼굴을 하며 또 몸을 굽혔다. "말씀하신 대로 저는 수상쩍은 중입니다. 도미지로 님이 수상쩍게 여기고 캐물으실까 봐 두려워서 허둥지둥 도망쳤지요."

들키지 않은 줄 알았다고, 거짓말 같은 소리를 한다.

"저를 어찌 아시고요?"

"가게 밖에서 인대를 하고 계셨지 않습니까. 물건을 소개하고 계시던 분은 형님이신 이이치로 님이었지요."

똑똑히 보고 있었단 말인가. 도미지로는 얼굴이 뜨거워졌다.

"제 쪽에서도, 이렇게 커다란 사람을 못 볼 리가 있겠습니까. 놀리는 말도 정도껏 하시지요."

도미지로의 노기등등한 태도에 거구의 승려와 사환 신타가 똑같은 모습으로 몸을 움츠리고 있다. 이 또한 몹시 죽이 잘 맞는다.

"저, 절대로 놀리는 게 아닙니다."

신타가 새앙쥐처럼 부엌 봉당으로 내려가 교넨보의 발치에서 손을 짚더니 도미지로를 향해 엎드렸다.

"도련님, 죄송해요. 이렇게 저도 사과드릴게요. 교넨보 아저──교넨보 씨는 몸집은 크지만 소심한 데가 있어서."

교넨보 아저씨?

"그렇습니다, 저는 소심한 사람이라서요. 정말 부끄럽습니다."

가짜 승려도 거구를 흔들흔들 흔들며 무릎을 꿇고 신타와 나란히 손을 짚으려고 한다. 신타는 교넨보를 감싸고 교넨보는 신타를 지키려 하고 있다.

왠지 못 당하겠다.

도미지로의 가슴을 꽉 막고 있던 고집이 와르르 무너졌다.

이 커다랗고 수상한 승려는 미시마야와 좋은 인연으로 맺어져 있는 인물이다. 인연을 맺을 기회가 없었던 도미지로가 끼어들어 불평을 해도 소용없을 뿐만 아니라 자칫하면 공연히 심술을 부리는 꼴이 되고 만다.

"일어서십시오."

목소리를 내어 보고 안심했다. 평소 자신의 말투로 돌아왔다.

"신타 너도 빨리 일어나거라. 배가 차가워지겠어. 그보다 교넨보 아저씨한테 뜨거운 차를 끓여 드리렴."

그때부터는 분위기가 누그러졌다. 교넨보는 어떻게 해도 방으로 올라오려고 하지 않아서 마룻귀틀에 걸터앉게 하고 도미지로는 그 옆에 앉았다. 신타는 부지런히 움직여 물을 준비하고 엽차를 끓였다.

"저기 찬장을 열어 보렴. 대나무 껍질로 싼 꾸러미가 있지? 안에 든 건 콩떡이야."

오늘 가게 사람들에게 내놓을 간식으로 사 두었는데 먼저 먹는 놈이 임자라고, 지금 먹어 버리자. 남이 싫어하는 것을 뻔히 알면서 몇 번이나 인대를 시키는 비정한 형님에게 먹일 수야 없지.

괜히 뻗대지 않고 솔직하게 물으니 교넨보와의 관계에 대해서 신타가 먼저 이야기해 주었다. 과연, 습자소의 젊은 선생님을 통해 알게 된 인연이니 다른 누구보다도 먼저 신타가 교넨보와 친해졌다는 것은 조금도 이상한 일이 아니다.

"저와의 사이에는 신타 같은 부지런한 아이뿐 아니라 장난꾸러기 3인조도 있었지요."

"세 사람 다 오치카 아가씨하고도 사이가 좋았고요."

지금은 모두 먹고살 길을 찾아내어 각자 열심히 살고 있다고 한다. 두 사람의 추억 이야기에 귀를 기울이다 보니 도미지로도 즐거워졌다. 나도 좀 더 일찍 집에 돌아왔다면 여기에 낄 수 있었을 텐데.

"교넨보 님은, 오시마와는……."

오시마는 미시마야의 고참 하녀다. 작년 가을에 오치카의 시댁인 효탄코도에 고용살이를 하러 쳐들어갔다. 지금은 그쪽의 토박이라도 되는 양 충실히 일하고 있다. 덕분에 미시마야 쪽은 오치카의 상황을 자세히 알 수 있게 되었다. 오치카도 마음이 든든하리라.

"이곳을 찾아뵙고 오카쓰 님께 이야기를 듣자마자 그 길로 효탄코도에 가서 인사를 하고 왔습니다. 선물로 드린 붉은 된장은 산달인 오치카 님께는 염도가 좀 세서 좋지 않을지도 모르겠지만요."

"그럼 오치카도 만나셨겠군요."

교넨보는 목을 움츠리고 두툼한 손바닥을 들어 올리더니 얼굴 앞에서 좌우로 흔들었다.

"당치도 않습니다. 이런 괴인怪人이 얼굴을 내밀었다간 오치카 님의 남편께서 기분이 상하실 거예요. 오시마 님께 전언을 부탁하고 몰래 돌아왔습니다."

꽤나 조심스러운 괴인이다. 그러고 보니 오카쓰가 말하지 않았던가. 교넨보는 시중 한쪽 구석에서 오치카의 순산을 기원할 거라고. 실로 눈물 나는 조심스러움이다.

"산파의 이야기에 따르면 배 속의 아기는 무사히 자라고 있고, 오치카는 언제 산기가 있어도 이상하지 않다더군요."

오늘 내일 태어나면 약간 조산이 되고 이번 달 안에 태어나지 않으면 좀 늦어져서 곤란한 정도의 시기라고 한다.

무거워 보이는 배를 안은 오치카에게는 이제 어머니로서의 침착함이 갖추어진 듯하다. 한편으로 마냥 기다릴 뿐인 주위 사람들, 특히 이이치로를 제외한 미시마야의 남자들은 오치카의 초산을 걱정하며 몹시 마음졸이고 있어 오시마에게는,

──다들, 정신 차리세요.

하고 꾸중을 듣는 처지다.

오타미도 쓴웃음을 지으며 이런 말을 한 적이 있다.

──뭐, 남편도 포함해서 남자인 가족들은 안절부절못하는 게 할 일이니까. 여러분이 안절부절못한 만큼 오치카의 출산이 쉬워지기를 기도하세요.

도미지로가 그런 이야기를 하자 교넨보는 깊이 고개를 끄덕이며 말했다.

"자백하자면 저는 이 댁의 괴담 자리에서 오치카 님께 이야기를 들려 드린 적이 있습니다."

"아아, 그거라면 오카쓰한테 들었습니다."

내용까지는 모른다. 오치카가 듣고 버린 이야기다. 밖으로 새어 나가지 않는다.

"알고 계셨습니까. 다시 말해 저에게 오치카 님은 은인이십니다. 엉터리 중이, 이 댁의 괴담 자리를 겪고 정신을 차렸지요."

감사의 마음은 전해져 오지만 교넨보가 무슨 이야기를 하고 오치카가 어떻게 들었는지는 알 수 없으니 약간 답답하다.

"정신을 차리고 무언가를 체득하셨나요?"

그러고 보니 교넨보는 신통력 같은 것을 갖고 있지 않았던가.

"당신의 눈에는 우리 집 지붕 위에 경사스러운 벚꽃색 삿갓구름이 걸려 있는 광경이 보였다지요."

도미지로의 물음에 교넨보는 커다란 대머리에 손을 대고 벅벅 긁었다.

"그것 또한 도미지로 님께는 수상하게 느껴졌겠지요."

"뭐, 흉조凶兆의 검은 구름이 보인 게 아니라서 다행이라고 생각합니다."

"아니, 사실 오치카 님께서 이야기를 들어 주시기 전까지 제 눈에는 흉조밖에 보이지 않았습니다."

특이한 괴담 자리에서 이야기를 하고 마음에 가라앉아 있던 것을 깨끗이 흘려보낸 일을 계기로 길조吉兆도 볼 수 있게 되었다고 한다.

"오치카 님은 제게 마음 밑바닥을 깨끗하게 만들 계기를 주셨습니다. 그 은혜에 보답하기 위해 무사히 출산이 끝날 때까지 온몸의 힘을 짜내어 기원을 드릴 생각입니다만……."

그와는 별개로 할 이야기가 있다고 한다.

"오늘은 그래서 도미지로 님을 찾아뵈었습니다. 괴담 자리를 쉬고 계신다는 것은 사실인지요?"

"예. 오치카에게 중요한 시기니까요."

일부러 괴이한 이야기를 끌어들일 까닭도 없지 않겠느냐는 말을 꺼낸 사람은 이헤에다.

"물론 그건 알지만 솔직히 저는 좀 심심해서……."

도미지로는 그만 속내를 흘리고 말았다. 안 돼, 안 돼.

"아니, 심심하다고 말하면 안 되겠지요. 다만 오치카는 다른 누구보다도 이 괴담 자리의 무게를 잘 알고 있으니, 일부러 마음을 써서 쉬지는 말아 달라고 내심 바라지 않을까 싶어서요."

변명 같은 말을 잇는 도미지로에게 아랑곳하지 않고 교넨보가 커다란 머리를 가까이 하며 불쑥 다가간다.

"그럼 도미지로 님은 이야기꾼이 나타난다면 만나도 좋다고 생각하십니까."

"예?"

"무서운 이야기, 불길한 이야기를 할 사람은 아닙니다. 그건 제가 보장하지요."

교넨보는 새로운 이야기꾼을 소개하고 싶은 모양이다.

"지금이 중요한 시기이므로 더더욱 미시마야의 안채, 흑백의 방이라고 했던가요, 그곳에서 이야기를 들려 드리는 데에 의미가 있는 이야기꾼입니다. 도미지로 님께서 들어 주실 수 없을까요?"

도미지로는 커다란 얼굴이 뿜어내는 박력에 압도되었다.

"오, 오치카에게 중요한 시기니까요?"

거구의 승려는 온몸을 흔들다시피 고개를 끄덕였다. "바로 그렇습니다."

그런가. 도미지로의 마음이 떠밀려 간다.

"좋습니다. 그럼 초대하지요. 청자인 제가 맞이하기로 결정했으니 아무도 방해하지는 못할 겁니다."

호언장담을 하면서도 속으로는 허둥지둥 계산하고 있었다. 괜찮다, 만약 다른 사람의 주선이었다면 이헤에도 오타미도 좋은 얼굴을 하지 않겠지만 교넨보는 미시마야의 은인이니 화를 낼 리가 없다. 나도 혼나지 않겠지.

그러나 이이치로의 어이없어하는 표정이 얼핏 뇌리를 가로질렀다. 왜 그리 경망스러운 것이냐, 너는. 괴담 자리의 청자라는 역할은 그냥 유별난 취미에 지나지 않는데.

그렇지 않습니다, 형님. 그 역할은 해 본 적 없는 사람이 모르는 묘미가 있거든요.

＊

"그래서 날짜를 잡으려고 했는데, 언제 우리 집에 와서 이야기할 수 있는지 이야기꾼은 결정할 수가 없다는 거야."

물론 교넨보도 모른다. 다만 그리 먼 일은 아니다, 이달 중이라 생각하고 기다려 달라는 이야기였다.

도미지로의 설명에 오카쓰는 의아해하지도 않고,

"그럼 즐겁게 기다리지요" 하며 미소를 지었다. 호위가 그렇게 말하니 도미지로도 차분하게 기다리는 수밖에 없었다.

아침저녁으로는 아직 춥지만 차가운 기운 속에 매화 향기가 섞여 있다. 해가 뜨면 양지에서는 두건도 목도리도 필요 없다. 옛말에도 있듯이 하루에 다다미 눈 하나만큼씩 해가 길어져 간다.

미시마야 사람들은 화창한 봄의 징조를 기뻐하면서 무사히 아기가 태어나기를 오매불망 기다렸다. 효탄코도와 미시마야는 엎어지면 코 닿을 거리지만 시댁과 친정 사이에는 수치로 잴 수 없는 거리감이 있게 마련이다. 때문에 이쪽에서 귀찮게 상황을 물어서는 안 된다. 친정이 너무 들썩거리는 것은 꼴사납다.

하지만 계속 걱정하지 않을 수 없다. 출산은 쉬우면 한없이 쉽고 어려우면 한없이 어렵다고 한다. 쉽게 순산하여 동글동글한 아기를 안을 수 있기를 기도하자. 한데 만에 하나 그렇지 않으면? 난산이면 어떡하지. 오치카의 목숨이 위험해지면? 아기가 건강하지 않으면?

오치카의 출산을 기다리며 언제 올지 알 수 없는 이야기꾼도 기다려야 한다. 간절히 기다려야 할 일이 둘로 늘어나자 도미지로는 지치고 말았다.

──교넨보는 역시 믿을 수 없는 가짜 중이 아닐까.

슬슬 화가 나기 시작했지만, 그래도 나는 참을성이 많은 편이야, 벌써 아흐레가 지났잖아, 하고 도미지로는 혼잣말을 하며 콧김을 내뿜었다. 그러고는 방에서 몰래 달력에 그린 가위표를 바라보던 그때, 당지문 맞은편 복도에서 발소리가 들렸다. 누가 달려오나 싶더니 모퉁이에서 보기 좋게 벌렁 넘어진 모양이다. 쿵, 쾅당!

"아야."

반쯤 울며 아파하는 사람은 신타다.

"도, 도련니임~."

"그것 봐, 복도에서 뛰면 안 돼."

"저기, 하지만, 와, 와, 왔단 말이에요."

도미지로는 입으로 심장이 튀어나올 뻔했다.

"오치카의, 지, 지지, 진통이?"

"예? 아니에요, 흑백의 방에, 소, 손님이 오셨어요."

뭐야.

목구멍에서 멈춰 있던 심장을 도로 삼키고, 옷의 목깃과 옷자락을 정돈한 후 도미지로는 복도로 나갔다. 어지간히 세게 부딪혔는지 신타는 반쯤 울상을 하고 있다.

"아픈 데를 식혀 두렴. 손님은 내가 안내하마."

"예, 죄송합니다. 뒷문 쪽에 계세요."

에헴, 헛기침을 한 번 하고 도미지로는 부엌으로 향했다. 흑백의 방을 찾은 이야기꾼은 신분의 높고 낮음에 상관없이 뒷문을 통해 미시마야로 들어온다. 언제부터 그렇게 되었는지, 두 번째 청자인 도미지로는 모른다. 뭐, 특이한 괴담 자리가 시중에서 유명해짐에 따라 이야기꾼을 주위의 살피는 눈으로부터 지켜 주려는 배려가 필요해졌겠지.

도미지로는 하얀 버선을 신고 긴 복도를 서둘러 걸어갔다.

"기다리시게 해서 죄송합."

부엌에 들어간 순간, 숨을 삼키는 바람에 말이 어중간하게 끊겼다.

뒷문 문턱 바로 바깥쪽에 동그란 얼굴의 자그마한 여자가 서 있었다.

오늘도 날씨가 좋아서 매화 향기가 한층 더 강하게 느껴진다. 그런데 서 있는 여자의 모습에서는 흙냄새가 났다.

나이는 젊지 않지만 늙지도 않은 정도로, 무릎까지 오는 줄무늬 기모노 위에 두꺼운 솜을 넣은 찬찬코어린아이용의 소매 없는 하오리. 대개 솜을 안에 넣어 방한용으로 입는다를 껴입고, 비백 무늬가 있는 감색 손등싸개와 각반에 짚신을 신었다. 작은 보따리를 배에 비끄러매고 있다. 분명히 짐일 텐데.

보통은 짊어지고 다닐 짐을 왜 배에 감고 있을까. 왜냐하면 등에는 더 큰 짐이 있었기 때문이다.

등 쪽의 짐은 지저분한 무명천으로 둘둘 감겨 있고 그 위에 사방 팔방으로 굵은 새끼줄이 둘러져 있다. 여자는 그 새끼줄을 움켜쥐어 짐을 업었다.

그렇다. '업고 있다'는 말을 써야 한다. 한편으로 이걸 '짐'이라고 부르면 벌을 받을 것 같은 기분도 드는데.

전체적으로 사람의 모습을 하고 있다. 잔뜩 구부린 오른팔의 팔꿈치 부분이 무명천 틈새로 엿보인다. 왼쪽 팔은 팔꿈치에서부터 손까지 밖으로 튀어나왔고, 아래에서 쳐올릴 듯이 움켜쥔 주먹에 무언가를 쥐고 있다. 무명천이 조금 느슨해진 탓에, 둥그스름한 형태로 틀어 올린 머리 부분도 보인다.

──무언가의 상像이다.

부처의 모습을 본떴으려나. 신장神將이나 동자상일 수도 있을까.

여자의 키는 5척1척=약 30.3센티미터이 못 될 정도, 등에 업은 상은 3척쯤 될까. 상은 가늘어 그리 무겁지 않을 것 같고, 여자는 살집이 좋아서 꽤나 힘이 세 보인다.

그렇다고 해도 괴이한 차림새다. 깜짝 놀라서 복도를 달려오다가 넘어진 신타의 행동도 이해가 간다.

──이 차림새로, 대체 어디에서부터 걸어왔을까.

"드, 들어오시지요."

뒤집어진 듯한 목소리를 낸 도미지로에게 동그란 얼굴의 여자는 얼굴 가득 웃음을 띠며 대답했다.

"실례하겠습니다. 교녠보 님의 소개를 받고 온, 도가야 고즈키무라 마을에 있는 동천암洞泉庵의 이네라고 합니다."

뭐랄까——얼굴도 목소리도, 청개구리 같은 사람이다.

아니, 결코 나쁜 뜻으로 하는 말이 아니다. 청개구리는 멀뚱멀뚱한 귀여운 얼굴을 하고 있지 않은가.

"벌써 인사를 해 주시니 고맙습니다. 저희 괴담 자리에 와 주신 손님은 곧장 안쪽에 있는 방으로 안내해 드리는 것이 규칙이니 사양하지 말고 들어오십시오."

이네는 또 활짝 웃으며,

"그럼 실례하겠어요."

하더니 부엌의 봉당으로 들어와, 자신이 올라오기 전에 먼저 등에 업고 있던 상을 내려놓고는 앞귀틀에 세웠다.

"우린보멧돼지 새끼라는 뜻 님, 도착했어요. 이 댁이 맞지요?"

도미지로가 아니라 상을 향해 말을 건다. 가까이서 보니 상의 머리 꼭대기에 있는 둥글게 틀어 올린 머리는 연화蓮華, 연꽃을 본뜬 모양이다.

한데 '우린보 님'이라니, 불상을 부르는 것치고는 이 또한 괴이하다.

"만족하셨나요? 네. 그렇다면 다행이에요."

도미지로를 버려둔 채 이네가 혼자서 끄덕인다.

"저어…… 만족이라느니, 이 댁이 맞냐느니, 그게 무슨 뜻인가요?"

흑백의 방에 자리를 잡고 앉기도 전에 캐묻는 것은 순서가 맞지 않지만 이런 말을 들으면 신경이 쓰여 견딜 수 없지 않은가.

이네는 조금도 주눅 들지 않고 물었다. "이 댁에는 산달이 다 되어 가는 임부가 계시지요?"

"어. 아아, 네. 우리 집이라기보다 우리 집에서 시집을 보낸 이지만, 시댁이 아주 가깝긴 하지요."

"요 며칠 사이에 똑같이 산기를 느끼고 아기를 낳으려는 사람이 많이 있을 텐데, 우린보 님은 이 댁의 임부에게 힘을 보태 주시겠다고 하셔요. 잘된 일이지요."

이네는 또 혼자서 고개를 끄덕였다. 하지만 이번에는 도미지로가 당혹스러워하는 기색을 알아챈 모양이다.

"아니, 도련님, 교녠보 님한테서 아무 얘기도 듣지 못하셨나요?"

"전혀요. 심지어 언제 오시는지도 여태 몰랐는걸요."

"그거 죄송하게 되었네요."

청개구리 같은 멀뚱멀뚱한 얼굴로 이네는 몸을 움츠리며 꾸벅 고개를 숙였다.

"변명 같지만 저희도 우린보 님이 일어나시기 전에는 언제 어디로 모셔 가게 될지 확실하게는 알 수 없어서……."

흠. 그런 건가.

"그럼 오늘은 우린보 님의 뜻에 따라서 미시마야에 와 주셨다는 말씀일까요?"

"예에."

도미지로는 자세를 바로 하고는 무명천에 감긴 '우린보 님' 쪽을 향해 말했다.

"잘 와 주셨습니다. 저는 이 집의 차남으로 이름은 도미지로라고 합니다. 우린보 님…… 이네 씨, 이렇게 불러도 실례가 되지 않을까요?"

"아, 상관없습니다."

의외로 엄격하지는 않다.

"그럼, 우린보 님. 안쪽 방으로 들어가시지요."

마치 아이를 옆으로 끌어안듯 이네가 새끼줄을 쥐고 우린보 님을 들어 올리더니 흑백의 방으로 들어갔다. 그러고는 이야기꾼의 자리에 앉자마자 곧 우린보 님에게 감은 무명천을 풀기 시작했다.

도미지로는 얌전히 앉아 그 모습을 지켜보았다.

풀면 풀수록 무명천은 지저분하다. 우린보 님의 몸이 조금씩 드러나는 동안 도미지로는 그 이유를 알게 되었다.

"이…… 검은 몸은."

엄숙하게 낮춘 목소리로 물었는데 이네는 천연스럽게 대답했다.

"검댕이에요."

"아아, 검댕을 발랐군요. 무언가 이유가 있을까요?"

"그게 아니라 그냥 검댕투성이이신 거예요. 우린보 님은 부엌을 좋아하시거든요."

도미지로는 마음속으로 눈을 끔벅거렸다.

"예에, 부엌을 좋아하신다."

"저희도 기운차게 일하는 모습을 우린보 님께 보여 드리고 싶어서 날씨가 좋을 때는 밭에 모시고 가기도 해요."

무명천이 완전히 풀리자 우린보 님은 이네와 도미지로 사이에 자리했다.

취미로 그림을 배웠을 때도 불화佛畫를 그린 적이 없었던 도미지로는 불상에 대해 깊이 알지는 못한다. 남들만큼의 지식을 조금 가졌을 뿐이다.

그래도 우린보 님에게는 알기 쉬운 특징이 있었다. 등의 화염광배火焰光背와 오른손의 검. 쑥 내민 왼손으로는 중생을 구할 때 사용하는 올무 같은 무구武具를 쥐고 있다. 그렇다면,

"우린보 님은 부동명왕오른손에 칼, 왼손에 오라를 잡고 성난 얼굴을 한 불교 팔대명왕의 하나이시군요."

대일여래의 화신이라고 하는 부동명왕이다.

"예에." 이네가 웃자 둥근 얼굴이 한층 더 복스러워진다. "광배인물의 성스러움을 드러내기 위해서 머리나 등 뒤에 광명을 표현한 원광가 작아서 그다지 불꽃으로 보이지 않지만 미시마야 님은 알아보시는군요."

확실히 광배는 아담하고 등에 납작하게 달라붙어 있어서 우린보 님의 등에 조각이 있는 것처럼 보이기도 한다. 그리고 또 하나,

"얼굴이 조각되어 있지 않군요."

우린보 님의 얼굴에는 눈썹도 눈도 코도 입도 없다. 옛날에는 새겨졌으나 닳아서 없어진 게 아니라 흔적 자체가 보이지 않는다.

"성난 얼굴은 아니니 부동명왕이 아닐 수 있겠다고 약간 망설였

습니다.”

이네는 살짝 웃더니, “우린보 님은 화가 나면 무서우셔요” 하고
말했다.

“그렇습니까. 머리 모양은 청과青瓜 울외같네요. 머리카락은 빗어
넘겨 뒤에서 묶었고, 청과의 꼭지에 해당하는 부분에 연화가 올려
져 있고…….”

“얼굴에 새끼 멧돼지 같은 세로줄 무늬가 있지요.”

분명히 세로줄 무늬다. 우린보, 멧돼지 새끼의 몸에 있는 독특한
무늬와 비슷하다.

“그래서 간단하게 우린보 님이라고 부르시는 거군요.”

“예쁜 줄무늬지요?” 하고 이네가 자랑스러운 듯이 말한다. “우린
보 님은 청과밭에 청과와 섞여 파묻혀 있었대요. 파 보니 몸이 나
와서 암주庵主님도 깜짝 놀란 동시에 기쁘셨다네요.”

암주님은 이네가 말한 ‘동천암’의 주인인 모양이다.

오치카에게 자리를 물려받은 이후로 지금까지 도미지로는 열 개
의 이야기를 듣고 버렸다. 그중에는 남만南蠻 무로마치 말기부터 에도 시대에
걸쳐 샴·루손·자바 등 남양제도(南洋諸島)를 가리키던 말에서 건너온 금지된 종교
의 신과 신도의 이야기도 있다. 어째서인지 토지신이나 고향의 수
호신이 등장하는 이야기가 이어지기도 했다. 덕분에 사람과 온갖
신들의 관계나 신심의 존엄함에 대해 나름의 생각을 가지게 되었
다.

하지만 부처님이 등장하는 일화는 처음 듣는다. 게다가 청과밭

에 묻혀 있던 부처님이라니 참으로 신기하지 않은가. 특이한 괴담 자리에 잘 어울린다.

무서운 이야기나 꺼림칙한 이야기가 아니라고 교넨보는 장담했다. 이렇게 마주하게 된 이야기꾼 이네도 한가롭고 느긋한 얼굴을 하고 있다.

도미지로의 마음은 편안해졌다.

"이야기를 시작하기 전에 변변치는 않지만 차를 내어드리지요. 목을 좀 축이십시오. 도가야라는 곳은 꽤 먼가요?"

"호도가야 역참 근처예요."

호도가야는 도카이도東海道 에도 시대의 5대 가도 중 하나. 에도에서 교토에 이르는, 해안선을 낀 가도로 53개의 역참이 있었다의 역참 마을로 가와사키보다도 더 가야 한다.

"그렇다면 어제 일찌감치 출발해서 많이 걸으셨겠네요. 혼자서 오셨습니까?"

"저 혼자는 아니에요. 우린보 님이 함께 오셨으니까요."

그러나 우린보 님이 걷지는 않으셨을 테니 이네는 몹시 지쳤으리라. 도미지로는 재빨리 차를 끓였다.

이야기꾼이 언제 올지 몰라서 생과자는 준비해 둘 수 없었기 때문에 오늘의 다과는 콩과자다. 검은콩을 볶아 흑설탕을 입혀서 한 입 크기로 만든 '구로마루黑丸'와, 당밀에 조린 누에콩에 백설탕을 묻힌 '시로마루白丸'를 차 도구와 함께 신타가 허둥지둥 준비해 주었다. 옻칠을 한 작은 사발의 뚜껑에 담아 내밀자 이네가 환성을 지른다.

"와아, 예뻐요."

"돌아가실 때는 선물로 싸 드릴 테니 암주님께도 전해 주십시오."

"다들 단것이라면 사족을 못 쓰니 암주님 입에 들어갈까 모르겠어요."

이네는 도미지로가 준비한 다과를 우린보 님 앞에 늘어놓고,

"우린보 님, 같이 드시지요."

하며 손을 모으더니 얌전히 기도를 했다. 그러고 나서 새가 깜짝 놀라 날아오를 것 같은 기세로 시로마루를 얼른 집어 입에 던져 넣고는 눈을 휘둥그렇게 떴다.

"달~콤해~."

도미지로는 웃음을 터뜨렸다. 얼굴이 없는 우린보 님도 웃고 계시지 않을까.

잠시 이네에게서 오는 길에 있었던 일을 들으며 도미지로도 즐겼다. 그러다가 구로마루와 시로마루가 어느 정도 없어졌을 때쯤 이야기를 꺼냈다.

"저희 괴담 자리에 대해서는 교넨보 님한테서 들으셨을까요?"

아무리 에도 시중에서 유명한 미시마야의 소문이라도 도카이도를 달려 호도가야 역참까지 퍼졌으리라고는 생각할 수 없다.

"예. 1년쯤 전, 교넨보 님이 동천암에 묵으셨을 때 암주님께 이야기하셨다더군요."

"교넨보 님은 도카이도를 따라 어디론가 가던 중이셨을까요."

"내키는 대로 떠돌아다니는 분이니 행선지 따위도 없었겠지요"
하며 이네가 웃는다. 교넨보에 대한 친근함이 담긴 말투다.

"동천암에서 사흘 밤을 묵으면서 산더미처럼 장작을 패 주고 비
가 새는 지붕도 고쳐 주고."

──아직 이곳에 대해서 모르는 사람들에게 널리 전하는 일을
도와드리겠습니다.

"그렇게 말하고 또 떠나셨다가 바로 얼마 전, 지금은 어느 하늘
아래를 떠돌고 있을까 하고 암주님과 모두가 궁금해하던 참에 호
랑이도 제 말 하면 온다고."

불쑥 얼굴을 보인 교넨보는 암주와 대면하고 우린보 님을 참배
한 후 이렇게 말했다.

──이제 곧, 제가 은혜를 입은 분이 초산을 겪으실 겁니다. 올
바르지 못한 일에 조금도 손을 담그지 않았지만 복잡한 인과를 짊
어지고 마음 깊은 곳에 괴로움과 슬픔을 감추고 있는 여인이지요.
그 때문에 일말의 불안이 있어서 방금 우린보 님께 정성껏 기원을
올렸습니다.

"교넨보 님의 기원이 닿아서 만일 우린보 님이 그 여인에게 힘을
빌려주겠노라고 생각해 주신다면 꼭 모시고 와 달라는 부탁을 하
셨어요."

그래서 이곳으로 왔다──고 한다.

도미지로는 새삼 이야기꾼과 청자 사이에 서 있는 검댕투성이의

부동명왕 상을 바라보았다.

"교넨보 님이 말씀하시는 그 여인은 제 사촌누이인 오치카입니다. 근처 세책상으로 시집을 가서 막 산달을 맞이했지요."

아직은 오치카의 마음에도 몸에도 불온한 징조는 없다고 오시마에게서 들었다. 그래도 교넨보가 가진 '일말'의 걱정에 대해 도미지로는 한 가지 짐작 가는 바가 있었다.

"분명 오치카는 과거의 일 때문에 괴로움과 슬픔을 짊어지고 있습니다. 그걸 극복하기 위해 특이한 괴담 자리의 청자 역할을 맡았었지요."

결과적으로 오치카라는 그릇은 훨씬 더 커졌고 자신의 인생을 개척할 용기와 밝음을 얻었지만, 한편으로 괴담에 이끌려 오는 수많은 '사람의 업'과 맞닥뜨리는 경우가 생기고 말았다.

"그 업의 화신이라고 할까요…… 정체는 확실하지 않지만 수상한 자가 오치카의 근처에…… 최근에는 오치카의 가족이자 두 번째 청자인 제 앞에도 나타나게 되어서요."

상인의 모습을 한 맨발의 남자에 대해서는 오카쓰에게만 털어놓았다. 걱정을 시키고 싶지 않아서 오치카에게도 덮어 두었다. 어쩌다 보니 그리 되었지만 지금은 태연스럽게 입 밖으로 술술 쏟아 내며 도미지로는 점점 당황했다.

이네는 청개구리 같은 얼굴로 동그란 눈을 깜박거리더니, "흐음" 하고 말했다.

"사람의 업이 상대라니 조금 벅차군요. 그래서 우린보 님도 이쪽에 힘을 빌려주시겠다며 일어서신 거예요. 다행이네요."

"어, 네에."

"우린보 님은 강하시니까 너무 걱정하지 마세요. 다만 도련님, 도련님도 땀을 흠뻑 흘리게 될 테니 그것만은 각오해 두세요."

땀을 흘린다고?

"교넨보 님도 믿고 계셨어요. 특이한 괴담 자리의 현재 청자인 도련님은 배짱이 두둑한 분인 것 같다면서요."

무엇을 보고 그렇게 판단했을까. 가게 앞에서 인대 노릇을 하고 있어서?

"저는 5년 전부터 동천암에 신세를 지고 있고 지금껏 우린보 님의 시중을 맡아 왔어요." 이네가 말을 이었다.

시중을 드는 역할은 딱히 대단한 일이 아니라고 한다.

"우린보 님은 흙 속에서 나오셔서 시중을 드는 사람도 흙냄새가 나는 편이 좋은가 봐요. 우리 부모님은 사가미相模 현재의 가나가와현을 가리키는 옛 지명의 가난한 농사꾼인데 저는 1년 내내 배를 곯으며 청과 껍질을 깎아 먹고 자랐을 정도이니 마침맞다고 할까."

흠, 과연.

이네가 아까부터 자주 거론하던 '모두'에 대해서도 물어보았다.

"동천암에는 모두 몇 명 정도가 함께 살고 있나요?"

이네는 동그란 눈을 빙그르 돌리며 잠시 생각했다.

"……어린아이도 셈에 넣는다면 스무 명 정도일까요."

대가족이다.

"암자에서 고용살이를 나갔다가 휴가 때 돌아오는 사람도 있어요. 암자가 본가 같은 곳이니까요."

"그렇다면 생계는 어떻게……."

"암주님의 논과 밭을 경작하면 우리가 먹을 정도는 마련할 수 있어요. 누에도 키우면서 조금은 기부를 받기도 하고."

"어디까지나 암자이지 절은 아니군요. 시주는 없나요?"

"네. 동천암은 구호소 같은 곳이니까요."

어떤 사정에 의해 생겼겠지.

"자세히 가르쳐 주시겠습니까?"

"그럼 교녠보 님께 말씀드린 것과 같은 이야기를 작은 주인님께도 말씀드리는 편이 좋을까요."

"이곳은 그걸 위한 방입니다. 그리고 저는 작은 주인님이 아니랍니다. 더 하찮은 도련님이라고 불러 주십시오."

네에, 하고 말하며 이네는 웃었다.

"이러고 있는 사이에 사촌누이분에게 산기가 들지도 모르니 꾸물거릴 수는 없지요. 얼른 이야기할게요."

"모쪼록 부탁드립니다."

도미지로는 앉은 자세를 바로 했다.


무척 오래된 이야기다. 사가미 도가야의 고즈키무라 마을에서 오나쓰라는 열다섯 살의 처녀가 아비 없는 아기를 가졌다.

물론 아이를 배게 한 남자는 있다. 하지만 그놈은 냉큼 도망쳤다. 고즈키무라 마을에서 나는 콩이나 채소를 사들이러 오는 채소 도매상의 대행수로 나이는 서른둘. 오나쓰를 속여 손을 대더니 일이 탄로나자 가게도 그만두고 재빨리 도망쳐 행방을 감추고 말았다.

본래 여자를 함부로 대하는 나쁜 버릇이 있었음을 가게 쪽에서도 알았지만 일은 성실하게 했기 때문에 대행수까지 올려 주었는데 은혜를 짓밟혀 기분이 언짢아진 채소 도매상은 분풀이를 하듯이 오나쓰에게도 차갑게 대했다.

"사내의 세 치 혀에 몸을 맡겨 아이를 배다니 여자 쪽도 돼먹지 못한 게지. 우리는 위로금을 내 줄 의리가 없네. 낳든 지우든 마음대로 하게."

오나쓰의 아버지 다케마쓰는 작은 밭을 가지고 있어, 살림살이는 소작인보다 조금 나은 정도였다. 오나쓰는 장녀로 나이 차이가 나는 남동생과 여동생이 하나씩 있었다. 어머니는 난산으로 태어난 여동생과 자리를 바꾸듯 세상을 떠나고 말았다. 이후로 어머니의 누이동생인 오만이 함께 살며 간신히 살림을 꾸려왔다.

오나쓰는 철이 들자 곧 집안일이나 밭일을 거들게 되었다. 다행히 이모인 오만과는 사이가 좋아서 둘이 서로 도와 집안을 꾸려 나가며 어린 동생들을 키웠다. 다케마쓰도 봄부터 가을까지는 밭에서 몸이 가루가 되도록 일을 하고 겨울에는 호도가야 역참이나 가나가와 역참까지 돈을 벌러 나갔다.

야무진 오나쓰가 난봉꾼에게 몸을 허락하고 만 까닭은 먹고사는

데 쫓기는 삶 속에서 만난 첫사랑에 아름다운 꿈을 품었기 때문이다. 야무지기 때문에 더더욱 달콤한 꿈에 넘어가 버렸다고도 할 수 있다.

그게 가엾어서 다케마쓰도 오만도 오나쓰를 나무라지 않았다. 배 속의 아기는 하늘이 주신 선물이다, 막냇동생이 생겼다고 생각하면 된다고 말했다. 하지만 오나쓰는 알고 있었다. 더 이상 젊지는 않은 아버지가 닳아 없어질 듯 지쳐 있다는 것도, 오만이 가끔 심한 복통으로 괴로워한다는 것도.

아기를 낳은 뒤로는 말할 나위도 없거니와 산달이 가까워져서 자신이 일을 할 수 없게 되기만 해도 아버지와 이모에게 쓸데없는 부담을 주게 된다. 동생들에게도 영향이 갈 것이다.

──미안해.

계절은 초겨울, 멀리 보이는 사가미 바다의 뾰족한 파도가 짧은 이빨처럼 보일 무렵이었다.

어느 날 밤, 가족 모두가 잠들기를 기다려 오나쓰는 살그머니 집을 나섰다. 아무것도 걸치지 않은 채 낡은 홑옷 자락을 잘라 짧게 만든 잠옷 한 장 차림에 맨발이었다.

향한 곳은 오나쓰의 일가가 경작하고 있는 자그마한 밭이다. 겨울 채소의 씨를 심을 때까지 잠시 흙을 쉬게 하는 중이었다. 그래서 이랑도 없이 평평하고 지푸라기 조각이나 잡초 뿌리가 흩어져 있었다.

그 북쪽에 가느다란 용수로가 흐르고 있다. 근처의 강에서 끌어

온 물줄기가 다시 나누어진 지로支路의 끄트머리지만, 이 용수로 덕분에 멀리까지 물을 길으러 가지 않아도 된다.

이런 일에 사용하려니 죄송스럽다. 오나쓰는 용수로에 머리를 숙이고 손을 모았다. 그러고 나서 맨발의 끝을 차가운 물에 담갔다.

용수로의 흐름은 빠르지만 물은 얕다. 두 다리로 서도 오나쓰의 무릎 아래를 적시는 정도다.

한겨울은 아니어서 아플 정도로 차갑지는 않다. 발가락이 점점 마비되는 듯한 느낌이고 추운 것은 오히려 몸 쪽이다.

——미안해.

배에 손을 대고 오나쓰는 천천히 거기에 앉았다. 용수로의 폭이 좁기 때문에 무릎을 끌어안고 몸을 웅크린다. 흐르는 물은 오나쓰의 옆구리에서 물보라를 일으켰다.

그렇게 새벽까지 앉아 있었다.

어느새 잠들어 버렸는지 정신을 차렸을 때는 오두막집 안이었다.

배 속의 아기는 지워졌다.

오나쓰가 입고 있던 잠옷은 피투성이라 그대로 다케마쓰가 화톳불에 태워 버렸다. 오만이 참마죽을 끓여 주었으나, 부러운 듯이 보고 있는 동생들에게 주고 오나쓰는 끓인 물만 받아 먹었다.

다케마쓰도 오만도 꾸짖지 않았지만 오나쓰는 사과했다. 그러자 오만이 눈물을 흘렸다.

먹을 것이 목구멍을 넘어가고, 겨우 움직일 수 있게 되기까지 사흘이 걸렸다. 아파서 누워 있는 동안 오나쓰는 오만으로부터 옛날이야기를 들었다. 전혀 몰랐거나 오나쓰가 어렴풋이 기억하고 있던 일에 대한 이야기였다.

우선은 아버지 다케마쓰에 관해서. 2리쯤 떨어진 이웃 마을에 양잠을 하는 본가가 있었는데 그곳을 물려받은 건 다케마쓰의 형이었다. 친척 간의 교류가 전혀 없어서 사이가 나쁜 모양이라고 오나쓰는 지금껏 생각했지만 사실 다케마쓰와 본가 사람들은 핏줄로 이어져 있지 않다.

다케마쓰는 버려진 아이였다. 본가가 있는 마을의 서낭신을 모신 신사에, 탯줄이 붙은 채 더러운 수건에 싸여 버려져 있었다고 한다.

본가는 이 부근의 자산가였기 때문에 전에도 미아나 버려진 아이를 거두어 기르거나 수양부모를 찾아주곤 했다. 다케마쓰도 그렇게 거두어졌는데 그대로 본가의 아이처럼 자란 모양이다. 순서로는 넷째 아들이었다.

고즈키무라 마을의 밭은 원래 땅이 척박하여 경작해도 이득이 별로 없었다. 때문에 애를 먹고 있던 전 주인에게 얼마쯤 돈을 주고 다케마쓰의 본가에서 거두었다. 당주는 이곳을 뽕밭으로 만들어 셋째 아들에게 주고 양잠을 시킬 요량이었지만, 당사자인 삼남은 난봉꾼이라 괭이나 가래보다 샤미센이나 북을 좋아했고, "도락이라고 부르시면 곤란하지요, 예술이에요"라며 빈둥거리다가 집을 뛰쳐나가 소식을 알 수 없게 되어 버렸다. 꽤 옛날에 오다와라 성 아래에서 그의 얼굴이 남아 있는 샤미센 선생을 본 사람이 있다고 하지만 본가 쪽에서도 딱히 찾지는 않은 듯하다.

결국 주워다 기른 넷째 아들 다케마쓰에게 고즈키무라 마을의 밭이 굴러들어 왔다. 하기야 이 밭에서는 뽕이 잘 자라지 않고 뽕잎을 사다가 양잠을 해도 이익이 나지 않으므로 겨우 나물이나 청과, 토란, 근채를 키워서 소소한 돈을 벌며 흰쌀밥과는 거리가 먼 생활을 할 수밖에 없는 처지니까 실은 밭을 '떠맡았다'고 하는 편이 맞았을지도 모른다.

"그렇다고 불평을 할 형부는 아니지만."

오만이 창백하고 야윈 얼굴로 담담하게 말했다.

다케마쓰에게는 곧 아내가 될 사람이 생겼다. 고즈키무라 마을에 사는 소작인의 딸 오무라였다. 다케마쓰 쪽에서 첫눈에 반했다고 한다. 동갑인 두 사람이 결혼해서 낳은 아기가 바로 오나쓰다.

취미가 다양하고 교양도 갖춘 당주 덕분에 본가에서 자라는 동안 서당에도 다닐 수 있었던 다케마쓰는 나름대로 열심히 배워서 한자도 잘 읽었다. 그것을 오무라의 아버지, 다케마쓰에게는 장인에 해당하는 사람이 시샘하여 젊은 부부에게 여러 가지로 심술을 부렸다. 소작인의 딸이, 작다고는 해도 밭을 가진 남자에게 시집을 간 것이니 보통 같으면 기뻐해야 할 텐데 오무라의 아버지는 본래 성미가 비뚤어진 사람이었나 보다.

그런 사정이 있었기 때문에 젊은 부부는 무슨 일이 있어도 둘이서 힘을 합해 잘 헤쳐 나갔다. 오나쓰보다 두 살 어린 아기를 사산으로 잃었을 때도, 다케마쓰가 돈을 벌러 나갔다가 크게 다치는 바람에 겨울 한 철을 요양으로 보내고 말았을 때도.

오무라와 다섯 살 터울인 동생 오만이 시댁에서 도망쳐 다케마쓰와 오무라를 찾아온 것은, 부부의 생활이 그럭저럭 안정되고 오무라의 배 속에 오나쓰의 남동생이 될 아기가 생겼을 때였다. 가정을 꾸린 지 7년째 되던 무렵이었다.

오만은 마을 고물상의 외아들에게 시집을 갔다. 고즈키무라 마을 정도 크기의 집락에서는 고물상이라면 냄비와 솥, 농기구, 우마의 고삐에 짐수레까지 취급하는 만물상이다. 잡다하게 취급하는 대신 수입은 쏠쏠했다. 이 가게도 사람을 고용하여 쓸 정도로 위세가 좋았다.

그럼 오만은 꽃가마를 탄 것일까. 유감스럽게도 그렇다고는 말하기 어렵다. 고물상의 외아들은 곧 마흔 줄이고, 오만이 네 번째 아내였기 때문이다. 아내가 세 번 바뀌는 동안에도 아이를 얻지 못하자 손자의 얼굴을 보겠다는 일념으로 미신도 맹신하게 된 고물상의 시어머니가 고즈키무라에서 가장 길한 방향에 살며 '흙'과 인연이 있는 여자를 며느리로 들이라는 점괘를 진심으로 받아들인 결과, 매일 밭을 경작하고 있던 오만이 '낙점'을 받았다.

실제로 아이를 낳기 위한 도구 같은 취급을 당했고 물건값을 치르듯 친정에는 돈도 지불되었다.

하지만 시집을 온 지 3년이 되도록 오만은 아기를 갖지 못했다.

그럴 기미조차 없었다.

고물상의 시어머니는 손자를 안고 싶은 집념으로 똘똘 뭉쳐 있었다. 이미 고령이었음에도 나이를 먹을수록 집착은 심해져 갔다. 급기야 아기를 갖지 못하는 며느리에게 욕을 하거나 때리는 지경에 이르렀다. 오만의 남편은 감싸 주긴커녕 찻집 여자에게 돈을 털어 바치느라 거의 집에도 들어오지 않았다. 그는 이미 어머니가 밀어붙이는 혼담에 넌더리가 나서 아이 따위는 원하지도 않게 되었던 것이다.

오만은 밥도 얻어먹지 못하고 집안일을 떠맡아 했다. 시어머니의 손찌검 때문에 제대로 잠을 잘 수도 없었다. 가엾게 여긴 이웃 사람이 남은 음식을 나누어 주어 간신히 배를 채우곤 했다.

그래도 도망치지 않았다. 돈에 팔린 몸이라 이제 친정에 돌아갈 수도 없었으니까.

참을 인 자 하나로 반년 남짓을 견뎠다. 그러다가 서릿발이 설 정도로 추워진 어느 겨울날 아침의 일이었다. 비틀거리는 몸을 채찍질하며 일하고 있는데 시어머니가 뒤에서 떠밀어 우물에 떨어질 뻔했다. 두레박에 매달리느라 가까이에서 마주한 그 모습은 더 이상 사람 같지도 않았다.

한데 이게 웬일인가. 시어머니가 어느새 커다란 지네로 변해 있는 게 아닌가. 머리 부분에 사람의 얼굴이 붙어 있고, 거기에 가까스로 시어머니의 이목구비가 남아 있었다. 입에서 고약한 냄새가 나는 숨을 내뿜고 새된 고함 소리를 지르면서 지네로 변한 시어머니가 무턱대고 오만에게 달려들었다. 수많은 다리가 서로 스쳐 버석버석 소리를 내면서 쫓아온다.

대체 뭐라고 외치는 걸까. 오만의 귀에는 "이 석녀." "왜냐, 왜 낳지 못해"로 들렸다.

——아아, 이게 무슨 일이람.

절망과 공포로 어질어질해진 오만은 그 자리에 주저앉고 말았다. 하지만 그것이 다행이었다. 오만이 갑자기 쪼그리는 바람에 시어머니는 기세를 주체하지 못하고 머리에서부터 우물로 굴러떨어진 것이다. 땅을 파서 만든 깊은 우물이다. 시어머니는 떨어지기 직전에 비명을 질렀지만, 한 호흡 후에 물소리가 나더니 그 뒤에는 쥐 죽은 듯 조용해졌다.

오만은 곧장 언니 부부의 집으로 도망쳤다. 도중에 신이 벗겨져서 도착했을 때는 맨발이었고 몇 번이나 넘어졌는지 온몸이 흙투성이가 되어 있었다.

——어머님을 죽게 하고 말았어.

헛소리처럼 중얼거릴 뿐인 오만이었지만 다케마쓰와 오무라는 못 본 척하지 않았다. 극진히 간호하고, 미음을 먹이고, 참을성 있게 이야기를 들어 주었다. 사정을 알게 되자 다케마쓰는 곧 고물상으로 달려가 아무것도 모른 채 가게를 열고 있던 고용살이 일꾼과 이웃 사람들의 손을 빌려 우물을 뒤졌다. 그러자 물에 빠져 죽은 시어머니의 시체가 올라왔다. 평범한 노파의 모습이었다.

다케마쓰는 침착한 태도로 한결같이 머리를 숙이며 처제를 지키려고 노력했다. 고즈키무라 마을의 촌장도 고물상의 시어머니와 외아들의 행실에는 전부터 눈썹을 찌푸리고 있었다. 야월 대로 야위어 망연자실해 있는 오만의 모습은 애처로워 동정하지 않을 수 없었다.

──어떻게든 잘 둘러대 주고 싶군.

두 사람은 지혜를 짜내어 이야기를 지어내기로 했다. 오만의 악몽 같은 이야기를 바탕으로, 고물상의 시어머니는 산에서 내려온 커다란 지네에게 잡아먹히고 말았으며 지네가 시어머니로 둔갑하여 덮쳐 오는 바람에 오만이 기지를 발휘하여 우물에 떨어뜨려 퇴치했다──는 내용이다. 이러면 오만은 시어머니의 원수를 갚은 착한 며느리가 된다.

고즈키무라 마을 근처에는 옛날부터 사람을 잡아먹는 커다란 지네의 일화가 전해져 내려오고 있었다. 전설을 이용한 모양새이기는 하지만, 오만이 정말로 커다란 지네를 보았다며 혼이 빠져나간 사람처럼 두려워하는 모습이 지어낸 이야기에 신빙성을 더해 주었다.

오만은 처벌을 면하고 몇 달 동안 언니 부부의 집에서 몸을 추슬렀다. 그러고는 촌장의 주선으로 후지사와 역참에 있는 여관에 들어가 살면서 하녀로 일하게 되었다. 몸이 건강을 회복해 가는 동안에도 공포와 절망으로 얼룩진 마음의 상처가 그대로였던 오만은 말수가 적고 존재감이 거의 없는 사람이 되었지만, 여관의 하녀로는 차라리 그게 편리하다. 오만은 부지런히 일했다.

그로부터 3년 후, 오무라가 난산으로 목숨을 잃었다. 다행히 아기는 무사했는데 다케마쓰를 많이 닮은 여자아이였다.

급보를 들은 오만은 곧 여관을 그만두고 고즈키무라 마을로 돌아왔다. 언니 부부에게 은혜를 갚을 때가 왔다고 생각했기에 일말의 망설임도 없었다.

"나는 이모가 고물상에서 도망쳐 왔을 때 여섯 살인가 그쯤이었지요? 하지만 거의 기억나지 않아요."

오나쓰의 말에 오만은 희미하게 미소를 지었다. "너는 눈치채지 못하도록 형부도 언니도 아주 조심했어. 어린애한테 들려줄 수 있는 얘기가 아니니까."

그랬구나…….

"하지만 엄마가 돌아가시고 이모가 달려와 주었을 때의 일은 똑똑히 기억해요."

울고 있는 오나쓰와 남동생을 껴안아 위로해 주고 뜨거운 참마죽을 끓여 주었다.

"그랬나? 참마죽을 자주 끓이긴 했지."

"이모 죽은 늘 맛있어요."

그런 이야기를 하고 있다 보니 배가 고파져서, 오나쓰는 남은 참마죽을 받아 입에 넣었다. 식어도 맛있었다.

"이런 걸 물어도 화내지 말아 주세요. 이모, 아버지의 후처가 될 생각을 한 적은 없어요?"

마을 사람들의 대부분은 다케마쓰와 오만이 진작에 부부가 되었다고 믿었지만 사실은 그렇지 않다. 내내 함께 살아왔고 아기를 가질 정도로 어엿한 여자가 된 오나쓰가 보기에도 그랬다. 두 사람은 지금도 옛날에도 그저 형부와 처제 사이였고, 그 이상으로 오만은 한결같이 다케마쓰 일가를 위해 일하는 하녀 같았다.

"설마. 형부는 지금도 언니의 남편이야."

그렇게 말하다가 오만은 갑자기 얼굴을 찌푸리며 명치를 눌렀다.

"또 배가 아프세요?"

"알고 있었니?"

"한 번 보면 알지요."

명치를 누른 채 오만은 아무 말도 하지 않았다. 옛날이야기도 끝이 났고 참마죽이 배에 들어가니 오나쓰는 잠이 오기 시작했다.

"……석녀라는 건 말이지."

꾸벅꾸벅 졸기 시작했을 때 오만의 낮은 중얼거림이 귀에 들어왔다.

"한자로는 돌 석石에 여자 여女라고 써."

오나쓰는 무거운 눈꺼풀을 들어 올려 오만 쪽을 보았다. 볕이 잘 들지 않는 오두막집이라 그런지 이모의 얼굴에는 그늘이 져 있어서 표정을 알아볼 수가 없다.

"형부는 배운 사람이라 한자를 알고 있거든. 그때 언니한테 이야기해 주는 걸 나도 엿들었어."

아기를 낳지 못하는 여자를 말하는 거야——.

"촌장님과 형부 덕분에 처벌은 면했지만 내 배에는 고물상 시어머니의 저주가 들어와 있어."

오만은 고개를 숙인 채, 아기가 생겼다는 것을 알았을 때부터 어젯밤 용수로의 차가운 물속에 쪼그려 앉을 때까지 오나쓰가 몇 번이나 해 왔던 몸짓을 해 보였다. 손바닥으로 가만히 배를 쓰다듬은 것이다.

"여기에 돌처럼 단단한 덩어리가 있어."

그때, 커다란 지네의 버석거리는 다리 끝이 닿은 곳.

"처음에는 작았지만 지금은 내 주먹의 반 정도 되는 크기가 되었어."

오나쓰의 졸음이 날아갔다. "그거 큰일이잖아요. 아버지한테 말했어요?"

오나쓰가 시선을 들자 오만은 오나쓰의 얼굴을 보았다. 눈이 젖어 있었다.

"나는 아기를 갖지 못하고, 너는 모처럼 생겼는데 낳지 못하고."

가엾게도, 하고 말했다.

"하지만 너는 아직 앞날이 창창하니까 제대로 정양하고 회복되면 또 좋은 일이 있을 거야."

"이모……."

"깨워서 미안하구나. 좀 자렴. 나는 밭을 보고 올게."

오만은 일어서서 삐걱거리는 판자가 깔린 바닥을 밟으며 나갔다. 아직 배가 아파서 명치를 누르고 있기 때문인지 발소리가 미묘하게 흐트러져 있다.

이모를 위해 어떻게든 해 주고 싶다. 마을에는 의원이 없지만 약을 잘 아는 노인이나 경험이 많은 산파가 있다. 여자의 배에 생기는 병에 대해서라면 상의해도 되지 않을까.

——하지만 지금 산파를 만나면 내가 내 배 속의 아기를 스스로 지운 것도 꿰뚫어 보려나?

분명히 벌레 보듯 하며 쓰레기 같은 여자라고 욕하겠지. 변명하고 싶지는 않다. 어차피 낳아도 기를 수 없었으니까. 아버지나 이모나 동생들에게 부담을 지우게 될 뿐인 목숨이었다. 남모르는 병으로 고통스러워하고 있는 이모에게는 잔인한 말이지만 아기를 포기한 건 잘한 결정이라고 생각할 수밖에 없다.

결국 이 일은 주위에 들키지 않고 지나갔다. 난봉꾼인 채소 도매상의 대행수도 입만은 무거웠는지, 오나쓰에게 손을 댄 사실을 숨기고 있었다. 그런 대행수가 똥을 뿌리고 간 가게 쪽에서도 불명예스러운 일이다 보니 밖에 흘리지는 않았다.

며칠 감기로 앓아누운 것으로 하고 오나쓰는 원래의 생활로 돌아왔다.

겨울 채소의 씨를 뿌리고 나면 다케마쓰는 정초까지 돈을 벌러 나가느라 집을 비운다. 그전에 오만의 배에 있는 종기에 대해서 이야기를 나누고 싶었지만 정작 오만이 그걸 피하며 복통 따위 언제 앓았냐는 듯 태연한 기색이어서 오나쓰는 기회를 잡을 수가 없었다.

음력 섣달로 접어들자 고즈키무라 마을에는 몇 번인가 눈이 내렸다. 바다에 가까운 이 부근에서는 쌓일 정도로 눈이 오지는 않는다. 다만 눈이 오는 날에는 병에 길어 둔 물조차 얼 것처럼 추워진다.

새해를 며칠 앞두고 몹시 추웠던 어느 날, 이른 아침에 오만이 측간에서 쓰러졌다. 이번에는 오만의 잠옷이 피투성이가 되었다. 그 앞을 풀어헤쳐 보니 명치 부근이 크게 부풀어 있었다.

오나쓰는 손을 뻗어 만져 보았다. 돌처럼 딱딱한 종기가 손가락에 닿았다.

뭐랄까.

무언가가 숨 쉬고 있는 듯한 감촉이 느껴진다고 할까.

"이모."

말을 걸자 오만의 눈꺼풀이 움찔거렸다. 핏기가 사라져 얼굴도 손발도 새하얗다.

오만은 입을 벌리며 무언가 말하려고 했다. 그 순간 입술 사이에서 새빨간 피가 넘쳐났다. 피가 순식간에 바닥에 퍼졌다. 이내 오만은 숨이 끊겼다.

돈을 벌러 나가 있는 다케마쓰에게는 오만의 죽음을 알리지 못했다. 알려 봐야 돌아올 수는 없었으리라.

장례는 촌장의 아내가 맡아 치러 주었다. 화재의 뒤처리라도 하는 것처럼 침울한 기색이기는 했지만, 무엇을 이렇게 해야 할지 모르는 오나쓰에게는 고마운 일이었다. 한데 망자의 머리맡에서 독경을 해 줄 스님을 불러 준 것은 좋았으나 이 스님이 아무래도 수상쩍었다. 음정이 맞지 않는 독경은 오나쓰의 귀에도 가짜처럼 들려 견딜 수가 없었다. 그래도 불평을 할 수는 없어서 얌전히 머리를 숙이고 있었다.

오나쓰의 동생들은 얌전하다기보다 차가웠다. 두 사람은 지금까지도 이모와 사이가 특별히 친밀한 듯 보이지는 않았다. 하지만 가족이란 대개 그렇지 않나, 끈적끈적 사이좋게 지내는 게 더 이상하다고 오나쓰는 생각해 왔다. 그러나 이렇게 되고 나서야 비로소, 두 사람의 이모에 대한 담백한 행동에는 이유가 있었음을 알았다.

"시어머니를 죽게 하고 친정으로 돌아온 여자라니, 불길하잖아. 나 사실은 같이 살고 싶지 않았어" 하고 남동생이 말했다.

"이모는 음침해서 무서웠어" 하고 여동생은 말했다. "오에이나 오타키 씨는 역병신이라고 부르던데. 언니도 알고 있었어?"

누이가 이름을 댄 이웃의 여자들은, 평소에도 오만을 따돌리며 싫은 기색을 드러냈다. 특히 오만이 자기들 아이에게 가까이 가면 아주 기겁을 했다. 마치 포창이나 마진(홍역) 같은 무서운 병이 옮을지 모른다고 여기는 것처럼.

오만은 마을 변두리의 묘소에 있는 투장묘投げ込み墓 유녀나 행려병자 등 몸을 의탁할 곳 없는 자들을 모아 묻은 곳에 묻혔다. 기실은 밧줄로 네모나게 둘러친 곳에 깊은 구멍을 파고 시신을 묻을 뿐, 말 그대로 던져 넣지 않는 것만으로도 다행이라고 할 정도의 취급이었다. 하지만 이 부근에서 남편도 아이도 없는 여자에게는 이런 장례밖에 허용되지

않는다. 마을에서 태어나고 자라 가족과 친족을 위해 열심히 일해도, 시집갈 데가 없고 아기를 낳지 못하면 객사한 사람이나 마찬가지다.

오만이 묻힌 곳에 솟아 있던 흙이 평평해졌을 무렵 다케마쓰가 마을로 돌아왔다. 아니나 다를까 그의 태도 역시 냉담했다.

"촌장님께 인사를 드리러 가야겠다."

오로지 그쪽만 신경 쓸 뿐이다. 아버지는 오만을 '그냥' 처제는 고사하고 하녀 정도로 여기고 있었던 게 아닐까. 그렇다면 이모는 어떻게 그런 취급을 견뎠을까.

──달리 갈 곳이 없었기 때문이야.

이모를 떠올리니 가슴이 에이는 듯했다.

오나쓰는 매일 성묘를 다녔다. 아침에 못 갈 때는 저녁에, 저녁에 못 갈 때는 아침에. 비가 내려도 바람이 거세게 불어도, 집을 비운 탓에 식사를 하지 못하게 되어도 아랑곳하지 않고 투장묘를 찾아가 오만의 이름을 부르며 합장을 했다.

오나쓰가 마음대로 쓸 수 있는 돈은 한 푼도 없어서 향 같은 것은 살 수 없었다. 봄이 된 지 얼마 안 된 산에는 아직 작은 꽃조차 눈에 띄지 않았다.

무덤은 마을 중심에서 보아 귀문鬼門 방향에 있다. 잡목림에 둘러싸인 완만한 언덕 기슭으로 옛날에는 언덕 중턱에 '동천사洞泉寺'라는 법화종 절이 있었다. 산문도 탑도 없고 본당과 작은 승방이 있을 뿐인 가난한 절이었다. 종이 달린 법당도 없어서 시간이 되면 본당 처마에 매단 반종半鐘을 주지가 직접 치곤 했다. 그것이 고즈키무라 마을의 시종時鐘이었다.

오나쓰가 일곱 살 때 동천사의 주지가 병으로 죽자 이를 계기로 고즈키무라 마을의 촌장은 부방에서 가장 큰 마가케무라 마을에 있는 법화종 절의 시주가 되었다. 아니, 정확하게 말하면 '되었다'가 아니라 '돌아갔다'고 해야 한다. 실은 저쪽이 본사本寺고 동천사 쪽은 20년쯤 전 다툼으로 생긴 분사分寺니까. 고즈키무라 마을은 그 다툼에 휘말려 동천사의 시주가 될 수밖에 없었다——는 사정이 있었던 것이다.

촌장을 따라 고즈키무라 마을의 사람들도 모두 본사의 시주로 들어갔다. 단가 제도특정한 절에 가문의 묘지를 갖고 있으면서 그 절에 시주를 하고 절은 가문의 장례를 담당하는 제도는 조정이 정한 정사政事를 지탱하는 굵은 기둥이기 때문에, 이런 불찰이 표면적으로 드러나지 않고 끝난 것은 모두에게 다행스러운 일이었다.

사정을 알고 나니 동천사가 가난했던 이유도 납득이 되었다. 본존도 옛날에 다툼이 있었을 때 본사에서 멋대로 가지고 나온 불상이었다고 한다. 종이 찰흙과 아교로 만든 작은 보현보살상으로 손질이 구석구석까지 되어 있지 않아 곰팡이가 피고 너덜너덜했던 모양이다.

결국 동천사는 텅 비게 되었다. 본당과 승방은 덤불에 덮여 산짐승들의 거처가 되었다.

무덤만은 마을 사람들이 가끔 다니며 각자 자기 집안의 무덤을 돌보고 있어서 지금도 깔끔한 모양새를 유지하고 있다. 하지만 투장묘 쪽은 내팽개쳐져 있었다. 화가 난 오나쓰는 자기 혼자서 할 수 있는 만큼 부지런히 청소를 했다. 이제 곧 꽃이 만발하는 계절이 다가온다. 그럼 산에서 꽃나무를 캐어 와 흙을 갈고 가득 심어야지. 이모가 좋아했던 으름덩굴도 심어 주자.

그렇다 해도 지금은 살풍경하다. 고즈키무라 마을 부근에서는 달력상 초봄이 지난 후에 많은 눈이 흩날리지만 쌓여서 주변 풍경을 장식할 정도로 내려 주지는 않으니까. 투장묘의 한쪽 구석에 형식적으로 세워져 있는 묘표는 비바람을 맞아 이미 옛날에 글씨 따위가 사라져 버렸다.

"이모, 내일부터는 매일 올 수 없게 되었어요. 용서해 주세요."

성묘를 가는 횟수를 줄이고 그만큼 밖에서 일을 하자. 마을에서 밭을 가지고 있는 집이나 가게, 도매상, 어디든 좋으니 돈을 갖고 있는 곳에서 일을 얻어 품삯을 버는 것이다. 향을 살 수 있을 만한 돈만 받을 수 있으면 된다.

──아무도 상대해 주지 않으면 우란분<sub>음력 7월 보름에 조상의 명복을 비는 날. 음력 7월 13~16일 동안, 죽은 사람의 혼령을 사후의 괴로운 세계에서 구제하기 위한 불사가 열리며 성묘도 간다. 여러 종류의 곡물을 조상의 혼령 외에도 무연고자의 혼령, 아귀에게 공양하며 명복을 기원한다</sub>이나 피안<sub>彼岸 춘분, 추분의 전후 3일씩 7일간</sub> 때 그놈들 집의 무덤에 바친 공물이나 향을 훔쳐 와야지.

오나쓰는 각오를 다지며 가슴으로 분노를 삼킨 채 여기저기 집이며 가게를 돌아다녔다. 자신을 망친 채소 도매상의 대행수가 드나들던 곳도 찾아갔다. 상대방은 어떨지 몰라도 본인은 그 가게에 왠지 받을 빚이 있는 기분이 들었다. 이제는 대행수와 맞닥뜨려도 아무렇지 않을 것 같았다.

"자잘한 일을 시켜 주세요. 품삯은 돈이 아니어도 돼요, 향이나 초만 주시면 열심히 일할게요."

물 긷기, 장작 줍기, 측간 청소. 남들이 하기 싫어하는 일이라도 오나쓰에게는 전혀 고생스럽지 않았지만 아기 기저귀를 빠는 건 괴로웠다.

오나쓰가 사방팔방 돌아다니며 품삯을 벌어 마을의 투장묘에 성묘를 다니고 있다는 소문은 곧 널리 퍼졌다. 가엾게 여겨 주는 사람도 있었지만 대부분은 눈썹을 찌푸렸다.

"오나쓰는 망자에게 씐 것이 아닐까."

하고 속삭이며 두려워하는 이들도 있었다.

오만에게 차가웠던 아버지 다케마쓰는 오만을 위해 성묘를 다니는 오나쓰에게도 차가웠다. 동생들은, 이번에는 오나쓰의 기괴한 행동 때문에 또 이웃 여자들에게 경멸당한다며 불평을 늘어놓았다.

"너, 아기를 지우고 나서 머리가 어떻게 된 거 아니냐."

어느 날 아침, 품삯을 움켜쥐고 돌아왔을 때 아버지가 역정을 내며 물어보기에 오나쓰는 오랜만에 그와 얼굴을 마주했다. 늘 피곤한 다케마쓰는 그날 아침에도 역시 피로에 절어 있었다.

"미안해요, 아버지."

일단 사과는 했지만 오나쓰의 목소리에는 고집스런 심지가 있었다.

"이제 곧 매화나 소귀나무 꽃이 피면 향이 없어도 무덤이 활기차질 테니까 그때까지만 참아 주세요."

산의 꽃은 좀처럼 피지 않지만 필 때는 한꺼번에 핀다.

"우리 집은 밭이 있는데 왜 남의 집에서 푼돈을 번단 말이냐? 부끄럽다고 생각하지 않느냐?"

"아기를 일부러 지워 버리고 나서는 더 이상 아무것도 부끄럽다고 느끼지 않아요."

자신의 인생에서 가장 무서운 행동이자 천벌을 받을 짓을 이미 해 버렸다. 더 이상 무슨 부끄러움이 있으랴.

"그보다 이모가 외롭지 않게 해 주고 싶어요. 그런 무덤에 던져 넣다니 미안해서 견딜 수가 없어요."

"그건…… 오만에게는 집이 없었으니 무덤도 없는 게지. 그게 규칙이야."

"이 집이 이모의 집 아니었어요?"

"여기는 내 집이고 내가 가장이야. 오무라가 가장의 아내고 어머니였지. 오만은 그냥 일방적으로 얹혀산 거야."

이 말에는 돌팔매를 맞은 것처럼, 아플 정도로 놀랐다.

"아버지, 이모한테 신세를 많이 졌잖아요!"

그러자 이번에는 다케마쓰 쪽이 놀란 얼굴을 하더니 검은자위가 작은 눈을 깜박거리며 말했다.

"얹혀사니까 할 수 있는 일을 하는 건 당연하지 않느냐. 시어머니를 죽인 여자를 감싸느라 나도 네 엄마도 얼마나 힘들었는데. 창피할 때도 있었다. 은혜를 입었다고 생각하지 않는다면 잘못된 일이지."

시어머니를 죽인 여자.

오나쓰는 숨을 삼켰다.

다케마쓰도 지나친 말이라 여겼는지 재채기처럼 짧게 숨을 쉬고는 말했다.

"이런 얘기는 그만하자."

"나도 알아요. 이모의 시어머니는 지네 요괴에게 잡아먹혀 버렸다면서요."

"그런 건 다 꾸며낸 얘기야."

다케마쓰가 이내 작은 눈을 가늘게 뜨며 물었다.

"오만한테 들었느냐. 설마 너, 진짜 믿은 건 아니겠지."

"하지만 아버지와 어머니가 이모를 지키기 위해서 지어낸 얘기잖아요?"

"그야, 오만이 죄인으로 잡혀가면 이쪽에도 불똥이 튈 테니까."

본심일까. 오만을 가엾게 여기는 다정한 마음이 있었기 때문이라고 생각했는데.

"물론 불쌍하다고 생각하긴 했다만. 그보다도 밀쳐내 버리고 모르는 척하다가 나중에 큰 날벼락을 맞게 될까 봐 무서웠지. 잘못해서 우리 본가 쪽에까지 폐를 끼치게 되면 큰일이니까. 나도 네 엄마도 필사적이었어."

비로소 아버지의 진심을 알 수 있었다. 오만은 멋대로 좋은 쪽으로 받아들이고 멋대로 감사하고 있었던 셈이다.

"너무해요." 오나쓰는 신음했다. 심장이 찢기는 듯한 기분이 들었다.

"뭐가 너무하단 말이냐" 하고 다케마쓰는 말했다. 오히려 자신 쪽이 상처를 입은 듯한, 뜻밖이라는 듯한 말투였다.

"오만은 참을성이 부족했어. 시집살이는 어디에나 있다. 여자가 아기를 낳지 못하면 시댁에서 쫓겨날 때도 있지. 그래도 참지 않으면 집이라는 그릇을 잃어버리게 되는 거야. 그러면 들어갈 무덤도 없어진다. 그게 세상의 도리야. 오나쓰 너도 잘 기억해 둬야 해."

오나쓰는 입술을 깨물며 다케마쓰에게서 얼굴을 돌리다가 이쪽을 엿보고 있는 남동생과 눈이 마주쳤다. 여동생도 옆에 있다. 둘다.

——마치 지네 괴물을 보는 것처럼.

굳은 얼굴로 목을 움츠리고 있었다.

그 순간 오나쓰는 모든 것이 싫어졌다. 아버지도 남동생도 여동생도, 세 사람과 한 지붕 아래에서 나란히 밭을 갈고, 물을 긷고, 밥을 짓고, 함께 사는 모든 것이.

집을 나가야겠다고 마음먹었다.

그래서 아버지와 동생들에게 자신의 결심을 짧게 말하고 짐을 챙겼다. 보따리 하나에 밥그릇과 젓가락.

"······어디로 가겠다는 거냐."

다케마쓰는 반신반의하면서도 오나쓰를 바보 취급하는 것 같지는 않았다. 성묘를 다니고 있는 동안에 오나쓰는 무언가에 홀리지 않았을까. 망자의 소문을 수군거리는 마을 사람들과 똑같이 그쪽을 두려워하는 기색이었다.

"비와 이슬을 피할 수 있는 곳을 찾을 거예요."

이 집과 밭은 세 사람이 있으면 일손은 충분하다. 조만간 남동생은 색시를 얻을 테고 여동생은 시집을 가서 아이를 가지겠지.

그게 정상적인 삶이다. 하지만 오나쓰는 이제 그쪽으로 걸어갈수가 없게 되었다. 자신의 어리석음 때문에 죽고 만 아기와, 무엇하나 나쁜 짓을 하지도 않았는데 몇 가지 불운을 당하는 바람에 저세상에 가서도 여전히 떳떳하지 못한 사람으로 멸시당하고 있는 오만을 생각하면,

"두 사람을 공양하기 위해서라도 나는 다른 삶을 살고 싶어요. 오나쓰는 이모와 함께 죽은 사람이라고 생각해 주세요."

마음속으로는 이미 갈 곳을 정했다. 텅 빈 동천사의 본당이든 승방이든 지붕과 마루 판자가 남아 있다면 어느 쪽이든 좋다.

먹고살기 위해서는 허드렛일을 받아 일당을 벌어야 한다. 앞으로는 이 마을뿐만 아니라 주위 마을까지 찾아가 보자. 의외로 어디에서나 소소한 일손을 찾는 경우가 많다. 다들 돈을 지불하고 사람을 고용하는 데 익숙하지 않을 뿐이다.

도테라크기가 넉넉하고 소매가 넓은 솜옷. 겨울에 침구로도 씀 한 장에 옷을 싸서

등에 비끄러매고 동천사가 있던 곳까지 언덕을 올라가 보니, 원래의 본당은 지붕의 기와가 몇 군데나 무너지고 흙벽은 너덜너덜하게 뚫려 있는데다 바닥은 판자가 빠져 온통 비가 샌 흔적이 남아 있었다. 도저히 사람이 살 만한 형편이 아니었다. 한편 승방은 폐가가 되어 있기는 했지만 훨씬 나았다. 아마도 본당보다 더 검소한 구조였던 덕분이리라.

더욱 다행스럽게도 승방 뒤쪽에 땅을 파서 만든 우물이 마르지 않았다. 물을 길어 올리는 도르래가 눈에 띄지 않아서 물통과 밧줄로 길어 올려 보니 차갑고 맑은 물이었다.

"이곳에 계시던 부처님."

오나쓰는 손을 모으고 예전에는 본당이었던 곳을 향해 절을 했다.

"우물을 지켜 주셔서 고맙습니다. 한 방울도 허투루 하지 않고 소중히 사용할게요."

달력상으로 봄이라고는 해도 아직 추위가 심하다. 물이 손에 들어왔으니 다음은 불을 피워서 밤에 얼어 죽지 않고 자기 위한 궁리를 해야 한다. 틈새바람만 막으면 청소 따위는 나중에 해도 상관없다.

지금까지 번 품삯은 전부 향이나 공물로 바꾸어 버렸기 때문에 오나쓰에게는 모아 놓은 돈이 한 푼도 없었다. 그렇다면 낮 동안에 허드렛일을 많이 해서 품삯으로 당장 필요한 물건을 얻을 수밖에 없다.

고즈키무라 마을에는 제법 많은 사람이 살았고 귀와 입이 많은 만큼 소문이 도는 속도도 매우 빨랐다. 덕분에 오나쓰가 일을 찾을 때도 물건을 달라고 청할 때도 일일이 변명할 필요가 없는 것은 고마운 일이었다.

물론 대부분의 마을 사람들한테는 설교를 들었다.

"시집을 가는 것도 아닌데 집을 나오다니 바보 같은 짓 하지 마라."

"어디에서 살려고 그래? 동천사 자리? 제정신이냐. 거기는 마가 낀 절이고 지금은 요괴와 짐승의 소굴이야. 여자 혼자서는 하룻밤도 무사히 지낼 수 없을걸."

"전부터 고집스러운 애라고 생각했지만, 너 대체 얼마나 불효를 하려고 그러니."

전부 각오했던 일이라 오나쓰는 무슨 말을 들어도 끄떡없었다. 말대꾸를 하거나 코웃음을 치면 귀찮아질 테니까 말없이 머리를 숙이며 흘려보낼 뿐이다. 가끔은 공허한 눈을 하고 무언가에 씐 듯한 얼굴을 해 보이는 것도 효과가 있었다.

한편 오나쓰에게 힘을 빌려주는 사람도 나타났다.

첫 번째 아군은 마을에 한 채밖에 없는 여인숙을 운영하다가 은퇴한 오토미 할머니였다. 밤새 켜 두는 초롱불에도 '숙宿'이라고 씌어 있을 뿐인 이름도 없는 여관이지만, 어쨌거나 유일한지라 마을에 볼일이 있어 찾아오는 사람은 모두 이 여관에 묵는다. 오나쓰를 임신시킨 채소 도매상의 대행수도 단골손님 중 한 명이었다.

대행수와 오나쓰는 비밀의 비밀에 또 열쇠를 채운 듯한 은밀한 사이였(다고 본인들은 생각했)지만, 여관 장사를 하면서 그런 남녀를 셀 수도 없을 정도로 보아 왔을 오토미 할머니의 눈은 속일 수 없었으리라. 이날 아침, 오나쓰가 찾아가 일을 달라고 청하자 가까운 곳에 있던 사환 아이를 쫓아 보내고 대뜸 이렇게 말했다.

"그 대행수는 알맹이 없는 놈이었지? 나는 관두면 좋겠다고 생각했지만 서로 반한 기분일 때는 찬물을 끼얹어 봐야 미움받을 뿐이니까 말이다."

오나쓰가 일거리를 찾아 이곳에 오는 것은 처음이 아니었다. 오토미 할머니는 늘 모르는 척하는 얼굴을 하고 있었는데 오늘 아침에는 무슨 바람이 불었을까.

"할머니, 왜 이제 와서 저한테 그런 말을 하시는 거예요?"

오토미 할머니는 흐흥 하고 웃었다.

"그렇게 오기를 띤 얼굴을 하고 있는 걸 보면, 아버지한테 쫓겨난 게냐? 네가 멋대로 나온 게냐? 너는 고집이 센 아이이니 아마도 네 쪽에서 뛰쳐나왔겠지."

뭐, 좋다. 오토미 할머니는 또 흐흥 하고 코를 울리다시피 하며 웃더니 말했다.

"지금부터 매일 아침마다 빨래를 맡겨 주마. 우리 집 며느리는 뼈가 가늘고 몸이 약해서 물이 따뜻할 때가 아니면 우물가에 나갈 수가 없거든. 하녀를 두고 밥을 먹이면 씀씀이가 너무 커지니, 네가 딱 좋겠다."

말이 난 김이라는 듯이 오토미 할머니는 작은 화로를 주었다.

"다음에는 가마니집에 가 보려무나. 안주인이 고뿔이 심해져 앓아누워 있으니 분명 일거리가 있을 게다. 품삯으로 숯조각을 받도록 하고."

오나쓰는 잠시 아무 말도 하지 못했다.

"왜 그러니, 허수아비처럼 우두커니 서서."

"고맙……습니다."

세 번째로 코웃음을 치려다가 실패한 오토미 할머니가 묘하게 고지식한 표정이 되어 말했다. "네 어머니는 부지런한 사람이었어. 수상한 타지 사람인 다케마쓰가 이 마을에 자리를 잡을 수 있었던 것도 오무라가 마누라였기 때문이다."

오나쓰는 그 오무라의 딸이다. 그러니 도와준다. 다만 한 번뿐이다. 왜 한 번뿐이냐 하면,

"남자한테 속는 바보 같은 계집애는 싫어하니까. 하기야 나는 다케마쓰가 더 싫으니 네가 다케마쓰와 싸우고 나가는 거라면 한 번은 더 도와줄 수도 있지."

오나쓰는 여인숙의 산더미 같은 빨래를 해치우며 우물가에서 혼자 쓴웃음을 삼켰다. 어머니는 오토미 할머니도 한 수 접어 주는 여자였다. 아버지는 본가가 부자인데도 타지 사람이라 신뢰받지 못했다. 아니, 그 전에 양자였기 때문일까.

──아버지도 좋아서 양자가 된 건 아닐 텐데.

아버지가 조금 가엾게 여겨지기도 한다. 그러나 이제는 한 지붕

아래에서 살 수 없다, 살지 않겠다고 다짐한 오나쓰는 혼자서 고개를 저었다.

가마니집에 가 보니 정말 안주인이 고뿔로 앓아누운 상태였다. 간병하느라 지친 하녀가 미처 손을 쓸 수 없게 된 만큼 오나쓰는 여러 가지 일거리를 얻을 수 있었다. 전에 허드렛일을 달라고 청하러 왔을 때는 문전박대를 당했지만 이번에는 몹시 귀하게 대해 주었다.

열 때문에 땀이 나서 더러워진 몸을 닦고 잠옷을 갈아입히고, 미음을 끓여 먹이자 산뜻해져서 조금 기운이 돌아왔는지 안주인은 물러가려고 하는 오나쓰에게 말을 걸었다.

"오만 씨는 가엾게 되었어."

마을의 누군가가──이곳 안주인 같은 제대로 된 토박이 마을 사람이 오만을 애도해 준 것은 처음이다.

"고물상 주인이 아직 건강하니까. 이제야 겨우 후처를 들이는 것도, 자식도 포기한 것 같다만……."

오만을 괴롭히던 고물상 주인은 몇 년쯤 전에 먼 친척을 양자로 들여 가게를 물려주기로 하고 자신은 은퇴하여 여전히 거들먹거리고 있단다.

"고물상 주인의 눈에 흙이 들어가기 전까지 오만 씨는 이 마을로 돌아오지 말았어야 해. 눈칫밥을 먹을 게 뻔했으니까. 그런데도 오무라 씨가 죽자마자 달려온 까닭은 너희들이 걱정되었기 때문이야. 좋은 이모였지."

좋게 봐 주고 있었구나. 하지만 이모가 살아 있을 때 좀 더 친절하게 대해 주었다면 좋았을 텐데.

괴물 같은 시어머니라도 죽게 하고 만 죄는 사라지지 않는다. 오만은 무거운 짐을 짊어지고 숨을 죽이면서, 그래도 고즈키무라 마을로 돌아와 머무르며 오나쓰의 일가를 지탱해 준 것이다.

"……저, 가족들하고는 떨어져 살 생각이에요."

오나쓰는 저도 모르게 불쑥 흘리듯이 중얼거렸다.

"마님 말씀처럼 좋은 이모였는데 아버지도 동생들도 박정한 게 화가 나서요."

가마니집의 안주인이 오나쓰가 이마에 얹어 준 젖은 수건을 손가락으로 꾹 누르며 물었다.

"혼자 살 곳은 있니?"

"동천사 터에서 살려고요. 그럭저럭 나쁘지 않아 보여서요."

그러자 안주인은 머리를 들고 눈을 휘둥그렇게 뜨며 "뭐!" 하고 말했다.

"왜 그렇게 놀라세요?"

허둥지둥 안주인의 어깨를 부축하며 오나쓰가 물었다. 안주인은 몸을 일으키더니 그 얼굴을 뚫어져라 바라보며 말했다.

"그렇구나, 너는 모르는구나."

"모르다니, 무엇을요?"

"동천사가 있는 언덕은, 옛날이야기에 나오는 커다란 지네의 보금자리였어."

사람을 잡아먹는 지네. 고물상의 시어머니를 덮쳤다가 며느리인 오만에게 퇴치당한──다케마쓰가 지어낸 이야기의 바탕이 되었던 괴물.

"하긴 다케마쓰 씨도 그렇고 오무라 씨도 그렇고 커다란 지네에 대해서는 자진해서 입에 올릴 수 있을 리 만무하니 너도 몰랐겠구나."

사실은 안주인 역시 자신의 자식이나 손자에게 이제껏 커다란 지네에 관한 옛날이야기 따위를 들려준 적은 없다고 한다.

"놔두면 잊혀질 이야기니까 새삼스레 꺼내기도 좀 그렇지만."

"괜찮아요. 이야기해 주세요."

"커다란 지네는 땅바닥 밑에 깊숙이 굴을 파고 숨어 있다가 사냥감을 잡으려고 할 때만 나오기 때문에 그 언덕에는 커다란 지네의 몸통 크기만 한 굴이 여기저기에 뚫려 있는 거라더구나."

커다란 지네의 꼬리에 얻어맞아 둘로 쪼개졌다는 커다란 바위도 있었다.

"내가 어렸을 때는 아직 그 바위가 남아 있어서 우리 아버지가 구경시키러 데려가 주었지."

그때 안주인의 아버지가 이야기해 주었다고 한다. 대략 100년쯤 전, 이 부근의 마을에 피해를 주던 커다란 지네를 퇴치한 사람은 여행 중이던 수행승이었다. 그가 괴물의 머리를 베어 버린 덕분에 안심하고 언덕에 오를 수 있게 되었다. 사람들은 감사한 마음으로 기부금을 모아 마가케무라 마을에 절을 지었다. 그러고는 수행

승에게 주지로 머물러 달라고 부탁했다. 그것이 절의 거룩한 기원
이다──.

"다만 큰 지네가 죽었어도 언덕의 흙에는 괴물의 독기가 배어 빠
지지 않아서 작물이 자라지를 않는단다. 그래서 계속 방치되어 있
었기 때문에."

20년쯤 전, 본사本寺에서 다툼이 일어났을 때 뛰쳐나온 일파가 그
곳에 동천사를 두게 된 것이다.

"그렇다면 그 언덕은 마가케무라 마을에 있는 절의 소유인가
요?"

안주인은 고개를 갸웃거렸다.

"으~음, 땅 주인은 아닐 거야. 괴물이 살던 언덕이고, 논도 밭도
만들 수 없으니 아무도 갖고 싶어 하지 않았거든. 어쩔 수 없이 절
에 맡겼겠지."

다행이다. 멋대로 자리를 잡고 산다고 해서 불평을 들을 걱정은
없겠다. 오나쓰는 꽤나 마음이 편해졌다.

"나는 고물상의 시어머니 일이 일어났을 때, 퇴치된 줄 알았던
커다란 지네가 되살아난 건가 하고 무서워서 밤에도 잠을 잘 잘 수
가 없었어. 오만 씨가 죽여 주어서 정말 다행이야."

가마니집의 안주인은 진심으로 마음을 담아 중얼거렸다. 오나쓰
는 이마 위의 젖은 수건을 누르는 척하며 안주인의 눈을 들여다보
았다. 이분은 제정신일까.

오만의 신상에 일어난 불행과 오만이 저지르고 만 죄를 숨기기

위해 끄집어낸 지네 이야기를 진심으로 믿는 건지, 아니면 오나쓰에 대한 배려와 오만의 공양을 위해 고지식하게 믿는 척하는 건지 모르겠다.

오나쓰의 심중은 아랑곳하지 않고 안주인은 진지한 눈빛으로 말을 이었다.

"이쪽은 잊는 중이지만 저쪽은 괴물이니까 말이다. 아직 그 언덕에 집념이 남아 있을지도 몰라. 오만 씨의 친척인 네가 혼자 그런 곳에서 살다가…… 보복을 당하면 무섭잖니."

아무래도 안주인은 진심으로 걱정해 주는 듯하다. 오나쓰는 자신의 명치 언저리에 걸려 있는 바위 같은 고집이 아주 조금 움직이는 것을 느꼈다.

"아뇨, 마님. 오히려 반대예요. 오만의 조카인 저이기 때문에 그곳에 자리를 잡고 살 수 있는 거예요. 만일 커다란 지네가 되살아나서 나타난다면 이번에야말로 제가 세 번째로 퇴치해 버릴게요. 맡겨 주세요."

입으로만 하는 말이 아니었다. 아무도 가까이 오지 않는 건물이 있다는 이유만으로 기대고 있던 동천사 터지만 이제 나름의 의미가 생겼다. 오나쓰는 그것을 단단히 마음에 새겨 넣었다.


"우선 오나쓰 씨라는 사람은 대단한 말괄량이였어요."

흑백의 방 안에 이네가 이야기하는 목소리가 울린다. 지금까지 도미지로가 이곳에서 귀를 기울여 온 이야기꾼들 중에서 이네는 가장 쾌활한 목소리의 소유자였다.

"대단히 배짱이 좋은 사람이군요" 하고 도미지로는 말했다. "산속의 황폐한 절에서 혼자 사는 것이지 않습니까. 저라면 꿈에도…… 아이고, 그런 일은 할 수 없습니다."

"그야 도련님은 이런 번화한 동네에서 사시는 분인걸요. 시골에 사는 사람과는 다르지요."

"그럼 이네 씨도 오나쓰 씨와 같은 일을 할 수 있습니까?"

"제가요?" 이네는 자신의 콧등을 가리켰다. "설마요! 저는 질색이에요."

시로마루를 둘러싼 백설탕이 이네의 손끝에 묻어 있었나 보다. 그것이 콧등에도 묻어서 재미있는 광경이 되었다.

도미지로는 유쾌하게 웃었다. "이야기를 듣는 사람으로서 너무 앞질러 가면 안 되지만 제 작은 간을 달래기 위해서 조금만 가르쳐 주십시오. 결국 오나쓰 씨가 지금의 동천암 암주님이 되시는 것일까요?"

이네는 크게 고개를 끄덕였다. "예, 그렇습니다. 지금의 암주님은 고희를 넘기셨으니 제가 들려 드리는 이야기는 아주 젊으셨을 때의 일이에요."

세상에!

"동천암의 기원과 암주님의 신상 이야기는 우리 모두가 들어 알고 있고 이야기할 수 있어요. 우린보 님의 기원이기도 하니까요."

이네는 자연스럽게 가슴 앞에서 손을 모으고 기도하는 듯한 몸짓을 했다.

"말괄량이에 고집스럽고 무모한 고즈키무라 마을의 오나쓰 씨 덕분에 현재 우리의 삶이 있는 거예요."

자랑스러운 듯한 목소리로 이야기하는 이네의 눈 속에 아름다운 빛이 깃들어 있다.

"막상 자리를 잡고 살아 보니 의외로 다행스러운 일도 있고 역시 고생스러웠던 일도 있었다더군요."

승방에 자리를 잡고 허드렛일로 돈을 벌며 정신없이 살던 와중에 매화와 벚꽃과 살구꽃이 한꺼번에 피는 봄이 왔다. 그 무렵 오나쓰에 대한 마을의 여론은 '제멋대로 혼자 살게 내버려 둬도 되느냐'며 화를 내는 무리와, '좋을 대로 혼자 살게 둬 보자'는 무리, 그리고 어느 쪽에 대해서도 몸을 움츠리고 마는 다케마쓰와 동생들 일가 세 명으로 나뉘어 있었다.

실은 마가케무라 마을의 본사本寺 내에도 동천사 터가 그대로 남아 있는 것을 걱정하는 사람들이 있었던 모양이다. 그들은 절터에 자리를 잡고 사는 오나쓰를 '뭐 당분간은 허락해 줘도 되겠지' 하며 관대한 눈빛으로 지켜보고 있었다. 덕분에 고즈키무라 마을에서 화를 내는 무리도 오나쓰를 난폭하게 쫓아낼 수가 없었다.

새 잎이 싹틀 무렵이 되자, 오나쓰는 괭이와 가래를 얻어 땅을 조금씩 경작하기 시작했다. 본당 옆 평평한 곳에는 콩을 심었다. 콩은 다른 작물보다 강하고 수고도 적게 드니까.

커다란 지네의 독기? 그런 게 있을 리 없다. 정말로 있다고 해도 이제는 사라졌으리라. 원래의 옛날이야기 자체가 잊혀 가고 있다. 동천사에 관한 소문으로 아무도 이곳에 밭을 만들어 보려고 하지 않았기 때문에 몰랐을 뿐이다.

분명 괜찮을 거라는 생각이 들었다. 흙의 촉감은 결코 나쁘지 않다. 물도 조달할 수 있다. 해충은, 더워지기 전에는 확실하게 말할 수 없지만 적어도 마을 밭에서 본 적이 없는 벌레가 득실거릴 것 같지는 않다.

그러나 절터의 흙은 콩을 받아들여 주지 않았다. 물도 햇빛도 충분한데 조금도 자라지 않았다.

장마철의 긴 비에 절터도 승방 주위도 수렁논처럼 될 무렵까지 오나쓰는 혼자서 악전고투하며 콩 싹과 떡잎이 썩거나 시들어 가는 것을 바라보고 있었다.

분하다. 답답하다. 무엇이 잘못되었을까. 귀중한 일당으로 사들인 콩이 낭비되어 버리는 것은 절실하게 아픈 일이기도 하다.

콩이 안 된다면 토란일까. 여름에는 푸성귀가 잘 자라 좋은 돈벌이가 된다. 시험해 볼 수도 있다. 지금까지는 심부름 삯으로 씨나 묘목만 받아 왔지만 앞으로는 지혜도 받아 보자. 콩의 묘목이 어떻게 시들어 버리는지 자세히 설명한다면 누군가 이유를 가르쳐 주지 않을까.

비료가 부족한 탓인지도 모른다. 물빠짐을 좋게 하기 위해 파낸 고랑이 문제일까. 우물물이 너무 차갑거나, 서녘 해를 오래 쬐어서일까.

——그게 아니라면 역시 이곳의 흙인가.

나무나 풀, 작물에 좋지 않은 무언가가 포함되어 있는지도 모른다. 옛날부터 그것이 무엇인지 확실하게 밝혀지지 않은 채 손을 쓰지도 못해서 커다란 지네의 독기라는 '해석'이 붙은 게 아닐까.

새삼 둘러보니 잡목림도 빽빽하지 않다. 커다란 나무나 고목도 눈에 띄지 않는다. 다른 곳에서는 여러 종류의 잡초가 우거져 있는 덤불도 이곳에는 두세 종류뿐이다.

재미있게도 새나 짐승은 많이 살고 있었다. 새는 한 번으로는 지저귐 소리를 구분할 수 없을 정도로 종류가 많다. 짐승 중에서는 사슴이 가장 많이 보이고 그다음이 멧돼지다. 늘 절터를 어슬렁거리는 너구리가 오나쓰의 음식을 노리고 가까이 다가올 때도 있다. 수풀 속에서 눈을 빛내고 있는 너구리에게,

"나 혼자 먹기에도 간당간당해. 남는 건 없어. 돌아가, 돌아가."

하고 웃으며 손을 흔들어 주기도 했다.

실제로도 그랬다. 아슬아슬하기는 해도 오나쓰 혼자서 그냥 먹고살 수는 있었다. 품삯 대신 음식을 얻거나 물건을 받는 편이 오히려 더 나을지도 모른다.

오나쓰에게 허드렛일을 주는 사람들은 물론 오나쓰에게도 관련한 지식은 없었지만, 이렇게 먹고사는 방식은 노동력을 분할 판매하는 어엿한 장사였다. 큰 성하마을 같은 곳에서는 오나쓰처럼 살다가 검소하게 일생을 마치는 이들이 많이 있다.

하지만 거기에서 그친다면 산간 마을이라는 폐쇄된 곳에서는 앞

날이 보이지 않는다. 조만간 분할 판매를 하지 않아도 돈을 벌 수 있게 되어야 한다.

어떻게 해도 작물이 안 된다면 뽕나무를 심어서 양잠을 한다는 길도 있지만 그러려면 밑천이 필요하다. 처음에는 우선 뽕나무를 기르고, 뽕잎을 팔아 돈을 모으고, 다음으로 뽕밭을 만들고, 자력으로 누에를 기를 수 있을 만한 재력을 길러야 한다. 하루 아침에 될 일이 아니었다.

"그 언덕의 흙은 쇠 기운을 많이 함유하고 있다."

마가케무라 마을보다 더 먼 마을에서 씨나 묘목을 팔러 오는 행상꾼 노인이 가르쳐 주었다.

"이 부근에는 광산이 있는 것도 아니고 어째서 그렇게 되었는지는 몰라. 내가 젊었을 때 선대 영주님의 분부로 순찰하러 오신 성의 관리님은, 아주 옛날에 먼 곳에 있는 화산이 분화했을 때의 흔적이 아닐까 하고 말씀하셨다만."

행상꾼 노인은 고즈키무라 마을에서도 친숙한 얼굴이지만 전적으로 다케마쓰가 상대했기 때문에 오나쓰는 말을 나눈 적이 없었다. 이가 대부분 빠져서 발음이 새는지라 말을 알아듣기 어려워도 아는 것이 많은 할아버지였다.

오나쓰는 말했다. "커다란 지네의 독기든 화산재든 흙이 안 좋은 이유는 무엇이든 상관없어요. 어떻게 하면 될지 그걸 알고 싶은데요."

행상꾼 할아버지는 없는 이를 보이며 웃었다.

"언덕의 어느 부분을 경작하려는 게냐? 보여 줄 수 있겠니?"

"그건 좋지만…… 할아버지, 저를 도와주시면 마을에서 장사를 하기 어려워질 거예요."

"그럼 네 아버지한테 그만큼 사 달라고 할 테니 괜찮다."

자신의 이름이 로쿠스케라고 알려주더니 언덕을 올라와 오나쓰가 혼자서 경작한 절터의 땅을 살펴보았다.

"뭐야, 비좁구나. 절 부지에 구애받지 말고, 더 올라가면 넓은 땅이 있을 텐데. 볕도 잘 들고 물도 잘 빠지지."

"그러면 너무 뻔뻔스럽잖아요."

"뻔뻔하면 어때서? 이곳을 경작해 돈을 벌 수 있게 되면 땅 주인에게 땅값을 지불하면 될 일이지. 쫓아 내려고 하면 지금까지의 경작비와 묘목과 씨 대금을 지불하라고 물고 늘어지려무나."

그게 처세라는 거라고 로쿠스케 할아버지는 새는 발음으로 말했다.

"처세라……."

팔 물건을 짊어진 채 로쿠스케는 근처를 걸어다니며 흙을 만지고 냄새를 맡고 우물물을 입에 머금어 맛을 보았다.

"역시 쇠 기운이야."

"어떻게 하면 되나요?"

로쿠스케는 바싹 마른 나무처럼 몸집이 작고 허리가 굽어 있어서 오나쓰보다도 눈높이가 낮았다. 그가 아래에서 노려보듯이 오나쓰를 올려다보며 말했다.

"당분간 밭에는 돈과 수고가 들 뿐, 한 푼도 벌 수 없을 게다. 그래도 너는 먹고살 수 있겠느냐."

새는 발음이지만 심각한 내용을 묻는 바람에 오나쓰는 기가 죽었다. "꼬, 꼭 그래야만 한다면 할 수밖에 없지요."

"그렇다면 나한테 청과 묘목을 사려무나."

로쿠스케는 등에 멘 바구니를 내리더니 그 안에서 귀여운 묘목을 한 줌 꺼냈다.

"이건 청과다. 익혀도 파랗고 떫고 딱딱해서 먹을 수가 없지."

식용은 아니지만 이곳처럼 다루기 어려운 흙을 깨끗하게 만들어 주는 고마운 작물이라고 한다.

"지금부터 이 청과를 심으면 여름 동안에 한 번은 열매가 열릴 게다. 열린 열매는 흙의 쇠 기운을 빨아들일 텐데 청과가 빨아들인 만큼 흙에 함유되어 있는 쇠 기운이 줄어들겠지."

처음 심은 청과는 먹을 수 없을 뿐만 아니라 비료로도 쓸 수 없다. 흙으로 돌려보내면 모처럼 빨아들인 쇠 기운이 다시 흙으로 돌아가고 말기 때문이다.

"나한테 말해 주면 가지러 오마. 큰 강에 던져 버리는 게 제일 좋은 처리 방법이니까."

물론 별도로 수고비는 받겠다고 한다. 오나쓰는 웃음이 났다. 이 할아버지, 장사를 잘하는 사람이었구나.

"알겠어요. 말씀대로 하지요."

로쿠스케는 씩 웃었다. "우리 동네에서는 좋은 흙도 만들고 있지. 청과를 잘 키우게 되면 흙값도 가르쳐 주마. 이곳 흙에는 비료를 주기보다 다른 곳의 좋은 흙을 섞어 주는 편이 나을 것 같으니까."

이후로 오나쓰는 청과를 키우면서 품삯을 벌기 위해 한층 더 부지런히 움직였다.

처음에 산 청과 묘목은 열 그루. 로쿠스케가 말한 대로 절터가 아니라 조금 올라간 곳에 있는 양지바른 경사지에 다섯 그루씩 나란히 두 줄로 심었다. 고작 그뿐이라 다른 일을 하는 사이에도 충분히 보살필 수 있었다.

청과 묘목은 로쿠스케의 얘기를 들은 뒤라 그런지 튼튼해 보였다. 떡잎은 둥글고 가장자리가 뾰족뾰족하다. 덩굴은 밭을 기듯이 뻗어 자란다고 한다.

청과를 심고 열흘쯤 지나자 가장자리가 뾰족뾰족한 둥근 잎의 수가 늘고 한 장 한 장이 어린아이 손바닥 정도의 크기가 되었다. 오나쓰를 다시 찾아온 로쿠스케가 청과의 상태를 보고는,

"제대로 돌보아 주고 있구나."

하고 만족스러운 듯이 고개를 끄덕이더니 열 그루의 묘목을 더 팔아 주었다.

그 대금을 치르자니 오나쓰가 가진 돈으로는 부족했다.

"절반, 다섯 그루라면 치를 수 있지만……."

"그럼 나머지 다섯 그루 몫으로는 오늘로부터 정확히 닷새 동안 내 누이를 위해 기도해 주면 된다."

"로쿠스케 씨의 누이?"

"이 마을의 투장묘에 묻혀 있거든. 네 이모와 똑같지."

오나쓰는 잠시 말을 잇지 못할 정도로 놀랐다.

"이름은 오세이. 이 마을의 밭을 가지고 있는 사람한테 시집을 왔는데 2년도 지나지 않아 죽고 말았어."

난산 때문이었다고 한다. 결국 간신히 태어난 아기도 살지 못했다.

"사내아이여서 오세이는 후계자를 죽게 한 셈이 되었지. 시댁의 무덤에 묻힐 수는 없었어."

이번에는 놀람 때문이 아니라 분노 때문에 오나쓰는 아무 말도 할 수 없었다.

"기도뿐 아니라 향도 올릴게요. 닷새만이라니 그런 쩨쩨한 소리 마세요. 매일매일 우리 이모 성묘를 가듯이 오세이 씨한테도 갈게요."

"그거 고맙다."

로쿠스케는 늘 목에 두르고 있는 지저분한 수건을 풀고 오나쓰에게 꾸벅 머리를 숙였다.

"그럼 네가 성묘를 가 주는 날수를 계산해서 그만큼의 좋은 흙을 달아서 가져다 줄까?"

"필요 없어요. 성묘를 가는 건 내 마음이에요."

오늘부터 내일까지 먹고살기 위해, 그리고 내일 이후의 미래를 개척해 나가기 위해 오나쓰는 몸이 두 개면 좋겠다고 생각할 정도로 바빴지만, 투장묘에 성묘를 가는 일만은 매일 게을리하지 않았다. 언제나 오만의 이름을 부르다가 이날부터는 오세이의 이름도 함께 부르게 되었다.

여름도 한창때를 지나 저녁매미가 울기 시작했을 무렵, 처음에 심은 열 그루의 묘목에 열 개의 청과가 열렸다. 도토리만 한 크기가 호두만 해지고 어린아이 주먹 정도로 부풀었을 때의 모양은 동그란 형태에 한가운데가 약간 패어 있었다.

"좋은 청과다."

로쿠스케는 하나를 따더니 오나쓰의 눈앞에서 작은 칼로 반을 잘라 보여 주었다.

냄새를 맡아 볼 필요도 없이 오나쓰의 코에 쇠 기운을 머금은 이상한 냄새가 훅 끼쳐왔다. 청과의 단면에서는 빗방울처럼 청과 즙이 뚝뚝 떨어진다.

"이 냄새, 구리일까요?"

"시험 삼아 먹어 보렴."

작은 칼로 깎아 준 하얀 열매 조각을 입에 머금었다가 오나쓰는 곧장 기침을 하고 말았다.

"퉤, 퉤. 냄비 가장자리를 핥은 것 같은 맛이 나요."

"그렇지? 이 열 개는 내가 가져가마."

"충분히 큰 건가요? 좀 더 자라야 하지 않나?"

"흙에 쇠 기운이 짙을 때는 이 정도 크기가 고작일 게다. 다음 열 개도 비슷한 크기가 되는 걸 목표로 해야 해."

열매를 따 버린 후의 뿌리나 잎은 그대로 두어도 된다. 이 청과는 하나의 묘목에서 연달아 세 번은 열매를 얻을 수 있다고 한다.

다만 먹을 수는 없다. 그 청과를 씨로 삼아 싹을 틔워도 안 된다. 빨아들인 쇠 기운을 흙으로 되돌리는 결과가 될 뿐이다.

"세 번째 열매를 딸 때쯤에는 계절도 이미 겨울이 될 테니 청과의 뿌리는 파내 버리렴. 흙을 고른 다음 내가 가져올 좋은 흙을 섞어서 겨울 한철을 재워 두는 거야."

만사가 잘되어도 내년 봄까지는 밭을 만들 수 없다는 뜻이다.

오나쓰가 묵묵히 청과를 키우고 있는 사이에 몇 번인가 다케마쓰가 근처까지 상황을 살피러 왔다. 그때마다 오나쓰는 아버지를 알아차렸지만, 상대방이 거북한 듯이 멀리 떨어져 있어서 이쪽에서도 말을 걸지 않았다.

11월 초, 처음 심은 열 그루의 묘목에서 세 번째로 열 개의 열매를 땄다. 그 열매가 갓난아기의 머리만 한 크기가 되고 둘로 갈라도 거의 쇠 냄새가 느껴지지 않는 것에 오나쓰는 매우 기뻐했다. 로쿠스케 씨가 오면 단단히 감사 인사를 해야지.

──이모랑 오세이 씨한테도 알리자.

그날은 아직 투장묘에 성묘를 가지 않았기 때문에 언덕을 불어 내려오는 북풍에 등을 떠밀리면서 마을의 묘지로 향했다. 그때 언덕 기슭의 길을, 솜옷을 껴입고 등을 웅크린 채 겁에 질린 듯한 발걸음으로 올라오는 남자를 발견했다.

로쿠스케는 아니다. 그 할아버지는 더 걸음이 빠른걸. 어디 사는 누구일까——하고 생각하며 바라보고 있자니 동생이었다.

"누님, 오늘 아침 일찍, 아버지가 밭에서 쓰러져 돌아가셨어."

오나쓰는 언덕을 뛰어 내려가 본가로 돌아갔다. 마침 다케마쓰의 시체도 덧문짝에 실려 돌아온 참이었다.

"뭣 하러 왔어, 불효막심한 자식이!"

마을 사람들의 눈앞에서 오나쓰에게 욕설을 퍼붓고 주먹으로 때린 사람은 누이동생이었다.

"언니는 아버지 무덤에 가까이 오지도 마. 향도 필요 없어. 두 번 다시 이 집 문지방을 넘지 마!"

누이동생은 울부짖고, 남동생은 오나쓰를 노려보았다. 오나쓰는 고개를 숙이고 덧문짝 위의 아버지를 보았다. 전부 체념한 듯 편안한 얼굴로 눈을 감고 있었다.

오나쓰는 예전 동천사의 승방——그럭저럭 살기 좋아진 폐가에서 홀로 해를 넘겼다.

로쿠스케의 조언에 따라 세 번째 청과를 뿌리째 파내고, 그 밭에는 좋은 흙을 섞어 재워 두었다. 아직 한 번이나 두 번밖에 열매를 따지 않은 청과 밭은 낮은 울타리를 치고 그 위에 서리를 피하기 위한 거적을 덮어 지켜 주었다. 거적 밑의 어둠 속에서 한가운데가 약간 찌그러진 애교 있는 모양의 청과들을 보고 있으면 마치 나란히 자고 있는 아기들을 보는 기분도 들었다.

연말연시에는 어느 마을이나 상가商家와 도매상에 일손이 필요하기 때문에 오나쓰는 꽤 돈을 벌 수 있었다. 하루 벌어 하루 먹고사는 처지니까 정월이라고 해봐야 뭐가 다르겠냐만, 새해 초이튿날 딱 하루만 부엌 하녀로 일했던 마가케무라 마을의 의원님 집에서 모처럼 멧돼지전골을 얻어먹을 수 있었다.

이 부근에서는 멧돼지전골이 정월 음식이다. 오나쓰가 먹은 전골은 물론 손님에게 대접하고 남은 음식이었지만, 멧돼지고기 조각이 떠 있었고 간이 듬뿍 밴 밀기울과 무가 맛있었다.

의원의 집에 새해 인사를 하러 모인 사람들은 많이 먹고 실컷 마시며 흥에 겨워 시끄럽게 떠들어 댔다. 계속 부엌에 있던 오나쓰의 귀에도 띄엄띄엄 들릴 정도였다.

그들이 나눈 대화 중에는 동천사에 관한 내용도 있었다. 20년쯤 전, 마가케무라 마을에 있는 본사本寺와의 사이에 일어난 다툼의 원인은 유력한 시주들끼리의 충돌이었던 모양이다. 방황하는 중생에게 부처의 길을 가르치는 절이, 신자들의 다툼을 수습하기는커녕 반대로 거기에 휘말려 자신들까지 사이가 틀어지고 만 것이다. 손님용 그릇에 잘게 썰어 초에 무친 생선회를 담으면서 오나쓰는 웃고 말았다. 새해 초에 웃으면 복이 온다지.

이 이야기를 얼핏 듣고 그제야 본사의 제대로 된 명칭을 알았다. 후쿠로쿠잔福禄山 광천사光泉寺라고 한다. 'OO잔'은 절의 성姓 같은 것이고, 본래는 하나인 동천사도 '후쿠로쿠잔 동천사'가 정식 명칭이었으리라. 그 이름을 배신하지 않고 언젠가는 복록福禄을 가져다주면 좋을 텐데.

나나쿠사 죽七草粥 정월 이렛날 먹는 죽. 미나리, 광대나물, 떡쑥, 냉이, 별꽃, 순무, 무

등 봄의 대표적인 일곱 가지 풀을 넣어 만든 죽으로, 이날 이것을 먹으면 만병을 예방한다는 풍습이 있다은 허드렛일의 품삯으로 얻어먹고, 가가미와리(鏡割り 가가미비라키(鏡開き)라고도 한다. 정월 11일에, 설에 신불에게 올렸던 가가미모치 떡을 내려서 떡국이나 단팥죽으로 만들어 먹는 행사의 단팥죽은 로쿠스케가 손잡이 달린 냄비에 넣어 들고 와 주었다. 로쿠스케의 큰며느리가 만든 것으로,

——완고한 오나쓰 씨도 가끔은 단것이 먹고 싶을 테니까.

그렇게 말하며 들려 보냈다고 한다.

"제가 이곳에 오고 나서부터 여러 사람들이 더 친절하게 대해 주시네요."

"만일 커다란 지네가 나오면 목숨을 걸고 싸워 달라는 뜻이겠지."

로쿠스케가 무척 진지한 얼굴로 말했다. "그때는 나도 도와주지 않을 게다."

오나쓰는 의원 댁 부엌에서 웃었을 때보다 더 유쾌하게 웃었다.

"저 혼자면 돼요. 맡겨 주세요."

착실하게 품삯을 벌고 밭을 지켜보고 투장묘에 성묘를 가고 오만과 오세이에게 말을 거는 나날이 계속되었다. 봄이 되면 재워 두었던 밭에 드디어 콩 묘목을 심을 수 있다.

"쇠 기운이 빠지니 흙에서 좋은 냄새가 나요. 이모도 오세이 씨도 맡을 수 있었다면 좋으련만."

어느새 1월도 다 지났다. 하루는 투장묘 주위를 청소하고 모아 온 시든 잎이며 마른 가지를 태워 불을 쬐고 있는데, 누군가 마을

쪽에서 올라오는 모습이 보였다.

로쿠스케는 아니다. 동생도 아니다. 삿갓을 쓰고 짚신까지 신고 있다. 누구인지는 알 수 없지만 몸집이 작다.

아침부터 추위가 심하고 푸른 하늘을 흘러가는 구름 덩어리에서 가끔 생각난 듯이 가랑눈이 흩날려 떨어진다. 삿갓이나 도롱이가 필요할 정도는 아니다. 저런 옷차림을 하고 있다는 건,

——대낮부터 귀신인가?

오나쓰는 모닥불을 밟아 껐다. 목도리 대신 두른 낡은 수건을 한 번 풀었다가 생각을 고쳐먹고 다시 단단히 맸다. 그 사이에도 언덕 오솔길을 따라 이쪽으로 올라오는 삿갓 도롱이 짚신에게서 눈을 떼지 않았다. 잡목림은 반쯤 시들어 잎이 떨어지고 잡초도 덤불도 시들어 부피가 줄었기 때문에 시야는 좋다.

마을 묘지에 들어서자 삿갓 도롱이 짚신은 걸음을 멈추었다. 도롱이에서 팔이 나와 삿갓 챙을 들어올린다.

작은 얼굴이 보였다. 어린아이——는 아니다. 여자다.

오나쓰는 크게 숨을 들이마시고 소리쳤다.

"당신, 나한테 볼일이 있나요?"

숨이 하얗게 흐려지며 북풍에 흩어진다. 거기에 가랑눈이 떨어져 내렸다.

삿갓 도롱이 짚신 차림의 여자는 삿갓 챙에서 손을 떼더니 그 자리에서 몸을 굽혀 절을 했다. 그러고는 얼굴을 가리듯이 고개를 숙인 채 계속해서 오솔길을 올라온다. 오나쓰는 모닥불을 피우던 자

리를 떠나 여자 쪽으로 다가갔다.

거리가 가까워지자 삿갓 도롱이 짚신 차림의 여자가 내는 목소리가 들려왔다. 욱욱 하며 신음하듯이 울고 있다.

"왜 그래요, 당신?"

오나쓰는 그렇게 물으며 달려갔다. 걸음을 멈춘 여자가 참다 못한 듯이 한층 더 큰 소리로 울음을 터뜨리더니 덜덜 떨며 쓰러졌다.

"저는, 마가케, 무라 마을의, 오사요, 라고 해요." 여자는 우느라 숨을 헐떡이며 말했다. 나이는 열네다섯 살일까. 귀여운 얼굴이다.

"실과 옷감을 파는, 미카마야의, 따, 딸인데."

오나쓰는 오사요라고 자신을 소개한 여자 옆에 쪼그려 앉았다.

"미카마야라면 알고 있어요. 큰 가게잖아요. 그 댁 따님이 이런 곳에 왜 혼자서 온 거지요?"

삿갓 아래에서 오사요는 계속 눈물을 흘리고 있다. 그 얼굴을 들여다보고 오나쓰는 깜짝 놀랐다.

"눈 주위의 멍, 어쩌다 그런 거예요?"

왼쪽 눈 부근에 엷은 먹으로 동그라미를 그린 듯 둥근 멍이 들어 있다. 왼쪽 뺨은 부어올랐고 입술 끝이 찢어져 피가 굳은 상태다.

"어쩌다 다친 거예요? 다른 데는? 팔 좀 보여 주세요."

오나쓰는 오사요의 도롱이를 젖혀 보고 흠칫했다. 상반신을 감싼 얇은 속옷도 속치마도 피투성이다. 이 정도라면 온몸에 멍이나 상처가 있을 것 같았다.

"가엾게도, 이런 몸으로 용케 걸어왔네요. 우선 우리 집으로 가요."

오사요는 더 이상 움직일 수가 없는 모양이었다. 오나쓰는 자그마한 여자를 업고 절터의 승방으로 올라갔다. 등에 업은 오사요는 가벼웠지만 옛날의 오나쓰라면 우선 업자는 생각조차 못했으리라. 이곳에서 살다 보니 강해진 것이다.

승방에 들어가 차가운 북풍이 닿지 않게 되자 오사요의 몸을 자세히 살폈다. 등에도 엉덩이에도 허벅지에도 좌우의 정강이에도 멍이 있고 애처롭게 부어 있었다. 얇은 찰과상이 나 있는 곳도 있다. 오사요의 숨이 거칠고 몸이 가늘게 떨린다. 열이 오르기 때문이다.

"아무 말 하지 않아도 되니까 얌전히 누워요."

오사요를 자신의 침상에 눕히고, 부뚜막에 쇠냄비를 걸고 물을 끓여 미지근한 물을 만들고, 낡은 천을 있는 대로 꺼내다 우선 몸을 닦아 깨끗이 해 주었다. 깨끗하게 하지 않으면 상처의 상태도 알 수 없다. 가능한 한 살살 닦아 주었지만 자극을 받자 피가 배어나오기 시작하는 상처도 있었다.

오나쓰가 가진 것 중에 약은 없다. 다만 정월 초이튿날 부엌 하녀 일을 갔을 때, 오나쓰의 일솜씨를 마음에 들어 한 의원의 아내가 살갗이 튼 데 잘 듣는다는 연고를 주었다. 바지락조개 껍데기에 들어 있고 독특한 냄새가 난다.

멍은 차게 식혀 줄 수 있을 뿐 달리 돌봐줄 수 있는 방법이 없지만, 피가 배어 나오는 상처에는 이 연고가 맞을 듯했다. 승방에는 이로리마룻바닥을 네모지게 파내고 난방·취사용 불을 피우게 만든 장치가 없고, 화로의 온기로 오사요의 차게 식은 몸을 덥혀 주기에는 역부족이었다. 생각다 못해 봉당에 덧문짝을 세 장 겹쳐 놓고 그 위로 침상을 옮기기로 했다. 이렇게 하면 부뚜막의 불과 가까워진다. 쇠냄비에서 올라오는 김도 차가워진 몸에는 좋을 것 같다.

"불쏘시개만큼은 잔뜩 있으니까 실컷 불을 때 줄게요."

썩어서 무너지기 직전인 본당에 있는 물건들은 거의 전부 태울 수 있다. 장작을 주우러 가지 않아도 올해 겨울은 편하게 날 수 있겠다고 생각했다.

알몸의 오사요에게 평소 잠옷으로 입는 낡은 홑옷을 빌려주고 그 위에 솜을 넣은 찬찬코를 입혔다. 이것은 로쿠스케에게서 받았다. 논을 지나다가 허수아비가 입고 있던 걸 벗겨 왔다는 둥 하며 시치미를 뗐지만 그럴 리가 있나.

"분명히 며느리라는 분이 만들었을 텐데 사실을 말하면 내가 은혜를 입었다고 여길까 봐 거짓말을 했겠죠."

만난 지 얼마 안 된 오사요에게 로쿠스케의 이야기가 통할 리 없는데도 오나쓰는 말했다. 기름종이에 붙인 불처럼 쉬지 않고 이야기했다. 당황했기 때문이다. 오사요를 안심시키고 싶은 마음도 있었다.

"죄, 죄송해요."

몸이 조금 따뜻해지고 잔떨림이 가라앉자 오사요는 또 울기 시작했다.

"오나쓰 씨는 저 같은 건 모르겠지요."

오나쓰는 오사요의 등을 쓸어 주었다.

"그러니까, 미카마야는 안다니까요. 세밑 대청소를 도우러 가기도 했고요."

안주인은 잔소리가 많고 품삯도 쌌지만 밥이 호사스러웠다. 오분도미였는데 잡곡이 한 톨도 섞여 있지 않았던 것이다.

"당신이 미카마야의 아가씨라면 그때는 일감을 주셔서 감사했어요."

오사요는 목소리를 삼키며 계속 울고 있다. 오나쓰는 말없이 그 몸을 쓸어 따뜻하게 해 주다가 문득 이상한 점을 깨달았다.

옆에 뭉쳐놓은 오사요의 속치마는 아까 벗길 때 허벅지나 정강이 상처에서 나온 피로 군데군데 더러워져 있다──고 여겼는데 지금 보니 한층 더 커다란 둥근 핏자국이 있다. 엉덩이 뒤쪽이다.

"당신 지금 달거리가 와 있나요?"

오나쓰는 물으며 그쪽도 조치를 해야겠다고 생각했다. 하지만 오사요는 대답하지 않았다. 얇은 이불에 찌부러질 듯할 정도로 세게 얼굴을 누르고 야윈 몸을 떨며 더욱 심하게 울 뿐이다.

"아니에요? 그렇다면……."

이런 출혈은 오나쓰에게도 기억이 있다. 하지만 설마. 이 애가? 마가케무라 마을에서도 손꼽히는 큰 가게의 따님이?

"설마 당신, 임신했어요?"

오사요는 이불에 양손의 손톱을 세우고 도려내다시피 하며 몸부림쳤다. 억누를 수 없는 비명 같은 목소리가 목에서 터져 나온다.

"아기는, 이, 이제 없어요. 어, 어제, 지워져, 버렸으니까!"

캐물어 보니 유복한 가게의 딸에게 흔히 있을 법한 이야기였다. 오사요는 부모가 허락해 주지 않는 남자와 사랑하는 사이가 된 것이다.

반년쯤 지속된 사랑은 오사요가 남자의 아기를 배고 둘이서 사랑의 도피를 계획했지만 결행하기 전에 들켜 버림으로써 끝을 고했다. 왜 들켰냐 하면 오사요가 "평생의 부탁이니까 비밀로 해 줘"라는 다짐을 받고서 유모이기도 했던 미카마야의 하녀 우두머리에게 말해 버렸기 때문이다. 이 또한 규중처녀다운 멍청한 짓이기는 했다.

오사요의 부모는 남자와 오사요를 억지로 떼어놓으며 강압적으로 배 속의 아기를 포기하라고 설득했다. 이럴 때를 위한 약은 하녀 우두머리가 안주인의 명을 받고 바삐 뛰어다녀 구해 두었다. 이제 오사요가 각오를 굳히고 약을 먹는 일만 남았는데.

──흐음, 약이라.

자신이 저지른 짓을 떠올리며 오나쓰는 생각했다. 나는 애를 지우는 약 같은 건 조금도 생각하지 못했다. 용수로 쪽이 간단하고 확실하니까.

어머니가 울고 하녀 우두머리가 꾸짖고 이미 좋은 집으로 시집을 간 언니까지 달려와 울면서 설득했지만, 오사요는 배 속의 아기를 낳겠다고 우겼다. 아무도 방해할 수 없다. 아기를 죽이려면 먼 저 나를 죽여라. 죽일 수는 없겠지. 나는 소중한 딸이니까.

이 말에 미카마야의 주인이 갑자기 야차 같은 얼굴로 변했다.

"우리 아버지는 온화한 사람이라 큰 목소리라곤 낸 적이 없어요. 나는 아버지의 화난 얼굴을 본 적이 없었어요."

그 아버지가 염라대왕처럼 미친 듯이 화를 내며 오사요의 배를 걷어찼다.

──이런 아기 따위 필요 없다!

배 속의 아기뿐만 아니라 오사요 자신도 죽임을 당하는 줄 알았 다. 아버지가 아니라 어떤 요괴가 아버지로 둔갑한 게 아닐까 생각 했다. 분명, 고즈키무라 마을의 세간살이 가게인지 고물상인지에 서 그런 일이 있었다는 옛날이야기를 들은 적이 있다.

"우리 이모 이야기예요" 하고 오나쓰는 가르쳐 주었다. "고물상 의 시어머니를 잡아먹은 커다란 지네가 시어머니로 둔갑해서 며느 리까지 잡아먹으려다가 도리어 당한 거지요. 마가케무라 마을까지 전해졌군요."

오사요는 소박하게 놀란 얼굴을 했다. "당신 이모가 그 며느리라 고요? 세상에, 강한 사람이었군요."

그렇다. 오만은 강하고 다정한 사람이었다.

"지금은 이곳의 투장묘에 잠들어 있어요. 나는 이모 옆에 있고 싶어서 여기에 살고 있고."

그렇다고 해도…… 오나쓰는 새삼 오사요의 온몸에 있는 멍이며 상처를 살펴보았다.

"당신, 제대로 치료도 못 받았나요."

오사요는 거스러미가 인 입술을 핥고는 떨리는 듯한 숨을 내쉬며 고개를 끄덕였다. "나는 기절해 버려서——깨어 보니 우리 집 곳간 안에 있는 방에 갇혀 버렸어요."

물론 배 속의 아기는 지워지고 말았다.

"음식도 물도 주지 않았어요. 갈아입을 옷도 없고, 천도 넝마조차 없어서 피를 닦을 수도 없었어요. 열이 나고 괴로워서 그대로 죽을 거라고 생각했어요."

들창이 하나 있을 뿐인 곳간방에서 하룻밤 동안 몽롱한 채로 통나무처럼 누워 있었는데.

"오늘 아침 일찍 어머니가 문을 열고 얼굴을 내밀더니."

미카마야의 안주인이 울어서 부은 눈을 하고 말했다.

——오사요, 아버지께 사과할 마음이 들었니? 진심으로 죄송하다고 사과하겠다면 여기서 꺼내 주마.

"어머니도 악독한 사람은 아니고 아버지도 사실은 이런 짓을 하고 싶지 않았을 거라고 또 훌쩍훌쩍 울면서 말했어요."

오사요는 이제 아무래도 상관없다는 기분이 들어, 죄송해요, 사과할게요, 하고 대답했다. 나오는 대로 지껄였을 뿐 마음은 텅 비어 있었다.

"그랬더니 부엌 근처의 작은 방으로 옮겨졌어요. 주위에 아무도 없길래 맨발로 봉당으로 뛰어내려 도망쳤어요."

뒷문에 매달려 있던 삿갓과 도롱이와 짚신을 순간적으로 들고 왔다고 한다. 영리한 처녀. 어떻게든 제대로 된 옷으로 갈아입으려고 꾸물거리고 있었다간 도망치지 못했으리라. 그랬다면 틀림없이 목숨을 잃었겠지.

"뒤쪽에 있는 나무문을 통해 밖으로 나왔지만 무언가를 붙잡지 않으면 걸을 수가 없었어요."

생울타리를 짚으며 간신히 옆집 뒤뜰로 도망쳐 들어갔다.

"우리 옆집은 하루타야라는 옷감 가게예요."

무명천을 취급하는 가게다.

"알아요. 거기에서도 허드렛일을 받은 적이 있거든요."

뒤뜰에는 하루타야와 거래가 있는 베 짜는 집의 짐수레가 세워져 있었다. 마침 오늘치 물품을 납품하러 온 참이었을 것이다.

"저는 일단 누워서 쉬고 싶어서 죽을힘을 쥐어짜 짐수레의 짐칸으로 기어 올라갔어요."

먼지를 막기 위한 거적을 뒤집어쓰고 몸을 숨겼다. 미카마야 쪽에서는 누군가의 큰 목소리와 허둥지둥 문을 여닫는 소리가 들려왔다.

"금세 눈앞이 캄캄해지더니 그대로 정신을 잃고 말아서……."

눈을 떴을 때는 짐수레가 바퀴를 삐걱거리며 움직이고 있었다.

"아무한테도 들키지 않은 거로군요."

"네. 죽은 듯이 자고 있어서 기척도 나지 않았던 게 아닐까요."

오사요는 혼자서 마가케무라 마을을 나간 적이 없었기 때문에 짐수레가 어디를 지나고 있는지 전혀 짐작하지 못했다. 당장은 숨어 있을 수밖에 없어서 가만히 숨을 죽이고 있자니,

"이곳 마을의 나무문을 지나 커다란 초가지붕 집 쪽을 향해 가는 거예요."

오나쓰가 아는 한 고즈키무라 마을의 베 짜는 집은 한 곳뿐인데 마을 서쪽의 나무문 바로 옆에 있다.

"수레를 끄는 사람은 꽤 나이가 많은 할아버지였는데 나무문 있는 데서 마을 사람과 큰 소리로 이야기를 하고 있었어요. 월번月番이 어떻다느니……. 그래서 여기가 고즈키무라 마을이라는 걸 알았지요."

마을 서쪽의 출입구는 가도에서 가깝기 때문에 나무문을 설치하고 파수꾼이 순찰을 돌도록 되어 있다. 마을의 남자들이 한 달씩 교대로 이 파수꾼을 맡는 것이 규칙이다.

"베 짜는 집의 할아버지도 월번 파수꾼도 느긋한 사람이라 운이 좋았네요" 하며 오나쓰는 웃고 말았다. "거기에서 들켰다면 엄청난 소란이 일어났을 테니까요."

오사요는 눈을 동그랗게 뜨며 진지하게 고개를 끄덕였다. "맞아요. 나는 운이 좋았어요. 짐수레를 탈 수 있었던 데다 엉뚱한 다른 곳이 아니라 여기 고즈키무라 마을로 올 수 있었으니까요."

나, 전부터 오나쓰 씨를 알고 있었거든요, 하고 말한다.

"나를? 어떻게요?"

오나쓰가 무뚝뚝하게 대답하자 오사요는 어린아이처럼 순진하

게 초조해했다.

"요괴 같은 시어머니를 퇴치한 훌륭한 며느리의 조카라고요! 그리고 이모가 묻혀 있는 마을의 무연고자 무덤 옆에서 혼자 살고 있다고. 허드렛일로 일당을 벌어서 폐사에 자리를 잡고 살면서 요즘은 밭까지 만들고 있다면서요?"

어느새 자세히도 소문이 났구나. 뭐, 일당을 벌기 위해 어디든가는 홀몸의 여자니까. 막연히 했던 짐작보다 훨씬 더 주위의 시선을 끌고 있다는 뜻이려나.

"오나쓰 씨는 이모가 무연고자 무덤에 던져져 버려서 화가 났고 그래서 가출한 거지요?"

"……그것도 소문이 났나요?"

고개를 끄덕이며 오사요는 커다란 눈으로 오나쓰를 쳐다보았다.

"칭찬하는 사람은 없어요. 특히 남자들과 할망구들은 오나쓰 씨를 나쁘게만 말해요."

여자들도 입 밖에 내어 그것에 반발하거나 하지는 않는다. 하지만 마음속으로는 다들 얼마간 감탄하고 있다. 고즈키무라 마을의 오나쓰라는 사람 말이야, 제법이잖아.

"나도 마찬가지였어요. 그래서 오나쓰 씨를 찾아가면 반드시 도움을 받을 수 있을 거라고 생각했지요. 기어서라도 언덕을 올라가서 만나야겠다고요."

이런 말을 들어 놓고 못 본 척한다면 이쪽이 사람도 아닌 셈이된다.

하지만 괜찮을까. 제 한몸 건사하기도 버거운데 돌보아야 할 사람을 떠안는다니 아무래도 망설여진다.

그렇다고 내버려 둘 수도 없었다. 마치 당연한 일이라는 듯 오사요는 승방에 자리를 잡고 함께 살게 되었다──라고 할까, 오나쓰는 오사요를 부양하게 되었다.

인생에서 처음으로 한 사랑을 잃고 사랑의 결실이라 믿었던 아기도 잃고 그로 인해 부모와 헤어져 집을 뛰쳐나오면서 오사요는 완전히 실의에 빠져 있었다. 다부진 척을 해도 어차피 겉모습뿐이다. 몸의 상처는 조금씩 회복됐지만 날짜가 지나고 달력이 2월이 되어도 부러진 마음은 원래대로 돌아오지 않았다.

함께 살려면 서로가 서로를 지탱해 주어야 한다. 그래야 관계를 유지할 수 있다. 하지만 귀한 집안에서 아가씨로 자랐고 부뚜막에서 불을 피운 적조차 없었다는 오사요에게 집안일을 가르치고, 꾸짖거나 칭찬하거나 위로하거나 격려하며 이런저런 방법으로 지탱해 주는 일은, 본래 사람을 싫어하는 (적어도 스스로는 그렇게 믿고 있는) 오나쓰에게 꽤 무거운 짐이었다. 형편상 이쪽이 훨씬 연상인 듯한 모양새가 되기는 했지만 냉정하게 나이를 비교해 보면 두 살밖에 차이가 나지 않으니 무리도 아니다.

고생만 해 온 오나쓰는 성숙하고, 유모의 보호를 받으며 자란 오사요는 어린애 같다. 하지만 둘 다 좋아하는 남자와 사귀어 아기를 가질 수 있을 정도로는 충분히 '여자'다. 오사요의 언동을 보며 오나쓰는 새삼 깨달았다. 그래서 밤중에 혼자서 머리를 끌어안고 신음하기도 했다. 괴로움이나 분노 때문이 아니다. 부끄러웠기 때문이다. 아기를 볼 낯이 없었다. 미안해서 견딜 수가 없다.

그리고 집을 나온 후 처음으로 아버지 다케마쓰에게도 불효를 저질렀다는 생각을 했다.

미카마야에서는 오사요를 찾고 있지 않은지, 찾고는 있지만 고즈키무라 마을과 연결할 단서가 없는지, 추격자가 오는 일은 없었다.

"아버지는 내가 이미 죽었다고 여기는 거겠죠. 그때 진심으로 나를 걷어차 죽이려고 했었고."

오사요가 천연덕스럽게 말했다. "괜찮아요. 나한테는 부모 따위 없어. 처음부터 없었어요. 그걸로 됐어요."

또 다부진 척을 하며 내뱉지만 말꼬리가 사라지기도 전에 눈물을 글썽거리고 만다. 지금까지 애지중지 사랑받은 세월을 생각하면 부모의 갑작스러운 변모는 실로 청천벽력과 같고, 오사요는 본인이 생각하는 것보다 더 깊은 상처를 입었으리라.

오나쓰도 미카마야의 주인이 어째서 그렇게까지 격분했는지 의아했지만, 고집스럽게 화만 내는 오사요의 입을 조금씩 열고 전후의 경위를 들어 보니 어렴풋하게나마 이해가 갔다.

우선 오사요와 사랑에 빠진 상대는 미카마야와 오랫동안 교류가 있었던 동료 상인의 가게 후계자로 이미 약혼녀가 있고 혼례 날짜까지 정해졌다고 한다.

"부모님이 멋대로 결정한 혼담이고 그이는 납득하지 않았어요."

더욱 곤란하게도 남자의 약혼녀는 성하마을의 큰 쌀 도매상의 딸이었다. 재산의 크기는 하늘과 땅 차이, 남자의 본가인 가게로서는 성 아래에서 엄청난 지참금을 들고 올 며느리를 맞아 앞으로의 장사도 크게 키울 수 있겠다고 김칫국을 마시며 싱글벙글이었는데.

이제 겨우 열다섯이 된 여자아이에게 반했느니 좋아하느니 하다가 부서져 버렸다. 남자의 본가는 격분했고, 그 격분을 제대로 뒤집어쓴 미카마야의 주인은 귀여운 딸을 위해 납작 엎드려 사과하고 위자료도 싸 들고 가서,

──아드님의 장래에 지장이 되지 않도록 배 속의 아이는 반드시 처리하겠습니다.

한껏 애를 쓰며 일을 수습했다. 그런데 부모의 고생을 손톱만큼도 모르고, 또 알려고도 하지 않고, 오사요는 '아기를 낳겠다!'고 때를 쓰며 울 뿐이었다.

딸의 이기적인 모습에 미카마야의 주인은 한순간 마음의 둑이 무너지고 말았으리라. 사랑하는 딸이라고는 해도 한 번 걷어차고 나니 제어가 되지 않고, 제정신으로 돌아오니 이번에는 쳐든 주먹을 어떻게 내려야 할지 알 수가 없었겠지.

지금 미카마야의 주인은 이성을 잃고 한 행동을 후회하고 있을까. 요란하게 오사요를 찾는 기색이 없는 까닭은 체면에 신경을 쓰기 때문일까. 크게 다친 오사요가 어디에선가 쓰러져 있을지도 모른다고 걱정하면서도 한편으론 어쩔 수 없는 일이라며 체념해 버

렸을까.

가엾다고, 오나쓰는 솔직하게 생각했다. 그러자 아버지 다케마쓰의 얼굴이 떠올랐다. 가출하기 직전에 이야기를 나누었을 때의 얼굴. 오나쓰가 이곳에 자리를 잡고 살기 시작한 후 몇 번인가 무덤 근처까지 와서 이쪽을 바라보고 있다가 오나쓰가 모르는 척하자 터벅터벅 돌아갔다. 그 작고 야위어 있던 등. 죽은 뒤에야 안심한 듯 눈을 감고 있던 편안한 표정은 여러 가지를 체념하고 나서야 비로소 떠올릴 수 있었던 걸까.

오만을 생각하며 분노하고 오만을 위해 운 적은 있어도 다케마쓰를 위해 눈물을 흘릴 때가 올 거라고는, 오나쓰는 꿈에도 생각하지 않았다. 하지만 그 완고한 마음이 토대부터 무너졌다.

다케마쓰는 오나쓰의 터무니없는 실수를 알고도 때리거나 걷어차지 않았다. 오만에게 맡기고 내버려 둬 주었다. 본인도 귀찮게 묻지 않았을 뿐만 아니라 동생들에게도 누이에게 괜한 이야기를 묻지 말라고 타일러 주었겠지.

오나쓰에게 오나쓰의 괴로움과 불만이 있었듯이 다케마쓰에게도 다케마쓰의 괴로움과 불만이 있었을 텐데. 아버지는 모른다, 어떻게 알겠느냐고 화만 냈던 오나쓰는 그것을 몰랐다. 남의 집 부녀의 모습, 미카마야의 주인과 딸 오사요의 괴로움과 불만을 알고 나서야 자신의 아버지 다케마쓰의 마음을 헤아릴 수 있게 된 기분이 들었다.

──아버지, 미안해요.

누구의 마음속이든 물어보지 않으면 알 수 없다. 하지만 묻고 대답을 얻는다 해도 전부 다 알 수 있는 건 아니다. 매번 묻다가는 귀찮아서 살아갈 수가 없다.

그러니 말없이 서로 양보하고, 서로 배려하면서 살아갈 수밖에 없다. 본심 같은 건 캐물어 봐야 소용없다. 그것이 움직이지 않는 진실이라고는 말할 수 없으니까. 진실 따위는 없다고 생각하는 편이 나을지도 모른다.

그 후로 오나쓰는 투장묘뿐만 아니라 마을의 묘소에 있는 다케마쓰의 보잘것없는 나무 표묘에도 성묘를 가게 되었다.

한편 부양할 입이 하나 느는 바람에 오나쓰의 매일은 더욱 바빠졌다. 밭을 돌보는 일은 오전 중에 끝내고, 해가 져서 불을 밝힐 시간까지 온갖 허드렛일로 벌 수 있는 만큼 벌었다. 밤에도 침상에 눕지 않고 품삯 대신 받은 얇은 솜이불을 뒤집어쓴 채 부엌 옆의 마루방에서 짧은 잠을 잤다.

오사요는 "이것 좀 해 두세요"라고 부탁한 일을 해낼 수 있는 날과, 전혀 해내지 못하는 날이 반반 정도였다. 다만 청과밭의 상태를 보러 언덕을 올라오는 로쿠스케와는 금세 친해졌다. 뿐만 아니라 묘하게 잘 따랐다.

"우리 할아버지 같아요."

한편 로쿠스케는 오사요에게 전혀 관심을 보이지 않았다.

"나는 흙을 만지지 않는 사람한테는 볼일이 없어서 눈에 들어오지 않는다."

그 말인즉슨 오사요가 이곳에 있다는 사실을 누구에게도 이르지 않겠다──는 약속이었다. 로쿠스케다운 배려라, 오나쓰는 몰래 그 등을 향해 손을 모으며 감사했다.

청과는 순조롭게 자라며 조금씩 계속해서 흙의 쇠 기운을 제거했다. 봄꽃이 일제히 만개할 무렵에는 첫 번째 밭에 염원하던 콩 묘목을 심고, 그 밭의 두렁길에는 로쿠스케에게 받은 채소 씨도 심어 보았다.

"부드럽고 맛있단다. 많이 키울 수 있게 되면 좋은 값에 팔 수 있을 게야."

이내 장마철이 다가왔다. 계속해서 내리는 비를 맞으며 승방의 상한 지붕에서 물이 뚝뚝 떨어져 곤란해하고 있자니, 허드렛일을 하면서 신세를 졌던 마을 목수의 아내가 남편의 엉덩이를 두들겨 보내 주었다.

"우리 영감의 수고비는 또 네가 우리 집에 일하러 와서 갚아 주면 돼."

훌륭하게 수선을 마친 승방의 지붕은 장마가 끝난 후의 찌는 듯한 무더위 속에서도 시원한 그늘을 만들어 주었다. 덕분에 여름이 전혀 고생스럽지 않았다.

이 무렵에는 집안일도 오사요에게 맡길 수 있게 되었다. 오나쓰가 모르는 곳에서, 오사요는 로쿠스케에게 꾸지람을 들은 적도 있었던 모양이다.

"의지하기만 해서 미안해요."

"지금까지의 일은 신경 쓰지 않아도 돼요. 하지만 당신, 정말로 계속 이런 곳에 있어도 괜찮겠어요? 집으로 돌아가 보는 게 어때요?"

뭣하면 오나쓰가 미카마야에 이야기를 해 볼 수도 있다. 마가케무라 마을에는 늘 다니고 있기 때문이다.

"댁의 본가는 여전히 장사를 계속하고 있고, 집의 누군가가 몸이 안 좋다거나 하는 소문도 듣지 못했어요. 모두 필사적으로 체면을 차리면서 당신이 돌아오기를 기다리고 있는 것 같은데."

그러자 오사요는 갸름한 눈가에 험악한 빛을 띠었다.

"하지만 아무도 찾으러 오지 않잖아요?"

"찾아 달라니, 그건 안이한 생각이에요."

"오나쓰 씨, 심술쟁이."

오나쓰는 굳이 자신 또한 경솔하게 남자와 사귀었다가 아기를 가졌고, 그 아기를 자신의 손으로 지운 경험이 있다고 오사요에게 털어놓지 않았다. 앞으로도 말할 생각은 없다. 아기를 잃은 것은 마찬가지지만 스스로 그렇게 했느냐, 억지로 강요당했느냐는 하늘과 땅만큼 차이가 있으니까. 그 차이를 눈앞에 드러내면 오사요는 오나쓰를 지금까지와는 다른 시선으로 보겠지.

일방적인 믿음으로 의지하는 바람에 귀찮은 일도 많았지만, 여기까지 와서 오사요에게 경멸당하고 싶지는 않다. 외톨이로 돌아가기도 싫지만 오사요로부터 받고 있던 존중의 눈빛을 잃는 것은 더 싫다. 그래서 입에 빗장을 걸고 오사요를 위해 자신이 뭘 해야 할까――둥지에서 떨어진 아기새를 주워 올리듯 윤택한 생활과 부모가 기다리고 있을 미카마야로 조심스럽게 되돌려 주고 싶다고 생각했다.

남의 속도 모르고 오사요는 문득 꿈을 꾸는 듯한 눈빛이 되어 이렇게 중얼거렸다.

"그이가 데리러 와 준다면 아무런 미련 없이 마가케무라 마을로 돌아갈 텐데……."

그거야말로 더 있을 수 없는 일이다. 오사요가 사랑하는 남자는 전에 있던 좋은 혼담이 파투나자마자 멀리 있는 마을로 장가를 갔다. 한때는 허드렛일을 하러 다니는 오나쓰의 귀에까지 들어올 정도로 소문이 났었다.

좋은 꿈도 나쁜 꿈도, 절터 거처의 생계에는 보탬이 되지 않는다. 확실한 것은 청과의 자른 단면에서 떨어지는 쇠 냄새 나는 물과, 청과 덕분에 건강해진 밭에서 자라는 묘목과 떡잎이다.

오사요가 굴러들어 온 지 반년쯤 지난, 여름이 한창일 때의 일이었다. 밭도 네 구획으로 늘고 쇠 기운이 빠진 곳에서부터 심어 나간 콩과 채소가 푸릇푸릇하게 잘 자라고 있음을 확인하며 벅찬 기분에 젖어 있던 오나쓰의 눈에 또 언덕을 올라오는 누군가가 보였다.

이번에는 두 사람이었다. 그중 한 명은 '누구인지' 몰라도 신분은 곧 알 수 있었다. 검은색의 승복을 입고 있었기 때문이다.

키가 큰 스님이었다. 햇빛을 가리기 위한 삿갓을 쓰고 목에 염주를 걸고 있다. 절터의 언덕을 큰 걸음으로 한 발짝 한 발짝 확인하듯이 올라온다. 바로 뒤에서 적당한 거리를 유지하며 작은 보따리를 짊어진 여자가 따라오고 있었다. 이쪽도 햇빛을 가리기 위한 삿갓을 쓰고 기모노의 옷자락을 짧게 하여 입고, 물색 각반에 짚신을 신고 있다.

"손님인가?"

오사요가 옆으로 와서 이마 위에 손을 드리우며 말했다. 아직 밭일은 미덥지 못하지만, 오나쓰를 도와 열심히 일한 덕분에 완전히 볕에 그을려 있었다. 이미 그을린 피부색이 완전히 물들어 1년 내내 가무잡잡한 오나쓰와는 달리, 탄 지 얼마 안 되어 달아오른 듯한 붉은 피부다.

로쿠스케가 권해 준 채소는 정말로 잘 팔려서 바구니 가득 짊어지고 나가면 어중간한 허드렛일 하루치보다 좋은 벌이가 되었다. 그래서 요즘의 오나쓰는 낮 동안에도 밭에 전념하는 일이 늘었다.

──신나서 돈을 번 게 잘못이었나.

저 스님은 마가케무라 마을에 있는 본사本寺, 광천사의 사람이 아닐까. 이곳의 땅 주인이다. 오나쓰가 멋대로 자리를 잡고 살면서 밭을 만들고, 돈벌이까지 한다는 사실을 알고 드디어 무거운 몸을 일으켜 쫓아내러 왔나. 그게 아니라면 스님이 이곳을 찾아올 이유는 없다.

긴장한 얼굴로 몸이 딱딱하게 굳어 기다리는 오나쓰와 무슨 일인지 짐작도 못한 채 "스님과 여자라니, 수상하네" 하며 웃는 오사요로부터 조금 떨어진 곳에서 두 사람은 걸음을 멈추었다. 서로의 얼굴을 충분히 알아볼 수 있는 거리다.

삿갓 가장자리에 손을 대며 스님이 고개를 들었다. 뒤에 있는 여자는 여전히 고개를 숙이고 있다.

"어라?" 오사요가 엉뚱한 목소리를 냈다.

"아아" 하며 삿갓을 쓴 스님이 하얀 이를 보였다. "이거 이거, 볕에 많이 그을렸군. 정말로 오사요가 틀림없느냐."

오나쓰와 나란히 서 있던 오사요가 입술을 동그랗게 오므리며 말했다.

"정말로…… 정말이네요."

아는 사이일까.

"저 스님, 어느 절 사람이에요?"

오나쓰의 달려들 듯한 물음에도 오사요는 천진하게 대답했다. "마가케무라 마을의 광천사요."

아아, 역시 그런가.

"주지 스님이에요" 하고 오사요는 말했다. "우리 집은 시주 대표도 맡은 적이 있는 집안이지요. 언니도 나도 주지 스님이 이름을 지어 주셨고요."

단순히 아는 정도가 아니라 깊은 관계다. 그렇다면 오나쓰를 쫓아내러 온 사람들은 아닌가. 땅을 빌려 쓴 비용이라면 얼마든지 낼 마음도 있는데. 아니, 지금으로서는 오사요를 도로 데려가기 위해 왔다고 보는 편이 맞지 않을까.

"열심히 일하고 있다고 듣기는 했다만 오사요, 설마 밭일까지 하고 있었느냐."

감탄한 듯이 말하며 한층 더 큰 웃음을 짓던 광천사의 주지가 언덕을 올라 다가왔다. 그리고 오나쓰와 눈을 마주하더니 가볍게 고개를 끄덕이며 말했다.

"당신이 오나쓰 씨입니까."

씨까지 붙여 부르는 바람에 오나쓰는 혀가 목구멍 안으로 쏙 들어가고 말았다.

"계속 여기에서 저를 보살펴 주셨어요."

오나쓰를 감싸려는 듯 오사요가 반발짝 앞으로 나서며 말했다.

"오나쓰 씨는 좋은 사람이니 꾸짖지 마세요. 아니면 스님, 저를 꾸짖으러 오신 건가요? 제가 이곳에 있는 걸 전부터 알고 계셨나요?"

"전부터고 뭐고, 네가 너무 교묘하게 몸을 숨기고 있었으니……."

"어머나, 죄송해요."

확실히 오사요는 이곳으로 도망쳐 들어오고 나서 한 발짝도 언덕을 내려가지 않았다. 언덕 위 밭에 갈 때 외에는 승방을 떠나지 않았다.

"나도 겨우 보름쯤 전에 알았다."

그 후로 어떻게 할까 고민했다고 한다.

"미카마야의 부모님께는, 너는 무사하고 건강하게 지낸다고만 전해 두었다. 다만 집으로 돌아갈지 어떨지는 모르겠다고."

"어, 어째서요?" 하고 오사요가 솔직하게 의아해한다. 이번에는 주지 쪽이 어이없다는 표정을 지었다.

"순순히 돌아갈 생각이 있느냐. 아버지 때문에 화가 났다고 들었는데. 혹시 의절당했을지 모르겠다고 생각하지는 않았고?"

오사요는 더욱 곤혹스러워하며 도움을 청하듯이 오나쓰의 얼굴을 보았다. "나, 의절당한 걸까요?"

오나쓰는 말없이 고개를 저었다. 두 사람의 모습에 주지는 또 가볍게 웃더니 오나쓰에게 말했다.

"고즈키무라 마을의 오나쓰, 소개가 늦었다만 나는 묘코明光라고 한다. 아까 오사요가 말했다시피 광천사의 주지를 맡아 부처님을 섬기는 몸이지."

그러고는 장신의 등에 숨어 있는 여자를 힐끗 돌아보았다.

"미안하지만 오늘은 오사요를 데려가려고 온 게 아니다. 실은 너에게 부탁이 있어 찾아왔다. 내 이야기를 들어 줄 수 있겠느냐."

오나쓰의 혀는 여전히 목구멍 안으로 쏙 들어가 있었다. 오사요가 겨우 그것을 눈치챘는지 말했다.

"스님은 다정한 분이시니 무서워하지 않아도 괜찮아요."

무섭지는 않다. 뭐가 뭔지 알 수 없으니 긴장하고 있을 뿐이다.

"거두절미하고 말하마. 여기 있는 여자를 맡아 줄 수 없겠느냐."

주지의 지목을 받자 보따리를 든 여자가 비틀거릴 정도의 기세로 머리를 숙였다.

"스가무라 마을 촌장 댁의 며느리였던 여자로 이름은 오미치라고 한다."

스가무라 마을은 마가케무라 마을보다도 멀리 있는데 주위의 산이 모두 뽕밭일 만큼 양잠이 성하다는 얘기를 들은 기억이 난다.

"시집간 지 3년이 되도록 아이를 갖지 못해 지난달에 결국 이혼을 당했지. 그렇다고 해서 친정에서도 받아들여 주지 않아, 고민하던 끝에 우리 절을 찾아왔는데……."

광천사는 법화종 절이다. 법화종 절은 여인의 해탈을 설법하는 가르침을 펼치면서도 절내에 여자를 살게 할 수는 없다고 한다.

"내가 허락해도 시주들이 좋은 얼굴을 하지 않을 게야. 그래서 이 대머리를 쥐어짜 언덕 위의 오나쓰에게 의지해 보자는 생각을 해낸 것이지."

당사자인 오나쓰로서는 의지의 대상이 왜 자신인지 전혀 알 수 없었다.

"여기는 광천사의 땅인데."

오나쓰가 간신히 목소리를 짜내어 말했다.

"제가 멋대로 자리를 잡아 버려서, 그러면 안 된다고 생각했지만, 달리 몸을 맡길 곳이 없었고, 동천사 터는 비와 이슬을 피할 수 있을 듯해서……."

더듬거리는 오나쓰의 말을 묘코 승려가 부드럽게 가로막았다.

"사과할 필요 없다. 이 언덕은 분명 광천사의 땅이지만 오랫동안

방치되어 황폐해지도록 내버려 둔 탓에 내홍으로 뛰쳐나간 일파가 멋대로 절을 지어 버린 거야."

동천사가 망한 후에는 다시 방치되어 사람의 손길이 닿지 않은 채 썩어 갔다.

"그런데 지금은 못 알아볼 정도로 달라지지 않았느냐."

오나쓰의 공이라고, 스님은 말했다.

"참을성이 많고 부지런한 사람이구나. 게다가 너는 인정이 두텁다. 오사요를 지키고 보살펴 주었으니 이름을 지어 준 부모로서 내 쪽에서도 고맙다고 해야지."

그런 오나쓰이기 때문에 이번에는 오미치를 맡기고 싶다는 얘기다.

"물론 일방적으로 도와달라고 할 수만은 없지. 광천사에서도 얼마쯤 지원해 주마. 돈이 있으면 건물을 고치고 필요한 물건도 살 수 있지 않겠느냐."

꿈 같은 제안에 오나쓰는 또 혀가 오그라들고 말았다.


"……뭐, 이게 지금의 동천암이 생기게 된 경위지요."

이네는 크게 숨을 내쉬더니 가까이 있는 찻잔을 들여다보았다. 텅 비어 있다.

"죄송하지만 작은 주인님, 물이나 백비탕을 좀 더 마실 수 있을까요?"

작은 주인이 아니라 도련님이라니까요, 하고 생각하면서 도미지로는 재빨리 이네의 찻잔을 채워 주었다. 이네는 맛있게 목을 축이고 아까보다도 더 크게 숨을 내쉬었다.

"물론 처음부터 어엿한 이름으로 불리지는 않았어요. 오나쓰 씨는 그냥 오나쓰 씨일 뿐, 암주님이라고 부르기 시작한 건 묘코 스님과 만나서 오미치 씨를 맡고 난 후로 몇 년이나 더 지나고 나서의 일이지요."

그동안 절터의 집에는 점점 여자들이 모이게 되었다. 묘코 승려의 소개로 오거나 소문을 듣고 매달리러 오는 사람도 있었다.

"불행하고 심한 일을 당한 여자들뿐이었어요."

아이를 갖지 못해 시댁에서 쫓겨난 여자. 자식을 잃은 죄를 뒤집어쓰고 이혼당한 여자. 심한 시집살이에 상처를 입고 몸이 망가져도 소처럼 부려먹히는 고통에서 도망쳐 온 여자. 남자에게 속아 아기를 갖고 혼자서 어쩔 줄 몰라 하는 여자.

갈 곳 없고 의지할 곳 없고 내일 당장 어떻게 살아가면 좋을지 떠받쳐 주는 발판이라곤 없는 여자들이 오나쓰가 사는 절터를 찾았다.

"오나쓰 씨는 도움이 필요한 여자들을 모두 받아들였어요."

다치거나 병든 사람은 안정을 취하게 하고, 배 속에 아이가 있는 사람은 무사히 몸을 풀 때까지 보살폈다. 움직일 수 있는 여자들에게는 각각 역할을 나누어 주어 집안일이나 밭일, 허드렛일을 시켰다. 서로 돕고 서로 지탱하며 절터의 생활을 꾸려 나간 것이다.

"광천사에서 보내 주는 돈은 정말로 대단한 액수는 아니었던 모양이지만 없는 것보다는 훨씬 나았고, 무엇보다 언덕 땅을 빌려쓰는 비용을 내지 않아도 되었으니까요."

게다가 큰 원군도 생겼다. 첫 번째 더부살이였던 오사요가 굴러들어 온 그해 말에 결국 부모와 화해하고 본가로 돌아가서는,

──어리석은 딸과 더욱 어리석은 부모 모두를 당신이 구해 주었습니다.

라며 보답의 뜻으로 미카마야의 주인 부부가 뒷배가 되어 준 것이다. 돈뿐만 아니라 철철이 옷이나 밭일 도구, 비료 등 여러 가지를 보내 주거나 오나쓰 일행이 필요로 할 때에 조달할 수 있도록 손을 써 주었다.

광천사라는 권위와 미카마야라는 물주를 얻게 된 절터의 집은 이제 더 이상 숨어 사는 사람들이 머무르는 곳이 아니었다. 고즈키무라 마을 안에서는 물론이고 인근 어느 촌락의 사람이든 오나쓰를 어엿한 밭 주인으로 인정해 주었다.

"그건 정말로 축하할 일이지만."

도미지로는 미안하게 생각하면서도 끼어들었다.

"제가 남자라서일까요. 그렇게 많은 여자들이 모여들었다니, 조금 믿을 수 없는 기분도 드네요."

이 세상은 여자에게 그렇게까지 괴롭고 살기 힘든 곳일까.

"다른 곳에는 없는 거처라 소문이 빨리 퍼진 덕에 아주 멀리에서도 왔다고 하니까요."

이네는 청개구리 같은 눈을 깜박거리며 도미지로를 어르는 듯한

표정을 지었다.

"작은 주인님은 에도를 떠난 적이 없으시지요."

"예, 다행히……라고 할까요."

"에도 같은 큰 마을과 고즈키무라 같은 곳은 우선 며느리나 딸이 놓여 있는 입장이 달라요. 계속 아기를 갖지 못하거나 아비 없는 자식을 낳거나, 뭔가 그런 잘못이 있으면 처음부터 좁았던 입장이 더욱더 불편해지고 더 이상 제대로 된 사람으로 취급받을 수 없게 되지요."

이네는 허물없이 말했지만 반대로 눈빛은 어두워졌다.

도미지로는 가슴을 쿡 찔린 듯한 기분이 들었다.

아아, 그런가.

동천암에 거주하는 이네에게도 괴로운 사정이 있겠지. 아마 있었을 것이다.

──처음에 동천암은 구호소 같은 곳이라고 했었는데.

도미지로의 동요를 눈치채지 못했는지, 아니면 눈치를 챘지만 모르는 척하는 건지, 이네는 등을 약간 펴고는 이야기를 계속했다.

"오나쓰 씨와 사람들은 점점 언덕의 흙을 골라 밭을 늘리며 많은 청과를 심고 키웠는데요."

농사 쪽 뒷배이자 참모도 되어 주었던 로쿠스케가 갑자기 세상을 떠나고 말았다. 오나쓰가 스물두 살이 되던 해 여름의 일이다.

"전조도 전혀 없었고 전날까지 건강했다더군요. 그래서 뇌졸중이 아니었을까 했대요."

오나쓰는 절터에 자리를 잡은 이후 처음으로 여자들에게 집을 봐 달라 부탁하고 길채비를 하여 언덕을 내려갔다. 로쿠스케를 조문하기 위해서다. 행상을 생업으로 삼고 있던 로쿠스케의 집은 멀었다. 가는 동안 오나쓰는 몸속의 물이 전부 마르는 게 아닐까 싶을 정도로 하염없이 눈물을 흘렸다.

로쿠스케는 아내와 아들 부부, 네 명의 손주와 함께 살고 있었다. 오나쓰가 자신의 이름을 말하자 어디 사는 누구인지는 곧 통했다. 오나쓰는 로쿠스케로부터 받은 산더미 같은 은혜에 대해 이야기했다. 로쿠스케의 가족은 모두,

"우리 남편은 부지런한 사람을 좋아했으니까요."

"아버지는 재미있어했지요."

"할아버지는 묘목이나 씨를 소중하게 키워 준다면 지옥의 도깨비와도 사이좋게 지낼 거라고 말하곤 했어요."

하고 저마다 웃으며 말하더니, 앞으로도 오나쓰에게 묘목과 씨를 팔아 주고 괜찮다면 밭농사에 관한 지혜도 빌려주겠노라 약속했다.

고즈키무라 마을의 절터로 돌아가는 길에 오나쓰는 로쿠스케와의 추억을 곱씹으며 또 훌쩍훌쩍 울었다. 인간 세상의 정이 가슴에 사무쳐 억누를 수 없는 눈물이었다.

아버지와 이모, 지워 버린 아기. 그리고 무엇 하나 은혜를 갚지 못한 채 떠나보낸 로쿠스케의 극락왕생을 빌기 위해 출가를 할까. 오나쓰는 심각하게 고민했다. 그러나 큰맘 먹고 묘코 스님에게 상

의했다가 일언지하에 "그건 옳지 않다"는 말을 들었다.

"득도를 하려면 엄한 수행을 쌓아야 한다. 절에 틀어박혀 배워야 할 것도 산더미처럼 많아."

그동안 절터의 거처를 내버려 둘 테냐. 오나쓰에게 의지하고 있는 여자들을, 앞으로 한결같이 매달려 올 여자들을 버릴 셈이냐.

"부처님을 섬기고 불도를 걷는 방법을 너는 잘못 알고 있어."

출가만이 불도를 걷는 게 아니다. 실제로 로쿠스케는 승려가 아니었다. 하지만 오나쓰를 구해 주지 않았는가.

"너는 네 자리를 지키고 속세에서 주어진 역할을 다함으로써 충분히 불도에 귀의할 수 있다."

지금은 아직, 이런 말을 들어 봐야 납득할 수 없을 게다. 그래도 괜찮아. 속았다고 생각해도 좋으니 내 말을 따라 다오.

"언젠가 반드시 네가 네 길을 올바르게 걷고 있다는 증거가 나타날 게야. 그게 어떤 형태로 어디에서 나타날지는 나도 모른다. 하지만 분명히 나타날 게다."

오나쓰는 스님의 설교를 가슴에 새기고 마음을 고쳐먹었다. 잘못만 저질러 온 자기 머리에서 나온 생각보다 스님의 생각이 더 나을 테니까. 그래도 단 한 가지 이루고 싶은 소원이 남아 있었다.

"우리 거처에 이름이 있었으면 좋겠어요."

"오오, 그거라면 마음대로 지으렴. 네 암자니까."

"동천암이라고 해도 될까요?"

광천사의 묘코 스님 입장에서 보자면 동천사는 쓸쓸한 내홍의 잔재일 뿐이다. 하지만 오나쓰는 집을 뛰쳐나와 이 절터에 의지하며 비와 이슬을 피할 수 있었다. 동천사가 (고작해야 20년 동안) 이곳에 있었던 경위는 모르지만 오나쓰는 은혜를 느끼고 있다.

"로쿠스케 씨도, 스님들이 집안싸움을 하다니 부처님도 쓴웃음을 지으시겠다면서."

──잊지 말자는 뜻으로 동천사는 남겨 두는 편이 좋았을 텐데.

라고 말하며 재미있어했던 적이 있다.

생각해 보면 그립다. 로쿠스케는 만사를 나쁘게 생각하지 않고, 재미있어하고 즐기며 세상을 살았기 때문에 유연하게 다른 사람을 도울 수 있는 할아버지였다.

──나와 가장 다른 점이었어.

"이런 추억도 있으니 스님께는 정말 죄송하지만 저는 동천암이라는 이름을 쓰고 싶어요."

묘코 스님은 실로 쓴웃음을 지으며 오나쓰의 소원을 들어주었을 뿐 아니라, 훌륭한 편액을 만들어 '동천암'이라고 글씨를 써 주었다.

"누덕누덕 수리를 하며 버티는 데도 한계가 있을 테니 이참에 승방을 새로 지어 제대로 된 거처로 만들도록 하렴."

자금은 미카마야가 내 주었다. 부모와 화해하고 놀랍게도 좋은 인연을 얻어 시집을 간 오사요가 마침 바라고 바라던 아기를 낳은 참이기도 했다.

미카마야에 있어서, 아니 콕 집어 말하자면 자신의 손으로 딸을 죽일 뻔했던 주인에게 있어서 이보다 큰 잘못의 '회복'이 있을까. 필요한 돈은 얼마든지 부담하겠다, 목재나 목수도 전부 이쪽에서 구해 주겠다며 적극적으로 나섰다.

이렇게 해서 오나쓰는 동천암의 암주가 되었다. 나이는 스물셋. 경작한 언덕의 밭은 15구획을 헤아렸다.

고집쟁이 가출 소녀가 혼자서 일군 언덕 위 절터는 새롭게 태어났다. 일손이 늘고 온기가 돌며 떠들썩해졌다. 아이를 잃고 이곳에 오는 여자도 있지만 이곳에서 아이를 낳는 여자도 있기 때문에 늘 아기와 어린아이의 목소리가 들렸다. 서서히 먹구름이 걷히며 동천암은 점차 밝아졌다.

다른 영지에서 넘어올 정도까지는 아니지만, 번내의 방방곡곡에서 있을 곳이 없는 여자들이 찾아왔다. 절터의 의미도, 지네에 관한 이야기도, 오나쓰와 이모 오만에 대한 사연도 전혀 모르는 여자들이 늘어 갔다.

암주가 된 오나쓰는 여자들이 서로에 대해 말하는 걸 굳이 막진 않았지만, 이야기하다가 떠올리며 울 바에는 차라리 일에 몰두하며 잘 먹고 잘 자고 건강해지는 쪽이 낫지 않겠냐고 권했다.

동천암으로 뛰어 들어왔으면서 이곳 생활에 익숙해지지 못하고 혹은 익숙해지기 위한 노력조차 하지 않는 여자도 있었다. 자신이 가장 불쌍하다며 불평을 늘어놓고 언제까지나 분노를 품은 채 웅크리고 있는.

그런 여자에게 오나쓰는 자진해서 자신의 신상을 이야기했다.

용수로에 쪼그려 앉아 아기를 지운 일도, 아버지는 모른다며 화를 냈던 일도, 나중에 자신의 행동을 후회해도 무덤에 이불을 덮어 드릴 수는 없는 법이라 지금도 서글퍼 보이는 아버지의 얼굴을 꿈에 본다는 것도.

마지막에는 다음과 같은 당부를 잊지 않았다.

"이곳은 옛날에 사람을 잡아먹는 커다란 지네의 소굴이었어요. 언덕 여기저기에 뚫려 있는 동굴은 커다란 지네가 드나든 흔적이지요. 이곳의 흙에는 커다란 지네의 독이 배어 있었어요. 지네는, 열심히 일하며 오늘을 착실히 살아가고, 다가올 내일에 희망을 품고 있는 동안에는 나타나지 않아요. 하지만 의심하며 뒤를 돌아보고 원망이나 분노에 사로잡혀 버리면 어두운 마음을 숙주로 삼아 되살아납니다."

일단 되살아나면 그 모습을 두려워하고 미워하는 사람들을 잡아먹으며 점점 거대해져서 두 번 다시 퇴치할 수 없게 되고 만다. 괴물이란 그런 것이다.

또 하나, 밭에서 키운 후 버릴 뿐인 청과가 여기에서는 얼마나 소중한 존재인지도 오나쓰는 모두에게 간곡히 설명했다. 청과를 심으면서 손을 모아 기도하고 열매를 따서 버릴 때도 머리를 숙인다.

"이 언덕의 흙을 되살아나게 해 주는 청과 님이에요. 절대 소홀하게 다뤄서는 안 돼요."

새 묘목을 팔아 주는 로쿠스케의 아들은 그렇게까지 대단하진 않다며 목을 움츠렸다. 오나쓰가 청과를 '로쿠스케과'라고 부르고 싶다고 말했을 때도 아버지가 바라던 바는 아니었을 거라고 웃으며 달랬다.

"이 청과는 먹을 수 없지만 쓸모가 있는, 평범한 청과예요. 그거면 충분하다고 아버지는 말씀하시곤 했어요."

오나쓰는 그 말을 가슴에 새겼다.

언젠가 이런 일도 있었다. 동글동글하고 통통한 아기를 안은 오사요가 언덕을 올라 찾아와 주었을 때, 새로 지은 건물 안을 함께 구경하면서,

"나는 바보 같은 아이였지만 그래서 다행이었다고 생각해요."

만일 자신이 더 똑똑했다면 지금도 아버지를 용서하지 않았으리라고 중얼거렸던 것이다.

"내가 실컷 바보 같은 짓을 했으니까 아버지도 바보 같은 짓을 할 때가 있겠지 싶어서…… 언제까지나 화를 낼 수가 없었어요. 지금은 사이좋게 지낼 수 있는 것도 내가 바보였던 덕분 아니겠어요?"

스스로를 바보라 칭하는 소녀의 귀한 깨달음이 아닌가.

오나쓰는 감탄하며, 오사요의 말을 자신의 처지에도 끼워 맞춰 보았다.

──아버지, 저는 제 생각에만 사로잡혀 있었고 건방졌네요.

이런 자신이 암주를 계속 맡아도 될 리 없다. 각각의 불행과 불운, 죄와 어리석음을 짊어지고 이곳에 오는 여자들 앞에서 태연한

얼굴을 하고 있는 것은 뻔뻔스럽기 짝이 없는 일이다. 사실은 이기적이고 제멋대로라고, 이 절터 땅을 멋대로 유린한 죄를 물어 부처님이 벌을 내리셔도 어쩔 수 없는 일 아닐까.

답을 찾지 못한 채 그저 매일을 열심히 살던 오나쓰가 서른 살 여름의 끝을 맞았을 때 묘코 승려가 세상을 떠났다. 광천사의 주지는 본산에서 파견된 승려로 바뀌고 동천암에 대한 지원도 재고되었다.

——지금껏 좋은 꿈을 꾸고 있었지만 이제 끝일지도 몰라.

여자들도 불안한 듯이 술렁거렸지만 오나쓰는 그들을 달래 줄 말을 찾을 수가 없었다. 그게 또 미안해서 일에 몰두했다. 그날도 작업복으로 갈아입고 밭으로 나가 작물을 살피는 중이었다.

늦여름의 햇빛이 내리쬐고 있었다. 멀리 보이는 산들과 나란히 서듯이 소나기구름이 솟아 있었다.

일하는 다른 여자들에게서 떨어져 오나쓰는 가장 최근에 생긴 밭——지금은 유일하게 청과가 심겨 있는 곳까지 올라갔다.

이 위로는 바위밭이 이어지기 때문에 콩이나 채소밭을 만들 수 있는 땅은 여기까지다. 앞으로는 어떻게 해야 하나. 요즘 동천암에 오는 여자들 중에는 양잠과 비단실을 뽑아내는 경험을 쌓은 사람이 있으니 잘 살려보면 좋겠다고 생각은 하지만.

——지금 같은 상황에서는 헛된 궁리일지도 모르는데.

오나쓰는 쓴웃음을 흘리며 쪼그려 앉아 눈에 띄는 청과 중 하나를 만져 보았다. 옛날에 로쿠스케에게서 산 첫 번째 묘목이 열매를 맺었을 때의 그리운 감개가 되살아났다.

청과 열매는 잔 솜털에 덮여 있어서 만지면 살짝 따끔따끔하다. 그게 잘 자라고 있는 증거라고 로쿠스케가 가르쳐주었다. 오나쓰는 한 줄로 늘어서 있는 청과를 순서대로 만져 보았다. 고마워, 고마워, 쇠 기운을 빨아들여 주어서 고마워, 하고 마음속으로 중얼거리면서.

──이 청과들은 자신의 몸을 던져 다른 사람을 살리는 자비의 화신이다.

청과로 태어나 부처의 길을 걷는다.

오나쓰는 그 자리에서 흙에 두 무릎을 꿇고 깊이 머리를 숙이며 합장했다.

그때 활달한 목소리가 들려왔다.

'파 보렴.'

오나쓰는 얼굴을 들고 주위를 보았다. 누구의 목소리일까? 묘코 승려의 목소리와 비슷했던 것 같은데──.

'여기다, 여기야. 파 보렴.'

한 줄 건너 고랑에서 청과 하나가 거룩하게 빛나고 있었다.

목소리를 따라 오나쓰는 빛나는 청과를 파기 시작했다. 처음 만졌을 때부터 가슴이 두근거렸다.

양손으로 파 나가느라 오나쓰는 머리에서부터 흙투성이가 되었다. 이윽고 파낸 것의 모습을 보고 감동하여 소리를 질렀다. 흙이 입속에 들어와 꺼칠꺼칠했지만 조금도 신경 쓰이지 않았다.

청과로 보인 것은 불상의 머리 부분이었다. 무구武具를 들고 광배 光背를 진, 부동명왕 상이었다.

"그 상이, 우린보 님이셔요."

이네가 자랑스러운 듯이 가슴을 펴고 자신이 짊어지고 온 부동 명왕 상을 바라보았다. 눈썹도 눈도 코도 없는 얼굴이지만 멧돼지 새끼를 꼭 닮은 줄무늬가 희미하게 떠올라 있다. 그래서일까, 왠지 귀엽게 보인다.

"밭에서 부동명왕 상이 나온 일 때문에 광천사 쪽의 생각이 바뀌 어 동천암은 지원을 잃지 않을 수 있었어요."

광천사에서는 새로운 주지보다도 오히려 시주들 쪽에서 이 진귀 한 일을 무겁게 받아들여,

──주지 스님, 오나쓰를 함부로 대해서는 안 됩니다.

──동천암을 닫는다면 부처님의 벌을 받을지도 몰라요. 부동명 왕은 불도를 거스르는 사악한 것을 물리치는 힘을 가지고 계십니 다.

하며 떨떠름해하는 주지를 설득해 주었다고 한다.

"그래서 오나쓰 씨도 암주로 머무르기로 생각을 바꾼 거로군요."

"예. 두 번 다시 멀리 가 버리겠다는 말을 하지 않고 계속 동천암 을 찾아오는 여자들을 도와주고 계시답니다."

청과밭에서 나타난 부동명왕은 묘코 승려가 오나쓰에게 말해 주 었던 '증거'다. 오나쓰는 속세에 있으면서도 제대로 불도를 걷고 있 다는.

도미지로는 우린보 님 쪽을 돌아보며 새삼 손을 모아 기도했다. 우린보 님의 몸은 검댕으로 새까맣지만 얼굴은 가끔 닦아 드리고 있는지 줄무늬가 선명하게 보인다.

"하지만 부처님 얼굴에 줄무늬라니 신기하네요. 저는 처음 보았습니다. 이것은 본래 밭의 쇠 기운을 빨아들여 주는 청과에도 같은 줄무늬가 있었기 때문이겠지요."

이네는 커다란 눈을 깜박거리더니 "아뇨, 전혀 아니에요" 하고 대답했다. "로쿠스케 씨의 청과는 모양은 이렇지만 아주 평범한 청과이고 따끔따끔한 하얀 솜털이 돋아 있어요."

"예? 그렇다면 우린보 님의 얼굴에 있는 줄무늬에는 별다른 의미가 없는 걸까요?"

이네는 고개를 갸웃거렸다.

"저희도 어려운 이치는 몰라요. 안다고 해도 영리한 척 말씀드리기는 황공하고요."

그러나 암주인 오나쓰가 이야기하는 설이라면 하나 있다.

"절터의 언덕에는 여러 짐승들도 자리를 잡고 사는데 사슴, 들토끼와 멧돼지가 자주 보여요."

사슴이나 들토끼는 사람에게 가까이 오지 않으니 상관없지만 멧돼지는 작물에도 사람에게도 해를 입힐 때가 있으니 조심해야 한다.

"특히 초봄에 새끼를 낳은 지 얼마 안 된 어미 멧돼지는 신경이 곤두서 있지요."

동천암의 여자들도 멧돼지와는 거리를 두고 신중하게 영역을 나누어 살며, 어미 멧돼지의 모습을 발견해도 멀찍이서 절대 자극하지 않는다.

"보기만 할 때는 귀여워요. 계속 보고 있어도 질리지 않을 정도로."

커다란 어미 멧돼지 뒤를 작은 우린보들이 나란히 따라간다. 덤불 사이를 지나 굴에 들어가려다가 작은 새나 나비에 정신이 팔리기도 하면서.

"우리 여자들에게는…… 저도 그중 한 사람이지만."

아무리 원해도 아이를 갖지 못하거나 불행한 일로 아이를 잃었거나 모처럼 생긴 아이의 목숨을 자기 손으로 없애야만 했던 여자들. 그로 인해 살던 곳에서 쫓겨나고 죽어서도 들어갈 무덤조차 없는 여자들.

"어미 멧돼지와 새끼 멧돼지의 그런 모습이 세상에서 제일 부럽다고 할까."

아름답고 행복한 어미와 자식의 조합.

──다시 태어난다면 어미 멧돼지가 되고 싶다.

"암주님도 몇 번이나 그렇게 생각하셨대요."

우린보 님은 그들의 간절한 소원을 받아들여 나타난 부처님이라 얼굴에 우린보를 닮은 줄무늬가 생겼다는 얘기다.

"아아, 저도 납득이 가네요."

더없이 설득력이 있다. 이치 따위가 아니라 마음에 스며든다.

"고마운 이야기를 들려주셨습니다. 감사드립니다."

이로써 이야기는 일단락되었지만 중요한 용건이 아직 남았다.

"이번에 우린보 님은 우리 집에서 시집간 사촌누이의 출산에 힘을 빌려주시겠노라고 하셨는데……."

"예. 교넨보 님이 왔다 가신 그날 밤에 암주님의 베개맡에서 말씀하셨다고 하더군요."

제가 이곳에 우린보 님을 모셔 온 이유랍니다, 라며 이네가 거들먹거린다. 베갯맡에서 말했다니. 과연, 그렇구나.

"거듭 감사한 일입니다. 한데 앞으로 저희는 무엇을 어떻게 하면 될까요? 우린보 님은 이대로 모셔 두고 있으면 될까요?"

비로소 이네도 알아들은 모양이다.

"우린보 님은 이 방에 안치해 두세요. 매일 아침 깨끗한 물을 바치고 인사도 빼먹지 말고요."

공물이나 꽃은 필요 없다고 한다.

"때가 오면 우린보 님이 알려 주실 테니까 따르면 됩니다. 어려운 일은 아니지요?"

"때가 오면?"

"사촌누이에게 산기가 있으면요."

"오치카에게 산기가 있으면 우린보 님이 무언가를 하시는 겁니까?"

도미지로의 당황한 모습에 이네는 입가에 손을 대고 웃었다.

"당황하실 필요 없습니다. 우린보 님은 아무것도 하지 않으셔요.

무언가 하는 쪽은 당신이지요."

예?

"제가요?"

"네. 이제 와서 싫어하셔도 소용없어요. 당신이 짊어져야 하니까요. 각오하세요."

도미지로는 바보처럼 되풀이했다. "제가요? 무엇을?"

"때가 오면 알 거라니까요."

이네는 허물없는 어투로 말하며 청개구리 같은 얼굴로 활짝 웃는다.

"사촌누이의 이름이 오치카 씨라면서요?"

무사히 출산이 끝날 때까지 동천암의 여자들 모두가 오치카의 이름으로 순산을 기원할 거라고 한다.

"저는 일단 암자로 돌아갈 테지만 오치카 씨에게 산기가 있으면 떨어져 있어도 알 수 있어요. 우린보 님이 암주님께 알려 주실 테니까요."

그럼 이만. 이네는 앉은 자세를 바로하고 옷깃을 가다듬더니 방바닥에 손가락을 짚으며 우선 우린보 님께, 다음으로 도미지로에게 머리를 숙였다.

"우린보 님, 이번 일이 끝나면 또 제가 모시러 오겠습니다. 미시마야 님, 그때까지 우린보 님을 잘 부탁드립니다."

이렇게 해서 우린보 님은 미시마야 흑백의 방에 머무르시게 되었다.

며칠이나 머무실지는 오치카의 출산에 달렸으니 알 수 없다. 지금은 괴담 자리를 쉬고 있고 다른 볼일로 일부러 이 방을 쓸 필요도 없으니, 우린보 님은 오도카니 혼자 흑백의 방 도코노마에 계시게 된다.

도미지로에게서 사정을 듣고 미시마야의 사람들은 각각 다르게 받아들였다.

특이한 괴담 자리 이야기를 처음 꺼낸 아버지 이헤에는 본래 이런 이야기에 깊이 감동을 받는 사람이라 매일 아침 우린보 님께 인사를 드리러 다니게 되었다. 어머니 오타미는 아침에는 바쁘고 정신이 없다며 저녁 일을 마친 후에 기도를 하러 간다. 기도의 내용은 오치카의 순산이다.

형 이이치로는 처음에 한 번은 도미지로와 나란히 우린보 님께 기도를 했는데, 그 후로는 흑백의 방에 가까이 가려고 하지 않았다. 형도 오치카의 순산을 바라는 마음은 부모님에게 뒤지지 않지만,

"뭐, 특이한 괴담 자리에 관련된 일은 전부 네 담당이니까."

하고 듣기에 따라서는 매정한 말을 했다.

괴담 자리를 수호하는 역할인 오카쓰는 자진해서 우린보 님을 참배하고 깨끗한 물을 올리거나 흑백의 방을 청소하는 등 부지런히 모셨다. 도미지로는 충심이 지극하고 근면한 오카쓰의 성미라 여기고 특별히 이상하게 생각하지 않았다.

그래서 어느 날, 우린보 님 앞에 앉아 눈물을 닦고 있는 오카쓰

를 발견하고 깜짝 놀랐다.

──오카쓰가 왜 울고 있지?

하지만 이내 깨닫고 자신의 눈치 없음을 부끄러워했다.

오카쓰는 오치카와의 인연으로 미시마야에 왔지만 그 전에 어떤 삶을 살았는지 도미지로는 잘 모른다. 아마 오치카도, 오치카의 소원을 듣고 오카쓰를 미시마야에 맞아들인 이헤에와 오타미도, 그리 자세히 묻지는 않았으리라. 오카쓰의 인품을 마음에 들어 하고 신뢰하니까 더 이상 캐물을 필요가 없다고 생각했겠지.

오카쓰는 어쩌면 가정을 갖고 있었을지 모르고 아이도 있었을지 모른다. 전부 잃고 지금은 홀몸이 된 것인지도 모른다.

──동천암의 여자들과 비슷한 처지라 해도 이상하지 않네.

그렇다면 우린보 님은 오카쓰에게 각별히 고마운 부처님이겠구나.

도미지로는 기척을 죽인 채 발소리를 내지 않고 그 자리를 떠났다. 오카쓰는 알아채지 못했겠지. 그 눈물을 나는 보지 못했다. 보지 않았다. 보았다 해도 벌써 잊어버렸다.

아무렇지 않은 척하려고 신경을 쓰며 며칠을 보냈다. 그러던 어느 날의 일이다.

오치카가 시집간 세책상 효탄코도에서는 일하는 사환에게 도카이도 53개 역참 마을의 이름을 붙인다는 묘한 풍습이 있다. 지금 가게에서 일하는 사환은 마리코丸子 역참에서 따왔기 때문에 마리코다. 마리코鞠子라는 한자를 쓸 때도 있다고 하는데 그래서인지 사환 마리코는 고무공手鞠처럼 통통 튀는 기운찬 아이로 이쪽이 약간 기운이 없을 때는 인사를 받는 것만으로도 눈이 어질어질해진다.

바로 그 마리코가 뛰어 들어왔다. 음력 2월 초이틀의 새벽, 센소지浅草寺 도쿄 아사쿠사에 있는 천태 계열의 절. 628년에 강에서 나타난 관음상을 모신 것이 시초로 전해진다의 시종時鐘이 오전 여섯 시를 막 알린 참이었다. 데엥 하고 꼬리를 끌다가 사라져가는 마지막 종소리를 들으며 점점 빨라지는 새벽의 어슴푸레한 빛 속에서,

"아아, 이제 정말로 봄이 왔다는 기분이 드네요."

입으로는 그렇게 말하지만 이 시각이면 집 안에서 가장 따뜻한 부엌 옆을 떠나기가 어려워 거기서 아침 식사 뒷정리를 하는 오타미나 오카쓰, 하녀들을 돕는 척하던 도미지로의 눈앞에 뒷문이 부서져라 열어젖히며 굴러 들어온 것이다.

"미, 미, 미시마야, 여러부운."

마리코는 귀여운 얼굴의 사내아이로 미시마야의 사환인 신타보다도 어리고 팔다리도 가늘다.

"마, 마, 마님, 이!"

폴짝폴짝 뛰기 시작하자 목소리도 함께 튀어 오른다.

"사, 사, 산기, 가, 있으십니다아!"

미시마야 사람들은 일순 얼음이 되었다.

"드, 드, 드디어?"

엉뚱한 목소리를 낸 사람은 다름 아닌 이헤였다. 도미지로가 아버지의 이런 새된 목소리를 들은 것은 평생에 이때뿐이었다.

"태어나는 건가! 오오오오오오."

이헤에는 고함을 지르며 일어서려다가 옷자락을 밟았는지 벌렁 넘어졌다. 이를 이이치로와 오타미가 허둥지둥 부축했다.

마리코는 부엌 봉당에서 폴짝폴짝 계속 뛴다.

"산파, 도, 왔어요! 저는, 미시마야에, 제일 먼저, 알리러!"

"알겠다, 알겠어, 진정하렴" 하고 소리친 건 오타미다. 이헤에는 얼굴이 새빨개져서 허둥거리고 있다.

"물을 끓여야지, 물을!"

"우리 집에서 끓여 봐야 소용없잖아요. 마리코, 너는 이제 어디로 알리러 갈 거니?"

"아, 네, 지배인한테."

"그쪽은 내가 맡으마. 파수막에도 인사를 해 두지. 대신 네가 가져가야 할 물건들이 있다. 무명천이랑 이것저것 잔뜩 준비해 두었거든. 오시마한테 가져다주면 알아서 하기로 되어 있어."

오시마는 미시마야의 고참 하녀였지만 지금은 자원해서 오치카를 모시고 있다.

도미지로는 헛소리처럼 물었다.

"어머니, 저는 어떡하지요?"

형이 돌아오고 나자 도미지로는 변했다. 가족들과 함께 있을 때는 꼭 어린아이 같다.

"출산은 여자의 큰 싸움이야. 남자는 아무것도 하지 않아도 된다."

벌써 싸움을 준비하는 빈틈없는 얼굴을 하고 오타미는 말했다. "마음을 깨끗이 하고 오치카와 아기가 무사하기를 기도하렴."

"걱정으로 숨이 막히고 위장이 목구멍까지 튀어나올 것 같구나."

이렇게 말한 사람은 도미지로가 아니라 이이치로다. 보니 안색은 새하얗고 말한 대로 아침밥과 된장국과 장아찌를 토해 낼 것만 같다.

"토할 거면 측간으로 가렴. 도미지로, 형을 데리고 나가거라. 방해되니까."

도미지로는 형의 어깨를 안고 함께 복도로 나갔다. "형님, 괜찮으세요? 벌써부터 걱정하면 형님의 몸이 버티지 못해요. 좀 더 차분하게──."

"어찌 그럴 수가 있느냐! 출산은 목숨을 거는 일이다. 너, 지금부터 오치카가 얼마나 힘든 일을 하려는 건지 알고는 있는 게야?"

혼자서 고함치며 숨을 헐떡이고 있다. 거기에 이헤에가 비틀거리며 다가와 이이치로의 뒷덜미를 움켜쥐었다.

"가자, 이이치로."

"어디로 가는 겁니까, 아버지."

"당연히 신주神酒를 뒤집어쓰러 가는 거지."

"어, 아침부터요?"

"아침이니까 깨끗이 해야 하는 거다!"

오치카의 출산이란 말이다 출산! 하고 고함치며 아버지와 형은 허둥지둥 가게 쪽으로 가 버렸다. 가게 문을 열 준비를 하고 있는 고용살이 일꾼들이 놀라겠다.

오타미가 막힘없이 지시를 내리고 있는 부엌의 소란에서도 떨어져 도미지로는 우두커니 혼자 있었다.

──나는 뭘 하지.

흑백의 방으로 가자. 우린보 님과 마주 앉아 두 손을 모으고 기도하자. 그게 내 역할이다.

도미지로는 미끄러지듯이 걸어 흑백의 방으로 이어지는 짧은 복도를 돌았다. 도중에,

"나리, 하오리를! 하오리를 입으세요!"

이헤에의 하오리를 손에 들고 달려가는 사환 신타와 스쳐 지나갔다. 오타미가 무언가 심부름을 시켰는지, 기모노 자락을 들어 올려 붉은 게다시蹴出し 여성이 속치마 위에 겹쳐 입는 옷. 기모노 옷자락을 올리고 걸을 때 속치마가 보이는 것을 피하기 위해 입는다를 훤히 드러내고 엄청난 기세로 2층을 향해 달려가는 하녀도 보았다. 오시마 대신 들어온 신참 하녀 중 하나로 일은 잘하지만 예의가 다소 부족하다.

복도 쪽의 당지문을 열고 다다미 두 장 넓이 사이방을 지나 흑백의 방으로 들어가니 우린보 님의 새까만 모습이 보인다.

청과를 닮은 얼굴이 이쪽을 향하고 있다. 한데 도미지로가 도코노마 앞에 서니,

──가자.

묵직한 목소리로 말을 걸었다.

순간 도미지로 주위의 광경이 빙글 움직이고 두 다리가 허공에

떴다.

눈에 보이지 않는 커다란 손이 낚아채 들어 올리는가 싶더니 곧 내팽개쳐졌다.

머리에서부터 거꾸로 떨어져 간다.

캄캄한 어둠 속으로.

또 몸이 빙글 돌더니 어느 순간부터 제대로 설 수 있게 되었다.

한데 눈이 부시다.

새하얀 빛 때문에 앞을 쳐다볼 수가 없다.

두 번, 세 번, 눈을 깜박인다. 겨우 눈이 익숙해지기 시작했다. 바람이 뺨을 간질인다. 코에 냄새가 느껴졌다.

해가 중천에 떠 있다.

쏟아져 내리는 밝은 햇빛 아래에 펼쳐져 있는 풀밭이 보인다. 아니, 평범한 풀밭이 아니다. 완만하게 경사가 져 있다.

──언덕이다.

바람은 완만한 사면을 불어 내려온다. 풀 냄새. 물 냄새. 그리고 희미한 풋내.

언덕을 덮고 있는 파릇파릇한 밭. 좋은 토질임을 나타내는 짙은 색의 흙.

잠시 해를 올려다보던 도미지로가 고개를 돌리자 등 뒤로 멀리 한 덩어리의 인가人家가 보인다.

이번에는 양손을 펼치고 자신의 몸을 내려다보다가 겨우 깨달았다.

등에 텅 빈 바구니를 짊어지고 있다.

어깨띠의 천은 낡고 색이 바랬지만 아직 튼튼한 듯하다. 바구니도 많이 사용한 것이라 황갈색이 되어 있다.

대체 어찌 된 일일까?

――꿈을 꾸고 있나.

도미지로는 눈을 가늘게 떴다가 크게 떠 보았다. 몇 번이나 되풀이했지만 눈앞의 풍경은 사라지지 않는다. 바람이 실어 오는 냄새도 달라지지 않았다.

그리고 시야에 들어오는 밭에 심겨 있는 작물은,

――청과다.

도미지로는 한 발짝 내디뎠다. 왠지 버선을 벗고 맨발이 되어 있다. 흙을 밟으면 온기도 느껴진다.

뀨우, 뀨우.

밭의 청과가 울고 있다. 코를 울리는 것 같은 소리다.

도미지로는 한쪽 무릎을 꿇고 몸을 굽혀 청과에 얼굴을 가까이했다.

밭의 청과는 청과지만 청과가 아니었다.

하나하나에 얼굴이 있다.

청과 같은 색깔과 모양과 줄무늬의 멧돼지 새끼, 우린보였다.

많은 우린보가 줄지어 밭에 심겨진 채 도미지로 쪽을 올려다보며 코를 울리고 있는 것이다.

"너희들, 어찌 된 거니?"

소리 내어 물어도 우린보들은 코를 울릴 뿐이다.

"따 주길 바라니?"

도미지로가 옆에 있는 우린보에게 손을 댔다. 따끔따끔한 솜털이 손바닥을 자극한다. 우린보는 다리가 흙에 묻혀 있을 뿐이지 덩굴이 엉키진 않아서 쉽게 밭에서 들어 올릴 수 있었다. 다만 무게가 보통이 아니다.

──청과를 따면 어떻게 해야 하지?

수확이니 바구니에 넣어야 한다.

방금 딴 우린보를 살며시 바구니 안에 넣어 주자 우린보는 뀨우뀨우 울며 짧은 다리를 파닥거렸다. 좋아하는 기색이다.

"좋아, 모두 따 주마."

앞쪽 줄에서부터 순서대로 도미지로는 우린보들을 따서 바구니에 넣기 시작했다.

하나하나의 청과 우린보는 무게도 모양도 묵직하니 느낌이 있는데 아무리 넣어도 바구니가 가득 차지 않는다. 넣어도 넣어도 더 들어간다. 그러나 한 구획의 밭에 있는 우린보를 모두 따고 옆 밭으로 옮기기 위해 바구니의 어깨띠를 움켜쥐었더니, 삐걱 하고 소리가 나고 무게가 느껴졌다.

큰일이네. 우린보들의 귀여운 콧소리에 재촉을 받으며 도미지로는 열심히 계속해서 땄다. 꿈속인데도 땀이 났다. 맨발의 발가락 사이에 흙이 들어와 기분이 나쁘다. 익숙하지 않은 밭일이라 허리며 무릎이 조금씩 아파 오기 시작했다.

아직도 바구니는 가득 차지 않은 걸까. 어느새 언덕 중턱까지 올라와 있었지만 밭은 더 위쪽까지 이어져 있고 수많은 우린보들의 콧소리가 들려왔다.

"조금만 쉬게 해 줘."

소리 내어 말했을 때 비로소 느꼈다. 입을 크게 벌린 탓인지 코와 동시에 혀로도 맛보고 말았다.

뭘까, 이 썩은 것 같은 냄새는.

위가 뒤집힌다. 우에엑, 하며 가슴을 누르고 있자니 언덕을 덮고 있는 청과밭이 술렁거리기 시작했다. 우린보들의 울음소리가 높아지고 한층 소란스러워졌다.

──빨리, 빨리, 빨리!

도미지로를 재촉하고 있다. 썩은 냄새는 또렷하고 강해져 도미지로의 눈도 시큰거리기 시작했다.

냄새는 언덕 아래쪽, 수확을 마친 밭 쪽에서 올라온다. 어느새 그 주위에는 안개가 피어오르고 있었다. 방금 전까지 우린보를 따고 있던 밭도 순식간에 흐릿해져 간다.

그때 안개 속에서 믿을 수 없는 크기의 무언가가 모습을 드러냈다.

──이건 꿈이야.

꿈속의 도미지로는 자기 자신에게 들려주었다. 현명하게도 이번에는 소리 내어 말하지 않았다. 만약 소리를 내었다면 안개 속에 있는 존재에게 들키고 말았으리라.

그것은 사람의 얼굴을 한 커다란 지네였다.

추하다.

도미지로의 마음에는 그 생각밖에 떠오르지 않았다. 무서움보다도 놀람과 혐오가 파도처럼 밀려온다.

도미지로는 순간 등의 바구니를 내려놓고 청과 고랑 사이에 몸을 숨겼다. 바구니 안의 우린보들도, 아직 밭에 남아 있는 우린보들도, 악취에 겁을 먹었는지 울리던 코를 멈추고 조용해졌다.

도미지로도 숨이 가늘어졌다. 엎드려 있는데도 무릎의 떨림이 멈추지 않는다.

커다란 지네는 보통 괴물이 아니었다. 작은 산 같은 거대한 몸에 바위 같은 머리. 스륵스륵 불길한 소리를 내는 수많은 다리는 갑주처럼 단단한 껍질에 덮여 있다. 괴물이 몸을 반쯤 일으켜 발돋움을 하면 검붉은 얼룩무늬의 아랫배가 사교邪敎를 믿는 절의 대들보처럼 보인다.

지네는 안개 속에서 끊임없이 머리를 들었다 내렸다 하며 주위를 둘러보고 있다. 무언가를 찾고 있는 듯하다.

뀨우, 뀨우.

도미지로 주위에서 우린보들이 소리를 내기 시작했다. 방금 전까지는 짖는 '울음'이었지만 지금은 우는 '울음'이다. 그 차이를 똑똑히 알 수 있었다. 무서워하는 것이다.

"알아. 나도 무서워."

도미지로는 마주 속삭였다. 지네는 마침 몸을 비틀어 뒤를 바라보는 중이었다. 쇠로 된 갑주 같은 등이 안개 맞은편에 버티고 서 있다.

"어떡하지. 어떻게 도망치지."

도미지로가 떨리는 목소리로 중얼거리자 고랑의 우린보들이 술렁거리고 울음소리가 커졌다.

밭이 크게 흔들린다. 지네가 몸의 방향을 바꾸면서 꼬리로 땅바닥을 내리친 것이다. 흙덩어리가 솟아올라 하늘을 가르고 도미지로가 엎드려 있는 바로 옆까지 후두둑 떨어졌다.

바구니 속의 우린보들은 작은 코를 바구니 가장자리에 나란히 대고 밀치락달치락하면서 무언가를 뀨우뀨우 호소해 온다.

"어? 어떻게 하라는 거야?"

우린보들을 구해라. 따 주지 않으면 우린보들은 밭에서 움직일 수 없으니 너는 모든 우린보를 짊어지고 목숨이 닿는 한 달려라.

무언가가 말을 걸어온다. 그것은 도미지로 내면에서 울리는 영혼의 목소리다.

우린보들을 구하고 달려라.

알고 있다. 그 길밖에 없겠지.

쿵, 흔들흔들. 땅울림이 나고 밭이 흔들린다. 지네는 초조한 듯 불길한 백 쌍의 다리로 발을 구르고 있다.

——나를 찾지 못해서야.

이대로 고랑 사이에 엎드린 채, 안개에 숨어서 꿈이 깨기를 기다리면 어떨까? 어차피 꿈이다. 언젠가는 깰 텐데. 무리해서 도망칠 필요가 있을까. 겁 많은 본심이 도미지로를 부추긴다.

그때 지네가 못생긴 머리를 들어 올리더니 허공을 향해 커다란 입을 벌리며 고함쳤다.

캬아아아아아아!

안개의 장막을 찢는 듯한 새된 비명이다.

괴물의 목소리가 아니다. 마치 여자 목소리 같다. 화가 나 있고 한탄하고 있고 슬퍼하고 있고 고통을 호소하고 있다.

도미지로는 저도 모르게 "흐아아아" 하고 목소리를 내고 말았다. 순간 지네가 이쪽을 보았다.

처음으로 정면에서 쳐다보았다. 자세히 보인다. 눈썹의 모양도, 눈초리에서 입가의 자글자글한 주름도. 좁은 이마에 드문드문 백발이 나 있다.

멀리서도 얼굴 생김새와 모습이 똑똑히 보인다. 요괴라는 증거다.

하지만 그것은 가짜 노파의 얼굴을 하고 있다. 나이에 어울리는 차분함과 상냥함은 없다. 거기에 있는 것은 분노와 고통. 조용히 다가오는 죽음에 대한 공포와 두려움. 젊음에 대한 질투와 세월의 무게에 조금씩 바스라진 근성의 잔해.

속이 메스꺼울 정도로 불쌍하다.

도미지로는 깨달았다.

이 괴물은 악의로 뭉친 덩어리구나.

도망쳐!

밭에서 벌떡 일어난 도미지로는 바구니의 어깨끈을 움켜쥐고 달리기 시작했다. 밭의 우린보들이 일제히 운다. 여기 있어, 여기 있어, 여기 있어. 바구니 안의 우린보들도 일제히 소란을 피운다. 구해 줘, 구해 줘, 모두를 구해 줘.

초조한 나머지 양손으로 허공을 휘젓고, 앞으로 고꾸라져 무릎을 꿇고, 그래도 도미지로는 가능한 한 빨리 밭의 우린보들을 따기 시작했다. 따서는 등의 바구니에 던져 넣는다. 하나 들어가면 뀨우! 두 개가 들어가면 뀨우뀨우! 우린보들이 도미지로를 다그친다. 빨리, 빨리, 빨리!

안개 너머에서 불길하고 커다란 그림자가 꿈틀거리며 이쪽을 살핀다. 금색으로 번득이는 한 쌍의 눈.

도미지로는 그것을 보았다. 금색 눈도 도미지로를 알아보았다.

"네 이노오오오오옴!"

지네는 노파의 쉰 목소리로 외쳤다.

"이 도둑노오오옴."

어라, 내가 청과 도둑인 건가? 좋아, 훌륭하군.

"놓칠까 보냐아아아아아!"

지네는 머리를 낮게 구부리고는 수많은 다리를 움직여 사납게 언덕을 올라오기 시작했다. 이대로 쫓아온다면 도미지로에게는 전혀 승산이 없다.

그러나 달리기 시작하자마자 지네는 무언가에 걸렸다. 스륵스륵 움직이는 다리에, 도미지로가 우린보들을 딴 후 밭에 남아 있던 청과의 잎이며 줄기가 엉킨 것이다. 뿌리치려고 지네가 날뛰면 더욱 엉킨다. 오른쪽의 다리 몇 개에 엉킨 것을 끊어 내면 왼쪽 다리 몇 개에 엉킨다.

"으아아아아아."

초조한 나머지 지네는 온몸을 떨며 고함을 질렀다.

그 틈에 도미지로는 필사적으로 우린보들을 따 모았다. 따는 족족 바구니에 던져 넣으며, 고랑에서 고랑으로, 하나도 남기지 않도록.

뚝뚝뚝! 잎과 줄기를 끊어 낸 지네가 다시 언덕을 올라오기 시작한다. 도미지로는 바구니를 짊어진 채 뒤도 보지 않고 도망쳤다. 지네가 또 다음 밭의 잎이며 줄기에 붙들린다. 도미지로는 눈에 닿는 한 모든 우린보들을 따 모았다.

"놓아라, 놓아, 방해하지 마라."

지네가 탁한 목소리로 고함친다. 눈물과 침을 뚝뚝 흘리고 있다.

좋아, 이 밭은 끝이다. 위로 가자. 도미지로의 얼굴도 등도 땀에 젖고, 무릎과 발바닥은 흙투성이에 상처투성이다. 아랑곳하지 않고 다짐했다. 단 하나의 우린보도 버리지 않겠다, 두고 가지는 않겠다.

목적지인 언덕 꼭대기는 하늘이 밝고 맑게 개어 있다. 저기까지 올라가면 괴물에게서 벗어날 수 있는지, 아니면 또 다른 무엇이 있는 건지, 지금은 거기까지 생각하고 있을 여유가 없다. 그저 올라갈 뿐이다.

꿈아, 깨어 다오. 방금 전까지는 그렇게 기도하고 있었다. 지금은 다르다. 도중에 깨지 말아 다오. 괴물과의 싸움에서 이기고 말테다. 확실하게 이길 때까지, 꿈아, 깨지 말아 다오.

마지막 한 구획의 밭까지 올라갔다. 지네는 두 구획 아래의 밭 앞에서 끈질긴 잎과 줄기에 얽혀 몸이 반쯤 비틀려 있다. 괴물이 날뛰면 날뛸수록 엉키는 청과밭은 마치 거미줄 같다.

세상사 인과의 실. 가로세로로 교차하며 서로 겹치는 생각과 바람. 그 안에서 생명은 태어나고 행복도 불행도 생겨난다.

나머지 한 구획의 우린보들을 다 따고 도미지로는 털썩 주저앉고 말았다.

안 돼, 다리에 힘이 들어가지 않는다.

언덕을 내려다보니 괴물은 청과의 잎과 줄기에 붙들려 땅바닥에 옆으로 쓰러져 있었다. 커다란 머리가 위아래로 흔들리고 입 양쪽 끝에서는 침이 흘러 떨어진다.

"놓칠까 보냐아아아."

지네가 도미지로를 위협했다. 입을 벌리자 이빨이 보였다. 드문 드문 빠진 노인의 이. 괴물다운 날카로운 이빨은 한 개도 없다.

숨을 헐떡이며 도미지로는 중얼거렸다.

"꼴사납네."

악하고 삿된 존재이자 한없이 슬픈 존재다.

"우린보들은 전부 땄어. 모두 내 등의 바구니 속에 들어 있지. 네게는 하나도 넘기지 않을 거다."

도미지로의 승리다. 지네의 패배다.

"얌전히 패배를 인정하고 사라져."

지네는 낮게 으르렁거리며 일단 입을 다물었다. 도미지로는 양손을 땅바닥에 짚고 기합을 넣으며 일어섰다.

휴우우우우—.

뭘까, 이 바람은. 괴물 쪽으로 빨려 들어가는 느낌이다. 저놈이 숨을 들이마시고 있나?

도미지로가 쳐다보자 지네가 입을 쩍 벌리고 불을 뿜었다.

불꽃이 부채꼴로 퍼지면서 언덕의 경사면을 핥더니 청과의 고랑을 남김없이 태우며 달려 올라온다.

타오르는 불꽃은 지네를 묶고 있던 잎과 줄기를 순식간에 검은 먼지로 만들었다. 홍련의 불꽃과 연기가 피어오르는 가운데 괴물이 몸을 꿈틀거리며 일어섰다.

이제 와서 불을 뿜다니!

도미지로는 도망쳤다. 등에 진 바구니 속에서 우린보들도 비명을 지른다. 불꽃을 두른 지네는 지금까지와는 비교도 되지 않는 속도로 도미지로 일행을 쫓아왔다.

언덕 꼭대기는 바로 코앞이다. 저기가 막다른 곳이라면 도망칠데가 없다. 그러나 지금은 달릴 수밖에 없다. 위로, 위로. 도미지로의 귓가에서 심장이 날뛰고 온몸의 뼈가 모조리 삐걱거린다. 산산조각이 날 것 같다.

언덕, 꼭대기로!

내디딘 발이 허공에 떴다.

땅바닥은 거기에서 잘려 나간 듯 끝났다. 머리 위에는 푸른 하늘, 그 밑에는 푸른 해원海原. 아래쪽의 모래사장에는 하얀 파도가 부서지고 있다.

뀨우뀨우! 등에 진 바구니 속에서 셀 수 없을 정도로 많은 우린보들이 튀어 오른다.

가자, 가자, 날아가자!

도미지로의 몸은 달려온 기세 때문에 이미 허공으로 튀어 나간 상태였다.

고개만 틀어 돌아보자 지네가 다시 불을 뿜을 셈인지 입을 벌리고 있었다. 이번에는 혀가 보였다. 축 늘어진 혀. 그 끝이 허공을 핥듯이 꿈틀거린다.

——분하게 여기고 있어.

수많은 다리로 허공을 움켜쥐며 아직도 도미지로를 붙잡으려고 몸을 앞으로 내민 채 자신이 내뿜은 업화業火에 태워져 간다.

떨어진다.

떨어진다.

푸른 하늘에서 바다를 향해 떨어진 도미지로는 양손을 쳐들고 발끝에서부터 물속으로 뛰어들었다. 짊어진 바구니의 어깨끈이 저절로 빠지고 안에 든 우린보들이 떨어져 내린다.

가라앉아 가는 도미지로를 우린보들이 에워싼다. 함께 가라앉으면서 달라붙어 온다.

규우규우, 규우규우!

도미지로는 눈을 감았다. 코로도 입으로도 바닷물이 들어와 숨을 쉴 수가 없다.

꿈인데 아직 깨지 않는다. 눈이 떠지지 않는다. 캄캄하다.

──나, 죽는 건가.

바닷속에서 새하얀 거품이 소용돌이치며 올라와 도미지로를 감싼다. 감촉이 부드럽다. 머리를, 뺨을, 어깨를 쓰다듬는 듯한.

거품이 터지는 소리가 기분 좋게 귀에 울린다. 우린보들도 기뻐하고 있다. 규우규우 우는 소리가──.

응애, 응애!

아기 울음소리로 바뀌고, 그 소리에 떠밀리듯이 도미지로는 꿈에서 깨어 벌떡 일어났다.

"우와아!"

큰 소리로 외치는 바람에 놀라서 스스로 자신의 입을 눌렀다. 우선 오른쪽 손바닥으로, 이어서 왼쪽 손바닥을 겹치고.

이곳은 흑백의 방이다.

아무도 없다. 도미지로는 혼자서 도코노마에 안치한 우린보 님과 마주하고 있다.

옷도 몸도 물에 젖지는 않았다. 흙투성이가 되어 있지도 않다. 무릎도 발바닥도 찰과상 하나 없다.

역시 모두 꿈이었다.

검댕으로 더러워진 우린보 님. 저도 모르게 얼굴을 가까이 하자 그 몸에서 상쾌한 바닷바람 냄새가 희미하게 풍겨 왔다.

무서운 시련의 끝인 바다 냄새.

당지문 맞은편의 복도에서 발소리가 들려왔다. 아니, 정확하게는 발소리가 아니라 요란하게 미끄러져 넘어지거나 벽에 부딪히는 소리다. 사환 신타다.

"도련님, 도련님!"

덜컹, 콰당! 소리 높여 외친다.

"됐어요, 됐습니다, 태어났어요, 옥 같은 여자아이예요!"

도미지로가 꿈속에서 언덕을 뛰어 올라가는 사이에, 오치카는 목숨을 건 출산에 임하고 있었다. 산기가 있었던 것은 새벽 여섯 시였지만, 아기가 태어나 오치카의 팔에 안겼을 때는 한밤중이 지나 있었다.

즉 꼬박 하루 동안 도미지로는 흑백의 방에서 꿈에 잠겨 있었던 셈이다. 그동안 자신의 모습은 어땠을까.

오카쓰가 가르쳐주었다.

"제가 몇 번 상황을 보러 왔는데 도련님은 내내 우린보 님 앞에 엎드려 계셨어요."

자고 있는 게 아니라는 것을 오카쓰는 알았다고 한다. 도미지로가 눈썹을 찌푸리거나 입가를 움찔거리거나 땀을 흘리거나 아픈 듯한 얼굴을 하거나 발을 움직이는 등 표정과 자세를 바꾸고 있었기 때문이다.

"지금은 어떤 기분이셔요?"

"온몸이 아파. 익숙하지 않은 밭일을 한 탓이겠지."

어떤 꿈을 꾸었는지 도미지로는 오카쓰에게 숨김없이 이야기해 주었다.

"야식을 준비해 드리지요."

그 말을 듣고 비로소 배고픔을 느꼈다. 굶어 죽을 것 같을 정도다.

"이네 씨는 공물이 필요 없다고 했지만 우린보 님께도 뭔가 바치고 싶어."

"알겠습니다. 술과 밥상을 준비하지요."

도미지로는 야식 상을 마주하고 앉아 게걸스럽게 먹었다. 먹고 있는 사이에 눈물이 나기 시작했다.

오카쓰는 말없이 시중을 들어 주고, 상을 치운 후에는 도미지로의 아픈 어깨와 무릎에 고약을 바른 습포를 대 주었다. 덕분에 도미지로는 다시 우린보 님 앞에 엎드려 새벽빛이 비쳐 들 때까지 푹 잤다.

다음에 눈을 뜬 것은 이네가 찾아왔기 때문이다. 그날과 똑같이 길채비를 하고 있었는데 도미지로의 얼굴을 보고는 청개구리 같은 동그란 눈을 깜박거리며 활짝 웃었다.

"미시마야의 도미지로 씨, 세상에, 고생 많으셨어요."

잘 달리시던데요——하고 칭찬해 주어 도미지로는 또 눈물이 났다.

매화꽃이 피는 계절에 태어난 아기에게는 '고우메小梅'라는 이름
이 붙여졌다.

오치카와 남편인 간이치는 솔직히 '우메梅'면 충분하다고 생각하
고 있었다. 하지만 효탄코도의 큰어르신인 간이치의 아버지가 그
러면 너무 흔해서 재미가 없다, 조금 꼬아 보자는 말을 꺼냈다고
한다.

오치카의 시아버지인 이 사람은 평소 마른 나무처럼 과묵하고
좀처럼 웃는 일도 없다는데 그래도 첫 손주의 일이 되니 잠자코 있
을 수 없었던 모양이다.

그래서 처음에 짜낸 안이 '우메카梅花'.

여기에는 간이치가 난색을 표했다. "게이샤의 예명 같지 않습니
까."

그럼 한자를 바꾸어 '우메카梅香'.

"읽는 방법은 같잖아요."

그럼 '梅芳매방'.

"뭐라고 읽으려고요? 바이호? 이번에는 만담가 같은데요."

그럼 '紅梅홍매'라고 쓰고 멋있게 '하나'라고 읽으면 어떠냐고 하자
결국 간이치는 화를 냈다.

"아버지, 장난은 그만 치십시오."

그러자 큰어르신은 야위고 주름진 얼굴을 매우 진지하게 다잡으
며 말했다.

"이 아이가 철이 들 무렵이면 나는 이미 세상에 없을 게다. 조금

이라도 추억이 될 만한 이야깃거리를 만들어 두어야지."

효탄코도의 큰어르신은 미시마야의 이헤에보다 훨씬 나이가 많아서 언제 저승사자가 찾아와도 이상하지 않은 나이기긴 하다.

이 말을 듣고 오치카는 눈물을 글썽였다. 간이치도 화내던 것을 멈추었다. 당사자인 갓난아기는 아무것도 모른 채 색색 자고 있었다고 한다.

"그런데 왜 고우메로 결정된 겁니까?"

물은 사람은 형 이이치로, 대답한 사람은 어머니 오타미, 도미지로는 두 사람을 위해 호지차를 끓이는 중이다. 세 사람은 이헤에의 방에서 이 집의 가구들 중 가장 오래된 화로를 둘러싸고 앉아 있다.

이헤에가 없는 까닭은 부엌 옆의 작은 방에서 기분 좋게 한잔하고 있기 때문이다. 오늘은 고우메가 태어난 지 이레째 되는 밤이고, 이헤에와 오타미는 효탄코도에 초대되어 갔다가 조금 전에 돌아왔다.

더 마실 거다, 빨리 술을 데우라고 소란을 피우는 이헤에에게 질려, 오타미는 안채로 도망쳐 와 버렸다. 별수 없이 상대는 야소스케가 맡고 오카쓰가 시중을 들고 있다.

"오치카가 아버님 말씀대로 그냥 '우메'로는 재미없다고 해서 간이치 씨가 생각한 모양이야."

──작고 사랑스럽고, 작아도 소중한 것을 사랑할 수 있는 아이가 되었으면 좋겠다.

"그래서 고우메군요. 좋지 않습니까."

도미지로는 납득했지만, 이이치로는 잠시 생각에 잠긴 얼굴이다. 오타미가 물었다.

"뭔가 걸리는 게 있니?"

이이치로는 흥 하고 코웃음을 치며 대답했다.

"아뇨…… 고우메도 동기童妓 중에 있을 것 같은 이름이라고 생각했거든요."

동기란 아직 어린 기생이다.

"하지만 그런 것에 신경을 쓰다간 끝이 없어요. 부모가 지혜를 짜내고 마음을 다해 지었으니 이보다 더 좋은 이름은 없겠지요."

경사를 축하하는 상차림을 둘러싸고 이번에는 술을 조금 마신 오타미가 빨개진 얼굴을 끊임없이 손바닥으로 부채질하면서 말했다.

"그렇지. 애야, 이이치로, 머잖아 네가 똑같이 지혜를 짜낼 입장이 되었을 때는 지금 네가 한 말을 내가 해 주마."

그러더니 눈을 움직여 장난기 가득한 얼굴로 도미지로 쪽을 돌아보았다.

"너도 마찬가지야."

도미지로는 익살스럽게 황공하다는 시늉을 했다. "잘 알겠습니다. 하지만 우선은 형님부터."

"이럴 때만 나를 내세워 주는구나."

"무슨 말씀이십니까. 늘 내세우고 있는데요."

"아아, 시끄럽다. 취한 어미는 먼저 잘 테니 취한 아버지를 부탁한다. 야소스케가 불쌍하니까."

"예, 안녕히 주무세요."

무탈히 이레째 밤을 맞이했으니, 오치카의 사촌인 미시마야의 형제에게도 고우메를 안아 볼 차례가 돌아올 것이다. 갓 태어난 아기는 연약하다. 아무리 기뻐도, 축하하는 마음으로 가득 차 있어도, 우르르 쳐들어갈 수는 없다.

"그쪽도 물론 형님이 먼저고요."

"아니, 오치카를 치하한다면 네가 먼저여야지. 간이치와도 친하고. 그럼 나는 목욕을 하러 가 볼까."

어라, 피해 버리네. 혼자 남겨진 도미지로는 고개를 갸웃거렸다. 형님은 무엇을 걱정하고 있는 걸까.

──아직 회복하지 못했나.

이이치로는 실연한 지 얼마 되지 않았다. 그것도, 이이치로에게 들어온 혼담의 상대가 서로 좋아하던 상대의 언니였다는 사정 때문에.

오치카 다음으로는 이이치로가 행복한 가정을 꾸려 주지 않으면, 도미지로도 안심하고 빈둥빈둥 살아가는 도련님 노릇을 할 수 없다.

──형님께 빨리 좋은 인연이 생기기를.

착한 동생다운 생각을 가슴에 품고 차 도구를 정리하러 부엌에 갔다가 운 나쁘게 이혜에한테 붙들려, 이미 취한 채 쓰러져 코를 골고 있는 야소스케를 곁눈질하며 새벽까지 술친구 역할을 하게 된 도미지로. 염원하던 고우메와의 대면은 숙취가 완전히 가실 때까지 미루어졌다.

이틀 뒤 오후, 간신히 효탄코도를 찾아가 간이치, 오치카 부부를 만난 도미지로는 한껏 기쁘게 웃고는 마침내 강보에 싸인 고우메를 안을 수 있었다.

"삼촌한테 아직 술 냄새 나니? 미안하구나. 평소에는 이렇지 않아. 네가 태어나 주어서 너무 기뻐 앞뒤를 잊고 술을 마셔 버렸단다. 용서해 다오."

오치카가 눈을 동그랗게 떴다. "오라버니, 고우메한테는 '삼촌'이라고 불릴 생각이세요?"

간이치도 눈을 크게 뜬다. "그러면 안 되오?"

"어, 하지만 그러면 미안한걸요."

"'삼촌'이 맞는 것 같은데."

"'도미지로 오라버니'는 어때요?"

"너무 길어요."

아무래도 상관없는 일로 소곤거리는 젊은 부부 옆에서, 도미지로는 고우메의 젖내 나는 뺨에 얼굴을 가까이 하며 또 울고 있었다.

아이는 보물이다. 이 세상이라는 밭의 고귀한 열매다. 고맙다, 고맙다. 우린보 님, 정말 고맙습니다.

단편
단인형
／

"또 무슨 바람이 분 거랍니까."

깜짝 놀란 나머지 너무 딱딱한 말투가 되었는지도 모른다. 도미지로는 표정을 누그러뜨리며 서둘러 덧붙였다.

"아니, 다시 괴담 자리를 시작할 수 있는 건 저도 기뻐요. 빨리 하고 싶다고 생각하던 참이었고요."

하지만 재개의 발단이 될 이야기꾼을 이이치로가 주선해 줄 거라고는 짐작조차 못했다. 놀라서 저도 모르게 되묻고 만 것이다.

"나도, 설마 내가 개시 역할을 하게 될 줄은 몰랐다."

이이치로는 입을 시옷자로 구부리며 어울리지도 않게 부루퉁한 얼굴을 했다.

"하지만 부탁을 받았으니 어쩔 수 없지."

괴담 자리라는 '별난 취미'에 대해, 미시마야의 후계자인 이이치로는 오치카가 행복한 아내이자 어머니가 된 지금 역할을 다했다고 생각하고 있다. 노력을 들이고 시간을 써 가며 계속할 필요는 없다고.

마음 편한 도련님인 도미지로는 어떻게든 설득하여 잠시나마 계속할 수 있으면 좋겠다고 생각한다. 그 '잠시'가 언제까지인지 본인도 모른다는 게 약점이긴 하지만.

그동안 괴담 자리에서 들은 이야기는 먹으로 휙 그려서 '기이한 이야기책'이라고 이름 붙인 오동나무 상자에 봉함으로써 듣고 버리는 일을 완료해 왔다.

따라서 설령 가족이라 해도 이야기의 내용을 흘릴 수는 없다. 두 번째 청자인 도미지로와 첫 번째 청자였던 오치카 사이일지라도 털어놓지 못한다.

그러니 말할 수 없다. 있잖아요, 형님. 만사에 형님한테는 당해 낼 수 없는, 눈에 띄는 장점이라곤 없는 저지만 특이한 괴담 자리 덕분에 얻은 게 있어요. 오치카의 출산 때도, 나는 우린보 님의 힘을 빌려서 시련을 뛰어넘고 오치카를 돕고 있었단 말입니다.

말할 수 없다. 답답하고 분하다. 괴담 자리에 얼마나 중요한 의미가 있는지 이이치로를 설득하려고 할 때 가장 큰 무기를 쓰지 못하니까.

──이제 마음을 정하자.

본래는 이헤에가 시작한 괴담 자리이니 이헤에가 그만두겠다는 말을 꺼낼 때까지는 계속해도 된다. 최근에는 그렇게 뻔뻔한 태도로 이이치로에게는 알리지 않고 다시 이야기꾼을 초대해 버리자 생각하고 있었다.

그런데 처음부터 지금껏 이야기꾼 주선을 부탁해 온 직업소개꾼 도안 노인(이상한 생김새 때문에 '두꺼비 선인'이라고 불릴 때도 있다)까지도,

"다시 시작하는 일에 대해 작은나리는 뭐라고 하십니까?"

라고 물으니 부아가 난다. 도미지로 쪽은 항간에서 인기 있는 하고로모 양갱을 선물로 들고 제대로 옷차림도 갖추고 찾아갔는데.

"괴담 자리에 형님은 상관없습니다. 이건 제 재량으로도 충분하니까요."

"후계자는 이이치로 씨 아닙니까. 더부살이인 댁이 멋대로 정해도 될 일이 아니지요."

도안 노인으로서는 이헤에나 이이치로의 정식 허락을 얻지 못하는 한 다음 이야기꾼을 주선할 수 없다고 한다. 끓는 주전자처럼 펄펄 화를 내며 미시마야로 돌아온 도미지로는 흑백의 방에 들어가 소매를 물며 분하게 여겼다.

그것이 바로 어제 있었던 일이다. 에도 거리는 시중의 수많은 명소를 장식하는 벚나무 봉오리가 부풀어 거리 전체가 엷은 벚꽃색 구름으로 범벅이 되었다. 1년 중에서 가장 즐겁고, 아름다운 계절인데,

——더부살이, 더부살이, 더부살이라니!

스스로 익살스럽게 표현한 적은 몇 번 있지만 이렇게 분한 말이라고 느낀 적은 없었다. '더부살이인 당신'이 아니라 '댁'이라고 살짝 높인 것이 또 분하다. 도미지로를 깔보고 있기 때문에 나오는, 갖다 붙인 듯한 정중함이다.

——두꺼비 요괴한테, 젠장!

혼자서 마음껏 화를 내며 소매를 지나치게 물었더니 침으로 젖었다. 그래도 어떻게든 얼굴에는 드러내지 않고 가족과 고용살이 일꾼들 사이에 섞여, 은근슬쩍 이헤에게서 허락을 받아 버리자고 마음을 다잡고 있던 참이었다.

그런데 꺼리고 있던 당사자 이이치로로부터 부탁을 받았으니 도미지로가 날카롭게 되묻고 마는 것도 무리는 아니다.

"괴담 자리에서 이야기를 하고 싶어 하는 사람을 소개받았는데 날짜를 정해 초대해 주지 않겠니. 히시야에 있을 때 내게 친절하게 대해 주셨던 단골손님이야."

히시야는 이이치로가 8년이나 장사를 배웠던 소품 가게다. 가게는 니혼바시 도리아부라초에 있다. 이이치로를 상인으로서 키워 주고 아껴 주고 장래를 기대하여 '미시마야로 돌려보내고 싶지 않다'고까지 말해 준 주인 부부였으나, 공교롭게도 그 주인 부부가 가져온 혼담이 어그러진 탓에 이이치로는 예정보다도 빨리 미시마야로 돌아오게 되었다.

그래서 도미지로도 그만 입 밖에 내어 말하고 말았다. "형님,

이제 와서 히시야에 의리를 지킬 필요가 있나요."

"히시야의 부탁이 아니다. 제대로 듣지 않았던 거냐? 상대는 히시야의 단골손님이야."

"끝까지 말썽이네요, 히시야는."

"너, 괴담 자리를 시작하고 싶은 거냐, 시작하고 싶지 않은 거냐?"

이이치로 쪽이 노기를 띠기 시작하여 도미지로도 마음을 다잡았다. "시작하고 싶지요. 시켜 주세요. 맡겠습니다."

도미지로가 정중하게 손을 짚으며 머리를 숙여 보이자 이이치로는 한숨을 쉬었다. 여러 가지 생각이 뒤섞인 잡탕 같은 한숨이다.

"……그분은 우리가 괴담 자리를 재개하기를 계속 기다리고 계셨다더구나."

"차마 기대도 않았는데 찾아와 주신 첫 번째 재개 손님이 되겠군요."

"나로서는 전혀 이해가 가지 않는다만. 새빨간 남한테 옛날이야기를 하는 게 뭐가 좋은 건지."

진심으로 의아하게 여기는 듯한 이이치로의 단정한 얼굴을 향해 도미지로는 부드럽게 말했다.

"그건 형님도 한 번 이야기해 보면 아실 거예요. 우리 가게에서는 무리이니 어딘가 다른 괴담 자리에 가 보시지요."

"쓸데없는 소리."

이렇게 해서 괴담 자리의 재개가 예정되었다. 도미지로는 두꺼비 선인에게 선물로 들고 갔던 것보다 더욱 질이 좋은 하고로모 양갱을 들고 효탄코도에 보고를 하러 갔다.

오치카도 간이치도 '꼭 계속하고 싶다'는 도미지로의 소원이 이루어져 기뻐했고, 젖을 다 먹고 방금 잠든 고우메도 배냇짓을 하며 미소를 지어 도미지로의 기운을 북돋워 주었다.

"하지만 오라버니, 혹시 청자 역할이 괴로워졌을 때는 말해 주세요."

따뜻한 말에 도미지로가 문득 생각났다는 듯 물었다.

"오치카 너는 괴로워서 그만두고 싶다고 생각한 적이 있니?"

오치카는 벚꽃 꽃잎이 이마에 떨어져 내린 것처럼 부드럽게 놀란 얼굴을 했다.

"그렇게 생각한 적은 없어요."

괴로운 적은 있었지만.

"이야기 속에 나오는 사람들이 너무 무서운 일을 당하거나, 이미 벌어진 일이라 두 번 다시 돌이킬 수 없다는 생각에 화가 나고 슬퍼진 적은 있지만."

그만둘 생각을 한 적은 없다.

"네게는 특이한 괴담 자리가 소중한 것이었겠지."

나도 마찬가지란다. 정신이 들어 보니 도미지로는 그렇게 말하고 있었다.

"고생을 모르는 태평한 도련님의 건방진 소리지만, 나한테도 소중한 거야. 이야기하고 싶다는 분이 있는 한 흑백의 방으로 모시고 싶은 마음이야."

고우메를 안은 간이치가 눈부신 빛을 보는 사람처럼 눈을 가늘게 뜨며 도미지로에게 고개를 끄덕여 주었다.


이튿날 오후에 미시마야를 찾아온 이야기꾼은 도미지로와 비슷한 나이의 상인으로 보이는 젊은이였다. 감색 바탕에 옅은 노란색 채반 무늬 기모노는 비단으로 지었는데, 물론 외출복일 것이다. 머리는 자그마한 혼다마게本多髷 성인 남자의 머리 모양 중 하나. 혼다 다다카쓰(本多忠勝)의 가신들 사이에서 유행하기 시작한 것이 최초라 이런 이름이 붙었다로 틀어 올렸고 사카야키에도 시대에 남자가 이마에서 머리 한가운데에 걸쳐 머리털을 밀었던 일. 또는 그 부분가 매끈매끈하다. 방금 이발소에서 손질을 받고 왔는지도 모른다.

이이치로는 상대가 히시야의 단골손님이라고 했다. 그렇다면 이곳에 고용살이 일꾼을 보낼 리는 없고, 이 젊은이는 상대의 가족 중 한 명이 틀림없다.

다만 눈앞의 젊은이가 매고 있는 띠는 잇폰돗코(저렴한 하카타 오비)―本独鈷 독고(独鈷) 무늬가 들어가 있는 견직물. 하카타(후쿠오카)에서 생산된다이고, 꽤 오래 써서 낡은 듯하다. 얼핏 보기에 질 좋은 기모노와 입기에는 조합이 뒤죽박죽이었다.

──거기에 오늘 이야기의 특징이 숨겨져 있는 것일까?

이야기꾼이 앉는 상좌의 도코노마에 걸려 있는 족자에는 늘 그렇듯 하얀 반지#紙가 붙어 있다. 홀쭉하니 키가 큰 청자 꽃병에는 시중에서 피기 시작한 벚나무 가지가 수줍은 듯 고개를 숙이고 있었다.

벚꽃은 사랑스럽고 우아하지만 실은 심지가 강한 꽃이라고 도미지로는 생각한다. 강한 봄바람을 부드럽게 피하고, 쏟아져 내리는 봄비에도 기분 좋게 젖는 모습을 보여 준다. 오늘은 그런 꽃 앞에 활력이 넘쳐 보이는 젊은 남자가 앉았다. 젊은이는 약간 긴장했는지 양쪽 귓불을 붉히고 딱딱하게 말하며 기세 좋게 머리를 숙였다.

"오늘은 신세 지겠습니다."

이마를 부딪칠 것 같다——고 생각하며 도미지로는 웃을 뻔했다.

"미시마야의 괴담 자리에 와 주셔서 고맙습니다. 저는 듣는 역할을 맡고 있는 도미지로라고 합니다."

그렇게 말하며 이쪽도 마주 절을 한다.

"우리는 나이가 비슷한 듯하고 입장도 비슷하지 않을까 싶군요. 모쪼록 긴장하지 마시고 편하게 하십시오."

그 말을 듣자 젊은이의 굳어 있던 눈가와 입가가 스윽 풀어졌다. 퉁방울눈까지는 아니지만 물기가 담뿍 담긴 매끈매끈한 검은콩 같은 검고 동그란 눈.

"고맙습니다."

목소리에도 검은콩 같은 달콤함이 묻어난다.

"저는 닌교마치의 짓켄다나十軒店 현재의 도쿄 주오구 니혼바시 무로마치 3 · 4 번가에 있는 큰길의 이름. 인형을 파는 가게가 열 곳(十軒) 있었던 것에서 이런 이름이 붙었다에 있는 마루마스야의 셋째 아들로 이름은 몬자부로라고 합니다."

마루마스야. 어라? 도미지로가 들어 본 적 있는 가게다.

"마루마스야라면 된장과 된장장아찌를 파는 가게지요?"

"아, 알고 계셨습니까?"

몬자부로의 혈색 좋은 얼굴에 희색이 떠올랐다.

"아는 정도가 아닙니다. 저는 마루마스야의 '회중懷中 된장국'을 아주 좋아하는걸요."

회중 된장국이란 뜨거운 물만 있으면 언제 어디서든 먹을 수 있는 된장국이다. 가다랑어포 가루나 말린 파와 미역 등을 된장으로 싸서 경단 모양으로 빚어 얇은 종이로 싼 것인데, 먹을 때는 얇은 종이를 벗겨 그릇에 넣고 뜨거운 물을 부으면 된장국이 된다.

"저희 집에서는 매일 아침마다 어머니가 커다란 냄비에 맛있는 된장국을 끓여 주시지만요. 회중 된장국의 맛은 또 다르게 각별하니까요."

"그거 고마운 말씀입니다." 몬자부로는 밝게 말했다. "저희 가게의 회중 된장국에는 다른 곳에는 없는 비결이 있지요. 그걸 고안한 분이 저희 할아버지인데…… 그러고 보니 지금부터 말씀드릴 이야기도 할아버지한테 들었습니다."

척척 진행될 것 같다.

"잠깐만 기다려 주십시오. 몬자부로 씨, 도안 씨한테서 저희 괴담 자리의 규칙을 들으셨을까요?"

지명, 가게 이름, 인명이나 장소 등의 사실은 덮어 두어도 상관 없다.

"예, 잘 듣고 왔습니다. 하지만 제 이야기는 특별히 신원을 숨길 필요가 없어서요. 아니, 딱 작년 이맘때 할아버지가 돌아가셔서 이 이야기도 끝났지만, 그렇다고 잊어버리기에는 아쉬움이 남아서…… . 뭐, 제멋대로의 생각입니다만."

꼭 미시마야에서 이야기하고 싶다고 생각했단다.

할아버지에게 들은 이야기는 이미 '끝났'지만 그걸로는 '아쉬움이 남는다'. 수수께끼 같은 데다 멋스러운 말이다.

——재미있는 사람이로군.

하고 생각하고 있자니 몬자부로가 싱글싱글 웃는 얼굴로 이렇게 물었다.

"도미지로 씨, 정월에 가게 앞에서 인대(모델)를 하셨지요?"

아직도 그때 떠맡은 역할이 부끄러운 기억으로 남아 있다.

"꼴사나운 모습을 보이고 말았군요."

아니, 아니, 당치도 않습니다! 하며 몬자부로는 목소리를 높였다.

"저희 어머니와 누이는 전부터 미시마야의 물건을 좋아했는데."

"고맙습니다."

"그날은 더 특별했다면서, 둘이서 목도리며 어깨 덮개를 몇 개나 사들이더군요. 외출했는데 하도 돌아오지 않아서 제가 데리러 갔다가 그때 미시마야 앞을 왔다 갔다 하고 있는 도미지로 씨의 모습을 보았습니다."

이번에는 이쪽의 귓불이 빨개질 차례다.

"그건 형님이 억지로 시켜서……. 저는 인대 같은 것은 하고 싶지 않았습니다."

"꽤 근사했습니다. 배우 같은 동작을 해도 멋있을 것 같아요."

그렇게 말하면서 몬자부로가 칼을 휘두르는 시늉을 해 보인다. 어라, 이상하다. 칼보다 더 긴 것──빨랫대를 휘두르는 것 같은 동작이다. 그러나 창술은 아니다. 검술로 보인다.

"이렇게, 이렇게, 이렇게요." 동작을 멈춘 몬자부로가 갑자기 진지한 얼굴로 돌아왔다. "실은 이것도 할아버지의 이야기에 나온답니다."

이렇게 애를 태우다니.

"아아, 기대되는군요. 그럼 이야기를 시작해 주시겠습니까."

도미지로의 재촉을 받은 몬자부로가 여전히 진지한 얼굴로 불쑥 중얼거렸다.

"물론 시작할 겁니다만, 으음…… 차와 과자는……."

"예?"

도미지로는 놀랐다가, 저도 모르게 웃음을 터뜨렸다.

"이거 실례했습니다. 물론 내드려야지요."

오늘의 이야기꾼을 위해 도미지로가 준비해 둔 과자는 '하나이카다花筏 직역하면 '꽃뗏목'. 꽃이 저서 수면에 떠 흘러가는 것을 뗏목에 비유한 말이다'라는 이름의 아름다운 양갱이다. 약간 부드러운 양갱(그러나 묽은 양갱은 아니다)의 윗면에 맑은 물살과 그 위를 흘러가는 벚꽃 꽃잎이 장식되어 있다. 이 장식도 마른 과자라서 양갱과 함께 먹을 수 있을 뿐만 아니라 그렇게 먹는 편이 더 맛있다.

이야기꾼에 따라서는 양갱만으로 모자랄까 봐, 도미지로의 다른 단골 과자가게에서 콩떡도 사 두었다. 차는 엽차를 몇 종류 준비해 두고 이야기꾼의 취향을 물어볼 생각이었다.

"죄송합니다, 욕심을 부려서."

거북한 듯한 몬자부로지만 다과를 준비하는 도미지로를 지켜보는 눈은 기대로 빛나고 있다.

"괴담 자리가 아니더라도 미시마야를 찾아오는 손님은 맛있는 다과를 대접받을 수 있다는 소문을 들었거든요."

그런 소문이 있단 말인가. 도미지로는 몰랐지만 내심 으쓱해졌다. 자신이 미시마야로 돌아오고 난 후에 퍼지기 시작한 소문이리라. 그전까지 미시마야에서는 이헤에도 오타미도 대행수 야소스케도, 손님에게 내는 다과에 일일이 신경을 쓸 정도의 취미도 방법도 없었을 것이다.

한편 이렇게 돌아오고 나서 도미지로는 종종 오타미에게 다과에 대한 상의를 받곤 한다. 내일 어디어디의 누구누구가 오시는데 무엇을 내면 좋겠니, 지혜를 좀 빌려 다오, 하고.

"몬자부로 씨도 단것을 좋아하십니까?"

"맛있는 것이라면 무엇이든 아주 좋아합니다."

역시 좋은 사람이다. 차는 몬자부로가 줄기가 많은 보차棒茶 구키차(茎茶)라고도 한다. 차나무의 어린 가지, 찻잎 줄기, 어린 줄기를 섞어서 만든다를 골랐기 때문에 흑백의 방은 소박한 정취가 있는 향으로 가득 찼다.

"아까도 말씀드렸다시피 지금부터 들려 드릴 이야기는 제가 할아버지…… 친할아버지한테서 들은 옛날이야기입니다."

하나이카다를 기쁜 듯이 맛보며 몬자부로는 입을 열었다.

"마루마스야는 우리 아버지가 5대째 주인입니다. 대대로 주인은 몬자에몬이라는 이름을 쓰도록 되어 있어서 할아버지는 4대 몬자에몬이었고, 돌아가셨을 때는 88세였습니다."

몬자부로가 활짝 웃으며 말했다.

"장수 집안이지요? 아버지도 고희가 코앞인데 허리가 굽기는 커녕 등에 빗장을 지고 있는 게 아닐까 싶을 정도로 꼿꼿하시답니다. 덕분에 후계자 몬이치로가——제 큰형님인데, 벌써 다 큰 손주가 몇이나 있지만 아직 작은나리 입장으로 움츠러들어 있어서 가엾기도 하고 재미있기도 하고."

몬자부로는 삼남 삼녀 여섯 남매 중 막내라고 한다.

"저 혼자만 나이가 뚝 떨어져 있지요. 올해 스물두 살로, 큰형님의 둘째 아들과 동갑입니다."

도미지로는 올해 봄을 맞으며 스물네 살이 되었다. "그럼 제가 두 살 위로군요."

"어이쿠." 몬자부로는 무심결인 듯 말했다. "같은 나이인 줄로만 알았는데요."

"큰 차이도 아니지요. 집이 가까웠다면 같은 습자소에 다녔어도 이상하지 않았을 테고, 그랬다면 몬자부로 씨와는 사이가 좋았겠네요. 늘 함께 맛있는 것을 사 먹으러 다니거나 하면서."

"용돈이 아무리 많아도 모자랐겠는데요."

둘이서 유쾌하게 웃었다.

"그렇다 보니 저는 어릴 때부터 쓸모없는 취급을 당해서."

된장가게의 된장 찌꺼기 몬자부로라며, 그야말로 습자소 친구들에게는 놀림을 당했다고 한다.

"부모님은 나이가 많고, 형님이나 누님들도 저를 보살펴 주기보다는 귀찮아하던 기억이 더 많습니다. 그게 불쌍했는지 할아버지만은 저를 귀여워해 주셨지요."

할아버지한테 이 옛날이야기를 들은 사람도 아마 자신뿐일 거라고 말했다.

"덕분에, 평생 딱 한 번 신기한 광경을 볼 수 있었습니다."

천천히 눈을 깜박이던 몬자부로가 도미지로의 얼굴을 바라보았다.

"꽃에 홀려서 어떤 촌스러운 사람이라도 약간 멋을 부리고 싶어지는 요즘은, 미시마야도 대목이지요? 모두 함께 히나 시장 같은 곳에 나가실 시간은 없으시려나요."

히나 시장은 히나마쓰리매년 3월 3일에 여자아이가 있는 집에서 아이의 장수와 행복을 기원하며 인형과 세간 용품 등을 꾸미는 것 때 장식할 히나 인형이나 장식 도구를 파는 시장이다. 매년 2월 25일부터 3월 2일까지 닌교마치나 오와리초, 고지마치 등에 시장이 서는데 굉장히 북적거린다.

"아니요, 저희 가게에서 바느질하는 이 중에는 아직 시집을 가지 않은 여자아이도 있어서 작업장 쪽에는 히나 인형을 장식하니까요, 어머니는 여자아이들과 나가기도 하지 않을까요? 저는 아직 인연이 없어서 들여다볼 기회가 없었지만요."

오치카가 미시마야에 있었을 때는 히나마쓰리를 어떻게 했을까. 물어본 적도 없고, 애초에 신경을 쓴 적조차 없다.

"저도 히나마쓰리와는 인연이 없는 사내자식이지만 마루마스야가 있는 장소가 장소이다 보니 매년 싫다고 해도 히나 시장 쪽에서 쳐들어옵니다."

닌교마치의 짓켄다나에 서는 히나 시장은 가장 인파가 많은 곳이다.

"닌교마치는 딱히 히나 인형과 관련이 있는 장소는 아니어서 평소에는 여러 종류의 가게가 늘어서 있지요. 하지만 1년에 한 번 히나 시장이 열릴 때만은, 평소 다른 장사를 하는 가게도 히나 인형을 파는 가게로 바꾸거나, 자기 장사를 쉬고 히나 인형을 파는 사람들한테 가게 앞을 빌려줍니다. 이렇게 하면 임대료도 꽤 받을 수 있어서요."

마루마스야는 후자 쪽이다.

"매년 2월 24일까지 가족들이 모여 이리야에 있는 저희 가게의 기숙료로 옮깁니다. 고용살이 일꾼들도 거의 같이 데려가지만 가게를 보는 역할로 남아서 일당을 받으며 히나 인형 장사를 도와주는 사람도 있습니다."

도미지로는 소박하게 놀랐다. "마루마스야가 그런 식으로 휴업을 하는 시기가 있는 줄은 몰랐네요."

"빌려주는 장소는 정말로 가게 앞의 매대뿐입니다. 우리 가게의 물건들은 그대로 놔두고, 단골손님이 된장이나 회중 된장국을 사러 오시면 응대도 하니까요. 완전히 휴업을 하는 것과는 다르지요."

회중 된장국과 쌍벽을 이루는 마루마스야의 인기 상품인 된장 절임생선만은 24일에 일단 전부 팔아치워 버린다. 남김없이 팔리도록 값을 내리기 때문에 그 사실을 아는 손님이 몰려들어 매우 붐빈다고 한다.

"그러니 우리한테도 고마운 일이지요."

미시마야 같은 주머니 가게나 소품 가게, 담뱃가게 등은 일시적으로 히나 인형 가게가 되든 인형 장수에게 가게를 빌려주든, 원래 파는 물건이 상하지 않으니 그리 성가실 일도 없겠지. 그러나 마루마스야는 된장 가게다. 파는 물건이 우선 냄새가 나고, 가게 벽에도 바닥에도 된장 냄새가 배어 있다. 거기에서 히나 인형을 파는 건 꽤 불리할 테니 마루마스야에서는 짓켄다나의 다른 가게보다도 임대료를 싸게 해 준다. 덕분에 지금껏 빌리겠다는 사람이 나서지 않았던 적은 한 번도 없었다고 한다.

"임대료를 깎아 준 몫은 24일 할인 판매의 매상으로 수지가 맞고요."

"어느 쪽에나 이득이 되는 거래로군요."

이런 계산을 제대로 할 줄 아는 걸 보니 좋은 상인이다.

"모두 함께 기숙료에 있는 동안에는 어떻게 지내십니까?"

"그게 의외로 느긋하게 지낼 수가 없어서요."

마루마스야의 남자들은 고용살이 일꾼들을 감독해 평소에는 아무래도 뒤로 미루고 마는 읽고 쓰기나 상도商道의 소양을 교육시킨다. 어디로 옮기든 취사와 빨래를 쉴 수 없는 여자들은 여느 때와 다름없이 일한다. 평소에는 신경 쓰지 못하는 기숙료의 청소나 손질을 하느라 오히려 바쁠 정도라고 한다.

"이리야의 기숙료는 밭 한가운데에 외따로 서 있습니다. 땅을 파서 만든 우물과, 마구간까지 딸려 있는 훌륭한 이층짜리 집이지요."

기숙료라는 것은 상가商家의 별택이다. 가족과 고용인이 다치거나 병들었을 때 쉬게 하기도 하고, 화재나 수해로 본택을 못 쓰게 되었을 때의 피난처로 삼는 등, 용도는 여러 가지가 있다. 은퇴한 전 주인의 거처로 사용되는 경우도 있고, 주인이나 작은 주인이 몰래 첩을 두고 있다가 들켜 큰 소동이 일어날 때도 있다.

미시마야에서는 그런 필요에 쫓긴 적이 없고, 기숙료로 사용할 만한 집을 빌리지 않겠느냐(사지 않겠느냐)는 이야기가 들어온 적이 없어서, 지금까지는 가족들 사이에서 화제에 오른 적도 없다. 재산이 있는 상가라고 반드시 기숙료를 두는 것은 아닌 데다 두면 두는 대로 관리도 필요하고 돈도 든다.

"저희 기숙료는 증조할아버지 대에 마련한 듯한데, 형님이나 누님들도 저도 자세한 유래를 들은 기억은 없습니다. 아무 일 없어도 히나 시장 때마다 가는 곳이었으니 당연해서요."

몬자부로가 얼굴을 약간 찌푸리며 말했다.

"으음…… 이 얘기는 별로 기숙료와 상관은 없지만 할아버지가 기숙료에 계셨다는 점과는 연결되거든요. 어떻게 이야기하면 좋을지."

성가시군요, 하며 더욱 얼굴을 찡그린다. 도미지로는 부드럽게 웃음을 지었다.

"이해가 가지 않는 점이 있으면 그때마다 제 쪽에서 여쭙겠습니다. 어렵게 생각하지 마시고 이야기해 주십시오."

"말씀은 그렇게 하시지만."

몬자부로는 갑작스러운 복통이 몰려온 사람처럼 팔로 몸을 끌어안았다.

"차라리 도미지로 씨가 물어봐 주시는 편이 이야기하기 쉽겠는데 그러면 안 될까요?"

이쪽도 그렇게 하고 싶은 마음은 굴뚝 같지만, 무엇부터 물으면 좋을까.

"그럼 몬 씨."

"예?"

"일일이 몬자부로 씨라고 부르면 너무 기니, 몬 씨라고 부르겠습니다. 저는 도미 씨든 뭐든 편하신 대로 불러 주세요."

"흐음, 그렇다면," 몬자부로가 눈으로 웃더니 장난스럽게 말했다. "도미, 나는 몬이라고 부르게. 지금부터는 편하게 얘기하지."

"좋지." 도미지로도 신이 났다. "우선, 이 옛날이야기의 주인공은 누구인가?"

"주인공이라니, 누가 경험한 일이냐는 의미인가?"

"응, 맞네."

"그거라면 초대 몬자에몬. 내 현조할아버지일세."

거기까지 거슬러 올라가는 오래된 옛날이야기를 몬자부로가 할아버지에게서 들었다는 것이리라.

"그렇다면 사건 자체는 이 태평성대가 시작된 지 얼마 안 되었을 때의 일인가?"

"대강 그 정도 아닐까? 초대 몬자에몬은 당시 에도에서 아주 멀리 떨어진——."

몬자부로가 별안간 "앗" 하고 입을 다물며 목소리를 낮추더니 말을 이었다.

"아까는 그렇게 말했지만 여기서는 진짜 지명을 말하면 안 될 것 같네."

도미지로는 흔쾌히 받아들였다. "좋네, 그렇다면 가명을 붙이세. 번의 이름이든 도시든 마을이든 영주님의 이름이든."

"도미, 익숙해 보이는군."

몬자부로는 눈을 깜박거렸다.

"역시 번의 이름은 정해 두는 편이 이야기하기 쉬우니까……."

"미시마 번이 좋지 않을까?"

"미시마야에 미안한걸. 좋은 일이 있었던 번은 아니니까."

"그렇다면 요쓰시마 번. 아니, 차라리 요코시마 번으로 하면 어떤가."

그거 좋다며, 몬자부로는 몇 번이나 고개를 끄덕였다. "영주님은, 요코시마 번의 본본노스케 님이라고 하지. 정말로 아직 젊고, 새로운 번주로서 영지에 갓 들어온 분이라, 영지 내의 일을 잘 모르고 있었다고 하네."

"비교적 흔히 있는 일이지."

책에서나 읽었을 뿐이지만 태연하게 말해 보는 도미지로다. 아는 척하는 것은 죄지만 그 맛은 달다.

"그 외에는 직할지<sub>구라이리치(蔵入地). 에도 시대에 연공을 영주의 곳간에 직접 납부하던 영주의 영지였던</sub> 마을의 이름과, 다이칸<sub>代官 에도 시대에 막부의 직할지를 다스리던 지방관. 또는 영주가 연공 징수와 지방 행정을 맡게 하던 관리</sub>의 이름이 필요한데."

"으음, 마을은 미쓰쿠라 마을이 어떨까?"

"그럴듯해서 좋군!"

"다이칸은 나쁜 놈인가?"

"아주 나쁜 놈이었네."

"그럼 도아쿠 단조<sub>+惡彈正</sub>로 하세."

몬자부로는 손뼉을 치며 매우 좋아했다. "도미, 잘하는군. 정말로 그런 이름이었던 것만 같아."

이제야 겨우 본론으로 돌아갈 수 있겠다.

"요코시마 번은 추운 북쪽 지방으로 쌀은 많이 나지만 그 외에 값나가는 산물은 없는 곳일세. 초대 몬자에몬은 여덟 살 때부터 성하마을에 있는 이사와야라는 장류 도매상에 들어가 살면서 일을 했지. 바로 전해에 에도에서 큰 화재가 나는 바람에 성의 망루까지 불타 떨어지고 말았다는 소문을 듣고, 그런 무서운 곳에는 평생 가지 않겠노라 맹세했다더군."

이때의 큰 화재는 메이레키明曆의 화재메이레키 3년(1655) 정월, 에도성 혼마루를 비롯해 시가지의 대부분이 불탄 큰 화재. 사망자가 10만여 명에 이르렀다──소위 말하는 후리소데 화재일 것이다. 에도 거리가 지금과 같이 정비되는 계기였던 사건이다.

그만큼 오래된 이야기인데도 몬자부로가 갑자기 진지한 얼굴이 되어 진짜 지명을 숨긴 까닭은 지금도 그 번이 존속하기 때문이리라. 도미지로도 그 점은 신경 써서 이야기를 들어야 한다. 어쨌거나 '좋은 일이 있었던 번이 아니'니까.

"초대 몬자에몬의 이름도 몬자에몬이면 되나?"

도미지로의 물음에 몬자부로가 살짝 목을 움츠리며 웃었다. "초대 가주가 마루마스야를 차리고 나서 그 이름을 쓰게 된 건 원래의 이름이 몬이치였기 때문일세."

부모도 기댈 곳도 없는 아이였다.

"아버지는 어디 사는 누구인지 알 수 없네. 어머니는 몬이치를 낳자마자 버리고 다른 남자와 도망친 닳고 닳은 여자인데……."

찻집에서 일하는 여자였던 모양이다.

"초대 가주는 다행히 그 찻집에서 키워 주었고, 태어난 날이 음력 7월文月 초하루였기 때문에 붙은 이름이 몬이치文一. 하지만 이사와야에 들어가고 나서는 나이가 위인 고용살이 일꾼들이 무일푼의 고아라며 놀려서 말이야. 늘 '이치몬一文'이라고 불리게 되었다고 하네'이치몬'은 화폐 단위의 '일 푼'을 말한다."

그러나 이치몬은 부지런한 아이였다. 배불리 음식을 먹을 기회라곤 없이 자랐는데도 몸이 튼튼하고 힘이 세어서, 이치몬 저것을 해라, 이치몬 이것을 해라, 하며 소처럼 부려먹어도 전혀 지치지 않았다. 얌전한 성격에 참을성이 강하고 말수가 적다. 그래서 만만하게 여겨지기 십상이었지만 본인은 전혀 신경 쓰지 않았다.

"된장이나 간장을 담는 통은 무거우니까. 힘을 쓰는 일이라 자연히 몸이 단련되었겠지. 그리고 초대 가주는 머리도 나쁘지 않았네."

소처럼 일하는 아이에게 제대로 읽고 쓰기나 산수를 가르쳐 주는 사람은 이사와야에 없었다. 그러나 몬이치는 어깨너머로 익혀나갔고, 어느 날 그것을 눈치챈 대행수 한 사람이 감탄하여 그 후로는 친절하게 가르쳐 주었다.

"그 대행수님도 입보다는 팔다리를 먼저 움직이며 부지런히 일하는 사람이었네. 이름은……."

몬자부로는 잠시 생각하고 나서 말했다.

"가명으로 하지 말고 할아버지가 말해 준 것을 그대로 이야기하지. 유지라는 사람으로 가게에서는 '유 씨'라고 불렸네."

유 씨도 가족과는 연이 없이 고생을 많이 한 사람이라 이치몬을 눈여겨보고 배려도 해 주었다.

이사와야의 장사는 판매처가 거의 성하마을 내로 정해져 있었지만, 된장과 간장을 양조소에서 매입하는 거래를 할 때는 영지 내 여기저기로 찾아갈 필요가 있었다.

"가게의 계산대를 지키는 것은 큰 대행수, 그 밑에 대행수가 세 명 있어서 각각 담당 구역을 정해 영지 내의 거래처를 돌고 있었네."

된장이나 간장을 운반할 때는 양조소가 있는 곳의 파발소에 부탁하지만, 어음을 주고받는 일까지 포함해서 모든 일을 맡겨만 둘 수는 없기 때문이다.

"이치몬을 눈여겨본 유 씨는."

──언젠가는 이 녀석도 이사와야의 간판을 짊어지고 영지 내를 다니게 될 것이다. 그만한 일을 할 수 있는 일꾼이 될 거야.

"이사와야의 주인을 설득해 이치몬이 열네 살이 되었을 때부터 함께 데리고 다니게 되었네."

이치몬은 아직 잔심부름을 하는 사환 정도의 연배다. 보통 같으면 다른 고용살이 일꾼들의 시기를 살 수도 있겠지만,

"요코시마 번은 바다가 거칠고 산은 험한 지방인 데다가 양조

소와의 거래 관련으로 한여름이나 한겨울에 길을 떠나야 했기 때문에 아무도 부러워하지 않았다더군."

뿐만 아니라 둘이 같이 가면 마음이 든든하겠다며 완전히 떠맡겨 버렸다.

"내가 할아버지한테 들은 이야기는 이치몬이 유 씨와 이런 일을 계속하다가 열여섯 살 때 있었던 일이었네."

몬자부로가 "오오~" 하고 소리를 내며 크게 숨을 쉬더니 자신의 가슴에 손을 댔다.

"여기까지는 이야기를 잘했나? 도미, 이해는 되는가?"

"잘 알겠네. 빨리 다음 이야기를 듣고 싶군."

도미지로의 머리속에는 서로 비슷한 성품의 조용한 상인 두 명이 하얀 파도가 부서지는 바닷가, 낮에도 어두운 산길, 옆에서 후려치듯 내리는 빗속, 무더운 흙먼지 길을 이사와야의 가게 이름을 짊어지고 묵묵히 걸어가는 모습이 떠오른다.

몬자부로는 기쁜 듯이 눈을 가늘게 뜨며 말을 이었다.

"계절은 새해가 된 직후, 요코시마 번의 산간에서는 아직 마른 나뭇가지 끝까지 얼어붙어 있는, 달력상으로만 봄인 때였네."

정월을 맞아 열여섯 살이 된 이치몬과 서른일곱 살이 된 대행수 유지는 영지 내 북부의 아라오 고개를 넘어 미쿠라무라 마을로 향하고 있었다.

"그곳에서 큰일이 기다리고 있을 줄은 꿈에도 생각지 않고 말일세."

*

엄청나게 춥구나.

고갯길을 걸으면서 이치몬은 마음속으로 중얼거렸다. 벌써 몇 번째일까.

지금까지도 미쿠라무라 마을에는 1년에 두 번, 한여름과 연초의 이 시기에 찾아왔다. 여름에는 매년 "올해가 제일이다" 싶을 정도로 해가 갈수록 더워지는 기분이 든다. 하지만 정초의 고갯길에서 이렇게 얼어붙을 듯이 추웠던 기억은 적어도 이치몬에게는 없다. 유 씨는 어떨까.

──영지 내에서도 살기 힘든데, 미쿠라무라 마을 사람들한테는 절로 고개가 숙여진다.

몇 번인가 그렇게 말했던 적이 있으니 이 부근 지방의 얼어붙을 듯한 겨울 추위도, 타는 듯한 여름 더위도, 유 씨에게는 새삼 입 밖에 낼 일이 아닌지도 모르겠다.

그러고 보니 작년 여름에 찾아왔을 때는 촌장의 집에서 다툼이 벌어져 유 씨가 중재에 쫓기느라 장사 얘기를 할 상황이 아니었다. 이치몬은 하늘을 가득 덮은 먹구름과 밭에 구멍이라도 뚫을 듯한 격렬한 소나기와, 허공을 찢는 벼락에 정신이 팔려 어떤 다툼이 어떻게 수습되었는지 지금도 잘 모른다.

이사와야 사람으로서 꼭 알아 두어야 할 사정이 있다면 유 씨가 가르쳐 주겠지. 그 정도로 가볍게 생각하고 묻지도 않았다.

미쿠라무라 마을은 깊은 산 속에 있어서 부근의 땅이 벼농사에 적합하지 않다. 경사지를 겨우 경작해도 물을 끌어 오는 수고가 너무 많이 들어서 밭벼밖에 나지 않는다. 농사를 지어도 종종 이삭만 맺히고 쌀알은 텅 비어 사람을 곤란하게 만든다.

그래서 이 마을의 주요 산물은 콩이다. 그중에서도 대두는 알은 잘지만 질 좋은 것이 난다. 대두로 만들어지는 미쿠라 된장의 경우 성하마을에서는 사치품으로 인기가 많아 비싼 값에 팔린다. 된장 한 되가 거짓말 조금 보태어 은 한 되 값이라고 할 정도로 인기가 있었다.

미쿠라 된장의 양조소는 한 집안이나 가게가 아니라 마을의 '된장 두레'인데 이를 촌장이 관할하며, 그 밑에서 마을 사람들이 콩밭을 경작하고 된장 만드는 일을 한다. 번 돈으로는 우선 연공을 내고, 성 아래의 쌀 도매상에서 마을 사람들이 1년 동안 먹을 쌀을 사들이고, 나머지를 된장 두레에서 일하는 마을 사람들의 머릿수로 나누어 각자에게 임금으로 지불하는 구조다.

같은 구조에 만드는 물건만 다른 '인형 두레'도 있는데, 흙 인형을 만들어 파는 두레다. 이쪽은 촌장의 아내가 관할하고 일하는 사람도 여자가 많다.

요코시마 영지 내에서는 옛날부터 마를 쫓거나 행운을 비는 부적을 본따 흙 인형 만들기가 성행했다. 십이지, 달마 대사, 사자춤, 학에 수탉, 에비스칠복신 중 하나. 오른손에 낚싯대를, 왼손에 도미를 안은 그림이 많으며 바다, 어업, 상가의 수호신이다. 대흑천大黑天 두건을 쓰고 한 손에 요술 방망이를 들었으며 다른 쪽 어깨에 큰 자루를 짊어지고 있는 복덕의 신이다. 에비스와 더불어 칠복신 중 하나에 비사문천. 소박하고 사랑스러운 장식물이자 어린아이의 장난감으로 지난 10년 정도 다른 지방에서도 인기를 얻어 만들면 만든 만큼 팔렸다. 천하태평의 시대가 정착되어 많은 사람들이 하루하루의 생활에 필요하지 않더라도 예쁘고 즐거운 물건을 가까이에 두고 싶어졌기 때문이리라.

미쿠라 된장은 마을의 독자적인 방법으로 만들지만, 흙 인형쪽은 하급 번사藩士의 부녀자들이 부업으로 시작했다는 역사가 있는 물건이다. 지금도 절반은 그림을 그리는 일까지 마을에서 끝내서 내다 팔고, 나머지 절반은 유약만 바른 '맨것'의 흙 인형을 부업용으로 성하마을의 인형 가게에 납품한다.

이처럼 벼농사를 지어 쌀로 연공을 내는 것이 아니라 다른 산물을 팔아서 번 돈을 연공으로 내고, 더군다나 마을 사람들을 먹일 쌀까지 다른 곳에서 돈으로 산다는 방식이 다이칸쇼代官所 다이칸이 사무를 보는 관청의 공식적인 허락을 얻기까지, 미쿠라무라 마을에는 꽤 고통스러운 역사가 있었다. 전국 시대에는 아라오 고개가 이 지방의 북쪽 요충지였다는 이유만으로 험한 산간 마을인데도 구라이리치蔵入地 그곳에서 나는 수확이 그대로 영주의 수입이 되는 직할 영지로 정해졌고, 나지도 않는 쌀을 연공으로 낼 수는 없는데도 꽉꽉 쥐어짜이고 피눈물을 흘리면서 이 땅에 매달려 온 사람들의 역사다.

이와 같은 사실은 1년에 두 번, 유 씨와 이치몬이 그해의 된장

양조 상태를 확인하러 찾아갈 때마다 환대해 주는 마을 사람들로부터 귀에 딱지가 생길 정도로 들었다. 처음에는 열심히 듣다가 근자에는 고개를 끄덕이면서 흘려듣게 되었지만.

엄청나게 춥다고 생각하며 고갯길을 천천히 내려간다. 이치몬 앞을 걸어가는 유지의 발걸음은 올라갈 때보다도 느리다.

슬슬 점심때인데 오늘은 아침부터 흐려서 해가 조금도 보이지 않는다. 유지도 방금 하아 입김을 불며 언 손을 녹였다.

"추, 춥네, 요."

가는 동안 내내 입을 다물고 있었더니 입술이 들러붙어 이치몬은 말을 잘할 수가 없었다.

"평소에, 이렇게 춥지는 않, 지요."

몸집이 왜소한 유지는 훌쩍 큰 이치몬에 비하면 키가 머리 하나만큼이나 작다. 고개를 약간 틀어 돌아보는 것만으로는 이치몬의 얼굴이 보이지 않자 유지가 성가신 듯이 턱을 쳐들며 말했다.

"네가 모를 뿐이야. 10년에 한 번 정도 있지. 정월을 축하한 후에도 물병의 물이 얼어붙는 해가."

"우와아~." 이치몬은 정말로 무섭다는 표정을 지었다.

"나는 역시 이런 산속에서는 못 살겠어요."

"마을에서 그런 말을 하면 안 된다."

"예, 말 안 해요."

말수가 적은 두 사람이지만 단둘이 있을 때는 나름대로 이야기를 한다. 말씨도 데면데면하지 않고 허물없다.

"그렇게 물이 차가워지면 된장에도 영향을 주지 않을까요?"

유지의 등에 대고 묻는 이치몬의 숨결도 하얗다. 그 숨결이 북풍에 불려 사라진다.

"쓸데없는 걱정을 하는구나. 한기가 강한 해가 오히려 완성도가 더 좋아……."

갑자기 유지가 걸음을 멈추었다. 이치몬은 대행수의 등에 부딪혀, 우왓, 하는 소리를 냈다.

"왜 그래요, 유 씨."

유지가 턱을 당기고 긴장한 채 단단하게 마른 고갯길 너머를 바라보고 있다. 길의 좌우는 잡목림과 마른 덤불이고, 아침에는 분명 서릿발이 서 있었을 것이다. 지금은 서리가 녹은 탓에 덤불과 길의 경계에 진흙이 파도치듯이 겹쳐 있다.

"……누구냐."

유지는 마른 덤불을 향해 물었다. 오른쪽 끝, 길이 약간 왼쪽으로 구부러지고 덤불이 앞쪽에 우거져 있는 곳이다.

"뭘 하는 거냐. 왜 숨어 있지?"

캐묻는 말투가 아니라 평소 유지의 온화한 음성이다. 그런 만큼 더욱 뭐가 뭔지 알 수가 없다. 이치몬은 유지의 얼굴을 보고 마른 덤불로 시선을 옮겼다가 다시 유지의 얼굴로 시선을 돌렸다.

마른 덤불이 술렁거린다. 기다란 양날검 같은 풀이 흔들리고 있다.

이내 풀을 헤치고 누군가가 덤불 속에서 몸을 일으켰다.

머리를 뚝 떨어뜨린 것처럼 깊이 고개를 숙이고 있어서 얼굴이 보이지 않는다. 지저분한 솜옷을 입고 목에 너덜너덜한 수건을 감고 있다. 그리고 맨들한 대머리다. 상투는 고사하고 머리카락이 한 올도 없다.

두 개의 두레 덕분에 풍요로워진 미쿠라무라 마을은 영지 북부에서는 월등히 마을 사람의 수가 많다. 하지만 그중에서도 이런 맨들맨들한 머리는 한 명밖에 없다.

"오빈이지?"

이치몬이 이름을 부름과 동시에 맨들맨들한 머리가 덤불에서 뛰어나왔다. 투박한 자루가 달린 칼을 움켜쥐고 있다.

──마디칼이다. 마디칼을 갖고 있어.

순간 생각했다. 쥐는 부분이 굵고 목수가 사용하는 도구 중 끌과 비슷한 날이 달린 요코시마 번 산촌의 독특한 도구로, 나무의 마디를 도려낼 수도 있어서 붙은 이름이다.

머리로는 바보처럼 그런 생각을 하는 한편 몸은 도망치려 했다. 찰나의 순간이 영원처럼 느껴진다. 초조해져서 다리가 꼬이는 바람에 이치몬은 엉덩방아를 찧었다. 오빈이 두 손으로 마디칼을 움켜쥐고 이쪽으로 돌진해 온다.

──찔린다!

다음 순간 오빈은 회오리바람에 휩쓸리기라도 한 것처럼 다리가 뜨더니 등에서부터 땅바닥에 떨어졌다. 흙먼지가 요란하게 피어오른다. 마디칼은 오빈의 손을 떠나 허공에서 빙글빙글 돌며 마른 덤불 쪽으로 날아갔다.

"오빈, 대체 무슨 일이냐."

유지의 목소리가 들린다. 아무래도 이치몬을 향해 돌진해 오는 오빈을 가로막고 내던진 모양이다.

맨들맨들한 머리의 여자──오빈은 올해 정월에 아마 열다섯이 되었을 것이다. 미쿠라마을에서 제일가는 미인. 열 살 무렵부터 이미 그 미모는 숨길 수가 없었다. 들일을 하느라 비바람을 맞아도 윤기를 잃지 않는 풍성한 머리카락. 햇볕을 쬐어도 좀처럼 그을리지 않는 부드러운 뺨. 오빈의 몸에서 산촌의 혹독한 생활을 나타내 주는 표시라고는 거친 손과 손톱뿐이고 이외에는 성하마을의 예기藝妓나 상가의 아가씨처럼 아름다웠다.

"유 씨, 당신은 발이 넓지. 오빈에게 고용살이할 곳을 소개해 주지 않겠나?"

"부엌 하녀로는 안 돼. 저 미모가 눈에 띌 만한 곳을 말일세. 그러면 영주님의 눈에도 들지 몰라."

오빈의 부모, 오라비들, 오빈의 미모에 반한 마을 남자들. 모두가 유지에게 부탁해 왔다. 넓은 발이라고는 없는 이치몬에게조차 이 일로 찾아오는 사람이 있었을 정도이니 유지도 몹시 성가셨으리라. 언제나 꾸며 낸 웃는 얼굴로 얼버무리곤 했지만.

유지가 오빈을 팔아먹으려는 사람들의 부탁을 거절한 까닭은 당사자인 오빈이,

"외모를 팔아 세상을 살아가고 싶지 않아요" 하고 분명하게 말했기 때문이다.

"그런 시시한 여자가 되고 싶지 않아."

오빈은 어엿한 기술로 먹고살 수 있는 흙 인형 장인이 되고 싶어 했다.

"나는 좋은 흙 인형을 만들어서 미쿠라무라 마을을 된장뿐만 아니라 흙 인형으로도 유명해지게 만들고 싶어요."

오빈의 아버지는 마을에서도 손꼽히는 밭 주인 밑에서 일하는 소작인 우두머리이고, 오빈의 오라비들도 함께 밭에 나가 일하고 있다. 오빈의 어머니는 마을의 된장 두레에서 일하는 동시에 숙련된 흙 인형 기술자이기도 하여, 오빈은 어릴 때부터 어머니를 도와 어깨너머로 기술을 배우며 자랐다. 마을 여자아이들 중 누구보다도 열심히.

가업이라서, 먹고살기 위해, 콩밭에서 풀을 뽑는 것보다 편해서가 아니다. 오빈은 진심으로 흙 인형 만드는 일을 좋아하고 이 조촐한 일에 긍지를 품고 있었다.

"마을의 흙 인형을 더 뛰어난 것으로 만들고 싶다면 한 번쯤은 바깥으로 나가 성하마을이나 다른 마을의 흙 인형을 살펴보는 게 좋아. 본래 흙 인형은 요코시마 번에서만 만들지 않는다. 하나마키나 요네자와에도 좋은 인형이 많이 있어."

유 씨가 오빈에게 하는 이야기를 이치몬도 옆에서 들은 적이 있다. 그때의 오빈은 동그란 눈동자 안쪽에 불이 켜진 것처럼 보였다. 하얀 뺨에 핏기가 오르고 예쁜 얼굴이 보름달처럼 빛나, 오빈의 만만치 않은 완고한 기질을 잘 알고 있는 이치몬조차 앞뒤를 잊고 흘려 버릴 정도로 아름다웠다.

"그런가요……. 나도 한 번은 마을을 떠나 보아야겠네요."

"성 아래에서 이름난 흙 인형 장인 밑에 제자로 들어간다는 방법도 있지."

"그런 일로 성하마을에 가다니, 아버지도 어머니도 허락해 주지 않을 거예요."

"구실은 따로 만들면 되지 않니. 오빈 네가 진심이라면 나도 얼마든지 도와주마."

이사와야의 나리에게 뒷배가 되어 달라고 부탁해 하녀 고용살이라는 명목으로 성하마을로 불러 달라고 하면, 그 후에는 어떻게든 된다. 겉모양만은 오빈의 미모를 팔아먹으려는 사람들이 바라는 대로 되는 셈이니 아무도 방해하지 않을 것이다.

"와아, 유 씨는 든든하네요."

"하지만 성하마을로 나왔다가 정말로 높으신 분이 네게 첫눈에 반해 버린다면 그때는 어떻게도 도와줄 수 없다만."

"……냄비 바닥의 검댕을 얼굴에 바르고 갈게요."

그런 대화를 나누며 셋이서 웃은 것이 딱 1년 전의 일이다.

유지는 그저 말로만 약속하지 않았다. 이사와야로 돌아오자 주인에게 털어놓고 허락을 얻었던 것이다.

"진심으로 기술을 배우고 싶다면, 열넷이면 늦은 나이다. 빨리 손을 써 주어야지."

주인은 곧 미쿠라무라 마을의 촌장 앞으로 서찰을 보내 주었다. 이야기가 잘되면 유지가 이사와야의 하녀 우두머리와 둘이서 오빈을 데리러 간다. 이쪽에서 나름대로 준비하고 있던 차에 촌장에게서 답신이 돌아왔다.

거기에는 무서운 이야기가 적혀 있었다. 오빈이 고뿔이 더쳐 크게 열이 나서 벌써 며칠이나 앓아누워 있다고. 이대로는 목숨이 위험하다고.

유지도 이치몬도, 달려간다 해서 뭔가 할 수 있을 리 없다. 뿐만 아니라 주인 나리가 엄하게 말했다.

"심한 열이 계속된다니 어쩌면 고뿔이 아니라 포창일지도 모른다. 함부로 가까이 가지 말아라."

주인의 엄명에 마음을 졸이면서도 매일의 생활에 쫓길 뿐이었다.

미쿠라무라 마을에서 다음 소식이 오기까지 한 달 하고 열이틀을 기다렸다.

오빈은 목숨을 건졌다. 뼈와 가죽만 남은 사람처럼 야위고 말았지만 지금은 가족들의 보살핌을 받으며 조금씩 좋아지고 있다. 그러나 서찰의 말미에 가슴 아픈 이야기가 덧붙여져 있었다.

목숨은 건졌지만 그와 교환하듯 오빈은 아름다웠던 머리카락을 잃고 말았다. 한 올도 남김없이 빠져 버려 흔적도 없다. 지금은 스님처럼 맨들맨들한 머리가 되었다고.

이치몬도 머리카락을 '여자의 목숨'이라고 부른다는 사실 정도는 알고 있다. 오빈은 얼마나 슬퍼하고 있을까. 그러자 유지가 입술을 깨무는 이치몬에게 말했다.

"잘되었지 않느냐. 머리카락과 맞바꾸어 좋아하는 길을 선택할 수 있으니."

맨들맨들한 머리의 처자에게는 이제 아무도 기대하지 않는다. 영주님의 눈에 드는 것도, 잘나가는 예기가 되는 것도.

여름이 한창이 되어 유지와 이치몬이 미쿠라무라 마을을 찾아가 두레 사람들의 안내로 된장 곳간을 돌고 있자니 작업복 차림에 머리를 완전히 수건으로 감싼 오빈이 찾아왔다.

"이렇게 되어 버렸지만 건강하게 지내고 있어요."

수건을 벗자 정말 머리카락이 한 올도 남지 않은 오빈의 머리가 드러났다.

"눈썹도 빠져 버려서 어머니가 눈썹 먹을 사 주었어요. 굉장히 비싼 걸, 아까우니까 냄비 바닥의 검댕으로 충분한데."

오빈이 눈물을 뚝뚝 흘리자 유지가 다가가 머리를 쓰다듬어 주었다. 안내해 주던 마을 사람들은 등을 돌리고 조용히 그 자리를 떠났다.

"왜 이치 너까지 우는 거야?"

오빈이 울면서 놀리는 바람에 이치몬도 어느새 자신이 눈물을 흘리고 있음을 깨달았다.

"오빈." 유 씨가 단단하고 굵은 목소리로 불렀다. "알고 있겠지만 이제 너는 쉽게 성하마을로 나갈 구실을 붙일 수 없게 되었다. 앞으로는 한마음으로 정진해 좋은 흙 인형을 만들렴. 지금의 네 힘으로 최대한, 더 이상은 무리라고 할 정도로 예쁜 인형을 만들어라."

그러면 내가 그것을 성하마을로 가지고 돌아가 오빈의 스승이 되어 줄 장인을 찾아 주마.

"머리카락은 잃은 게 아니라 팔았다고 생각해. 앞으로 너 좋을 대로 마음껏 살아가기 위해 머리카락을 팔아서 인생을 샀다고."

오빈은 우두커니 서서 조금 전까지 맨들맨들한 머리를 가리고 있던 수건으로 눈물을 닦으며 말했다.

"알았어요. 나, 유 씨가 깜짝 놀랄 만한 흙 인형을 만들 거예요!"

그 후로 반년. 여행길에서는 입에 담지 않았지만 이치몬도 유지도 오빈과 만나기를 고대하고 있었다.

한편으로 이치몬은 무섭기도 했다. 아무리 다부진 오빈이라도 역시 꺾이지 않을까. 정말로 흙 인형 만들기에 매진하고 있을까. 만나고 싶지만 반년 전의 약속 따위 모르겠다는 얼굴을 하면 어쩌지. 아니면 반대로 거북한 듯이 피하면 어쩌지.

그러나 좋은 상상이든 나쁜 상상이든 오빈이 마디칼을 들고 덮쳐 오리라고는 조금도 짐작하지 못했다.

"……정말 오빈 맞지? 꼬리는 없지?"

대낮부터 둔갑한 여우나 너구리가 나올 리 없겠지만 이치몬은 또 바보 같은 생각을 하며 말했다.

하늘을 보며 땅바닥에 쓰러져 눈을 굳게 감고 있던 오빈이 완고하게 시옷자로 휘어 있던 입가를 작게 움직이며 말했다.

"……죽여."

이치몬은 유지와 얼굴을 마주 보았다.

"무슨 소리야?"

되묻는 이치몬의 떨리는 목소리를 가로막으며 오빈은 눈을 감은 채 입만 크게 벌려 소리를 질렀다. "죽이라고! 마을 사람들과 똑같이, 나도 처치해 버리면 되잖아!"

소리를 지르며 벌떡 일어난 오빈이 이번에는 유지에게 달려들었다. 하지만 또 맥없이 붙잡혀 빙글 공중제비를 돌며 땅바닥에 떨어졌다.

다소 진정이 된 이치몬은 눈치챘다. 혹시라도 다칠까 봐 유지가 오빈을 내던지기 직전에 살짝 힘을 뺐다는 것을.

"흘려들을 수 없는 말을 하는구나."

갑자기 험악해진 유지가 땅바닥에 쓰러져 있는 오빈 옆에 재빨리 무릎을 꿇더니 멱살을 잡아 일으켰다.

"미쿠라무라 마을에 무슨 일이 있었니? 마을 사람들과 똑같이 죽이라니 무슨 뜻이지?"

이치몬은 땀이 흐르고 무릎이 떨려 죽을 지경이다. 유 씨에 비하면 내 간은 개미만 하구나.

"모두…… 끌려가 버렸어."

여전히 고집스러운 표정으로 오빈이 신음하듯 말했다.

"다이칸 님의 명령에 거역하지 말라면서. 마을의 된장은, 앞으로 이다쓰무라 마을의 도매상이 사들이러 올 거라고."

그러니 마을의 두레에는 이제 아무런 힘도 없다. 아무리 질 좋은 된장을 만들어도 전부 빼앗길 뿐이다.

"이사와야에서도 이 부당한 일을 잘 알고 있겠지? 그쪽이 받아들이지 않았다면 다이칸쇼에서 단독으로 장사에 대해 결정할 수 있을 리는 없으니까."

너무해, 우리를 배신하다니. 이사와야는 이제 못 믿어! 하고 오빈이 울며 소리친다. 그 목소리에 담긴 원통함에 오싹한 기분을 느끼면서도 이치몬은 도대체 무슨 뜻인지 이해할 수 없어 고개를 갸웃했다. 다이칸 님이 뭘 어쨌다고?

미쿠라무라 마을은 직할지이기 때문에 번주의 직접적인 명령을 받은 다이칸이 다스리고 있다. 멀리 있는 성에 살며 1년마다 에도로 가 버리는 영주님보다 마을 사람들에게는 다이칸 님이 더 가깝고 높고 무서운 분이며 다이칸쇼는 두려운 장소다.

일반적으로 관리하는 땅에서 다이칸의 권력은 절대적이기 때문에, 나쁜 다이칸 밑에서는 무서운 압정壓政과 비참한 착취가 이루어진다. 이를테면——,

영지민이 굶어 죽어도 아랑곳하지 않은 채 토지 수확물의 7할, 8할을 연공으로 빼앗고 성에는 5할만 걷은 것으로 꾸며 차액인 2할이나 3할어치를 팔아 제 배를 불린다. 직할지의 영지민을 멋대로 자신의 영지로 내몰아 소처럼 부린다. 젊고 아름다운 여자에게 닥치는 대로 손을 댄다. 변덕과 심심풀이로 영지민에게 이유 없는 죄를 뒤집어씌워 잔인한 사형에 처한다──.

이치몬은 배움이 짧지만, 나쁜 다이칸을 비롯한 악인을 심판하는 무사나 의적이 나오는 이야기를 매우 좋아하여 틈만 나면 만담을 들으러 간다. 그래서 나쁜 다이칸과 그들의 악행에 대해서 잘 알고 있다. 하지만 실생활 속에서는 유지를 따라 멀리까지 영지 내를 돌아도 나쁜 다이칸은 물론이거니와 만담이나 이야기 속에 등장하는 나쁜 놈을 만날 기회가 전혀 없었다.

뿐만 아니라 미쿠라무라 마을을 중심으로 이 부근의 직할지를 다스리고 있는 다이칸의 경우 그와는 정반대 모습을 보여주는 표본이다. 미야케 효노조라는, 그야말로 이야기에 등장하는 잘생긴 배우 같은 이름이지만 부임해 왔을 때는 이미 백발의 노인이었다. 겉모습은 깃털을 뽑힌 새처럼 야위고 볼품없지만 만사에 너그러우며 초탈하고 다정하게 백성들을 대하는 할아버지로, 1년에 두 번밖에 이곳을 찾아오지 않는 이치몬의 귀에까지 좋은 소문이 들어올 정도로 마을 사람들에게 사랑받고 있었다.

──그 훌륭한 다이칸 님이, 사람이 바뀌어 버렸다는 건가?

눈만 끔벅거리는 이치몬에게 아랑곳하지 않은 채 유지는 오빈의 몸을 부축하여 앉히더니 뺨을 철썩 때렸다.

"오빈, 정신 차려라. 우리 이사와야가 미쿠라무라 마을 사람들을 배신하고 버리는 일이 있을 리 없어. 백 보 양보해서 우리 나리가 그리 하겠다고 말씀하시더라도 나는 따르지 않을 거다."

유지의 단호한 말이 오빈의 흐트러진 가슴에도 울린 모양이다. 오빈은 굳게 감고 있던 눈을 뜨고 유지의 얼굴을 보았다.

"나는 한심해서 눈물이 날 것 같다." 유지는 오빈에게 말했다. "이치몬도 분할 거야. 우리가 그렇게 신용이 없었니?"

오빈의 검은 눈이 움직여 이치몬 쪽을 올려다보았다. 이치몬은 고개를 끄덕여 주었다.

"부모에게 버림받은 나를 거두어 키워 준 찻집 마님의 명예를 걸고, 나는 미쿠라무라 마을 사람들을 배신하지 않겠다고 맹세해."

그러자 오빈의 눈에서 굵은 눈물방울이 떨어졌다. 작년 여름, 머리를 감싼 수건을 풀어 보여 주었을 때와 같은 눈물이다. 거리낌 없이 울고 또 울더니 비로소 어떻게 된 일인지 차근차근 설명하기 시작했다.

"작년 말에, 가, 갑자기, 다, 다이칸 님이 바뀌었어요. 미야케 님은, 눈 깜짝할 사이에 갈아치워져 버려서, 지금은 무사하신지 어떤지도 모르겠어요."

대신 오게 된 새로운 다이칸의 이름은 도아쿠 단조라고 한다.

"흐음……." 도미지로는 신음했다.

"몬, 나도 이치몬 씨와 마찬가지로 그런 읽을거리를 아주 좋아하니 미쿠라무라 마을에서 어떤 사태가 일어나고 있었는지 대충 짐작이 가네."

"어, 정말?"

몬자부로의 얼굴이 확 밝아졌다.

"그렇다면 도미, 말해 보지 않겠나? 자백하자면 나는 할아버지 한테 이야기를 들었을 때 이 대목이 가장 이해하기 어려웠거든. 제대로 말할 수 있을지 어떨지 불안하네."

그런 부탁을 받으면 싫다고는 할 수 없다. 도미지로는 앉은 자세를 바로 하고 입을 열었다.

"백발의 미야케 님은 영지민들을 생각하는 좋은 다이칸이었지. 이사와야와 미쿠라무라 마을 된장 두레 사이의 거래나, 마을에서 만든 흙 인형의 거래도 상냥한 미야케 님은 영지민들에게 이익이 많이 남도록 손을 써 주셨을 걸세."

풍토상으로 살기 어려운데도 미쿠라무라 마을 사람의 수가 많았다는 것은 그만한 머릿수를 먹여 살릴 만한 경제가 있었다는 뜻이다.

"하지만 그 벌이에 눈독을 들인 나쁜 놈이, 요코시마 번의 윗분 중에 있었던 것이지."

누구인지는 확실하지 않다. 높은 사람이라면 누구든 될 수 있다. 번주, 측근, 연공이나 재무를 담당하는 관리.

"일단 여기서는 흑막을 운운하지 말고 알기 쉽게 도아쿠 단조를 악의 중심이라고 해 두세."

그러지 않으면 몬이 또 '이해할 수 없는' 상태가 될지 모르니까.

"다이칸이 될 수 있을 정도이니 본래 도아쿠 단조는 영주님의 신임이 두터운 중신 중 한 사람 아니었겠나."

된장 두레가 벌어들이는 큰돈에 눈이 어두워진 단조는 번주를 설득하여 미쿠라무라 마을을 포함한 직할지의 다이칸 자리에 앉으려고 획책한다.

"그러려면 먼저 방해가 되는 미야케 님을 제거해 버려야만 하네."

책잡힐 만한 일 따위는 하지 않았을 미야케 님이니 수고를 들이지 않고 제거하려면 암살을 하거나 납치하여 어딘가에 가두는 등 거친 방법을 써야 한다.

"도미, 무서운 생각을 하는군."

"내 생각이 아닐세. 읽을거리에 흔히 나오는 내용이니까."

흐음, 하며 몬자부로가 왠지 안절부절못한다.

"단것이 좀 더 먹고 싶군. 계속 말을 했더니 배가 고프네."

도미지로는 준비해 둔 콩떡을 꺼냈다. 몬자부로는 몹시 기뻐하며 입 안 가득 넣었다.

"그다음은?"

참으로 태평한 이야기꾼이다.

"……오빈이 이야기한 대로 미야케 님은 순식간에 갈아치워져 버리고 그 뒤를 덮친 도아쿠 단조가 제멋대로 굴기 시작한 거지."

우선 된장 거래처를 성하마을의 이사와야에서 이다쓰무라 마을의 도매상으로 바꾼다.

"이다쓰무라 마을은 아마 도아쿠 단조가 지배하는 땅일 테지. 요컨대 자신과 직접 이어져 있는 도매상이 미쿠라무라 마을의 된장을 취급하게 해서 이익을 통째로 빨아먹겠다는 속셈일세."

"음!" 하고 입을 열었다가 몬자부로는 하얀 콩가루를 뿜었다. "그러고 보니 할아버지도 그런 말을 했, 웃."

"괜찮나?"

"모, 목에 콩가루가 걸렸네."

도미지로는 또 생각했다. 이렇게 태평한 이야기꾼이 또 있을까.

"흙 인형 거래 쪽도 마찬가지 운명이었겠지만 사건이 일어난 건 새해가 되고 나서 얼마 지나지 않았을 때지. 단조도 부임하자마자 벌이가 큰 된장 두레에 손을 대느라 바빴겠고 오빈도 된장 두레에 대해서밖에 몰랐을 걸세."

"흠흠" 하고 고개를 끄덕이는 몬자부로. 세 개째의 콩떡을 먹기 시작한다. 내 몫으로 한 개는 남겨 주었으면 좋겠는데, 하고 도미지로는 생각했다.

"다이칸 님의 명령이니 미쿠라무라 마을 사람들은 거역할 수 없네. 하지만 아무리 따져봐도 일이 이상하지 않나? 아무런 이유도 없이 이사와야와의 거래를 끊고, 잘 알지도 못하는 이다쓰무라 마을의 도매상으로 갈아타라니. 산간 마을의 좁은 세상에서 살아가는 사람들에게도 수상한 냄새가 났겠지."

마을 사람들이 새로운 다이칸 앞에 "명을 받들겠습니다" 하고 순순히 엎드리지 않고 새로운 거래에 고개를 갸웃거리거나, "이사와야는 알고 있는 건가?" 하며 의아하게 여기거나, "미야케 님은 어찌되신 건가?" 하며 소란을 피우는 등,

"성가시다고 여긴 단조는 힘으로 누르기로 했네. 그래서 마을 내에서 강하게 반발하는 일파를 붙잡아 어딘가로 끌고 가 버렸지."

그것이 '모두 끌려가 버렸다'는 오빈의 말이 의미하는 바다.

"남겨진 마을 사람들 사이에는 공포와 불안이 도사리게 되네. 이럴 때 제일 화풀이하기 쉬운 곳을 찾는 마음이 이사와야에 대한 의심으로 나타났겠지."

'우리를 배신했다'는 오빈의 외침도, 이사와야도 모르게 이토록 부당한 일을 결정하진 않았을 거라며 화를 낸 이유도, 같은 이치였다.

"오빈은 혼자 마을로 통하는 길가에서 마디칼을 움켜쥐고 이사와야의 두 사람이 오면 따끔한 맛을 보여 주려고 기다리고 있었던 것이겠지만."

마을 사람들이 의심하고 있는 대로 이사와야도 가담했다면, 유지나 이치몬이 평소처럼 미쿠라무라 마을을 찾아오지는 않았으리라.

"오빈은 아무것도 모르는 두 사람이 산길을 걸어오는 모습을 발견했을 때 기쁜 마음도 있었을 테지. 그래서 더더욱 흥분했던 걸세."

세 개째의 콩떡을 먹어 치우고 차를 마시면서 몬자부로가 음음하며 고개를 끄덕인다.

"여자의 마음이지. 연심 말일세."

"뭐? 누가 누구한테?"

"왜 이러나, 도미, 모르겠나? 오빈은 유 씨에게 반해 있었네. 당연하지 않은가."

그럴까? 부녀지간만큼이나 나이 차가 나는 두 사람이다. 도미지로로서는 '당연하다'고까지 말할 수 없다.

"그 부분을 할아버님은 자네에게 어떻게 이야기하시던가?"

도미지로의 물음에 몬자부로는 콩가루가 묻은 입을 삐죽이며, 그게 그러니까, 하고 말했다.


유지와 이치몬은 우선 미쿠라무라 마을로 향했다. 마을 사람들이 오빈과 마찬가지로 이사와야를 오해하고 있다면, 우선은 오해를 풀지 않고서는 어떻게 할 수도 없다.

"괜찮을까요. 마을 사람들도 오빈처럼 격노해서 우리 얼굴을 본 순간 다짜고짜 죽창으로 찌르려 들지도 몰라요."

전국 시대에는 이 부근의 산에 사는 사람들이 싸움에 지고 달아나는 무사를 사냥하여 먹고살았던 모양이다. 때문에 당시의 무사들은 산 사람들을 지옥의 옥졸처럼 두려워했다고 한다. 지금도 마을 남자들이 자랑거리로 삼고 있는 옛날이야기를 이치몬도 들은 적이 있다.

"사람들이 달려들면 내가 몸으로 막을게."

오빈은 완전히 풀이 죽은 데다 부끄러워하고 있다. "아까는 정말 미안해."

"이치몬, 오빈을 그렇게 탓하지 마라."

부드럽게 꾸짖으면서도 유지는 열심히 길을 서두른다.

"미쿠라무라 마을과 이사와야의 관계는 어제오늘 생겨난 것이 아니다. 제대로 이야기하면 알아 줄 거야. 무엇보다 된장 두레 사람들이 새로운 다이칸의 명령을 그대로 받아들이지 않은 까닭은 이사와야에 대한 신용이 두터웠기 때문이지 않니."

그렇게 말하면서 눈썹을 험악하게 찌푸린다.

"마을 사람들은 어디로 끌려갔을까. 다이칸쇼에 붙잡혀 있다면 그나마 낫겠지만……."

이치몬은 움찔했다. "어딘가 다른 곳으로 끌려갈 수도 있나요?"

오빈이 자포자기한 기색으로 했던 '죽여'라는 말이 문득 머리를 스친다. '처치한다'고도 말했다.

"오빈, 알고 있는 거야?"

오빈은 두 남자의 걸음에 뒤처지지 않으려고 열심히 서두르느라 숨을 헐떡이고 있다. 그러나 아름다운 얼굴을 일그러뜨리고 있는 감정은 공포와 슬픔이다.

"다이칸쇼 근처에 동굴이 있어."

먼 옛날에는 채석장이 있었지만 석재는 이미 옛날에 다 파내 버렸다.

"거기에 강물이 흘러 들어오거나 오랜 세월 동안 빗물이 고여서 바닥 쪽이 못처럼 되어 있지."

다이칸쇼에서는 옛날부터 그곳을 물감옥으로 사용해 왔다고 한다.

"하지만 미야케 님은 한 번도 사용하신 적이 없어. 오히려 어린아이가 길을 잃고 잘못 들어가면 위험하다며 울타리를 세우고 방을 붙여 아무도 가까이 오지 않도록 손을 써 주셨는데……."

지금은 울타리가 치워지고 밤새 횃불이 타오르고 다이칸쇼의 관리가 보초를 서고 있단다.

"오빈, 일부러 보러 갔었어?"

"나는 아니고. 된장 두레 사람들이 끌려갈 때 도비자루飛び猿가 몰래 뒤를 밟아서 확인한 거야."

도비자루란 미쿠라무라 마을 골목대장의 별명이다. 나무를 잘타고 원숭이처럼 가볍게 가지에서 가지로 옮겨 다닌다. 열 살이지만 나이에 비해 몸집은 작다. 그러나 힘이 세고 싸움은 누구에게도 지지 않으며 배짱도 있다. 재작년 한여름에 마을 변두리 연못에 벼랑 위부터 뛰어들어 맨몸으로 잠수해서 통통한 장어를 붙잡아 올라오는 광경을 이치몬도 구경한 적이 있다.

"도비자루는 물감옥에 숨어 들어가서 사람들을 풀어주겠다며 씩씩거리고 있어. 그 애, 동굴의 구조를 잘 알고 있으니까."

대화를 하면서 걸음을 옮기다 보니 어느새 미쿠라무라 마을 입구 바로 옆에 있는 마두관음馬頭觀音의 작은 사당이 보이기 시작했다. 된장 통 수레를 지켜 주시는 고마운 관음보살님이다. 마을 사람들이 하루도 청소를 빼먹지 않고 꽃이며 공물을 바치고, 비가 오는 날에도 바람이 부는 날에도 기도를 하는 마을의 수호신이다.

그 사당의 격자문이 잡아 뜯긴 것처럼 떨어져 땅바닥에 내팽개쳐져 있었다. 사당 안에 있었을 촛대나 공물대도 근처에 어지럽게 내던져져 있다.

"저것도 관리들의 짓이냐?"

유지가 물었을 때 마을 안에서 어린아이가 울부짖는 소리가 들려왔다.

"이, 이사와, 야! 이제야 왔네!"

도비자루가 양손을 주먹 쥐고 붕붕 휘두르며 달려왔다.

촌장과 마을에서 가장 큰 밭의 주인, 그 밑에서 일하는 두 명의 소작인 우두머리, 그리고 된장 두레에서 일하는 남자들. 열다섯 명이 전부 다이칸쇼의 관리들에 의해 마을에서 끌려갔다.

큰 마을이니 이번 일로 남자가 다 없어진 것은 아니다. 하지만 마을의 우두머리이자 심장인 남자들을 잃고 남은 사람들은 어쩔 줄 몰라하고 있었다. 유지와 이치몬을 애타게 기다리고 있던 사람은 도비자루만이 아니었다.

오빈과 마찬가지로 이사와야를 의심하는 사람들도 있는 한편, 그럴 리 없다며 굳게 믿어 주는 사람도 있었다. 후자의 대표격인 사람이 촌장의 아내다. 이름은 오쓰기, 나이는 서른 중반으로 머리카락이 반쯤 하얘졌지만 야무진 안주인이다.

"오빈, 어디에 있나 했더니 유 씨를 마중하러 갔었던 거니?"

오쓰기의 눈은 살짝 젖어 있었다. 이치몬은 '아니, 잠복하고 있었던 거예요' 하고 속으로만 중얼거렸다.

"이제 얌전히 숨어 있으렴. 널 위해서야."

응? 마님은 무슨 말씀을 하시는 걸까. 오빈도, 어째서 거북한 얼굴을 하고 있지?

"유 씨, 몬 씨, 잘 와 주셨어요. 다이칸쇼 놈들은 반드시 또 올 거예요. 당신들은 모습을 보이지 않는 편이 좋겠어요. 오빈, 너도 같이 오렴."

오쓰기가 두 사람을 마을의 콩 곳간 중 하나로 안내했다. 지금 계절에는 텅 비어 있는 곳간으로 나무 틀이나 삼베 자루가 구석 쪽에 쌓여 있을 뿐이다.

"관리들은 이 마을에 용무가 더 있는 거로군요?"

유지의 물음에 오쓰기는 지친 듯이 턱을 떨어뜨리며 고개를 끄덕였다.

"돈이 될 만한 건 뭐든지 빼앗을 작정인가봐요. 그리고…… 오빈이 목적이에요."

"예?" 이치몬은 오빈의 얼굴을 보았다. 오빈은 입을 시옷자로 구부리며 고개를 숙이고 있다.

"새로운 다이칸 님이 어디에선가 오빈을 보았는지 열을 올리고 있어요."

이치몬은 눈을 휘둥그렇게 뜰 뿐이었지만 유지는 무슨 이야기인지 이해한 모양이다. "그래서 오빈에게 얌전히 숨어 있으라고 한 거군요."

도아쿠 단조는 색을 밝히는 사내로 뛰어난 미모에 비구니 같은 머리를 하고 있는 오빈에게 일그러진 집착을 품고 있는 듯했다.

"촌장님들을 끌고 갈 때 관리들은 오빈도 찾고 있었지만, 이 애가 잘 도망쳐서 산 거예요."

하지만 다음에도 도망칠 수 있을 거라는 보장은 없다. 숲이나 덤불에 숨는다고 해도 오빈은 들개나 곰이 아니니 한계가 있다.

"유 씨, 당신들이 와 준다면 오빈을 부탁할 생각이었어요. 성하마을까지 데려가 달라고는 하지 않을게요. 적어도 고개를 하나 넘은 데까지만이라도 좋으니 데리고 도망쳐 주지 않겠어요?"

지금 도착한 참인데 벌써 도망치라고 한다.

"우, 우리가, 마을을 위해서 뭔가 더 할 수는 없을까요?"

오쓰기는 머뭇거리며 말하는 이치몬을 강한 눈빛으로 바라보았다.

"무사히 이사와야로 돌아가 주면 돼요. 그리고 된장 도매상의 회합이든, 마치부교소에도 시대에 시중의 행정, 사법, 소방, 경찰 등의 직무를 맡아보던 마치부교를 설치한 곳든, 어디든 좋으니 신고를 해 주세요."

신임 다이칸의 독단으로, 미쿠라무라 마을에서 무도한 수탈이 이루어지고 있다고.

"이사와야의 신고라면 성의 높은 관리 귀에도 들어가겠지요. 우리 마을 사람들의 목소리는 등에의 날갯소리 같지만."

유지는 어떤가 보니 귀신상처럼 무서운 얼굴을 하고 생각에 잠겨 있다. 가볍게 고개를 끄덕이지는 않고, 고개를 젓지도 않는다.

이윽고 유지가 낮게 억누른 목소리로 말했다.

"이치몬, 오빈을 데리고 가게로 돌아가거라. 늘 다니는 길은 피하고 짐승들이 다니는 길로 가야 해. 길 안내는 도비자루한테 부탁하렴."

성하마을의 이사와야로 돌아가거든 나리께 모든 사실을 털어놓고 가능한 한 손을 써 달라고 해라.

"나는 마을에 남겠다. 물감옥에 갇혀 있는 사람들을 어떻게든 구해 내야 해."

마을의 우두머리이자 심장인 열다섯 명의 남자들은 대부분이 고령이다. 초봄의 동굴 밑바닥에 고인 지하수에 잠겨 있다면 며칠이나 목숨을 부지할 수 있을지 알 수 없다.

이치몬은 말했다. "물감옥에 뛰어들려는 거라면 그쪽에야말로 도비자루의 안내가 필요하지 않아요? 길은 미리 배워 두면 어떻게든 될 거예요."

"나도 북쪽의 바위밭을 넘어서 가는 길이라면 알아요." 오빈이 말했다. "어머니한테 부탁해서 떡을 싸 달라고 하고 물통도 가져올게요. 얼굴을 숨길 수 있게 삿갓과 수건도 있는 게 좋겠네요. 준비해 올게요."

그 김에 도비자루도 불러 올게요! 라는 말을 남기고 오빈은 콩 곳간에서 나갔다.

"오빈을 도망치게 했다가 마님이 관리들에게 시달리지는 않을까요? 마님도 어딘가에 숨는 편이 좋지 않을까요?"

"몬." 오쓰기는 눈을 가늘게 뜨고 이치몬을 바라보았다. "촌장의 아내가 그런 기개 없는 짓을 할 수는 없어. 촌장님이 돌아올 때까지 방패가 되어 마을 사람들을 지키는 게 내 역할이다."

이치몬은 말문이 막혔다. 요코시마 영지 내를 돌아다니며 어엿한 사내, 어엿한 상인이 되었다고 여겼지만 누군가의 '방패가 된다'는 생각은 한 번도 한 적이 없다.

"마을은 마님과 내가 지키마. 너는 어쨌든 성하마을에 있는 이사와야까지 돌아가는 일만 생각해라."

"아, 알았어요."

그때 도비자루가 뛰어 들어왔다. "또 관리들이에요! 서쪽 산길의 병풍바위 있는 데까지 와 있어요."

병풍바위는 이름 그대로 병풍 같은 모양을 한 커다란 바위다. 서쪽 언덕을 올라 미쿠라무라 마을로 올 때는 알기 쉬운 표식이 된다.

안주인은 불안한 듯이 말했다. "왜 서쪽에서 오는 걸까."

"그쪽에 있는 기즈키무라 마을에도 간 게 아닐까요." 도비자루가 대답했다. "반각쯤 전부터 그 마을 방향에서 계속 연기가 오르고 있어요. 봉화는 아니에요. 곳간이나 오두막에 불을 질렀다거나……."

그렇다면 새 다이칸은 무도할 뿐만 아니라 터무니없이 어리석은 자다. 가랑눈이 흩날릴지언정 제대로 된 비는 내리지 않는 이 계절에 불을 지르다니.

"그럼 여기도 불탈지 모르는 거예요?"

반쯤 나쁜 꿈을 꾸는 듯한 기분이었던 이치몬도 그제야 지금의 사태가 어떻게도 할 수 없는 재난임을 실감하기 시작했다. 이제는 재난이라는 실감에 사로잡혀 옴짝달싹 못할 지경이다.

"모두 도망치는 게 좋겠어요!"

저도 모르게 목소리를 높인 이치몬의 머리를 유지가 딱 때렸다.

"너는 얼른 채비하고, 오빈을 데리고 이곳을 떠나라."

"하, 하지만."

"도비자루, 이 흐리멍덩한 녀석에게 산을 넘을 때 이용할 수 있는 짐승길을 가르쳐 주렴."

바삐 이야기하고 있는 중에 콩 곳간 바깥이 소란스러워지기 시작했다. 짐바구니를 짊어진 오빈이 사색이 되어 콩 곳간으로 돌아오더니 "왔어요" 하고 말했다. "열 명 정도인데 말을 끌고 있어요. 활과 창도 들고 있어요."

"좋아. 내가 시간을 벌지."

유지가 허리띠에 끼워 두었던 옷자락을 내리고 이사와야의 이름이 들어가 있는 한텐직공이나 점원이 입는 상의. 옷깃이나 등에 옥호, 가문 등을 표

<sup>시하기도 했다</sup>을 일단 벗더니 깨끗하게 먼지를 턴 다음 주름을 펴서 다시 입었다.

"이사와야 사람으로서 도아쿠 단조 님께 인사를 드려야겠다. 마님, 소개를 부탁드립니다."

오쓰기는 벌떡 일어섰다.

"그럼 몬, 부디 뒷일을 잘 부탁한다. 유 씨, 갑시다."

두 사람이 밖으로 나가자 텅 빈 콩 곳간 안에 가득 차 있는 습기가 갑자기 무게를 더해 이치몬 일행 세 사람 위로 덮쳐드는 것 같았다.

"몬 씨, 안쪽에 있는 비밀 문으로 나가요."

도비자루의 목소리에 이치몬은 정신을 차렸다. 제정신이 들었다고 박력이 생기거나 하진 않았다. 오히려 불안해 견딜 수가 없었다. 이런 큰일에 유 씨와 떨어져서 내가 무엇을 할 수 있단 말인가.

"오빈도, 빨리." 도비자루는 오빈의 소매를 잡아당겼다. "여기 우두커니 서 있으면 큰일 나."

열 살짜리 골목대장이 제일 어른이다.

"무사히 이번 일을 벗어난다면."

그렇게 말하며 오빈은 일어섰다. 동그란 눈에서 눈물이 흘러 떨어졌다.

"나, 유 씨의 아내가 될 거야."

"뭐?"

그럴 때가 아닌데 이치몬은 이상한 목소리를 내고 말았다. "그거, 지, 지."

"진심이야. 계속 그렇게 생각하고 있었어. 유 씨는 나에 대해서 아무 생각도 없을 테니까 평생 가슴속에 담아 둘 작정이었어."

지금은 말할 수 있다.

"입 밖에 내서 말하는 편이 진짜가 될 것 같으니까."

"유 씨는 오빈을 나랑 똑같은 어린애라고 생각하고 있어." 도비자루가 말했다.

"너는 그렇게 생각하도록 해. 가자."

콩 곳간 안쪽의 비밀 문은 땅바닥에 가까운 곳에 있고 다다미 반 장 남짓한 크기다. 세 사람은 앞서거니 뒤서거니 그곳으로 기어나갔다. 콩 곳간 뒤쪽은 가파른 사면을 죽림이 덮은 상태라 안으로 숨어 들어가면 쉽게 몸을 숨길 수 있었다.

도비자루는 시원시원하게 말했다. "마을을 나가는 데까지 내가 데려다줄게. 계속 죽림 속으로 갈 건데 도중에 길을 건너는 데가 있어. 마음 단단히 먹고 따라와."

역시 이 녀석이 제일 어른이다.

"몬 씨, 정신 단단히 차려."

"으, 응. 오빈, 짐바구니는 내가 질게."

머리를 숙이고 몸을 굽혀 죽림 속을 빠져나간다. 경사면이 약간 질척거리는 까닭은 오늘 아침의 서릿발 때문일까. 발이 미끄러지지 않도록 숨을 죽이고 한 발짝 한 발짝 힘을 주며 나아간다.

마을 한가운데, 축제 때는 화톳불이 피워지는 광장이 내다보이는 데까지 왔다. 화려한 마구馬具를 단 말 세 마리가 광장 한가운데에서 꼬리를 늘어뜨린 채 서 있고 등에는 갑옷이며 사슬 방호구를 몸에 걸친 관리가 각각 올라타고 있다. 한가운데에 있는 말 위의 관리가 손에 든 십자창의 창끝이 햇빛을 받아 반짝 빛난다.

──어째서 싸움터에 나가는 차림을 하고 있을까.

마을 사람들은 애초에 다이칸쇼의 권력에 저항할 방법을 가지고 있지 않다. 위협을 받지 않아도 두려워하는데, 아직도 위협이 부족한가.

새 다이칸이 왔다고 다이칸쇼에서 일하는 관리도 모조리 바뀌지는 않았을 터다. 미야케 님 밑에서는 좋은 관리였던 자들이 도아쿠 단조 밑에서는 악에 물들어 기꺼이 영지민들을 괴롭히는 걸까. 사람의 성품이란, 그렇게 무르고 쉽게 변하나.

"유 씨……."

오빈이 속삭이는 듯한 목소리를 냈다. 유지와 오쓰기는 세 마리의 말 앞 땅바닥에 엎드려 있다. 말을 타지 않은 관리들이 두 사람 뒤에 늘어서 있어, 유지도 오쓰기도 새장에 갇힌 새 신세다.

얼굴을 숙인 채 유지가 뭔가 말하고 있는 모양이다. 말 위에 있는 세 명의 관리가 야비한 목소리로 소리 내어 웃음을 터뜨렸다. 두 사람을 둘러싸고 있는 관리들도 웃는다.

일순 뻣뻣하게 굳은 유지의 어깨를 이치몬은 보았다. 나중에 떠올려 보아도 분명히 보았다. 유 씨는 화가 나 있었다. 분노를 필사적으로 참고 있었다. 장소와 입장을 헤아려 성하마을의 상인이 지방 다이칸쇼의 관리를 대할 때의 예절을 지키고 있었다.

그런데.

관리들의 웃음소리가 뚝 끊겼다.

곧 한가운데에 있는 말 위의 관리가 십자창의 자루를 움켜쥐었다.

아아 안 돼. 이치몬은 생각했다. 찰나의 생각에 이유는 없었다. 그저 안 된다고 생각했다. 안 돼 위험해, 안 돼 위험해.

유지가 천천히 얼굴을 든다. 동요하지 않는다.

십자창이 허공에서 호를 그리고 창끝이 비정하게 빛난다.

붕.

안 돼. 유 씨, 도망쳐요.

죽림에 숨어 얼어붙어 있는 이치몬 일행의 눈앞에서, 말 위의 관리가 휘두른 십자창이 유지의 목을 꿰뚫었다.

새빨간 피가 뿜어져 나온다. 창에 꿰뚫려, 땅바닥에 앉은 자세 그대로, 유지는 몸을 젖히며 경련했다. 그때마다 목에서 새로운 피가 뿜어져 나온다.

죽림에서 뛰쳐나가려고 하는 오빈을 이치몬과 도비자루 둘이 달려들어 말렸다. 오빈이 큰 소리로 고함치려고 하자 도비자루가 오빈의 기모노 소매를 그녀의 입에 밀어 넣어 꽉 물고 입을 다물게 했다.

오쓰기는 유지의 피를 머리에서부터 뒤집어쓰고 아연실색해 있다. 그 등 뒤로 오른쪽 말에서 내린 관리가 스르륵 돌아가 허리에 찬 큰 칼을 뽑았다.

──마님!

이번에는 이치몬도 소리를 지를 뻔하여 양손으로 자신의 입을 막고 가까스로 참았다.

등 뒤에서 비스듬히 칼을 맞고 오쓰기는 막대처럼 쓰러졌다. 두 사람의 피를 빨아들여 광장의 땅바닥이 검게 물들어 간다.

"가자. 여기에 있으면 안 돼."

도비자루가 오빈의 어깨를 움켜쥐었다. 오빈이 말없이 저항하자 죽림이 술렁거렸다. 광장의 관리들 중 몇 사람이 재빨리 이쪽으로 얼굴을 향한다.

이치몬은 더욱 힘껏 자신의 입을 누르고 도비자루는 오빈을 경사면에 밀어 쓰러뜨려 올라타다시피 하고 짓눌렀다. 그대로 자신도 숨을 죽이고 움직이지 않았다.

죽림 어디에선가 울음소리를 내며 새가 날아올랐다.

새를 지켜보던 관리들은 죽림에 흥미를 잃고 뿔뿔이 흩어져 움직이기 시작했다. 밧줄을 꺼내 유지와 오쓰기의 발목을 묶는다. 그리고 나서 어떻게 하는가 했더니 밧줄 끝을 각각 말 두 필의 안장 뒤에 묶었다.

이럴 수가. 어째서 저렇게까지 심한 짓을 하는 걸까. 이치몬은 입을 덮은 채 구역질을 할 뻔했다.

말 위의 관리가 말 엉덩이를 채찍질하자 두 마리가 앞서거니 뒤서거니 달리기 시작했다. 유지와 오쓰기의 시체는 핏자국을 지면에 남기며 끌려간다.

"아, 오빈, 미안해!"

도비자루가 당황하며 오빈을 안아 일으켰다. 오빈은 새하얀 얼굴로 기절해 있다.

"몬 씨, 울지 마."

지금 누가 누굴 위로하나. 투덜거리는 듯한 어투로 말하는 도비자루야말로 온 얼굴을 눈물로 적시고 있었다.


"――괜찮은가, 도미?"

몬자부로의 물음에 도미지로는 눈을 들었다. 어느새 양손을 굳게 주먹 쥐고, 그 김에 기모노의 허벅지 부근도 구깃구깃하게 움켜쥐고 있었다. 주먹을 펴 보니 힘이 지나쳐서 손톱이 손바닥에 파고들어 붉은 자국이 나 있다.

"싫은 이야기라 미안하네."

지금 이곳에서 이야기하는 이는 몬이고 도미지로와 둘이서 미시마야 안채에 있다. 싸움터에 나가는 차림을 한 쓰레기 관리들은 이야기 속에만 있을 뿐이다. 그래도 도미지로는 몸이 떨리는 것을 억누를 수가 없었다.

"그런가, 오빈은 유지 씨의 아내가 되고 싶었던 거로군."

작게 말해 보고서야 자신의 목소리가 떨리고 뒤집어져 있음을 알았다.

"나야말로 미안하네, 몬. 이야기를 계속해 주게."

몬자부로는 걱정스러운 듯, 슬픈 듯, 미안한 듯한 얼굴이다. 그 입가에 콩떡의 콩가루가 살짝 묻어 있다.

'목숨이 붙어 있는' 것의 고마움을 도미지로는 곱씹었다. 나는 이 이야기를 확실하게 들어야 한다.

"자네 조상님인 이치몬 씨는 이때 열여섯이었던가? 참으로 큰일을 당하셨구만."

몬자부로는 고개를 끄덕였다. "내게 이 이야기를 들려주면서 우리 할아버지도 눈물을 흘리시더군. 이치몬 님은 마루마스야의 토대를 쌓아 올린 후 별로 오래 살지는 못했다고 들었네."

마흔 줄이 되었는가 싶더니 가슴 병에 걸려 반년쯤 앓아누웠다가 돌아가셨다고 한다.

"누워 계신 동안 보살펴 주는 사람들 모두에게 이 옛날이야기를 들려주었다네."

──죽음은 전혀 무섭지 않다. 이제야 유 씨를 만날 수 있겠구나. 그때 아무것도 하지 못한 것을 사과할 수 있겠어.

"그런가. 아무것도 하지 못한 건 아니잖은가? 이치몬 씨는 무사히 이사와야로 돌아가서 마을 사람들을 구했겠지?"

부탁이니 그렇게 말해 주게.

몬자부로는 고개를 끄덕이며 말했다.

"엄청나게 고생하고, 목숨을 걸면서."

도비자루의 안내로 이치몬은 산길을 달리고, 바위밭을 기어오르고, 얼어붙을 것처럼 차가운 연못을 건넜다. 조금이라도 빨리 미쿠라무라 마을에서 멀어지고 도아쿠 단조의 지배에서 벗어나기 위해.

그러나 이 부근의 숲이며 산이며 물가까지 잘 알고 있는 도비자루도 하늘을 날 수는 없다. 두 다리로 땅바닥에 발바닥을 붙이고 나아갈 수밖에.

처음에는, 미쿠라무라 마을에서 북쪽 방향에 있는 산으로 들어가면 사냥꾼들이 자주 이용하는 뒷길이 있다고 해서 그쪽으로 나아갔다. 시들어서 듬성듬성해진 잡목림 속을 숨을 죽이고 빠져나가니, 사냥꾼들이 갑작스러운 비바람을 피하기 위해 지은 창고 옆에 무장을 한 다이칸쇼의 관리 두 명이 어슬렁거리는 것이 보였다.

"안 돼, 다른 곳으로 가자."

다음으로 도비자루가 산나물이나 버섯을 캘 때 올라가는 산길로 향했다. 미쿠라무라 마을 일대를 둘러싼 이 산길은 찌그러진 원 모양인데 딱 한 군데, 원이 끊긴 데가 있다. 커다란 바위가 굴러다니는 험한 곳이지만 그곳을 통과하면 곧장 이웃 영지까지 나갈 수 있다고 해서 이치몬은 이를 악물고 도비자루를 따라갔다.

하지만 그곳에도 관리들이 앞질러 와 있었다. 이번에는 말도 몇 마리 묶여 있고, 북풍에 섞여 화약 냄새가 짙게 흘러왔다. 관리 놈들, 총을 가지고 나온 걸까. 아니면 다른 마을에서 사냥꾼을 끌고 왔나.

"한 군데 더, 갈 만한 곳이 있어."

창백해진 얼굴로 덤불에서 몸을 일으키려고 하는 도비자루의 팔을 붙잡으며 이치몬은 말렸다.

"나는 이제 숨이 차고 다리가 안 움직여. 오빈은 또 기절할 것 같고."

유지와 촌장 아내의 무참한 최후를 목격해 버린 후로 오빈은 혼이 빠져나간 듯 멍해졌다. 도비자루가 재촉하고 이치몬이 잡아끌어 여기까지 함께 왔지만 이제 한계라는 것은 핏기가 사라진 얼굴과 차가운 손을 보면 알 수 있었다.

"어딘가 숨을 데를 찾고 잠시 쉬면서 다음 방책을 짜 보자."

불은 피우면 안 되니 서로 몸을 바싹 붙이고 팔과 다리를 문지르며 온기를 얻을 수밖에 없다. 그럼에도 이치몬은 오빈의 등을 쓸어 주다가 켕기는 기분을 느꼈다. '꺼림칙한 마음은 조금도 없다'고 생각하면서도 이런 때에 사소한 것을 신경 쓰는 자신이 질릴 정도로 싫어졌다.

"저렇게 앞질러 와 있다는 건."

몸을 움츠린 채 이를 딱딱 맞부딪치고 무릎을 달달 떨면서 도비자루가 말했다.

"관리 놈들, 산을 잘 아는 놈한테 안내를 시키고 있는 거야."

도비자루만큼이나 이 부근의 산에 정통한 사람이 누굴까. 나무꾼이나 사냥꾼이겠지.

이치몬은 물었다. "아직 쓸 만한 길이 더 있어?"

도비자루는 짧게 고개를 저었다. "하나 더 있긴 한데, 나만 아는 길은 아니야. 또 놈들이 앞질러 와 있다면 쓸데없이 지치기만 할 뿐이지."

도비자루는 움켜쥔 주먹으로 입가를 쓱 닦았다.

"한 가지 더, 말도 안 되는 생각이 있긴 한데……."

"어떤 생각인데? 네가 미끼가 되어서 나를 도망시켜 준다거나 하는 작전이라면 사양하겠어."

그럴 바에는 차라리 함께 죽는 편이 낫다. 이제 두 번 다시 누군가가 죽임을 당하는 광경을 목각인형처럼 바라보고 있지는 않을 것이다.

"이건, 오빈한테는 처음부터 무리인 일이야" 하고 도비자루는 말을 이었다. "몬 씨도 어지간히 각오를 단단히 해 주지 않으면 아마 죽고 말 거야."

"괜찮아. 어차피 도망치지 못하면 죽어. 나 혼자 죽는 거라면 괜찮지만, 성하마을까지 돌아가지 못하면 미쿠라무라 마을 사람들의 목숨도 위험해. 뭐든지 할게."

이치몬의 말을 듣고, 도비자루는 얼굴을 들더니 의외의 질문을 했다. "몬 씨, 수영은 잘해? 잠수해 본 적은 있어?"

이 말에 당황한 것은 이치몬만이 아니었다. 오빈도 눈을 뜨고 멈추었던 숨을 다시 쉬듯 후우 하고 한숨을 쉬었다.

"도비자루, 가엾게도 머리가 이상해져 버렸구나."

이 부근에는 헤엄을 칠 수 있을 정도의 호수가 없다. 작은 폭포가 있는 곳에야 용소龍沼가 있지만, 강도 급류라 잠수해서 헤엄쳐 어디에 다다를 만한 장소는 아니다.

"아니, 나는 제정신이야."

분명히 도비자루의 눈에는 총기가 깃들어 있다. 적어도 이치몬에게는 그리 보였다.

"물감옥이 있는 동굴은 다이칸쇼 놈들이 알고 있는 것보다도 훨씬 더 넓어. 통로도 셀 수 없을 정도로 갈라져 있고, 물이 고여서 땅 밑의 못처럼 되어 있는 곳도 실은 한두 군데가 아니야."

오빈의 버석버석해진 입술이 희미하게 떨렸다. "그런 얘기, 마을의 누구한테도 들은 적 없어."

"다들 모르니까." 도비자루는 강한 어투로 말을 이었다. "나는 아버지한테 들었어. 아버지는 할아버지한테 들었고. 이 산간에서는 우리 집 남자들만이 동굴의 진짜 지형을 알고 구석구석까지 머릿속에 넣어 놨어."

이치몬과 오빈은 서로 얼굴을 마주 보았다. 두 사람의 의심을 정확히 읽은 도비자루가 대답했다.

"우리 조상님은 전국 시대 무렵에 그 동굴이 있는 산을 몽땅 영역으로 삼고 있었대. 물론 채석장도 우리 조상님 것이었어."

그래서 자세한 지식이 있고 지금껏 자손에게 전해 왔다고 한다.

"이 부근이 적의 공격을 받을 때는 동굴로 도망쳐 들어가서 피하거나 동굴을 통해 적진의 배후를 공격하기도 하고."

도비자루의 조상님은 동굴을 손바닥 들여다보듯이 잘 알았기 때문에 이를 활용해 왔다.

"나는 출입구를 감시하고 있는 관리한테 들키지 않고 동굴에 들어갈 수 있어. 동굴 안으로만 이동해서 지하로 통하는 가도 옆으로 나갈 수도 있어. 안은 캄캄하니까 머리에 달 등불이 필요하지만."

도중에는 헤엄쳐야 할 뿐 아니라 완전히 잠수하지 않으면 지나갈 수 없는 곳도 있다.

"나는 갈 거야. 하지만 몬 씨한테 강요하지는 않을게. 어떡할 거야?"

이치몬은 자신의 영혼이 삐걱거리며 지르는 비명을 들었다.

──일부러 물감옥이 있는 동굴로 가다니.

말도 안 된다. 엉망진창이다.

캄캄하고 얼어붙을 것처럼 차가운 물속에 들어가야 한다. 암흑에 갇힌 동굴 속을 더듬더듬 기다시피 나아가다 보면 기분 나쁜 생물과도 마주치겠지.

조금 전 솟아난 용기가 거짓말처럼 사라졌다.

오늘 아침에 일어났을 때는 평소처럼 미쿠라무라 마을을 찾아가 된장 두레 사람들과 올해 된장의 완성도를 이야기하고, 맛있는 밥을 얻어먹고, 다시 성하마을로 돌아올 생각뿐이었다. 검은 머리카락을 잃어버린 오빈을 만나기는 거북하지만 열병으로 죽어

버린 오빈의 무덤에 성묘를 가는 것보다 훨씬 낫다. 오빈이 목숨을 건져서 다행이라고 유지와도 이야기하곤 했으니까.

──그래, 유 씨도.

아침에 일어났을 때는 오늘 해가 기울기 전에 무참히 죽게 되리라고는 꿈에도 생각지 않았겠지.

점점 쪼그라드는 이치몬의 마음이 도비자루를 혼자 보내면 되지 않느냐고 속삭여 온다. 도비자루가 성하마을의 이사와야에 도착할 수 있으면 되지 않나. 나리께 사정을 전하려면 지금부터 서찰을 써서 도비자루에게 들려 보내면──.

아니, 서찰은 물속에 잠수하면 젖어서 찢어지지. 더군다나 이름처럼 산에 사는 원숭이 같은 이 아이에게 설명해 줘 봤자 사정을 제대로 말할 수 있을 리 만무하고.

아무래도 이치몬은 도망칠 수 없었다.

"나는 수영도 잠수도 해 본 적이 없어. 대야 물보다 깊은 곳에 들어간 적도 없고. 도비자루, 그래도 나를 끌고 가 주겠니? 버리지 않고 데려가 줄 테야?"

이치몬이 떨리는 목소리로 물었다.

"몬 씨의 목숨은 내가 책임질게. 설령 내가 죽더라도 몬 씨만은 무사히 이사와야에 돌아가게 해 줄게."

조상님의 명예에 걸고 맹세해. 그렇게 딱 잘라 말하는 도비자루는 예전에 싸움터를 뛰어다녔던 조상님이 그랬던 것처럼 두려움을 모르는 무사처럼 보였다.

오빈은 혼자만 빠지게 되는 상황이 싫어 고집을 부렸지만 따라가면 거치적거릴 뿐이라는 사실을 본인도 잘 알고 있었다.

그러나 미쿠라무라 마을로는 돌아갈 수 없고 기즈키무라 마을도 위험하다. 결국은 오빈 본인의 의사에 따라 이웃 영지와의 경계 부근에 있는 '다다이'라는 흙 인형 굽는 마을을 목적지로 하게 되었다.

이 근처 마을에서 만드는 흙 인형은 소박한 것이라 굽는 데도 대단한 설비는 필요 없다. 각 마을에 하나나 두 개, 봉분을 쌓아 올리고 돌로 다진 가마가 있으면 충분하다. 하지만 다다이에서는 좀 더 튼튼한 계단식 가마를 만들고 소재가 되는 흙도 몇 종류 갖추고 유약에도 공을 들여 질 좋은 흙 인형을 만들기 위해 노력해 왔다.

본래 다다이는 마을이 아니라 못에 가까운 조그마한 평지에 숯장이나 사냥꾼, 나무꾼 들이 오가며 지내는 오두막 몇 개가 전부인 곳이었다. 그곳에 자리를 잡고 흙 인형을 만들기 시작한 인물은 선대 기즈키무라 마을의 촌장인 히데지로라는 노인으로, 지금도 그 밑에 젊은 직인들이 몇 명 붙어 흙 인형 만들기에 열중하고 있다. 이곳에 자리를 잡고 살진 않지만 기술을 배우러 다니는 사람도 제법 많았는데 오빈도 그중 한 명이었다.

"다다이에 대해서는 다이칸쇼 놈들도 잘 모를 거야. 모두 무사하면 좋겠는데……."

오빈의 소원을 산신께서 들어주신 걸까. 다다이에 도착해 보니 관리들의 모습은 눈에 띄지 않았고 히데지로 일행도 평소처럼 작업에 열중해 있었다. 다만 기즈키무라 마을 쪽에서 피어오르는 연기는 이상하게 여기던 참이라고 한다.

"역시 미쿠라무라 마을에서 뭔가 일어나고 있는 거냐?"

오빈과 도비자루의 모습을 보자마자 히데지로가 물었다.

"오늘 아침부터 산이 소란스러워 이상하더라만. 미쿠라무라 마을 쪽에서 불어오는 바람 냄새에 하쓰가 어찌나 짖어 대던지."

하쓰는 히데지로가 키우고 있는 개다. 본래는 순수한 들개지만 여우 덫에 걸려 죽어 가고 있던 강아지 때 구해 준 히데지로를 누구보다도 충실하게 따르는 수하가 되었다. 그런 하쓰가 들개의 감각으로 피 냄새를 알아챈 것이다.

히데지로는 도비자루가 들려 준 동굴 이야기에 놀라며 무모하다고 걱정했지만, 다이칸쇼의 지배하에 있는 사람들의 목숨을 구하고 장래의 근심을 없애기 위해서는 어떻게 해서라도 바깥으로 도망치는 사람이 있어야 한다는 사실로부터 눈을 돌릴 수 없었다.

"이치몬 씨가 이사와야로 달려가고 이사와야의 나리께서 나누시<sub> </sub>에도 시대에 한 마을의 민정을 담당하던 관리 님께 이야기를 해 주어 성에 고발하는 방법밖에 없겠군……."

미쿠라무라 마을의 마님은 고발할 상대를,

──된장 도매상의 회합이든, 마치부교소든.

이라고 애매하게 말했지만 히데지로는 조금 더 지식을 가지고 있었다.

"다이칸의 행실을 단속하는 분은 구니가로国家老 영주의 최고 가신. 에도 시대 때, 영주가 참근교대 근무를 위해 영지를 떠나 에도에 가 있을 때 영지를 대신 맡아 다스리던 가로를 말한다 님이다. 도아쿠 단조가 속이 시커먼 놈이라면, 야마부교소山奉行所 산림에 관한 여러 일들을 관리, 감독하는 관청의 메쓰케目付 비위(非違)를 감찰하고 주군에게 보고하던 무가(武家)의 감찰관 정도는 이미 구워 삶았을지도 모르지. 곧장 구니가로 님께 매달리는 게 제일이야."

그렇다면 더더욱 성하마을로 가야만 한다.

"게다가 이사와야의 주인에게 매끄럽게 설명하기 위해서만이 아니라, 이 고발 자체를 성립시키기 위해서도 이치몬 씨가 무사히 돌아가 주어야 해."

이치몬은 무슨 뜻인지 이해할 수가 없었다. "왜요?"

히데지로는 뾰족한 물체를 억지로 삼키려는 사람처럼 아픈 얼굴을 했다.

"우리 같은 촌 사람들의 목숨은 애초에 다이칸 님의 손 안에 있다. 다이칸 님의 뜻 하나로 처벌을 받기도 하고 상을 받기도 하지. 그래도 성 사람들은 아무도 신경 쓰지 않아."

하지만 성하마을에 있는 상가商家의 고용살이 일꾼——그것도 주인을 대신하여 장사에 관한 약정을 맺고, 돈이나 어음을 주고받을 정도의 지위에 있는 자가 다이칸쇼 관리의 손에 이유도 없이 참살당했다면 이야기는 완전히 달라진다.

"도아쿠 단조도 구니가로 님께서 그 행위에 대해 물으시면 해명을 해야 하지. 된장은 요코시마 번의 명품으로 에도에까지 내다 팔려고 힘을 쏟는 산물이다. 그 일을 진행시키고 있는 사람을 신참 다이칸이 멋대로 짓밟아도 될 리가 없어."

지금으로서는 유일하게 희망을 걸어볼 만한 말이었다.

다다이에서 기술을 배우는 직인들 중에는 혈기 왕성한 젊은 남자도 있어, 도비자루와 이치몬이 가는 길을 지키기 위해 따라가겠다고 말해 주었다. 그러나 도비자루 쪽에서 거절했다.

"나랑 몬 씨만 가는 편이 눈에 띄지 않을 거예요. 그보다 이곳에 있는 분들은 오빈을 지켜 주었으면 좋겠어요."

"나 같은 건 신경 쓰지 마!"

친절하게 보살핌을 받고 다소 기운을 되찾은 오빈이 지기 싫다는 듯이 대꾸하는 모습을 보며 이치몬은 애처롭다고 생각했다. 자신들이 가는 곳도 지옥이지만, 색을 밝히는 단조의 눈에 들어남아 있는 오빈도 지옥에 있는 거나 마찬가지다.

"그럼 기도해 주세요."

이치몬은 그렇게 말하며 히데지로와 다다이의 사람들에게 머리를 숙였다.

"나는 성하마을에서 자라서 도비자루를 따라갈 수 있을지 어떨지도 의심스럽지만, 분명 유 씨의 혼이 격려해 줄 거예요."

이제부터는 강한 의지와 두둑한 배짱 못지않게 철저한 준비가 필요하다. 이치몬도 여장旅裝이라 가벼운 차림이기는 하지만, 동굴에서는 물속에 잠수하게 될 테니 솜을 넣은 고소데는 거치적거린다. 그래서 통소매 작업복과 두꺼운 잠방이를 빌렸다. 짚신은 지금 신은 것 외에 갈아신을 신이 한 켤레 더 있으면 된다.

"물에 잠수할 때는 벗어서 잃어버리지 않도록 머리에 묶는 거야."

밧줄 두 묶음과 밧줄 끝에 매달 갈고리 하나. 등불로는 기름초. 물에 젖어 꺼져도 또 다른 불꽃에 가까이 하면 금세 불이 붙는다고 한다.

"어디에 다른 불꽃이 있는데?"

"동굴의 암벽에는 촛대가 달려 있는 곳이 있어. 지금은 관리들이 드나들고 있으니 분명히 켜져 있을 거야."

옷을 두껍게 입으면 젖었을 때 말리기 어렵고 오히려 몸을 차갑게 만든다. 물에서 올라오면 작업복과 잠방이의 물을 짜고 팔다리를 문질러 따뜻해지게 해라. 도비자루의 가르침을 귓속에 새기면서 이치몬은 가끔 등줄기를 달려 올라오는 오한을 견디고 있었다. 벌써부터 춥다고 느끼면 어쩌자는 거냐, 이 겁쟁이 녀석!

마지막으로 재빨리 배를 채운 이치몬과 도비자루는 은밀하게 다다이를 떠났다. 도비자루가 목표로 하는 동굴 입구까지,

"거리로만 따지면 1리 반 정도."

평평한 길은 아니다. 또한 덤불에 숨고 흙을 뒤집어쓰고 가파른 바위도 올라야 한다. 이치몬은 각오를 다졌다. 하지만 정말로 위험한 일은 그다음이다.

나무아미타불, 나무아미타불. 이치몬은 숨을 헐떡이며 결국 그렇게 중얼거렸다. 이사와야의 주인 일가는 신실한 염불도念佛徒라 고용살이 일꾼들에게도 가끔 손을 모으고 염불을 외도록 가르치고 있었지만, 이치몬이 진심을 다해 염불을 외는 것은 처음이다. 정말로 부처님이 계신다면, 우리 중생들을 구해 주실 생각을 하고 계신다면, 부디 지금이야말로 힘을 빌려주십시오——.

도중에 몇 번인가 다이칸쇼 관리들을 보았다. 어느 관리나 지금까지 이치몬이 이 지방에서 본 얼굴과는 달랐다.

물론 이치몬도 모든 관리의 얼굴을 알고 있는 것은 아니다. 그러니 정확하게는 '얼굴 표정이 다르다'고 해야 할까.

뭘까. 하나같이 취한 듯 보인다. 이마며 뺨이 홍조를 띠고, 눈은 번들거리고, 묘하게 어깨가 솟아 있고 콧김이 거칠다. 술의 기세를 빌려 대담해지고 강경해진 모습이다.

——아니, 정말로 취해 버린 것일까.

칼이나 창을 휘둘러 무력한 마을 사람들을 위협하는 일에. 뭣하면 기세가 넘쳐 목을 베는 일에도.

전 다이칸인 미야케 님이 계셨을 때는 관리들 중 누구 한 사람도 이러지 않았다. 이런 짓을 저지를 수 있을 거라고 본인들조차 생각하지 않았으리라.

전쟁은 옛날이야기 속에만 나올 뿐. 태평성대가 이어지고 있다. 무사라 해도 진심으로 목숨을 두고 다툰 적은 거의 없을 터였다.

그래서 어쩌다 휘두른 칼날과 피의 냄새에 취해 버린 걸까. 죽임을 당하는 쪽에게도 악몽 같지만 남을 죽일 권리를 갖게 된 관리들에게도 역시 악몽이 아닐까.

오로지 진짜 악당만이 이것을 악몽이라고 생각하지 않겠지.

"──몬 씨."

도비자루의 속삭이는 목소리. 눈앞에 내민 상처투성이 손바닥이 보이자 이치몬은 순간적으로 머리를 낮추었다.

"물감옥으로 통하는 동굴 입구가 보여. 보초가 세 명 있고, 한 사람은 활을 들고 있어. 내가 됐다고 할 때까지 엎드려 있어."

이치몬은 순순히 땅에 엎드리고 눈도 감았다. 귓가에서 마른 풀이 버석버석 소리를 낸다. 바람 때문일까. 이치몬이 숨을 죽이고 있는데 보초를 서는 관리들이 이야기를 주고받고 웃는 소리가 들려왔다.

"……인가."

"……니까 ……라고 하시네."

"도아쿠 님도 ……로군."

이야기의 내용은 알 수 없는데도 왠지 징그럽고 야비한 느낌이 든다.

"조금 뒤로 물러나서, 왼쪽 바위 그늘에 숨을 거니까 따라와."

두 사람은 무사히 보초가 있는 곳을 떠나 동굴 서쪽으로 돌아 들어갔다.

"제일 처음 들어갈 곳은 내 몸통보다 약간 굵은 구멍이야."

아니, 바위틈이라고 도비자루는 바꾸어 말했다. 어느 쪽이든 이치몬에게는 기쁘지 않다.

"어깨만 통과하면 반드시 빠져나갈 수 있어. 걸릴 것 같아도 당황하지 말고 꾹 참고 나아가야 해."

"알았어."

대답은 했지만 막상 그곳에 도착해 실제로 바위틈을 보자 이치몬은 간이 녹아 발바닥으로 흘러 나가는 듯했다.

"……이렇게 좁은 곳은 나한테는 무리야."

"괜찮아, 지나갈 수 있어. 좁은 건 처음뿐이고 금방 엉거주춤한 자세로 걸을 수 있게 돼."

도비자루는 자신의 허리에 밧줄을 감고 반대쪽 끝을 이치몬의 왼쪽 손목에 묶었다.

"아파도 괜찮으니까 무슨 일이 있어도 빠지지 않게 꽉 감아 줘."

"그럼 만일 내가 발이 미끄러져서 떨어졌을 때는 길동무가 되지 않도록 몬 씨가 밧줄을 잘라."

도비자루는 단도를 빌려주었다. 어른의 손바닥만 한 길이인데 조릿대로 만든 칼집에 들어 있다.

"불길한 소리 하지 마."

이치몬은 단도를 띠 사이에 끼웠다.

바위틈에는 머리부터 들어간다.

"다리부터 넣으면 안 되나?"

겁이 나서 물었지만 이미 도비자루는 어둠 밑바닥을 향해 가버린 후였다. 이치몬은 눈물이 고이려는 눈을 굳게 감은 채 바위 가장자리에 손을 짚고 구멍으로 머리를 집어넣었다.

어둠에서 냄새가 났다.

동굴 안에 가득 차 있는 어둠은 밤의 어둠과는 달랐다. 오히려 물과 비슷하다고 해야 할까. 고여 있고 감촉이 있고 얼굴 바로 앞까지 조용히 밀려와 냄새를 풍겼다.

갈비뼈가 바위에 스쳐 소리가 난다. 무릎이 까진다. 머리 주위가 꼭 끼고, 간신히 머리를 뺐다 싶으니 이번에는 두 어깨가 강한 힘으로 꽉 조이는 것 같았다. 앞으로 나아갈 수도 없고 뒤로 물러날 수도 없다. 진퇴양난이 되어 공포로 눈물마저 말라 버렸다.

"도, 도비자루, 끼었어."

아래쪽 어둠 속에서 목소리가 들려왔다. "다리에 힘을 주고 버텨. 손으로 벽을 밀어. 끼지 않았을 거야."

들은 대로 해 보았다. 어깨가 까져서 피가 났다. 미끈미끈하다. 꽤 피가 많이 난다, 어떡하지.

주르륵.

갑자기 어깨가 빠지고 몸통이 빠지고 허리뼈 부근에서 걸리는가 싶더니 몸 전체가 어둠 속으로 빨려들어갔다.

"가장자리에 손을 걸고 매달려서, 다리부터 내려와."

빨리 말해 줘야지! 불평을 하는 사이에 털썩 떨어져 눈에서 불꽃이 튀었다. 그 불로 눈앞이 잠시 밝아지는가 싶었는데.

이마에 기름초를 켜서 매단 도비자루가 이쪽을 향해 몸을 구부리고 있었다.

"위험할 뻔했네. 다치지 않았어?"

이치몬은 도비자루가 내민 손을 붙잡고 머뭇머뭇 몸을 일으켰다. 운 좋게 아무 데도 부러지지 않은 것 같다.

"똑바로 서면 머리를 부딪히게 될 거야. 나처럼 몸을 굽혀."

기름초의 불빛에 도비자루의 얼굴이 보인다.

붙잡은 손은 단단하고 못투성이다. 하지만 세게 쥐면 역시 어린아이의 손이었다. 뼈가 가늘다. 그런데도 이치몬은 도비자루의 손을 놓을 수가 없었다. 의지할 수 있는 것은 이 손의 감촉뿐이다.

"저쪽으로 갈 거야."

도비자루는 나머지 빈손을 흔들어 두 사람의 등 쪽을 가리켰다.

"조금 더 가면 꽤 편하게 걸을 수 있게 돼."

이치몬은 도비자루보다 키가 크기 때문에 몸을 구부리는 걸로도 부족해 거의 쪼그려야 할 판이다. 앞으로 나아간다고 얼마나 '편해'질지는 의심스럽지만 여기서 꼼짝 않고 있어도 별수 없다.

"아, 알았어. 밧줄은 이어져 있지?"

"응. 그럼 손을 놓을 테니까, 몬 씨, 정신 단단히 차려."

몬이치가 떨고 있다는 사실도, 간 밑바닥이 빠져 내용물이 텅 비어 버린 듯한 기분도 도비자루는 꿰뚫어 보고 있다.

"마을 사람들을 위해서, 유 씨의 원수를 갚기 위해서, 오빈을 구하기 위해서야. 몬 씨, 오빈을 좋아하지? 멋진 모습을 보여줘."

꼬맹이 주제에 건방진 말을 한다. 그렇게 생각하는 한편으로 이치몬의 눈에는 눈물이 고이기 시작했다.

"오빈은 유 씨를 좋아하고 있었어. 나 같은 건 된장 찌꺼기야."

떨리는 목소리가 목구멍에 딱 걸린다.

"하지만 네 발목을 잡지는 않을 거야. 좋아, 가자고."

도비자루의 말대로 어둠 속을 잠시 기다시피 나아가자 좁은 동굴의 천장이 조금씩 높아지기 시작했다. 촛불은 도비자루의 앞쪽만 비추고 있어서 바로 뒤를 따라가는 이치몬은 거의 어둠 속에 잠겨 있다. 그래도 머리 위에 약간 공간이 트이기 시작한 느낌을 왠지 모르게 알 수 있어서 신기했다.

동굴 안은 얼어붙을 정도로 추워서 도비자루가 토해 내는 숨이 등불의 불빛에 하얗게 떠오른다. 하아, 하아, 하아. 이치몬도 숨을 헐떡이고 있자니 갑자기 어딘가 동굴 안쪽에서 사람의 노성이 들렸다.

너무 놀라서 이치몬은 숨이 멎고 말았다. 도비자루도 이치몬의 팔을 움켜쥔 채 돌처럼 굳었다. 두 사람이 꼼짝 않고 상황을 살피는 사이에 노성은 두 번, 세 번 이어지다가 그쳤지만 희미한 메아리는 잠시 동안 유령의 자투리처럼 어둠 속에 남아 있었다.

"저, 저건……?"

이치몬의 속삭이는 듯한 물음에 도비자루도 억누른 목소리로 대답했다. "다이칸쇼의 관리겠지. 보초인가? 생각보다 가까운 곳에 있어."

조심해야 한다며 무서운 얼굴을 한다.

"몬 씨, 무슨 말인지 알아들었어?"

"아니, 전혀."

이치몬은 이뿌리가 맞지 않을 정도로 떨고 있었다. 도비자루가 이치몬의 어깨를 쓸어 주었다.

"가까운 곳이라고 해도 들켜서 붙잡힐 정도로 가까운 곳은 아니야. 동굴 안에서는 먼 곳의 소리도 가깝게 들리고 소리가 나는 방향도 짐작하기 어려워."

두 사람은 지금 옛날 채석장의 남서쪽 끝에 있고, 도비자루의 일족밖에 모르는 무수히 갈라져 있는 동굴 중 하나를 나아가고 있다고 했다.

"물감옥으로 사용되고 있는 곳은 옛날에는 제일 넓은 채석장이었어. 그걸 한가운데에 두고 많은 동굴과 갱도가 덩굴처럼 구불구불하게 뻗어 있지. 하지만 곧장 한가운데로 통해 있는 건 북쪽에 있는 동굴 하나랑 동쪽에 있는 갱도 하나. 이 두 개는 출입구의 굴 앞에 보초가 서 있어."

"동굴과 갱도는 어떻게 다른데?"

"동굴은 원래부터 있던 거고 갱도는 채석장 시대에 사람의 손으로 판 거야. 벽을 만져 보면 지금도 분명히 차이를 알 수 있어.

끌의 흔적이 남아 있으니까."

두 사람이 있는 좁은 동굴은 물감옥으로 쓰고 있는 넓은 채석
장 옆을 지나 북서쪽으로 빠져나가고 있다고 한다.

"나아가다 보면 물감옥 옆에 있는 관리들의 목소리가 들려와도
이상하지는 않아."

이치몬은 안도했다. "그렇다면 물감옥에 갇혀 있는 마을 남자
들의 목소리를 들을 수 있을지도 모르겠군?"

아울러 물감옥으로 몰래 다가가 사람들의 상황을 확인할 수 있
을지도 모른다. 그 생각이 무겁고 답답하던 이치몬의 가슴에 한
줄기 빛을 던졌다.

그러나 도비자루는 두 눈을 휘둥그레 떴다. 등불의 불빛을 받
은 흰자위가 투명하고 깨끗하다. 어린아이의 눈이다.

"장소에 따라서는 들을 수 있을지도 모르지만……."

들어서 뭐 하려고. 사람들의 상황을 확인하는 게 무슨 소용이
있어. 도비자루는 작은 목소리로 말했다. "몬 씨, 지금은 자신의
목숨을 소중히 여기고 조금이라도 빨리 성하마을로 돌아가는 것
만 생각해."

물론 이치몬도 그럴 작정이다. 하지만 온갖 어려움을 겪으며
여기까지 와서 끌려간 마을 남자들이 가까운 곳에 있을지도 모르
는데 입을 다물고 못 본 척하면 너무 냉정하지 않은가.

"어떻게든 사람들을 구할 수 없을까?"

이번에야말로 도비자루는 흰자위를 번득였다.

"몬 씨, 무슨 말을 하나 했더니, 멍청한 소리도 정도껏 해 둬."

겁쟁이인지 대담한 건지 모르겠네.

"간다. 이제 말하지 마."

달리 어찌할 방법도 없어서 이치몬은 시키는 대로 했다. 어둠 속에서 납작 엎드려 나아가다 보니 도비자루가 어이없어한 것도 당연하고 자기가 지껄인 말이 헛소리였음을 깨닫게 되었다.

얼어붙을 정도로 추워서 손가락뿐만 아니라 발가락까지 곱아 툭하면 발이 미끄러진다. 몸 전체가 굳고 숨이 차서 머리가 멍해진다.

처음에 들은 대로 빗물이나 지하수가 고인 곳을 첨벙거리며 지나야 하는 길도 마주쳤다. 한 호흡이나 두 호흡을 멈추었을 뿐이었지만 이치몬은 그동안 죽은 사람이 된 듯한 기분이 들었다.

정말로 우리는 살아 있는 걸까. 이미 죽어 버렸고 망자가 되어 기어다니고 있는 게 아닐까——.

잠시 후 도비자루가 갑자기 발을 멈추는 바람에 이치몬은 엉덩이에 얼굴을 부딪쳤다.

"아야."

저도 모르게 목소리를 내었더니 도비자루의 손이 얼굴을 콱 움켜쥐었다.

"뭐 하는 거야."

"쉿, 조용히." 도비자루는 손으로 이치몬의 입을 덮으려고 한 모양이다. "들려. 물소리."

이치몬의 얼굴에서 손을 떼고는 양손을 동굴 벽에 바싹 갖다 댄다. 이치몬도 흉내를 내어 똑같이 해 보니, 정말이다! 귀에 들리는 소리보다도 먼저 손바닥을 통해 진동이 전해져 왔다.

두두두두두. 쏴아아, 쏴아쏴아.

"물감옥이라는 게 이렇게 요란한 소리를 내는 건가?"

이치몬의 물음에 도비자루는 등불의 불빛 아래에서 눈을 깜박이며 고개를 저었다.

"원래 채석장이었던, 돌로 만들어진 커다란 공간이니까. 물이 얕은 곳은 사람의 배꼽 높이, 깊은 곳은 어깨 높이 정도로 고여 있어. 아주 많은 사람이 붙잡혀서 갇혀 있고 모두 함께 날뛰면서 소란을 떤다 해도 이 정도의 물소리는 나지 않아."

"그럼 무슨 소리지."

도비자루의 눈 속에 작은 빛이 깃들었다.

"관리들이 어딘가의 물꼬를 연 거야. 거기에서 물감옥으로 새로운 물이 흘러 들어오고 있어."

이치몬은 멍하니 생각하다가 한 호흡 후에 간신히 말뜻을 깨달았다. "그럼 물감옥에 갇혀 있는 마을 사람들이 모두 익사하고 말잖아!"

"쉿, 목소리가 커, 몬 씨."

도비자루의 질책에 덧씌우듯이 동굴 앞쪽의 어둠 속에서 새로운 사람의 목소리가 들려왔다. 이번에는 한 명이 아니다. 무언가 대화하는 중이지만 역시 말은 알아들을 수 없다.

우웅우웅 반향하다가 희미하게 꼬리를 끌며 사라져 간다.

"우리는 아마 지금 물감옥 바로 옆까지 와 있을 거야."

도비자루가 동굴의 암벽을 쓰다듬으며 말했다.

"물꼬는 이 위쪽이고 작은 폭포처럼 물이 흘러 떨어지고 있을 거야. 여기는 바로 뒤편이겠지."

그 추측에 어떤 의미가 있는지 이치몬은 모른다. 흰자위가 깨끗한 도비자루의 눈이 자신을 가만히 응시하자 이치몬은 주춤하고 말았다.

"왜, 왜 그래?"

"몬 씨, 아까 말한 거, 정말로 할 마음이 있어?"

"아, 아아, 아까 말한 게 뭐였더라."

붙잡혀 간 미쿠라무라 마을 남자들의 상황을 살펴본다. 가능하다면 구해 낸다.

"물꼬는 물감옥 쪽에서가 아니면 열 수 없는 구조로 되어 있어. 관리들이 열어 준 덕분에 지금이라면 바깥에서도 숨어들 수 있을 거야."

아까는 너, 쓸데없는 생각하지 말라고 했잖아. 이치몬의 망설임과 비난의 빛을 읽어 낸 도비자루가 속삭이는 듯한 빠른 말투로 말을 이었다.

"나도 무리라고 생각했어. 불가능하다고. 하지만 물꼬가 열려 있다면 전혀 불가능한 일도 아니겠다 싶은데."

두 사람의 얼굴을 비추는 기름초의 불빛이 깜박거리며 약해졌다. 어느새 거의 다 탔다. 도비자루는 침착한 손놀림으로 새 초를 품에서 꺼내어 재빨리 불을 옮겼다.

"몬 씨는 기다리고 있어도 돼. 나 혼자 갈 테니까."

그렇지, 그편이 좋겠다. 나는 사양이야. 잠꼬대 같은 소리를 해서 미안했어——.

하지만 붙잡혀 있는 사람들 옆을 그대로 지나칠 수는 없다고 생각했기 때문에 잠꼬대 같은 소리를 지껄인 건데.

동굴의 어둠 속에서, 이치몬은 자신이 누구인지 알 수 없게 되었다. 무리도 아니다. 겨우 열여섯 꼬맹이에 털이 돋은 정도인 햇병아리 상인이다. 열 살 남짓의 나이에 이렇게 대담한 도비자루 쪽이 이상한 것이다.

"어떻게 물감옥에 접근할 건데?"

그만두면 될 일을, 이치몬은 굳이 물었다.


이야기책에서도 흔하게는 볼 수 없는 전개에, 정신을 차려 보니 도미지로는 손에 땀을 쥐고 있었다.

"도미, 식은땀을 심하게 흘리고 있네. 기분이 나쁜가?"

심지어 이야기꾼이 걱정을 해 주는 꼴이다.

"아니……. 그렇지, 차를 새로 끓이겠네. 몬 자네도 잠시 쉬게."

향이 강한 차로 기운을 북돋우고 나서 도미지로는 방구석에 붙여 둔 책상으로 다가갔다. 서찰함을 열자 반지 몇 장과 붓, 작은 먹물통이 들어 있다. 쓸 것이 필요해지면 바로 사용할 수 있도록 늘 오카쓰가 준비해 둔다.

도미지로는 반지 네 장을 바닥에 늘어놓아 커다란 백지를 만들고 먹물을 묻힌 붓을 들었다.

"지금까지 들은 이야기로 동굴의 모습을 대충 그려 보겠네. 틀린 부분이 있으면 가르쳐 주게."

도미지로가 능숙하게 붓을 움직이는 모습을 보고 몬자부로는 매우 감탄했다.

"도미, 그림을 잘 그리는군!"

"뭐, 낙서 같은 걸세."

가장 넓은 채석장이었던 물감옥을 한가운데에, 크고 작은 수많은 동굴과 갱도를 섞어서. 갈래길들은 대충 그릴 수밖에 없지만, 중요한 것은 곧장 한가운데로 통해 있는 북쪽 동굴과 동쪽 갱도(이 출입구에는 보초도 그린다). 그리고 이치몬과 도비자루가 숨어 있는, 물감옥 바로 옆을 빠져나가는 동굴이다.

"물꼬라는 건 말일세."

흑백의 그림을 바라보며 몬자부로가 말한다.

"본래 동굴로 흘러들고 있는 몇 개의 수로 중에서 가장 흐름이 굵은 수로를 나무 도리나 틀로 고정하여 한가운데의 넓은 채석장 쪽으로 끌어 가는 것일세. 그게 폭포가 되어 안으로 떨어지네. 폭포의 근원이랄까, 떨어지는 시작 부분이지. 그곳의 나무틀은…… 그렇지, 할아버지의 손짓으로는 이런 느낌일세."

몬자부로가 양손으로 네모난 모양을 만들어 보인다. 어른도 한 사람씩이라면 지나갈 수 있을 만한 크기다.

"틀 안에 물이 가득 차 있는 것은 아니고 흐르는 물 위쪽의 3분의 2 정도는 비어 있네."

"그곳을 지나서 가려는 계획이었군."

"음. 하지만 물꼬에 가까운 곳에서 틀 안에 들어가려면, 이치몬 씨와 도비자루가 있는 곳보다 조금 위로 올라간 다음 옆으로 뻗어 있는 갱도로 들어가서——."

그 갱도는 옛날에 수로와 물꼬를 만들 때 판 작업용 갱도이고 이후로 사용되지 않았다.

"갱도 앞은 막혀 있지 않아서 물이 틀 안으로 떨어지는 모습이 그대로 보이네. 그리고 물감옥에 다다르려면 그곳을 내려가야 하지."

도비자루는 밧줄에 달 갈고리를 꺼내 나무틀 가장자리에 물리고 머리에서부터 물을 뒤집어쓰면서 나무틀 안을 내려갔다고 한다.

"할아버지에 따르면 이치몬 씨는 막상 이때가 되니 역시 간이 발바닥으로 녹아 나가 버려서 갈 수 없었다더군."

어쩔 수 없었겠지. 입장을 바꿔 생각해 본 도미지로는 고개를 끄덕였다.

"갈고리가 나무틀에서 빠지지 않도록 손으로 누르면서, 이치몬 씨도 물보라를 뒤집어쓰느라 흠뻑 젖었네. 얼어 죽을 것 같았지만 도비자루가 돌아오기를 꼼짝 않고 기다렸지."

도비자루가 촛불을 맡겼기 때문에 불빛만은 있었다. 하지만 그것도 일시적인 위안이다. 이치몬은 지옥의 가장자리에 혼자 남겨진 듯한 기분이었으리라.

"이 대목을 이야기해 주실 때 할아버지가 웃으시더군. 나는 도저히 웃을 수 없었어. 이치몬 씨한테 미안한 기분이 들어서 말일세."

그러자 몬자부로의 할아버지는 말했다.

──이치몬 씨 본인도 자신의 겁쟁이 같은 모습을 떠올리며 이야기할 때마다 웃었다니 억지로라도 웃어 주는 것이 공양이다.

억지로라도.

그 말의 무게가 도미지로의 가슴을 쳤다. "몬 씨의 할아버지도, 지금의 우리도, 재미있어서 웃는 게 아니니까."

도미지로가 말하자 몬자부로는 진지한 웃음을 띠며 고개를 끄덕였다.

"그렇지. 이야기하면서 웃고, 거기에 담긴 무서움, 슬픔, 괴로움 따위를 정화한다고 할까."

그 말도 도미지로의 가슴을 쳤다.

"도비자루는 무사히 물감옥에 숨어 들어가 붙잡힌 사람들을 구해 낼 수 있었나?"

그 물음에 몬자부로의 표정이 뚱하게 시들었다. "결국 무리였다고 하네."

우선 물감옥에 미쿠라무라 마을에서 끌려온 남자들이 전부 모여 있는 것이 아니었다. 촌장이나 된장 두레의 책임자 등, 마을을 이끄는 남자들은 마을에서 직접 다이칸쇼로 끌려간 모양이었다.

"물감옥에는 열두 명이 있었는데 절반은 노인이고 나머지 절반은 된장 두레나 콩밭의 소작인인 젊은 사람들. 가장 나이가 어린 사람은 열두 살 아이였어."

젊은이와 아이들은 노인들을 조금이라도 마른 장소로 밀어 올리며 힘을 합쳐 버텼다. 물감옥은 돌 채석장이었기 때문에 벽은 곧게 깎아지른 듯 솟아 있지만 군데군데 단차가 있었다. 살짝 튀어나온 곳이라도, 그리로 올라가면 물에서 도망칠 수 있다.

"노인들을 업어서 들어 올리거나 어깨 위에 올려놓거나 해서 밀었네."

그곳에서는 열두 살짜리 아이조차 도움을 받는 쪽이 아니라 돕는 쪽이었다니 대단하다. 에도에서 자란 도미지로로서는 생각만 해도 정신이 아득해질 것 같다.

"관리들은 마을 사람들이 서로 돕고 있자 물꼬를 열어서 물의 양을 늘린 걸세."

그 탓에 붙잡힌 사람들은 모두 흠뻑 젖어 버렸지만 수면이 올라간 게 꼭 나쁜 일만도 아니었다.

"큰맘 먹고 물에 들어가면 몸이 뜨거든. 그러면 모두가 높은 단차에 손이 닿게 되네. 마른 곳으로 올라갈 수 있게 된 셈이지."

그러나 일단 젖었기 때문에 몸은 얼어붙고, 노인들뿐만 아니라 모두가 점점 지쳐가기 시작했다. 갇히고 나서는 먹지도 마시지도 못한 채 만 이틀이 지나 있었다.

"도비자루가 온 길──물꼬의 나무틀 안쪽을, 밧줄에 의지해 올라갈 수 있을 만한 사람은 아무도 없었네. 설령 있었다 한들 그 사람만 도망치기도 어려웠겠지."

감시하는 관리들의 눈도 잠시 속일 수는 있겠지만 차분하게 머릿수를 세기 시작하면 끝장이다.

"그러다가 추격대가 붙으면 도비자루와 이치몬 씨의 발목을 잡게 된다면서."

"그렇군⋯⋯."

물감옥 안의 남자들은 말했다. 우리는 여기서 버티겠다. 어떻게든 밖으로 도망쳐서 도아쿠 단조의 무도한 짓을 성에 고발해다오.

──이게 이번 생의 이별이 될지도 모른다. 네 얼굴을 볼 수 있어서 다행이야. 도비자루, 뒷일을 부탁한다.

도비자루는 혼자서 물꼬로 향했다. 폭포처럼 쏟아지는 물을 맞으며 밧줄을 타고 올라가 이치몬이 기다리고 있는 곳으로 돌아갔다.

"도비자루가 울고 있는 것을 이치몬 씨도 알았다고 하네. 머리에서부터 흠뻑 젖어 있지만 흐르는 눈물이 보였다더군."

당사자인 이치몬도 무사히 돌아온 도비자루의 손을 잡으며 울고 말았다.

"좁은 동굴 안이지만 이치몬 씨는 싸늘하게 식은 도비자루의 손발을 열심히 문질러 따뜻하게 해 주었고."

기름초의 불빛에 의지해 다시 나아가기 시작했다.

"새끼손가락만 한 길이의 기름초는 이제 한 자루밖에 남아 있지 않았네. 그게 다 타기 전에 두 사람은 밖으로 나가야만 했지. 이제 꾸물거릴 여유가 없었네."

이치몬은 차갑게 얼어붙고 지쳐 있었다. 하지만 더 춥고 지쳤을 도비자루보다 자신이 먼저 주저앉을 수는 없었다.

──유 씨, 내 엉덩이를 때려 주세요.

이치몬, 너는 진짜 사내냐? 그렇다고 주장할 거라면 증거를 보여 봐라. 이름대로 한 푼의 가치밖에 없는 사내라면 이 동굴의 캄캄한 어둠 속에서 지충地蟲처럼 죽는 게 좋을 거다. 두 번 다시 햇빛 아래 나오지 말고!

"맹세코, 유 씨는 손아랫사람에게 그런 말을 하는 사람이 아니야. 하지만 그때의 이치몬 씨 귀에는 유 씨가 화를 내며 꾸짖는 목소리가 똑똑히 들렸다고 하네."

자기 자신을 고무하고 지탱하기 위한 환상의 목소리, 이치몬의 영혼이 쥐어 짜내는 목소리다.

"이를 악물고 동굴의 암벽에 손톱을 세우며 전체 거리의 8할 정도까지 왔을 때 성가신 일과 맞닥뜨리게 되었지."

몬자부로의 이야기 솜씨도 좋아지기 시작했다.

"동굴이 수몰되어 있었어."

두 사람이 나아가고 있는 좁은 동굴은 그쯤에서 하나의 갱도와 교차할 예정이었다. 원래 교차 장소는 약간 패어 있고 길 자체도 일단 하강하다가 다시 올라가도록 만들어졌지만.

"단단한 바위를 피해 갱도를 그렇게 팠던 모양인데."

팬 지점에 물이 듬뿍 고여 있었던 것이다.

"관리들이 물꼬를 연 탓인지, 다른 이유 때문인지는 도비자루도 전혀 알 수 없었던 모양이야."

다만 한 가지는 확실했다. 대략 반정(50미터 남짓)쯤 되는 거리를 캄캄하게 고인 차가운 물속으로 지나야 한다.

큼직한 물웅덩이를 첨벙거리며 지금껏 지나온 길과는 다르다. 잠수해서 헤엄쳐야만 하는 것이다.

"이치몬 씨는……."

도미지로는 앞질러 말했다. "발바닥으로 간이 녹아 빠져나가 버렸겠지?"

몬자부로는 아하하 하고 소리 내어 웃었다.

"맞았네!"

"이걸로 세 번째로군. 나라면 한 번 만에 간이 동났을 걸세. 이치몬 씨는 훌륭해."

"뭐, 되돌아갈 수도 없으니까."

도비자루와 이치몬을 잇는 한 묶음의 밧줄은 여기까지 오는 사이에 얼마쯤 상했다. 상한 밧줄을 단단히 다시 묶으며 도비자루가 이렇게 말했다고 한다.

——물고기가 할 수 있는 일이니까 몬 씨도 할 수 있어. 그렇지?

그런가, 내가 물고기보다 나은 존재인가. 이치몬은 너무 무서워서 눈물조차 나오지 않았다. 침이 바싹 마르고 혀가 오그라붙어 목소리도 나오지 않았다.

"하지만 잠수했지."

사나이로군. 몬자부로와 도미지로는 서로를 바라보며 깊이 고개를 끄덕였다.


이치몬과 도비자루가 가도 옆에 있는 동굴의 출구에 다다랐을 때, 하늘은 완전히 어두워지고 별이 깜박이고 있었다.

저녁놀의 흔적이 아주 희미하게 서쪽 하늘 끝을 물들이고 있다. 멀리 올려다보면서 이치몬은 떨리는 듯한 숨을 내쉬고, 들이쉬고, 내쉬고는 들이쉬고, 그러다가 울음을 터뜨리고 말았다. 상처투성이 멍투성이인 몸. 나란히 선 도비자루도 비슷했다.

그러나 미쿠라무라 마을의 골목대장은 다부져서, 이치몬의 손을 잡아끌고 등을 떠밀며 가도 방향으로 덤불을 헤치고 나아가기 시작했다.

두 사람 다 동굴의 어둠에 눈이 익숙해져 버려서 밖으로 나온 후에도 당장은 사물이 잘 보이지 않았다. 지칠 대로 지쳐 있어 아무래도 머리가 잘 돌아가지 않았던 탓도 있다. 정신없이 가도로 나가려다가 이치몬이 먼저 알아차렸다.

말없이, 엄청난 기세로 도비자루의 뒷덜미를 움켜쥐고 비틀어 누르며 자신도 몸을 숙였다. 놀라서 순간 저항한 도비자루도 눈앞의 광경을 보고는 움직임을 딱 멈춘 채 숨을 죽였다.

이 가도는 요코시마 번을 동서로 가로지르는 큰길로, 미쿠라무라 마을이 있는 지역 일대의 북부를 완만한 호를 그리며 돌고 있다. 쇼군이 정한 관문이 있는 큰 가도에서는 멀리 떨어져 있지만 이웃 번과의 경계가 가까워 다이칸쇼나 야마부교소가 자주 순찰을 하기 때문에 여기저기 둔소屯所를 지어 놓았다.

그중 하나가 바로 코앞에 있었다. 둔소라고 해도 여러 가지라, 관리가 상주하는 곳은 건물도 번듯하지만 순찰을 도는 김에 들러 말에게 물을 주는 정도밖에 용무가 없는 곳이면 초라한 오두막보다 조금 나은 수준이다. 그나마 사람이 드나들지 않을 때는 내팽개쳐 둔다.

이곳의 둔소는 '내팽개쳐진' 곳 중 하나였다. 그러나 지금은 긴 장대에 높이 매달린 제등을 문앞에 세우고 약하게 불을 켜 놓았다. 불빛이 엷은 탓에 가까이 갈 때까지 알아채지 못한 것이다.

"……위험했어. 몬 씨, 고마워."

도비자루의 말에 이치몬이 대답하려는데 높이 달린 제등 부근에서 푸르릉 하고 콧김 소리가 났다.

말이다. 말이 매여 있다. 이치몬과 도비자루는 한층 더 몸을 낮추고 덤불에 숨었다.

말 옆에는 사람도 있다. 여기에서는 잘 보이지 않지만 말의 몸을 쓰다듬어 주고 마구를 점검하며 살뜰하게 보살피는 듯하다.

그때 오두막 안에서 또 한 사람이 나타났다. 쓰쓰소데통소매로 된 옷를 입고, 투구와 가죽으로 된 가슴받이를 대고, 승마용 하카마를 입고, 등에는 반궁半弓과 화살통을 지고 있었다. 싸움터에 나가는 차림새다.

"저건 야마부교소의 개야."

야마부교소는 산지 촌락의 치안을 지키는 관청이다. 영지민을 관리하고 연공을 걷는 다이칸쇼와는 역할이 다르지만, 다이칸이나 부교의 사람 됨됨이에 따라 잔혹한 관청도 되고 좋은 관청도 된다는 점에서는 같다.

도비자루가 '개'라고 내뱉은 시점에서 이치몬도 알았다. 지금의 야마부교소에는 다이칸쇼로부터 괴롭힘을 당하는 영지민을 도울 인덕 있는 관리가 없다는 사실을.

"다이칸이 부리고 있는 사냥개야?"

"응. 하지만…… 누구를 쫓고 있을까. 유 씨뿐만 아니라 이치몬 씨도 같이 있었다는 걸 이미 알고 있나?"

설령 그렇지 않더라도 도아쿠 단조가 야마부교소까지 움직여 이 지역의 영지민들을 압살하려 하고 있다면 미래는 더욱 어두워진다.

지켜보는 동안 투구를 쓴 관리는 말을 끌어내고 고삐를 쥐었다. 말을 보살피고 있던 사람은 투구를 쓴 관리의 종자겠지. 그는 제등을 끌어 내려 허리에 차고 주인이 말 위에 올라타자 충견처럼 옆에 바싹 붙어 달리기 시작했다.

두 사람과 말의 모습이 보이지 않게 되고 나서 이치몬은 열을 세었다. 도비자루는 눈을 감고 귀를 기울이며 꼼짝도 하지 않았다.

"이제 됐을까?"

"나가자."

둘은 덤불에서 뛰쳐나와 허술한 둔소로 들어갔다.

놀랍게도 허름한 오두막 같은 좁은 둔소에는 희미하게 온기가 남아 있었다. 작은 돌절구 모양의 화로에 한 움큼의 숯이 있고, 볼품없는 쇠주전자로 물을 끓인 흔적도 보였다.

"그놈, 여기서 한숨 돌렸군."

덕분에 이치몬과 도비자루도 죽었다 살아난 기분이었다. 물은 뒤쪽의 용수用水에서 길어 올 수 있었기 때문에 숯을 소중히 아껴 불을 피우고 볼품없는 쇠주전자를 몇 번이나 채워다가 가능한 한 많은 양의 물을 끓였다. 끓인 물을 마셔 위장부터 따뜻하게 덥히고 숯불에 손을 쬐어 딱딱하게 굳은 손가락을 녹였다.

"조금만 더 힘내, 몬 씨."

"응. 나는 죽어도, 혼만 남아도 성하마을로 돌아갈 거야."

나중에 돌이켜 보면 이때 (결국은 다이칸쇼의 관리인지 야마부교소의 개인지 알 수도 없었던) 게으른 관리와 마주친 것이 두 사람에게는 다행이었다. 여기에서 기운을 차릴 수 있도록 불을 쬐고 따뜻한 물을 마셔 몸을 달래지 못했다면 다시 출발했다 해도 얼마 가지 못해 힘이 다했을 테니까.

그만큼 앞으로 갈 길은 동굴의 어둠 밑바닥을 기어가던 때와 비슷한 정도로 힘들고 위험했다. 캄캄한 물속으로 잠수해 헤엄친 것보다는 아주 조금 나았지만.

날이 밝기 전에, 언덕을 넘기만 하면 성하마을의 불빛이 보인다는 지점에서 언덕 위에 딱 한 채 있는 찻집(유지와 이치몬도 가끔 들른 기억이 있는 가게였다)에 관리들이 밀치고 들어가 임시 관문을 만들고 있는 모습을 목격했다.

그보다 전에 언덕 앞에서 이치몬과 도비자루는 나무 상자를 가득 실은 수레와 마주쳤다. 흙 인형을 중개하는 노인이었다. 노인은 어제 하루를 들여 이 부근의 마을들을 돌며 인형을 사들이고, 오늘 아침에는 일찌감치 출발해 성 아래에 있는 가게로 돌아가는 참이었다.

어제부터 관리들이 엄청나게 오가고 있고 살기가 등등한 기색이라, 그다지 멀지 않은 곳에서 무언가 변사가 일어난 듯하다는 점을 중개상은 눈치채고 있었다. 봉기가 일어났거나 영지민이 도망친 건가 싶었다고 한다.

이치몬은 큰맘 먹고 중개상에게 사정을 털어놓았다. 미쿠라무라 마을의 이름을 듣자 중개상은 몹시 놀라며 마을 사람들을 걱정해 주었다.

"좋아, 그렇다면 두 사람 다 나무 상자 안에 숨게. 내가 성하마을까지 데려가 주지."

그리하여 임시 관문에 접어들기 전에 이치몬과 도비자루는 흙 인형을 넣은 나무 상자 안에 몸을 숨길 수 있었다.

흙 인형은 평소 깨지지 않도록 하나하나 천으로 싸서, 가득 채워 넣지 않고 여유를 넉넉히 두고 넣는다. 어린 도비자루는 인형들을 첫째로 밀어내고 짓눌러서 어찌어찌 들어간다 해도, 야위긴 했지만 젊은이인 이치몬의 몸을 밀어 넣는 것은 힘든 일이었다.

"모처럼 구입하신 인형이 깨지고 말겠어요."

"신경 쓰지 말게. 미쿠라무라 마을은 좋은 흙 인형의 산지야. 인형들도 동료를 만들어 주는 마을 사람들을 구하고 싶어 한다네."

가까스로 나무 상자에 두 사람을 밀어넣은 중개상은 언덕을 올라갔다. 평소의 수레보다도 훨씬 무거워진 상태라 추운 새벽인데도 땀을 뻘뻘 흘리며 끌어야 했다.

이를 수상쩍게 여긴 관리가 캐묻자 중개상은 배가 아프다며 한바탕 연극을 했다. 대화만 들으면 정말로 상태가 나쁜 환자처럼 목소리가 떨리고 약해져 있었다.

관리는 끈질기고 의심도 많았다. 중개상에게 나무 상자의 뚜껑을 열라고 명령한 뒤에 우선은 이 상자, 다음은 저 상자를 변덕스럽게 가리키며 그의 안색이 바뀌지 않는지, 동요하지 않는지 관찰하는 기색이었다.

나무 상자 안에서 양팔로 무릎을 끌어안은 채 웅크리고 있던 이치몬은 또 발바닥으로 간이 녹아 흘러 나가는 기분을 느꼈다.

흙 인형들이 흥건하게 젖지 않을까 싶을 만큼 정말로 간이 물처럼 자신의 몸에서 흘러나가 버리는 듯했다.

와중에도 각오를 단단히 했다. 관리에게 들키면 벼락같이 달려들어서 그놈의 눈알을 파내 버리겠다. 도비자루라면 내가 소란을 피우는 사이에 도망칠 수 있겠지. 이제 둘 중 한 명이라도 좋다. 이사와야에 도착할 수만 있으면 된다.

단 하루 사이에 이치몬은 유지를 잃고 자신도 몇 번이나 위기에 처했다.

이제 충분하다. 지긋지긋하다. 이렇게 괴롭힘을 당했는데 아직도 끝나지 않다니.

덜컹.

이치몬이 숨어 있는 나무 상자의 뚜껑이 열렸다.

중개상은 내용물을 일단 전부 꺼내고 이치몬을 넣어 주었었다. 그러고 나서 이치몬의 몸 위와, 이치몬과 나무 상자 사이에 천으로 싼 흙 인형들을 채워 넣었다. 그래서 지금 이치몬은 인형들 밑에 숨어 있다.

웅크리고 얼굴을 숙인 채 이치몬은 눈을 부릅떴다. 흙 인형들 틈으로 희미하게 가느다란 아침 해가 비쳐 들어온다.

관리가 묘한 목소리를 냈다. "오오?"

──들켰나.

하고 생각했을 때 뚜껑이 도로 닫히고 이치몬의 주위가 어두워졌다.

"할아범, 당신 인형 장수인가?"

중개상이 대답하는 목소리가 난다.

"먼저 말했어야지. 인형 눈깔이랑 눈이 마주쳐 버렸잖아."

관리의 투덜거림에 다른 관리의 웃음소리가 겹쳤다. "자네, 인형이 무섭나?"

"흥, 어머니가 부업을 하느라 엄청 고생을 했단 말일세. 흙 인형들한테는 원한밖에 없네."

와하하하. 웃음소리를 들으며 중개상의 짐수레는 천천히 움직이기 시작했다.

성하마을에 들어가자마자 중개인과 아는 사이인 듯한 남자가 말을 걸었다.

"무슨 일인가? 이렇게 지치다니."

그의 도움을 받아 간신히 이사와야에 도착할 수 있었다.

나무 상자의 뚜껑을 열고 제일 먼저 이치몬의 얼굴을 살핀 사람은 유지와도 친한 대행수 중 한 명이었다. 이치몬은 혼자 힘으로 나무 상자에서 일어날 수가 없었고, 도비자루는 상자 안에서 기절해 있었다.

수레에서 내릴 때 이치몬은 자신을 숨기고 지켜 준 흙 인형에게 고맙다는 인사를 하고 싶어서 포장 중 하나를 조심스럽게 풀어 보았다.

유약을 바르지 않고 구운 인형에는 아직 그림이 그려지지 않았다. 어? 그렇다면 관리와 눈이 마주친 인형은 어느 것이었을까.

"내가 실어 온 흙 인형은 전부 색칠하지 않은 거라네." 중개상이 말했다. 그러더니 왠지 자랑스러운 듯이 씩 웃었다.

"요코시마 번에서 만드는 흙 인형은 어른의 손바닥만 한 크기인데."

몬자부로는 오른손 손바닥을 가볍게 들며 말했다.

"흙 인형치고는 크고 무게도 꽤 나간다네. 지금도 구할 수 있으니 기회가 있으면 도미 자네한테도 보여 주고 싶군. 꽤 질이 좋아."

그다음 이야기를 곧 잇지 않고 뜸을 들인다. 왜일까.

──아직, 더 괴로운 내용이 남아 있기 때문이겠지.

그러나 듣지 않을 수는 없다. 도미지로는 배꼽에 힘을 잔뜩 주며 물었다.

"관리들이 살기등등하게 쫓아오거나 가도를 막고 지나가는 사람들의 짐을 검사하고 있었던 이유는 역시 이사와야의 이치몬 씨가 영지 밖으로 도망치려 한다는 걸 들켰기 때문이겠지?"

몬자부로는 갑자기 머리가 무거워졌다는 듯 천천히 고개를 끄덕였다.

"어느 시점에서 들켰나."

"……다다이에서."

다이칸쇼의 관리들은 이치몬과 도비자루보다 1각 정도 늦게 다다이로 쳐들어왔다고 한다.

"흙 인형의 가마터로 알려져 있는 곳이니 관리들도 바로 짐작했겠지. 몬, 그런 얼굴 하지 말고 이야기해 주게."

도미지로의 격려에 몬자부로는 양손으로 자신의 뺨을 누르고는 말을 이었다.

"이사와야에서 상인 두 명이 왔다는 사실을 이미 안다, 그놈이 미쿠라무라 마을의 계집아이를 데리고 도망친 것도 알고 있다, 어디로 도망쳤느냐, 아는 대로 모두 자백하라며, 관리들이 다다이 사람들을 몰아세웠네."

물론 말로만 몰아세우진 않았겠지. 뻔하다.

"숨어 있던 오빈이 견디지 못하고 스스로 나서고 말았지."

──찾으시는 미쿠라무라 마을의 계집은 여기 있습니다.

"그리고…… 다이칸쇼에서 침을 흘리며 기다리던 도아쿠 단조에게 끌려갔어. 오빈은 다이칸 님의 기분을 맞추기 위해서라면 무엇이든 할 테니 다른 사람들을 용서해 달라고 부탁했지만."

산간 마을 계집아이의 부탁 따위 못된 다이칸의 귀에는 산원숭이의 울음소리로밖에 들리지 않았다.

몬자부로가 갑자기 얼굴을 일그러뜨렸다. "나는 에도에서 살고 있고 감사하게도 번성하고 있는 상인의 집에 태어나,"

"나도 마찬가지야."

도미지로의 가벼운 맞장구에,

"그런 신세면, 우리끼리만 하는 이야기지만 무사님을 별로 무섭다고 생각하지 않지?" 하고 물어 왔다.

확실히 골수에 사무치게 신분의 차이를 느끼는 일은 없다. 몹시 높은 신분의 무사는 상가가 모여 있는 동네에는 살지 않으니 가까이에서 만날 기회가 없다는 이유도 있다.

"하지만 할아버지한테 이 이야기를 들었을 때 나는 무사님은 무서운 존재라고 절실하게 생각했네."

신분의 차이가 무섭다. 아래에서 위로는 무슨 수를 써도 대들 수 없고, 부당한 일을 당해도 묵묵히 견딜 수밖에 없는 것이 무섭다.

"뭐, 옛날 일이지. 지금은 많이 달라지지 않았을까."

말하고 나서 도미지로는 아차 싶었다. 자신의 가벼운 어투가 부끄러워졌다. 무슨 근거로 그런 말을 한단 말인가. 먼 지방의 일, 밭을 경작하고 쌀농사를 짓고, 그 땅의 산물을 만들고, 연공을 바치며 살아가는 사람들의 생활은 무엇 하나 알지 못하면서.

"……이치몬 씨는 역할을 다했네."

몬자부로는 천천히 말을 이었다.

"이사와야 주인의 입으로 된장 도매상의 회합에, 회합의 기모이리회합에서 책임자 또는 간사 역할을 맡은 사람를 통해 번의 미쿠라 관리——특산물을 관할하는 관리 말일세, 그리로 고발을 넣어 주어서."

최종적으로는 구니가로에게까지 도아쿠 단조의 무도함을 고발할 수 있었다.

"단조가 직할지에서 올라오는 부를 자신이 키우는 상가를 통해 착복하려던 부분은 요코시마 번에 대한 횡령죄도 되는 탓에 꽤 큰일이 되었네."

하지만 구니가로가 보낸 감찰관에 의해 단조의 모든 악행이 밝혀지고, 상응하는 처분이 내려지고, 미쿠라무라 마을 일대가 새로운 다이칸의 지배하에 놓여 평화를 되찾기까지,

"대략 1년이 걸렸다더군."

도미지로도 깜짝 놀라 저도 모르게 입을 딱 벌리고 말았다. "1년이나?"

몬자부로는 그제야 뺨에서 손을 떼고 어깨에서 힘을 빼며 고개를 끄덕였다.

"응. 그래서 아무도 살지 못했어."

다이칸쇼에 끌려간 미쿠라무라 마을의 남자들은 일찌감치 참수되거나 고문을 당해 목숨을 잃었다. 그 후 기즈키무라 마을이나 다다이 등 다른 곳의 사람들도 붙잡혀 와 고문을 당하거나, 터무니없는 산지山地 개척과 제방 쌓기 등 힘든 일로 혹사당하며 빗의 이가 빠지듯 하나하나 죽어 갔다.

"미쿠라무라 마을의 남자들과 똑같이 물감옥에 던져진 사람들도 있었는데."

덧붙여 말하자면 물감옥에 갇힌 사람들은 반년쯤 후에 해방되었다고 하지만,

"그쪽도 대부분이 죽고 말았지."

신분의 차이. 아래에서는 저항할 수 없는 권력의 두꺼운 벽. 그 앞에서 영지민들의 목숨 따위는 각다귀와 다를 바 없다.

"목숨이 남아 있었던 사람은 오빈뿐이었네."

아아, 오빈은 살아남은 것일까. 한순간 도미지로의 마음은 밝아졌다. 그러나 이어지는 몬자부로의 말에 곧 빛이 꺼지고 말았다.

"다이칸의 저택 안채에 갇혀 있었는데 완전히 단조의 여자가 되어서."

도아쿠 단조의 취미인지, 출가한 것도 아닌데 비구니 차림을 하고 있었다고 한다.

"자해하지 못하도록 계속 엄하게 감시당하고 있었다는군. 오빈이 혀를 깨물려고 하거나 단식을 하며 저항하면, 오빈의 시중을 드는 하녀가 벌을 받았네. 때로는 목숨을 잃었지. 그래서 어떻게 할 수도 없었던 모양이야."

몸은 무사했지만 오빈은 반쯤 미친 사람이 되어서 미쿠라무라 마을로 돌아온 후에도 더 이상 평범하게 살 수는 없었다.

너무하다. 너무 괴로운 결말이다.

"그렇지, 도비자루는 어떻게 되었나? 설마 그 애도 무언가 벌을 받은 건 아니겠지?"

몬자부로는 도미지로의 얼굴을 바라보며 말했다.

"멋대로 마을을 빠져나갔으니 향촌의 규정을 어긴 도망자지."

도비자루는 마을 변두리에서 닷새간 구경거리가 되는 벌을 받은 후 영지 밖으로 추방되었다고 한다.

"도망친 게 아니야, 분명 이유가 있었는데!"

"어린아이라 그나마 눈감아 준 걸세. 어른이었다면 마을에서 도망친 데다 영주님께 직소한 것으로 간주되어 책형에 처해졌을 테니까."

마찬가지로 부당하지 않은가.

"하지만 도비자루는 운이 좋았네. 사정을 안 성하마을의 돈야바問屋場 에도 시대 역참에서 사람과 말을 관장하던 사무소 우두머리가 거두어 주어서, 일도 지낼 곳도 생겼다고 하니까."

돈야바 일로 마부 노릇을 하거나 수레를 끌고 큰 가도를 오가면 요코시마 영지 내에 자리를 잡고 사는 주민에 해당되지 않는다. 추방의 조건을 만족시키는 것이다.

"이사와야와 미쿠라무라 마을의 장사는 도아쿠 단조의 다음 다이칸 님에 의해 굳게 보호되었고, 기둥이 되는 남자들을 잃은 된장 두레도 조금씩 회복되어 갔다고 하지만."

잃어버린 것은 돌아오지 않는다.

"미쿠라무라 마을이 안정되고 나서 이치몬 씨는 유 씨의 유해를 찾으러 갔으나, 1년 이상이나 지나 버렸으니 말일세. 관리들이 어디에 묻었는지, 아무 데나 버렸는지, 단서가 없어서……."

함께 죽임을 당한 미쿠라무라 마을 촌장의 아내, 오쓰기의 유해도 발견되지 않았다. 촌장도 다이칸쇼에서 참수되고 유해는 강에 버려졌기 때문에 부부 모두 무덤은 텅 비었다.

빈 무덤에 들어 있는 것은 원한과 슬픔뿐. 도미지로는 입술을 깨물었다.

"아무리 찾아도 소용없어서 이치몬 씨가 포기하고 성하마을로 돌아가려고 했을 때 오빈이 만나고 싶다며 불렀다고 하네."

오빈의 가족은 다행히 모두 무사했다. 오빈이 몸을 던진 보람이 있었다고 해야 할까.

가족은 모두 마음을 다해 오빈을 보살피고 위로하고 격려하며 매일을 보내고 있었다. 그래도 오빈의 눈은 공허하고 마음도 매미 허물 같아 제대로 된 대화조차 할 수 없는 상태였는데,

"이치몬 씨가 미쿠라무라 마을에 와 있다는 이야기가 귀에 들어온 순간, 갑자기 정신을 차리더니 만나고 싶다는 말을 꺼냈다더군."

그뿐만이 아니다. 오빈은 부모에게 '흙 인형을 만들고 싶다'며 졸랐다. 하루만 있으면 만들어 보일 테니,

"그때까지 이치몬 씨가 기다려 주었으면 좋겠다, 꼭 자신이 만든 흙 인형을 가지고 가 주었으면 좋겠다면서."

미쿠라무라 마을의 산물인 흙 인형은 그럭저럭 크기도 크고 무게도 있기 때문에 여러 모양으로 만들었다. 행운을 비는 인형, 신이나 부처님의 모습을 한 인형, 사이좋은 부부의 상, 장난감을 가지고 노는 아이들, 아름다운 게이샤의 모습, 옷소매를 바람에 부풀리며 하늘을 춤추는 천녀, 갑주로 몸을 감싸고 큰 칼이나 긴 창을 든 늠름한 무사 등등.

"흙 인형이라고 하면 모양이 엉성하고 그림도 정성을 들이지 않았을 것 같겠지만, 미쿠라무라 마을의 인형은 다르다네. 특히

다다이에 모여 있던 장인들은 실력이 뛰어난 사람들뿐이었으니까."

거기에서 배운 오빈의 실력도 상당히 좋았다.

"서둘러 재료와 도구를 준비해 주자, 오빈은 우물로 나가 목욕재계를 하고 마을의 수호신께 참배를 한 후에."

혼자서 인형을 만들기 시작했다.

──완성될 때까지는 혼자 있게 해 주세요. 상태를 보러 오지 말고요. 물도 음식도 아무것도 필요 없어요. 부탁드려요.

"그리고 약속대로 하루를 꼬박 들여 만들어 내고 이치몬 씨와 재회했다고 하네."

물론 이치몬에게도 재회를 거절할 이유는 없었다. 오빈이 여전히 껍데기 같은 상태라면 괴롭고 슬프고 미안해서 도저히 얼굴을 마주할 수 없었겠지. 하지만 제정신으로 돌아왔다면 얼굴을 보고 싶다. 이야기를 나누고 싶다.

"그런데……."

몬자부로의 목소리가 가라앉는다.

"만나 보니 역시."

이전의 오빈은 아니었다.

"생기가 빠지고, 핏기도 없고."

이치몬은 오빈의 껍데기가 앉아 있는 것 같다고 생각했다.

"그러는 이치몬 씨 쪽도 소동 전과는 사람이 달라져 버리지 않았을까."

오빈은 이치몬의 얼굴을 보자 눈물을 뚝뚝 흘렸다. 이치몬이 가까이 다가가 오빈의 손을 잡자 그 손을 마주 잡아 왔다.

"손가락까지 야위고 관절이 불거져 있어서 고목나무를 쥐고 있는 것 같았다고 하네."

몬자부로의 할아버지도 이 대목을 이야기할 때는 눈에 눈물을 글썽였다.

이치몬은 말했다. 유지의 유해를 찾아내지 못해서 분하다고, 오빈을 만날 수 있어서 다행이라고, 오빈의 몸에 일어난 일이 안타깝다고, 모든 것이 원래대로 돌아가지 않는 것이 슬프다고.

"오빈은 이치몬 씨가 그날 보고 들은 것, 이치몬 씨가 체험한 일을 전부 가르쳐 달라고 말했다더군."

보살 같은 미소를 띠고, 고목 같은 손가락으로 이치몬의 손을 상냥하게 쓰다듬으면서.

"이치몬 씨는 마음 밑바닥에서 진흙을 휘젓듯이 헤집어 내어 모조리 이야기했네. 이사와야에서도 자세히 이야기하지 않았던 부분까지 털어놓았지. 유 씨의 무참한 죽음도, 도비자루가 얼마나 든든했는지, 자신은 얼마나 겁쟁이였는지."

숨기지 않고 재지도 않고 어린애처럼 울면서 오빈에게 이야기했다.

"다 듣고 나자 오빈은 이치몬 씨 옆으로 바싹 다가와서."

커다란 눈동자로 이치몬의 눈을 들여다보았다.

"맑고 동그란 눈동자. 보석 같은 빛을 띠고 있었네. 그 아름다움은, 어떤 비참한 일을 당해도 변하지 않았지."

몬자부로는 노래하듯이 말했다.

"그리고 오빈은 이치몬 씨에게 이렇게 물었네."

──이치몬 씨. 그 힘든 길에서, 대체 몇 번이나 이제 죽었구나 생각했어?

몇 번을, 이제 여기까지구나 하고 생각했는지.

이치몬 식으로 말하자면 몇 번이나 '간이 녹아서 발바닥으로 흘러나가 버렸는지'.

네 번이라고, 이치몬은 대답했다. 더 있었을지도 모르지만 1년 이상 지나고 나서 돌아보아도 선명하게 기억나는 것은 네 번이다.

대답을 듣자 오빈의 야윈 얼굴에 웃음이 퍼졌다. 희미한 핏기가 뺨에 올라왔다.

──그래. 그럼 몬 씨, 이걸 가져가 줘.

옆에 놓여 있던 나무 상자를 이치몬 앞으로 움직였다. 안에 들어 있는 것은 흙 인형이었다.

"이치몬 씨가 열어 보니 투구를 쓰고 가슴받이를 댄 무사 흙 인형이 나왔다고 하네."

투구와 가슴받이라고?

"그날, 이치몬 씨와 도비자루에게 온기를 쬐게 해 준 관리와 똑같은 차림새지."

이치몬의 체험을 듣기도 전에 흙 인형은 이미 만들어져 있었다. 우연히 닮았을 뿐이라면 으스스한 기분이 든다.

"다만 오빈이 건넨 흙 인형 무사는 활과 화살이 아니라 양손에 단창을 들고 있었네."

단창은 투척 무기로도 사용되는 자루가 짧은 창이다.

"손에 들고 적을 응시하며 당장이라도 던지겠다는 듯이 허세를 부리고 있었지."

하루 만에 만들었다고는 생각되지 않을 완성도로 모두가 넋을 잃고 쳐다볼 것처럼 잘생긴 무사였다. 단 한 가지 기묘한 점을 제외하면.

"두 눈이 붉었네. 눈동자에 검은색이 아니라 붉은색 안료가 칠해져 있었어."

이치몬은 흙 인형 무사를 조심스레 받았다. 고마워, 소중히 여길게.

그러자 오빈은 말했다.

──이치몬 씨가 죽음을 각오한 때와 같은 수만큼, 이 무사는 이치몬 씨를 지켜 줄 거야.

늠름하고 강하고 투명한 목소리. 이치몬이 기억하고 있는 어린 오빈의 목소리와는 달랐다. 방금 전까지의, 야위고 초췌해진 반쯤 병자 같은 오빈의 목소리와도 달랐다.

──그렇게 되도록 내가 마음을 담아서 만들었으니까.

오빈의 원통함. 유지의 원통함. 못된 다이칸의 욕심과 횡포에 흩어진 수많은 목숨의 원통함.

──많은 원통함이 분노 그대로 굳어져서 원념이 되어 버리지 않도록. 이치몬 씨의 용기에 보답하는 좋은 방향으로 마음의 힘이 작용하도록.

원통함이 원념이 되어 버리면 죽임을 당한 사람들에게도 불행이다. 아무도 성불하지 못하고 괴로워하며 현세를 떠돌 테니까.

──이치몬 씨, 사람들을 공양하기 위해서도 내가 만든 흙 인형을 받아 줘.

이 작은 무사가, 목숨이 위험에 처했을 때 지켜 줄 테니까.

"이건 이치몬 씨 대에서 끝나는 게 아니었네."

네 번의 기회를 다 쓸 때까지는, 이치몬의 자식이나 손주 대까지도 흙 인형의 수호가 미칠 거라고. 오빈은 분명히 말했다고 한다.

"하지만 내가 처음 할아버지한테 이 이야기를 들었을 때는 어차피 지켜 줄 거라면 계속 영원히 수호해 주시면 좋을 텐데, 라고 생각했거든."

왜 네 번까지일까? 솔직한 의문에 도미지로는 웃어 버렸다.

"오빈 씨가 마음을 담으며 흙 인형을 만들 때 영원토록이라든가 계속이라는 식의 막연한 소원으로는 곤란했던 게 아닐까."

강한 소원에는 그만큼 엄격한 조건이나 속박이 필요하다. 이치몬이 네 번 목숨을 걸었으니 같은 수만큼 은혜에 보답한다는 규칙은 참으로 이치에 맞지 않은가.

"흐음. 역시 도미 자네는 이런 이야기를 많이 들어서 이해가 빠르군." 몬자부로는 후우 하고 숨을 내쉬었다. "이게 우리 조상님, 이치몬 씨가 체험한 일인데."

이치몬, 즉 마루마스야를 연 초대 몬자에몬은 그다지 오래 살지는 못했지만 풍요롭고 행복한 인생을 보냈다. 아내와의 사이에 삼남 이녀를 두었고 2대 몬자에몬은 장남이 물려받았다. 3대는 장남의 차남이 물려받았다. 3대 몬자에몬의 장남이, 몬자부로의 할아버지인 4대 몬자에몬이다.

"할아버지 대까지 흙 인형의 네 번의 수호 가운데 세 번을 써 버렸다고 하네."

세 번 모두 에도 닌교마치에 있는 마루마스야에서 일어난 일로, 이치몬 씨가 미쿠라무라 마을에서 맛본 것 같은 일은 아니었다.

"세 번 중 두 번은 밤중의 화재였지. 둘 다 2대 몬자에몬 때였네. 2대 몬자에몬은 화난火難의 상을 타고난 사람이었다고 할아버지는 말씀하셨지."

두 번의 화재 모두 바람이 불어오는 방향에서 불꽃과 연기가 닥쳐왔다. 마루마스야 일가가 중요한 물건을 짊어지고 도망치려 하자 앞다투어 도망치는 사람들로 북적거리는 길 위에서,

"깜박깜박, 반짝반짝 하고 바늘 머리만 한 것 두 개가 붙었다 떨어졌다, 빙글빙글 돌았다 하며 빛나더라는군."

──이쪽이다. 이쪽으로 오너라.

"그걸 따라가니 어두운 골목이나 집 사이를 무사히 빠져나가

안전한 곳으로 도망칠 수 있었네."

아이고 살았다…… 하며 자리에 주저앉은 2대 몬자에몬과 2대 안주인의 눈앞에서 두 개의 빛은 혹 하고 깜박이며 꺼졌다. 순간 밤의 어둠 속에 흙 인형의 모습이 떠올랐다. 양손에 든 한 쌍의 단창 창촉이 날아다니는 빛의 원천이었다.

"오빈의 흙 인형이 불길에서 도망치게 해 준 걸세. 2대 몬자에몬은 자리에 엎드려 울고 말았다더군."

10년쯤 뒤에 발생한 두 번째 화재 때도 같은 일이 일어났고, 그때는 첫 번째보다 훨씬 침착했던 2대 몬자에몬과 안주인이 마루마스야 사람들을 이끌고 날아다니는 빛을 쫓아 달리면서 눈에 힘을 주고 자세히 살펴보았다. 그러자 하늘을 춤추는 흙 인형의 윤곽과 양손에 든 단창의 움직임을 알아볼 수 있었다.

"혼자서 연무演舞를 하는 것 같았다고 하네. 용감하고 씩씩하고 가벼운 창의 춤. 요소요소에서 이렇게, 멋을 부리면서."

그리고 보니 몬자부로는 인대를 맡은 도미지로가 꽤 멋있었다고 평하며 긴 무기를 휘두르는 것 같은 몸짓을 하고 나서 '이것도 할아버지의 이야기에 나온다'고 했었는데, 바로 흙 인형의 연무와 멋진 몸짓을 가리키는 것이었나.

"두 번째 화재 때는, 사람들을 무사히 대피시키고 사라지기 직전에 흙 인형의 붉은 눈도 숯불처럼 예쁘게 빛났다고 하네."

일련의 신기한 일을 목격한 이들은 전부 마루마스야 일가뿐이었다. 우연히 같은 곳으로 도망쳤거나, 마루마스야의 재촉을 받고 따라와 목숨을 건진 이웃 사람들은 아무도, 인형의 모습은 물론이고 하늘을 나는 한 쌍의 빛도 보지 못했다.

"아, 그리고 두 화재 모두 가게도 집도 불타지 않았다네."

화재가 진화되고 나서 집에 돌아오자마자 2대 몬자에몬은 초대 몬자에몬에게 받은 흙 인형을 넣어 둔 나무 상자의 끈을 풀고 뚜껑을 열어 보았다.

"흙 인형은 무사했고 어디도 깨지지 않았네."

물론 움직이지도 않았다. 움직인 듯한 흔적도 없었다. 단창 창촉도 흙으로 되어 있으니 빛 같은 것은 깃들 리가 없다.

다만 전체적으로 아주 조금 연기 냄새가 났다고 한다. 두 번째 화재 후에는 얼굴과 손발이 검댕으로 더러워져 있었다고.

"2대 안주인이 솜으로 깨끗이 닦고 바람을 쐰 후 정중하게 감사 인사를 드리고 다시 나무 상자에 넣었네."

그때 안주인은 생긋 웃으며 이렇게 말했다.

——세상에, 고마워라, 단단 인형 님이시네요.

"안주인은 미쿠라무라 마을에서 살다가 인연이 닿아 시집을 왔는데."

무참히 살해되고 만 촌장의 아내, 오쓰기의 조카딸에 해당하는 사람이었다. 마루마스야와 미쿠라무라 마을 된장 두레의 유대가 맺어 준 부부의 인연이다.

"'단단'은 그 지방의 말로 '기운이 넘친다', '위세가 좋다'는 뜻이라네."

단창을 손에 들고 마루마스야 사람들을 지키는 위세 좋은 무사 인형. 단단 인형이라.

"그럼 세 번째 수호 때, 단단 인형 님은 어떤 활약을 보여 주셨나?"

그것은 3대째의 주인이 마루마스야를 물려받은 지 얼마 되지 않았을 때의 일이었다고 한다.

"3대 몬자에몬에게는 이웃에 사는 사이좋은 소꿉친구가 있었는데, 친구라는 인간이 술, 도박, 사치 삼박자를 갖춘 터무니없이 방탕한 아들로 자라고 말아서……."

부모에게는 버림받고 친척들도 도와주지 않자 3대 몬자에몬을 찾아왔다. 빚을 갚지 못하면 손가락을 잘리고 만다느니, 좋아하는 여자가 유곽에 팔려 가고 만다느니, 매번 그럴듯한 말을 하며 울고불고 매달렸다.

"3대 몬자에몬은 마음씨가 착하고, 싫은 것을 싫다고 딱 잘라 내지 못하는 사람이었다고 하네. 요구를 받으면 거절하지 못하고 돈을 융통해 주었지. 소꿉친구 쪽은 3대 몬자에몬의 착한 성품을 이용하여 돈을 갈취한 셈이니 질이 나빴어."

3대 몬자에몬은 은퇴한 2대 몬자에몬의 꾸중과, "일가의 주인이 그러시면 어쩝니까" 하고 대행수가 타이르는 말과, 후계자인 사내아이를 낳은 지 얼마 되지 않은 아내의 울음소리를 듣고는,

"이래서는 안 되겠다고 결심했네. 그래서 다음에 소꿉친구가 돈을 뜨러 왔을 때는 처음부터 무서운 얼굴을 하고 거절했지."

지금까지 3대 몬자에몬의 다정한 마음을 파고들던 소꿉친구는 또 매달리면 어떻게든 되리라고 생각하며 물고 늘어졌다. 그러나 3대 몬자에몬도 지지 않았다. 딱 잘라 거절했다. 이제 더 이상은 안 된다며.

"그랬더니 소꿉친구는 발칵해서."

품에 숨기고 있던 비수를 뽑아 들고 3대 몬자에몬을 위협했다.

"위험한 무기를 갖고 다니기에 어울리는 삶을 살아온 것이지. 제법 뛰어난 난봉꾼의 칼솜씨였네."

3대 몬자에몬뿐만 아니라 옆에서 상황을 살피던 안주인에게까지 칼을 겨누었다. 안주인의 팔에는 아기가 안겨 있었다.

모든 게 끝장이다. 3대 몬자에몬은 돌처럼 굳어 꼼짝도 하지 못했고 안주인은 아기를 껴안은 채 숨을 죽였다.

"그때 마루마스야의 안채 구석에서 무언가가 날아왔네."

휙! 하고 하늘을 가르며.

"날아오더니 비수를 쥔 소꿉친구의 오른쪽 손목에 꽂혔지."

난봉꾼으로 전락한 방탕아는 끄악 하고 비명을 지르며 칼을 떨어뜨렸다.

"이어서 또 휙!"

이번에는 손목을 누르며 보기 싫게 비명을 지르고 요란을 떠는 소꿉친구의 미간에 꽂혔다.

"모두가 어안이 벙벙해 있는 사이에 방탕아는 털썩 무릎을 꿇고 마루마스야의 가게 앞에서 몸을 웅크린 채 숨이 끊겼네."

3대 몬자에몬은 보았다고 한다. 소꿉친구의 손목에 단단 인형의 단창이 꽂혀 있는 모습을.

3대 안주인은 또 보았다고 한다. 소꿉친구의 미간에 꽂힌 단단 인형의 단창을.

"하지만 이상하게도……."

시체를 안아 일으켰을 때는 양쪽 단창 모두 사라지고 없었다. 빠진 것이 아니다. 어디에도 눈에 띄지 않았다.

"우연히 그 자리에 있던 손님들도 누구 한 사람 날아오는 단창을 보지 못했기 때문에."

모두 칼을 휘두르며 위협하던 남자가 갑자기 소리를 지르고 몸을 굽히더니 쓰러지는 광경밖에 보지 못했다고 말했다.

"일단 검시하는 관리도 왔지만 어쨌든 시체는 깨끗해서 갑자기 죽은 것으로밖에 보이지 않았네. 수상한 구석은 한 군데도 없어서 급사로 처리되었지."

나중에 소꿉친구의 부모가 마루마스야의 가게 앞을 더럽혀 미안하다며 위자료를 싸 들고 왔다고 한다.

"그래서, 그래서." 도미지로는 저도 모르게 무릎걸음으로 앞으로 나가고 말았다. "3대 몬자에몬이 나무 상자의 뚜껑을 열어 보니, 이번에는 어찌 되어 있었나?"

몬자부로는 에헤헤 하고 웃었다. "어땠을 것 같나?"

"애태우지 말아 주게. 글쎄…… 단창의 창촉에 피가 딱 한 방울 묻어 있었다거나."

입가에 웃음을 남긴 채 몬자부로는 눈을 감고 천천히 고개를 저었다.

"아니, 아니, 난봉꾼의 피로 더러워져 있지는 않았네."

다만 창을 든 손의 모양이 아주 조금 달라져 있었다고 한다.

"이 무렵 단단 인형 님은 확실하게 마루마스야의 가보가 되어 있었으니까. 1년에 한 번, 햇볕과 바람을 쐴 때 주인이 나무 상자에서 꺼내 햇볕에 내놓고 몸을 닦아 드리고."

가족이 모두 모여 합장을 한다.

"그러고 나서 깨끗한 비단에 새로 싸서 다시 나무 상자에 넣는데."

그런 풍습이 생겼기 때문에 3대 몬자에몬도 안주인도 전에 햇볕을 쐬어 주었을 때 본 단단 인형의 자세를 기억하고 있었다.

그 자세가 난봉꾼을 퇴치한 후에는 분명히 달라진 것이다.

"손의 높이와 팔꿈치의 구부러진 모양. 지난번에 햇볕을 쐬어 주었을 때는 양손 모두 다섯 손가락을 움켜쥐어 단창을 들고 있었는데, 왼손 새끼손가락이 약간 느슨해져 있었네."

게다가 이 부분은 3대 안주인이 눈치챘다는데,

"좌우의 단창이 바뀌어 있었어. 지난번에 햇볕을 쐬어 주었을 때는 오른손으로 쥐고 있던 단창을, 왼손으로 쥐고 있었다고 하네."

──투창으로 써 버렸으니 다시 쥐었을 때 바뀐 것이겠지.

"할아버지는 그렇게 말했네."

참으로 운치 있는 이야기가 아닌가.

"그런데 그 소동이 있었을 때 안주인에게 안겨 있던 아기는……."

"아, 그래! 태어난 지 얼마 안 되었던 우리 할아버지였네." 몬자부로는 눈을 가늘게 뜨며 웃었다. "본인은 칼을 든 돼먹지 못한 놈을 향해 날아가던 단창이, 아기였던 자신의 코앞에서 휙 소리를 냈을 때를 기억하고 있다더군."

──날아가는 단창의 끝이 작은 별처럼 빛난 것도 보였단다.

이 말에는 도미지로도 유쾌하게 웃었다. "아무리 뭐래도 그럴리는 없겠지."

"그렇지? 뭐, 알 수는 없네만. 신통력이 담긴 창이니 무구한 아기의 마음의 눈에 보였을지도 모르지."

어쨌거나 이때의 단단 인형은 마루마스야의 3대 주인 부부와 4대 주인의 목숨을 구해 주신 것이다.

"위급한 때 외에는 특이한 일이 없었나? 가령 나무 상자가 움직인다거나 무언가 기척이 난다거나."

"수상한 일은 한 번도 없었다고 들었네."

평소의 단단 인형은 초대 몬자에몬이 맡긴 소중한 가보라는 점 말고는 별다를 것이 없는 조용한 추억의 물건이었다.

"그리고…… 여기서부터가 드디어 4대 몬자에몬인 우리 할아버지의 이야기가 되는데."

고개를 끄덕여 답하고 도미지로는 새로 차를 끓였다. 이야기가 일단락에 이르렀을 때에 새로운 향기를 더하기 위해.

"작년에도 2월 24일에 늘 그렇듯이 가게를 히나 인형 장수에게 빌려주고 일가 모두가 이리야에 있는 기숙료로 갔는데."

논밭에 오도카니 서 있는 이층집으로.

"할아버지는 4년 전 여름, 할머니가 돌아가신 것을 계기로 혼자서 기숙료로 옮겨 가 살고 계셨네."

본인이 그러겠다고 했다.

"시중을 들 사람으로는 눈치 빠른 고참 하녀가 따라갔고, 그쪽에서도 사람을 고용해서 만사 빈틈없이 해 주고 있었네."

4대 몬자에몬이 은퇴한 뒤 지내면서 기숙료는 해가 갈수록 살기가 좋아졌다.

"처음에도 말했지만 된장 찌꺼기인 나를 할아버지는 제일 귀여워해 주셨거든. 떨어져 살게 되고 나서는 할아버지가 걱정되었지만, 그럼 자주 뵈러 갈 수 있었느냐 하면 이런저런 일로 바빠서 갈 수가 없었네. 결국은 히나 시장이 서는 시기가 아니면 뵐 수가 없었지. 나는 그게 거북해서."

수심 어린 얼굴을 하는 몬자부로에게 도미지로는 웃음을 지었다. "그런 건 몬 자네가 신경 쓰지 않아도 할아버님이 더 잘 아셨을 걸세."

어쨌거나 또 1년 만에 얼굴을 마주하는 자리다. 몬자부로는 한껏 밝은 모습을 보이려고,

——몬자부로가 왔습니다!

"침실에 얼굴을 내밀었더니 할아버지는 침상 위에 앉아 솜옷을 등에 걸친 채 약을 드시고 계시더군……."

그 모습을 얼핏 보고,

"큰일났다. 이제 오래 못 사시겠구나. 순간 그렇게 생각하고 말았네."

죽음의 그림자가 드리웠다거나 하는 대단한 예고는 아니다. 가족처럼 친한 사람에게만 작용하는 감. 줄곧 할아버지의 사랑을 받으며 자라 온 몬자부로에게는 불길한 예감이 딱 들었던 것이다.

"그래도 세상 돌아가는 이야기 따위를 하고 있었더니 할아버지가 하녀를 물리고 나서 기분 좋은 얼굴로 웃으며 말씀하셨네."

──아무래도 눈치챈 모양이구나. 내 수명도 이제 얼마 남지 않은 듯하다.

"좋은 사람이 마중을 왔다, 하나도 슬퍼할 일이 아니라면서."

다만 지금 너를 만날 수 있어서 정말 다행이다. 옛날이야기를 하나 해 두고 싶은데 들어 주겠느냐.

──내가 젊었을 때, 가정을 꾸리고 장남 장녀가 태어나고 장사하는 방법을 겨우 익히기 시작해 즐거워서 견딜 수 없게 되었을 무렵의 이야기란다.

"마침 이 기숙료에서 일어난 일이라고 했네. 이상하고 무섭고 섣불리 다른 사람에게 퍼뜨리면 안 된다는 생각에 할아버지가 계속 비밀로 해 왔기 때문에."

——네 형제들은 아무도 모른다.

"내게만 이야기해 주셨네."

왜 네게만 들려주는지 이야기가 끝나면 가르쳐 주마. 잠자코
귀를 기울여 다오.

*

4대 마루마스야 몬자에몬은 그해 봄, 기분이 좋았다. 된장 도매
상 회합에서 호상裹商 기노쿠니야 분자에몬에 빗대어 '독한 기노쿠
니야'라고 놀림을 받을 정도로 장사가 잘되고 있었기 때문이다.

몬자에몬이 고안한 회중 된장국은 단것을 좋아하는 여자들뿐
만 아니라 새롭고 신기한 것을 좋아하는 에도의 풍류인들에게도
인기 만점이었다. 가게 앞에 내놓는 대로 족족 품절되어 버리고,
예약은 한 달 후까지 장부가 꽉 차게 되었다. 얼른 비슷한 제품을
고안해 팔기 시작한 동업자도 있었지만 웬걸, 몬자에몬이 회중
된장국을 상품으로 만들기까지는 오랜 세월의 준비가 있었다. 하
루이틀 어떻게 한다고 만들 수 있는 것이 아니다. 자연스럽게 손
님들이 '원조'를 찾으면서 오히려 마루마스야의 명성은 단숨에 올
라갔다.

본업인 된장 쪽도 옛날부터 거래하던 단골 거래처에서는 이 갑
작스러운 인기를 기뻐해 주었고, 회중 된장국에 끌려 찾아온 새
로운 손님들에게도 마루마스야의 물건들은 대개 반응이 좋았다.

마루마스야의 장사는 초대 때부터 꾸준히 쌓아 올려 온 각지의 된장 두레, 양조소와의 유대 위에서 성립한다. 매일 감사하는 마음을 잊지 않고, 놀림을 받으면 얼굴을 붉히며 머리를 숙이고, 질투를 사면 얌전히 눈을 내리깔며 장사의 길에만 매진하자고 마음먹은 몬자에몬도, 아무도 없는 곳에서는 슬그머니 웃음이 치밀어 오를 정도였다.

그런 마루마스야에 올해도 히나 시장이 찾아왔다. 닌교마치의 짓켄다나에 가게를 둔 이상, 이것만은 어떻게 할 수도 없는 연중행사다.

이미 은퇴한 3대 몬자에몬 부부는 히나 시장 시기에 맞춰 하코네 7탕을 도는 온천 여행을 떠났다. 닌교마치와 간다, 우에노 부근에 있는 장류 도매상에서 여행계를 만들어 조금씩 돈을 모으고 있었는데 올해 드디어 계가 끝난 것이다.

4대 몬자에몬 일가 쪽은 잘 다녀오시라고 전송하고 나서, 지금까지와 똑같이 이리야의 기숙료로 갔다. 부부와 아이 셋. 몬자에몬과 안주인 사이에서 낳은 이남 일녀로 아들들 쪽은 먹성이 좋고 딸은 응석이 많아 어쨌거나 시끌벅적하다. 이 또한 자신이 피운 인생의 꽃이라고 생각하면 자연히 뺨이 흐물흐물해진다.

선대 때부터 일해 준 대행수 우두머리를 필두로 고용살이 일꾼과 하녀는 모두 열세 명. 이중 기숙료로 데려가는 인원은 여섯 명이고 일곱 명은 가게에 남는다. 올해는 회중 된장국 장사만은 쉬지 않을 생각이라 예년보다 남는 고용살이 일꾼이 많아졌다.

처음에는 몬자에몬 자신도 남아서 장사를 꾸려 나갈 생각이었지만 아내와 아이들도, 대행수도 반대하며,

"조금은 느긋하게 쉬십시오."

하고 설득해서 겨우 그럴 마음이 들었다.

올해는 회중 된장국 장사가 잘되어, 늘 빌려주던 히나 인형 장사꾼 외에 다른 장사꾼들한테도 "꼭 좀 빌려주십시오" "임대료는 두 배를 내겠습니다" 등의 요청을 정중히 거절하느라 애를 먹었다. 은퇴한 부모의 출발을 배웅한 뒤에 겨우 한숨 돌리고 나니 스스로도 생각지 못했을 정도로 피곤했다. 역시 쉬는 게 좋겠다. 대행수도 아내도 내 상태를 잘 관찰했구나 싶어 혼자 고개를 끄덕였다.

이리야의 기숙료는 3대 몬자에몬이 지었다. 딱히 필요하진 않았는데 단골 거래처와 이야기를 나누다가,

"마루마스야도 슬슬 기숙료를 두는 게 좋겠군요."

라는 이야기가 나와 덜컥 결정된 듯하다. 4대 몬자에몬은 열두 살 때부터 이곳에서 히나 시장 기간을 보냈다. 처음 찾아갔을 때는 훌륭한 이층집인 데다 특히 마구간이 크고, 집 안에 희미하게 말 냄새가 남아 있어서 깜짝 놀랐다. 이전 주인이 큰 짐마차꾼말을 이용해 짐을 운반하는 직업이었다는 얘기를 듣고 비로소 납득했다.

그해 2월 24일 저녁 무렵에, 이제는 어엿한 마루마스야의 주인이 된 4대 몬자에몬은 가족과 고용살이 일꾼들을 데리고 기숙료로 들어섰다. 평소에는 캄캄한 논밭 속에 있는 이층집 창문이 전

부 환해지고, 땅을 파서 만든 우물의 도르래가 드륵드륵 소리를 내고, 굴뚝에서는 김과 연기가 흘러나오고, 사람의 목소리가 법석거리고, 아이는 발소리를 내며 복도를 뛰어다닌다.

부부와 아이들의 침실로 정한 이층 안방에서, 몬자에몬은 혼자 등에 짊어진 작은 짐을 내리고 신중한 손놀림으로 보자기를 풀었다.

안에 들어 있는 것은 단단 인형 나무 상자다.

가게를 비울 때 돈 상자보다도 곳간 열쇠보다도 마루마스야의 주인이 소중히 가지고 나와야 하는 상자다. 아버지가 고지식하게 고집해 와서 몬자에몬도 잘 알고 있다.

──이제 앞으로 딱 한 번 수호를 받을 수 있다.

하코네 7탕으로 온천 여행을 떠나기 전에도 아버지는 그렇게 말했었다.

──내 전철을 밟지 말고 너는 마지막 한 번을 쓰지 않은 채 5대 주인에게 넘겨주면 좋겠구나. 5대는 6대에게, 6대는 7대에게 넘겨주면 좋겠다. 그렇게 바라면서 단단 님을 소중히 여기는 게 마루마스야 주인이 할 일이니까.

여기까지 오는 길에 인형이 상했으면 큰일이다. 사방등을 가까이 끌어당긴 몬자에몬은 둥근 불빛 속에서 나무 상자를 열었다. 단단 인형은 한 쌍의 단창을 손에 들고 오랫동안 변치 않은 연무를 추고 있었다.

그날 밤, 몬자에몬은 잠 속에서 발소리를 들었다.

아니, 꿈속에서 단단 님의 씩씩한 춤을 보며 발을 구르는 소리를 들었는지도 모르겠다고 생각했다.

한데 아침밥을 먹을 때 큰아들이 말했다. 밤중에 지붕 위를 걷는 발소리를 들은 것 같다고.

순간 딸이 울상을 지었다. 귀신이다! 커다란 기숙료의 높은 천장이나 드러나 있는 굵은 대들보를 무서워하던 딸은 어젯밤 칭얼거리며 좀처럼 잠들지 못했다.

"기분 탓이야. 이런 커다란 집은 삐걱거릴 일도 많고 마을에 있는 집과 달리 주변이 조용해서 작은 소리도 잘 들리니까."

아내가 겨우 아이들을 달래어 일단락되었지만 몬자에몬의 마음에는 작은 가시가 박혔다. 그 소리는 꿈이 아니었던가……

장사 생각이 금방 머리에서 사라질 리도 없어서 몬자에몬은 장부를 보거나 젊은 행수와 가게 일을 상의하거나 혼자 이런저런 계획을 세우며 하루를 보냈다.

그리고 밤중에 또 어디에선가 나는 발소리를 들었다.

누군가 측간에 갔나. 아내가 말한 대로 주위가 조용하니 그런 소리도 귀에 들어오는 것이다.

당사자인 아내는 짓켄다나의 집에서 가져온 베개에 머리를 기대고 깊이 잠들어 있었다. 아내의 규칙적인 숨소리를 들으며 몬자에몬은 몸을 뒤척이다가 이불을 끌어올리려고 했다.

그때였다.

이층의 방은 칸막이를 터서 다섯 평 정도의 넓이가 된다. 거기에 부부와 세 아이의 이불을 깔았다. 아이들의 이불 끝 쪽 공간에 있는 둥근 화로와 사방등은 잠들기 전에 불단속을 해두었는데 둥근 화로 위에서 한 쌍의 작은 빛이 숯불처럼 붉게 빛나고 있었다.

몬자에몬은 숨을 삼키며 앞뒤를 생각하지 않고 몸을 일으켰다. 그러자 붉은 빛은 사라졌다. 사라질 때 반짝 빛난 것처럼 보였다.

곧 아래층에서 가느다란 여자의 비명이 들려왔다.

아래층 부엌 옆에서 자고 있던 두 명의 하녀였다. 뒷문인 판자문을 부수고 쳐들어온 도적들과 제일 먼저 마주치고 만 것이다.

전날 밤에 몬자에몬이 들은 지붕 위를 걷는 발소리는 꿈이 아니었다. 도적 일당이 사전 답사를 와서 마루마스야 일가가 잠들어 있는 머리 위에서 건물의 구조나 침입할 방법을 확인하고 있었던 것이다.

나중에 안 사실이지만 이자들은 조슈上州 현재의 군마현을 가리키는 일본의 옛 지명나 야슈野州 현재의 도치기현을 가리키는 일본의 옛 지명 출신으로 여기저기를 떠돌아 다니다가 눈독을 들인 유복한 상가나 농가를 상대로 도적질을 저지르면서 지난 10년에 걸쳐 조금씩 에도 시중으로 가까이 오고 있었다. 본래가 도박꾼이나 깡패, 생계가 막힌 사냥꾼 등이었기 때문에 성미가 거칠다. 위장이 비었을 뿐 아니라 한 번도 제대로 된 생활로 채워진 적이 없는 마음도 굶주려 있다. 비수나 작은 칼 정도가 아니라 장작을 패는 도끼나 작살 등 보기에도 살벌한 무기를 휘두르고, 침입한 곳에서는 돈이 될 만한 물건을 모조리 빼앗는다. 그걸로는 만족하지 못하여 남자나 노인을 폭행하고 여자에게는 손을 대고 마지막에는 건물에 불을 지르고 도망치는, 지옥의 악귀조차 기막혀할 짓을 해 오고 있었다.

물론 핫슈마와리八州廻り 에도 막부의 관직명. 간토 지방의 농촌 치안 악화에 대응하고 농촌 지배를 강화하기 위하여 만들어졌으며, 간토 지방 다이칸의 부하 중 8명을 뽑아 각지를 돌아다니며 경찰 활동을 하게 했다나 방화 도적을 조사하는 관리가 기를 쓰고 쫓고는 있었으나, 전체를 통솔하는 두목이 없고 그때 그때의 이익과 자극을 찾아 이합집산을 되풀이하는 무뢰한의 모임이라 맨손으로 모기떼를 잡으려는 것처럼 답답하고 허무한 결과만 되풀이할 뿐이었다. 또한 재작년 초봄에 오쓰노미야 성하마을에서 커다란 금 곳간을 털었는데 그 몫이 쏠쏠했던 탓인지 자취를 완전히 감추고 말아, 쫓는 쪽에서도 이 일당은 두 번 다시 모이지 않으리라 관측한 바 있다.

한데 되살아나고 말았다. 아홉 명의 머릿수 중 다섯 명은 금 곳간털이 후에 가담한 신참이니 절반만 되살아났다고 해야 할까. 지갑이 두둑해져 위험한 다리를 건너는 일을 그만둔 다섯 명을 시기하며 그들의 빈자리를 채운, 더욱 큰 부와 안락한 생활을 갈구하는 신참들은 굶주린 늑대 같았다.

검은 옷을 입은 도적 일당에게 두들겨 맞고 침상에서 끌려나온 마루마스야 사람들은 공포에 떨며 핏기 없는 얼굴로 그저 시키는 대로 행동할 수밖에 없었다. 도적들은 행수 중 한 명에게 다른 사람들의 팔다리를 밧줄로 묶으라고 명령했다. 손이 떨려서 잘 묶지 못하자 구타가 이어졌다. 부엌 봉당에 꿇어앉은 여자와 아이들은 벌써 색욕에 눈이 번들거리는 도적들로부터 얼굴을 돌리고 울 뿐이다. 아니나 다를까 부엌 옆에서 자고 있던 하녀 중 한 명은 아직 열다섯 살의 어린 소녀로, 제일 먼저 도적들의 눈에 들었다. 금품은 안중에 없고 우선 이 소녀를 어떻게 해 보려던 도적 중 한 명을 나이 많은 도적이 때려눕히는 일까지 벌어졌다.

몬자에몬은 애써 마음을 가라앉히고 가족과 고용살이 일꾼들을 다독이며 일당들에게는 호소했다. 이곳은 기숙료이므로, 돈도 값비싼 물건도 없다. 당신들이 원하는 것을 손에 넣으려면 주인인 자신과 함께 닌교마치 짓켄다나에 있는 마루마스야까지 돌아가서 가게를 지키는 우리 대행수에게 금고를 열게 하는 방법이 가장 확실하고 빠르다. 그러니 인질은 자기 하나로 충분하다고.

이 또한 나중에 알게 된 사실이지만 일당의 반수 이상이 신참으로 바뀐 탓에 도적으로서의 숙련도는 떨어졌다. 이곳이 마루마스야의 기숙료임은 인근에 조금만 물어보면 알 수 있을 터이니 그들도 몰랐을 리 없고, 아무리 떠들썩하게 묵고 있다 한들 본가도 아닌 기숙료에 무슨 큰돈이 있겠나, 고립된 단독 주택이니 덮치기 쉬울 거라는 생각에 이익을 내다보지 못한다면 도적질을 하는 의미가 없다고 생각해야 마땅하다.

그러나 마루마스야는 지금 회중 된장국이라는 상품으로 크게 성공하여 많이 벌었으니 일단 침입한 뒤에는 어떻게든 될 거라는 어설픈 생각으로 결행하기에 이른 것이었다.

적어도 일당의 고참은 몬자에몬의 냉정한 호소를 듣고 곧 번지수가 틀렸음을 깨달은 모양이다. 이쪽의 말에 귀를 기울이는 기색이 있었다.

하지만 그때 욕심 많은 신참이 날뛰기 시작했다. 돈이 없어? 주인을 인질로 데려간다고? 여기까지 와서 그런 한가한 짓을 할 수 있을 것 같으냐. 그렇다면 술과 여자를 내놓아라. 얼른 그 계집을 이쪽으로 끌어내!

바닥에 엎어져 팔다리가 묶인 채 흙발로 짓밟혀 얼굴의 절반이 납작 눌려서 당장이라도 코뼈가 부러질 것 같은 몬자에몬은 오로지 기도하고 있었다. 빌고 있었다. 부탁드립니다, 부탁드립니다. 한 번만 더, 한 번 더, 수호를 받을 수 있는 기회가 남아 있다. 자신의 대에서 써 버리면 후대에 미안하지만, 지금 이 위급한 때에 소중한 가족과 고용살이 일꾼들이 목숨과 혼을 잃어버릴 위기에 사양하고 있을 수는 없다.

──단단 님, 나와 주십시오!

이층 침실의 어둠 속에서 빛나고 있던 한 쌍의 붉은 빛. 그것은 단단 인형의 안광이었음이 틀림없다. 도적의 습격을 알아채고 벌써 깨어 계셨던 것이다. 제발 도와주십시오. 4대 마루마스야 몬자에몬의 소원입니다!

횡.

부엌 판자방의 사방등이 꺼졌다. 처음에 하나. 이어서 두 개, 세 개가.

"이봐, 어떻게 된 거야."

도적들이 소리를 지른다. 움직인다. 그 사이에도 네 번째 불빛이 꺼졌다.

몬자에몬은 눈을 감았다. 본래 억지로 짓눌려 있어 얼굴은 고사하고 눈을 들 수조차 없었다. 여기서부터는 차라리 마음의 눈으로 지켜보아야 하지 않을까.

"윽!"

낮게 신음하며 누군가가 바닥에 쓰러졌다. 그 흔들림을 온몸으로 느끼고 몬자에몬의 혼이 기쁨으로 미친 듯이 들떴다.

"뭘 하는 거야, 너."

다른 도적이 '너'라고 부르는 말이 끝나기도 전에 목소리가 확 가늘어지며 끊겼다.

자, 두 명째 도적이 쓰러진다. 무릎을 꿇었을까 엉덩방아를 찧었을까.

"뭐야, 이건. 바람총…… 우어!"

푹 하는 젖은 소리.

피보라가 확 튀는 소리.

단단 님의 단창을 맞고 세 번째 도적이 놀람과 아픔으로 신음하며 야단을 떤다.

큰 동요가 도적들을 흔들더니 순식간에 삼켜 간다. 몬자에몬을 비틀어 누르고 있던 팔이 떨어지고 등을 밟고 있던 흙발도 사라졌다. 몬자에몬은 벌떡 일어났다.

부뚜막 위에 두 개 나란히 있는 굴뚝에서 비쳐 드는 옅은 달빛이 밤의 어둠을 가로지른다. 그 빛에 모습이 언뜻언뜻 드러난 도적 일당이 뜨거운 질냄비 위의 콩처럼 야단법석을 떨고 있다. 모두가 자신의 몸을 지키느라 정신이 없지만, 어디에서 누가 공격하고 있는지도 모른 채 소란을 떨 뿐이다. 어떤 자는 얼굴을 덮고 있던 두건이 벗겨지고, 짚신이 끊어지고, 검은 바지가 세로로 찢어져 거기에서 엿보이는 다리에 긴 상처가 나 있다. 두 눈을 찔렸는지 손으로 얼굴을 덮고 구르며 부엌에서 도망쳐 나가려다 기둥에 부딪혀 벌렁 나자빠진다. 어떤 자는 발이 걸리고 상투가 붙들리고 벽에 내동댕이쳐져 신음한다.

몬자에몬은 보았다. 춤추는 작은 빛의 점을. 번쩍하고 깜박이고 다시 날아오르고 공격하고는 사라지고 다시 나타난다.

단단 님의 단창 끝 창촉의 빛이다.

"젠장, 독충인가? 밖으로 도망치자!"

고참인 듯한 자그마한 체구의 도적이 쓰러진 동료를 어깨로 부축하며 달아나려다가 자신의 배를 내려다보았다. 피가 배어 나오더니 곧 울컥울컥 쏟아진다. 부축을 받던 동료가 끄악 하고 비명을 지르며 자그마한 도적을 밀어냈지만 결국 벌렁 자빠져 둘 다 그 자리에 쓰러지고 말았다.

바닥을 기어 봉당으로 올라간 몬자에몬이 아무 말도 못 하고 움츠러들어 있는 여자와 아이들을 양팔을 벌려 감쌌다.

"단단 님이다. 이제 무서워할 필요가 없어. 단단 님은 강하시니까."

정신이 들어 보니 부엌 판자방에는 다섯 명의 도적이 쓰러져 있고, 벽에도 판자문에도 피가 튀어 있다. 바닥에는 핏빛 발자국이 나 있었다. 나머지 네 명은 도망친 모양이다.

"너희들은 여기 있어라. 행수들을 구해 오마."

몬자에몬은 떨리는 다리로 일어서서 핏자국을 쫓아 복도로 나갔다. 캄캄한 기숙료 안쪽에서는 가지각색의 고함 소리와 비명이 들렸다.

마루마스야 남자들의 목소리는 아니다. 꼴사납게 소란을 피우고 있는 것은 나머지 네 명의 도적들이다.

"살려 줘, 놓아라. 놓아 줘어어어어."

비겁하고 미련한 애걸에 이어 몬자에몬의 귀에 '뽀각' 하는 소리가 들렸다. 이어서 '쿵' 하고 바닥이 울린다. 어디일까. 뒤뜰로 통하는 짧은 복도 끝일까. 벽을 따라 달려가 보니 그곳에 검은 옷을 입은 사람이 한 명 쓰러져 있었다. 몬자에몬은 저도 모르게 "헉" 하고 비명을 질렀다. 그놈의 머리가 뒤쪽을 향하고 있었기 때문이다. 단단 님은 창술뿐만 아니라 이렇게 거친 짓도 하시는 걸까.

몬자에몬이 황공해하는 사이에 또 다른 곳에서 울부짖는 소리가 나다가 뚝 끊겼다. 이것으로 세 번째 도적도 끝났다. 남은 자는 이제 한 명.

그 도적은 엉겁결에 이층으로 뛰어 올라갔는데 몬자에몬 가족의 침실에 마루마스야의 남자들 중 누군가가 숨어 있었던 모양이다. 딱 마주치고 말았는지 와앗 하는 소리가 들린다. 몬자에몬은 서둘러 계단으로 달려갔다.

"네놈들, 무슨 잔재주를 부린 거냐."

침실 앞의 작은 방에서 가장 젊은 행수가 도적의 발치에 쓰러져 있다. 머리카락이 흐트러진 채 침을 튀기며 고함치던 도적이 그 머리 위로 손도끼를 쳐들었다.

"이건 뭐야. 어떤 놈이 우리를 이런 꼴로! 네놈이냐? 네놈 짓이야? 머리를 쪼개 주마!"

그만두라고 소리치며 몬자에몬은 손도끼와 행수 사이로 몸을 내던졌다. 도끼의 두꺼운 날이 목덜미든 등이든 어딘가에 닿는다. 아니, 그럴 거라고 각오했다.

다음 순간, 옆으로 후려치는 듯한 돌풍이 불더니 도적의 손에서 떠난 손도끼가 빙글빙글 돌며 날아가 다다미 두 장만큼 떨어진 곳에 떨어졌다.

몬자에몬은 몸으로 행수를 감싼 채 눈을 들었다.

양손에 단창을 쥔 단단 님이 두 눈에 붉은 빛을 깃들인 채 우아하게 물을 가르듯이 발끝을 휘며 다다미 위로 내려온다.

흙 인형인데도 소리를 내지 않는다.

단단 님은 작다. 키는 3치 정도. 그런데도 그 자리에 가볍게 내려선 모습은 얼마나 든든한지.

"장난감인가…… 이거."

도적이 높이 쳐든 손도끼의 머리가 흔들린다. 두건이 미끄러져 귀에 걸려 있다. 몬자에몬은 깨달았다. 이놈은 제일 처음 어린 하녀를 밀쳐 쓰러뜨리려고 했던 쓰레기 같은 놈이다.

단창을 쥔 단단 인형의 양팔이 가느다란 몸 앞에서 크게 호를 그렸다. 작은 손가락을 움직여 단창 자루를 빙글 돌려 잡는다. 그리고 좌우 단창의 자루와 자루를 합하자 두 자루의 단창은 한 자루의 장창이 되었다. 앞에도 뒤에도 창촉이 달린 창이다.

단단 인형은 창을 쳐들고 일단 멋지게 자세를 잡더니 상반신을 굽히다시피 하여 조준했다.

꼿꼿이 서 있던 도적의 멍청한 턱이 툭 떨어진다.

슝.

장창을 든 단단 님이 하늘을 날았다. 유성처럼 빛의 꼬리를 끌며 똑바로 도적의 얼굴을 향해.

탕!

단단 님의 찌르기를 가까스로 피한 도적이 비틀거린다. 그 왼쪽 어깨를 발끝으로 차더니 장창을 옆으로 휘두르면서 단단 님은 다시 크게 도약했다.

창촉 끝이 그리는 궤적이 칼날처럼 빛난다. 아니, 실로 칼날 그 자체다. 만월보다 더 밝고 초승달보다도 예리한 궤적은 지금 이 순간, 입을 딱 벌리고 두 눈을 부릅뜬 도적의 목을 옆으로 썩둑 베었다.

머리가 날아간다. 피보라가 일어난다. 한 번, 두 번, 세 번 네 번, 도적의 머리는 볼품없는 공처럼 다다미 위에 떨어졌다. 머리에 이끌리듯이 몸도 털썩 쓰러졌다.

몬자에몬은 다리가 풀려 있었다. 행수는 그 팔에 안겨 정신을 잃었다.

다시 소리도 없이 몬자에몬 바로 옆에 내려선 단단 님이 장창을 슥 당기고 이쪽을 향해 절을 한 번 했다.

——이제 유 씨가 있는 곳으로 갈 수 있겠어.

달콤한 소녀의 속삭임이 몬자에몬의 귀에 닿았다. 그와 동시에 단단 인형은 산산이 부서져 어둠으로 사라졌다.


이야기가 끝나자 흑백의 방에 고요함이 되살아난다.

몬자부로는 조금 지친 기색이다. 그 맞은편에 앉아 있는 도미지로의 마음의 눈에는 역할을 마치고 부서져 사라지기 직전 단단 인형의 입가에 떠오른, 소녀의 속삭임과 마찬가지로 달콤한, 그러면서도 자랑스러워하는 무사의 미소가 똑똑히 보인다.

후우 하고 숨을 내쉬더니 몬자부로가 다시 입을 열었다.

"할아버지한테 이 이야기를 들었을 때 제일 먼저 들었던 생각은."

——뭔가 개운치 못하군.

"못된 다이칸인 도아쿠 단조는 조금도 벌을 받지 않았잖은가? 오빈에게 심한 짓을 하고, 미쿠라무라 마을 남자들의 목숨을 빼앗고, 유 씨도 촌장 아내도 무참하게 죽이고……."

이 이야기 속에서 가장 중요한 원한은 갚지 못한 채 끝났다.

"오빈은 살해된 마을 사람들의 원통함이 원념이 되어서는 안된다고 생각했다고 하네. 그러면 아무도 성불할 수 없으니까. 뭐, 나도 알아. 그 이치도 알지만, 하지만 원수를 갚는다거나 복수를 한다는 것은 겉만 번드르르한 이치를 뛰어넘은 곳에서 이루어지는 것이 아닐까."

몬자부로 안에서는 불만과 의문이 아직 욱신거리고 있는 모양이다. 그래서 미시마야의 특이한 괴담 자리를 찾아온 것이리라. 혼자서 안고 있으면 무거운 불만과 의문을, 결코 다른 곳에 새어 나가지 않는 장소에서 누군가에게 들려주고 싶었기 때문에.

도미지로는 이야기를 듣고 버리는 입장이다. 깨끗하게 듣고 버리기 위해서는 이야기꾼이 지금껏 짊어져 온 이야기를 우선 완전히 이쪽으로 옮겨 줄 필요가 있다. 불만이나 의문을 한 조각도 남기지 않고.

이 과정은 꽤 어렵다. 도미지로는 배 밑바닥에 힘을 주었다.

"그럼 내 생각을 말해 봐도 되겠나? 이야기를 들으면서 머리에 떠오른 것이라거나……."

말을 꺼내자 몬자부로는 달려들었다.

"물론일세. 이야기해 주게."

도미지로는 가볍게 숨을 가다듬었다.

"먼저 자백해 두겠는데, 나 혼자의 생각만으로는 아무래도 얕아서 안 될 걸세."

"어. 하지만 도미 자네는 괴담 자리의 청자로서 경험을 쌓았을 텐데."

도미지로는 쓴웃음을 지었다. "뭐, 대단한 경험은 아니네. 첫 번째 청자를 맡았던 내 사촌누이에 비하면 하늘과 땅 차이일세. 내게는 사촌누이만큼의 담력도 없고."

듣고 버리기를 할 때마다 통감하는 사실이다. 오치카는 강했구나 하고.

"다만 고맙게도 단단 인형 이야기를 고찰하는 데에는 내게 약간 쌓인 지식이 있네."

지식을 나누어준 사람은 다름 아닌 오치카의 남편 간이치다.

"사촌누이가 시집간 세책상의 작은나리일세. 읽을거리나 사서 史書에 해박하고 아는 것이 많지."

고우메라는 아기가 태어나고 나서는 부부가 바빠져서 느긋하게 이야기할 기회가 없지만,

"전에는 단것을 먹으며 여러 가지 재미있는 이야기를 들려주어서 나도 배우는 게 많았다네. 지금도 그렇게 귀동냥한 지혜를 다시 쥐어짜 보려는데, 괜찮겠나?"

몬자부로는 얌전히 앉은 자세를 바로 하고는 진지한 얼굴이 되었다.

"부탁드립니다."

"예, 알겠습니다" 하며 도미지로는 미소를 지었다. "단단 인형 이야기는 상당히 오래 전 일이지."

마루마스야의 초대 주인인 이치몬 씨가 젊었을 때의 경험이니 대충 계산해도 150년은 거슬러 올라간다.

"그러니 꼭 일어난 사건 그대로 전해지지 않았을지도 몰라. 이 야기로서 말하기 쉽고 듣기 쉽도록 모양이 갖추어진 거지."

옛날이야기나 전설, 역사서에서조차 종종 그런 일이 있다고 간 이치가 가르쳐주었다.

"사실은 더 규모가 크고 더 잔혹했을지도 모르지. 더 많은 마을 이 불타고 더 많은 사람들이 죽고 그런 무도함이 끝나기까지 1년 은커녕 더 많은 세월이 허비되고 만 것일세."

게다가 도아쿠 단조의 무도함을 번주나 중신들에게 필사적으 로 고발한 미쿠라무라 마을 등 직할지의 영지민들은 직소直訴의 금기를 깨고 봉기를 꾀한 것으로 간주되어 빠짐없이 엄한 처벌을 받았으리라. 그건 도아쿠 단조가 정말로 나쁜 다이칸이었는지 어 떤지와는 상관이 없다. 향촌의 규정에 매여 있는 촌민들이 지배 자인 다이칸에 거역했다는 사실만으로 죄가 된다. 그런 부조리가 통용된다는 사실도 이 세상의 모습 중 하나인 것이다.

"……너무 인정미가 없군."

몬자부로는 의기소침한 얼굴로 등을 웅크렸다. 도미지로도 가 슴이 아팠지만 어중간하게 둘 수는 없었다. 가능한 한 온화한 목 소리로 더욱 하기 어려운 말을 계속했다.

"도아쿠 단조의 여자가 되어 버린 것도 오빈 한 사람만은 아니 었네. 다이칸은 자신이 지배하는 땅에 대해서는 절대적인 권력을 갖고 있지 않나. 마을마다 돌며 처녀들을 사냥했다고 해도 이상하지 않지."

등을 웅크린 채 몬자부로가 원망스러운 눈으로 도미지로를 바라보다가 천천히 한두 번 고개를 끄덕였다.

"처녀 사냥이라. 도미, 무서운 말을 생각해 냈군. 하지만 그게 맞겠지."

오빈은 고통을 강요당한 많은 처녀들의 대표로서 이 이야기의 중심이 되었으리라.

"나는 말이지, 오빈이 그 전해에 열병에 걸려 아름다운 검은 머리카락을 모두 잃고 맨들맨들한 머리가 되었다는 대목에 큰 의미가 있다고 여겼네."

맨들맨들한 머리는 사람의 득도──속세를 떠나 불도에 들어갔다는 가장 알기 쉬운 증거다.

"그렇다고 이 이야기가 절의 설교집이나 마찬가지라고 말할 생각은 없네. 다만 오빈이 스님 같은 모습을 함으로써 암시하는 의미가 있는 게 아닐까 해서."

오빈은 평범한 마을 처녀가 아니다. 고난에도 굴하지 않고 사람으로서 올바른 길을 선택하려는 강한 의지를 가진 자이다, 라고.

"그래서 오빈은 도아쿠 단조가 뿌린 악에 대해서 복수나 원념에 의한 저주가 아닌 다른 보복을 한 것일세."

악에 짓밟힌 사람들을 어떻게든 구하려고 몇 번이나 목숨을 건

착한 사람의 은혜에 보답한다는 형태로.

"악이 아무리 활개를 치더라도 선은 멸하지 않네. 단단 인형이 증거지."

읽을거리, 이야기는 그런 증거를 마음의 눈에 비추기 위해 만들어진다. 언제였던가, 세상에는 어째서 이렇게 많은 책이 있는 걸까? 하고 물은 도미지로에게 간이치는 그런 대답을 해 주었다.

──책은 세상에 있어야 할 증거를 싣는 배 같은 것입니다.

몬자부로는 눈을 크게 부릅뜬 채 눈이 말라 버리지 않을지 걱정이 될 정도로 오랫동안 가만히 생각에 잠겨 있었다.

이윽고 제정신으로 돌아온 듯 눈을 깜박이더니 등을 펴고 도미지로의 얼굴을 보며 말했다.

"이 이야기는 초대 주인이 후대에 전하고 싶은 생각을 정리한 것이로군."

"그렇지."

"할아버지는 말했네."

──단단 인형 님은 이제 계시지 않는다. 마루마스야 안에서 더 후대까지 이 이야기를 전해 갈 이유는 사라졌지.

"그래도 나에게만은 들려주시겠다고. 왜냐면,"

──너는 막내고, 늘 앞에 형들이 있으니 세간의 풍파를 제대로 받지 않고 어른이 되어 버릴지도 모른다.

"할아버지는 그렇게 될까 걱정이라고 하셨네."

──사람 좋은 천하태평에, 나쁜 자가 다가와도 알아채지 못하

고 반대로 좋은 인연이 다가와도 가치를 모를까 봐.

몬자부로, 잘 기억해 두어라.

"세상에서 가장 귀한 건 사람의 마음이다. 사람이 마음으로 생각하는 것이야."

──하지만 세상에서 가장 무서운 것 또한 사람의 마음이란다.

"경솔한 짓을 해서 원한을 사지 마라. 자신의 목숨도 남의 목숨도 가벼이 여기지 마라. 받은 은혜는 잊지 마라. 직접 은인에게 갚지 못해도 세상에 갚으면 된다."

──네 조상님은 단단 인형의 신기하고 귀한 힘이 지키고 보호해 줄 만큼 훌륭한 사내였다. 앞으로 한시도 그걸 잊지 말고 살아가거라.

"아울러 네 인생 속에서 만에 하나, 발바닥으로 간이 흘러나가 버릴 정도로 무서운 기분이 드는 일과 맞닥뜨려도,"

결코 포기하거나 용기를 잃지 마라.

"고맙네, 도미."

할아버지가 들려주신 이야기의 의미를 알 것 같은 기분이 들어. 몬자부로가 싱긋 웃으며 말했다.

*

마루마스야 몬자부로의 이야기를 어떤 그림으로 그릴까.

반지를 앞에 두고, 이번에는 별로 고민하지 않고 끝냈다. 천천히 먹을 갈고 향기를 즐기며 도미지로는 머릿속에 떠오르는 광경을 어디에서부터 그려 나갈지 생각했다.

미쿠라무라 마을이 내려다보이는 산. 복사꽃과 산벚꽃이 피고 머리 위에는 푸른 하늘이 펼쳐져 있다. 오르막길 도중에 작업복 차림의 소녀 하나가 이쪽에 등을 돌리고 걸음을 멈췄다. 하나로 묶은 풍성한 검은 머리카락. 봄의 햇빛을 이마에도 뺨에도 가득 받으며.

소녀의 등에는 작은 바구니를 지워 주기로 했다. 안에 산나물이나 나무순이 들어 있다. 흙 인형을 굽는 가마가 있는 다다이로 향하는 길에 눈에 띈 것을 캔다. 오빈은 부지런한 데다가 만사에 눈치가 빠르며 약간 기가 세고 아름다운 소녀다.

미쿠라무라 마을 집집마다 굴뚝에서 연기가 피어오른다. 산자락을 덮고 있는 계단식 밭에는 삿갓을 쓴 마을 사람들이 점점이 흩어져 괭이질을 하고 가래를 휘두르며 들일에 힘쓰고 있다.

마을에서 가장 눈에 띄는 건물은 된장 곳간이다. 묵직한 기와지붕과 하얗게 회칠을 한 벽. 마을을 지키는 소방 망루도 옆에 있다. 이곳이 마을의 중심이다. 주위에는 콩을 찌는 김이 흐르고 누룩 냄새가 떠돌고 있다.

온화하고 풍요로운 미쿠라무라 마을의 봄. 오빈이 그 풍경을 둘러본다. 약간 높은 이곳에서는 숲속의 오솔길까지 둘러볼 수 있다. 마루마스야의 대행수가 멀리 성하마을에서 미쿠라무라 마을을 찾아 걸어오는 길이다.

빨리 만나고 싶다. 소녀의 들뜬 마음을 봄바람이 부드럽게 어루

만지고 간다.

　오빈의 발치, 그 그림자 속에 숨어서 작은 흙 인형이 서 있다. 양손에 단창을 들지는 않고 그저 조용히.

자재의
붓

一

날씨 좋은 가을날, 가게 문을 열고 잠시 번다한 시간을 보내던 도미지로가 외출을 준비하는 중이다.

오타미가 의아해하며 물었다. "갑자기 뭘 사러 간다는 거니?"

"덴가쿠田楽 두부를 직사각형으로 잘라 꼬치에 끼우고, 된장을 발라 구운 요리요, 어머니."

우에노 이케노하타에 있는 '고레킨'이라는 요릿집이, 유명한 요리책 『두부 100선』에서 소개 중인 '덴가쿠' 열세 종류를 만들어 판다는 것이다. 이름하여 '덴가쿠 모둠'. 가게 안이 아니라 바깥에 노점을 늘어놓고 팔고 있어서 손님들은 부담없이 그 자리에서 먹거나 용기에 담아 달라고 하여 가지고 가는 모양이다.

"매일 13종류가 다 있는 게 아니라 하루에 많아야 5종류 정도

판대요. 전부 다 맛을 볼 때까지는 며칠이나 다녀야 하지요."

오타미는 눈을 살짝 뱅그르르 돌렸다.

"덴가쿠가 맛있는 음식이긴 하지만 그렇게 먹으면 질리지 않겠니?"

"질릴지 어떨지 확인해 보지요. 찬합 좀 빌려 갈게요."

도미지로가 부엌에서 적당한 찬합을 빌려 보자기에 싸고 있는데 형 이이치로가 얼굴을 내밀었다.

"역시 나가는 거냐" 하고 어이없다는 듯이 말한다. "회합에서 들은 이야기를 네게 가르쳐주는 게 아니었는데."

"저도 형님한테 듣고 싶지 않았어요. 이런 재미있는 상품을 몰랐다니, 이 도미지로 일생의 통한입니다."

"뭘 또 그렇게까지."

효탄코도로 옮겨 간 오시마의 자리를 메우기 위해 미시마야에는 새 하녀가 두 명 들어왔다. 한 사람은 30대, 한 사람은 어린 처자로. 둘 다 일을 잘해 주고 있다. 다만 재미있게도 낙엽만 굴러가도 웃을 나이인 어린 처자 쪽보다 나이가 있는 쪽이 훨씬 잘 웃는다. 한데 눈치를 보지 않고 웃는다. 지금도 형제의 대화를 들으며 깔깔 웃는 바람에 이이치로는 한층 더 불쾌한 얼굴이 되어 가게 쪽으로 되돌아갔다.

"죄송해요, 도련님."

"신경 쓰지 않아도 돼. 그럼 나는 맛있는 덴가쿠를 잔뜩 사 올게."

점심때가 되려면 아직 시간이 있는데도 마침 배가 출출했다.

도미지로는 들썩들썩 미시마야를 나섰다.

그러나.

목적지인 '고레킨'에 다다르기 전에 다른 곳에서 멈추고 말았다.

"손님, 미시마야의 도미지로 씨. 오랜만이네요."

말을 걸어 준 사람은 이케노하타의 길 한쪽에 조용히 간판을 걸고 있는 골동품 가게 주인이다. 나이는 30대 중반 정도. 활달하고 남자다운 미남으로 물처럼 고요한 성품의 소유자임을 도미지로는 잘 알고 있다.

"오랜만입니다. 그 후로 처음……이지요."

도미지로가 특이한 괴담 자리에서 손에 넣은 '처리하기 곤란한 물건'을 골동품 가게 주인이 맡아 준 이후로 처음이라는 얘기다. 작년 여름 무렵의 일이다.

그 후로도 근처를 지나갈 기회는 몇 번이나 있었다. 다만 도미지로로서는 용무도 없는데 굳이 골동품 가게에 가까이 가지 않도록 하고 있다. 당시의 경위로 보아 이곳을 찾아오는 일은 다른 곳에서는 충분하지 않은 용건이 있을 때나, 가게에서 먼저 초대할 때로 한정해야 한다는 판단이 들어서다.

그리고 지금은 후자에 해당할 것이다. 안쪽 계산대에 앉아 있는 경우가 많은 가게 주인이 우연히 가게 앞에 나왔다가 도미지로를 발견하고 인사를 해 주었으니까.

"지난번 주신 한 푼짜리 동전, 네쓰케돈주머니나 담배 쌈지 등을 허리에 찰 때 허리띠에 지르는 끈 끝에 매달아 허리띠에서 미끄러지지 않도록 하는 작은 세공품 끝에 달 아서 계속 가지고 다니고 있습니다."

"그거 고맙습니다."

가게 주인이 갑자기 고개를 갸웃거리며 미소를 짓더니 말했다.

"그 보자기, 혹시 '고레킨'에 가시거나 아니면 벌써 갔다가 돌아 오시는 길일까요?"

오오, 단번에 꿰뚫어 보았다.

"지금부터 찾아가려는 참입니다. 한눈에 아시다니 역시 엄청난 인기인가 보군요."

"덴가쿠 모둠을 어제 오전부터 팔기 시작했는데 저는 반나절 만에 지칠 대로 지쳐서 세는 것을 포기해 버렸습니다."

골동품 가게 앞을 지나가는, 크고 작은 그릇을 든 사람들의 수 를.

"모두 생각하는 건 똑같군요." 도미지로도 부끄러워 웃고 말았 다.

"어쨌거나 대성황이라 가면 꽤 줄을 서시게 될 겁니다. 저희 가 게에서도 차 정도는 드릴 수 있는데 안에서 쉬었다 가시지요."

친절을 받아들여 도미지로는 골동품 가게 안으로 들어갔다. 오 래된 물건 장사에 따라붙는 먼지 냄새가 없고 희미한 향냄새가 난다. 맞다, 이 느낌이 이상하게 마음을 편하게 해 주었지, 하고 떠올렸다.

작년 여름, 이곳에서 걸음을 멈춘 이유는 가게 앞에 장식되어 있던 술잔에 눈길이 갔기 때문이다. 오늘은 그 자리에 시가라키信楽 도자기시가 현 고가 군 시가라키 지방에서 생산되는 도자기로 빚은 크고 작은 여러 개의 너구리가 놓여 있다. 보다가 문득 생각나서,

"주인장, 여기서는 흙 인형도 취급하십니까?"

하고 물어보니 주인은 곧 안쪽 서랍에서 나무 상자 몇 개를 꺼내 보여 주었다.

"지금 여기서 맡고 있는 것은 하나마키花卷 이와테현 남부에 있는 도시의 이름 흙 인형과 사가라相良 시즈오카현의 지방 이름 흙 인형 두 종류뿐입니다만……."

귀가 삼각으로 뾰족하게 서 있고 등에 예쁜 날개옷 모양을 단 고양이. 틀어 올린 머리카락에 커다란 비녀를 꽂고 후리소데 차림으로 비파를 안은 여자. 꽃바구니를 실은 수레를 끄는 남자아이. 선명한 푸른색의 하오리를 입은 씨름 선수.

"예쁘네요."

도미지로는 하나하나 찬찬히 눈과 손끝으로 즐겼다.

"이 고양이 귀여운데요. 우리가 파는 물건에도 이런 무늬를 넣어 보면 좋을지도 모르겠어요."

"전에 진狆 몸집이 작고 이마가 튀어나왔으며 털이 긴 일본 토종개의 일종으로, 성격이 온화하고 체취가 적어 예로부터 실내에서 키우는 애완견으로 사랑받아 왔다의 흙 인형을 취급한 적도 있는데 그것도 귀여웠습니다."

왜 흙 인형에 흥미가 있는가. 그것은…… 하고, 마루마스야 몬

자부로의 이야기를 여기에서 늘어놓을 수는 없다. 도미지로도 듣고 버려서 이미 잊은 이야기다.

조금 아쉽다. 인형에는 사람의 혼이 깃든다. 용기도 깃든다. 그래서 불가사의한 일을 일으킨다. 그렇게 말을 꺼내어 가게 주인과 한바탕 이야기해 보고 싶다. 안 된다는 것을 알고 있지만.

도미지로는 아직 골동품 가게의 이름을 모른다. 바로 눈에 띄는 곳에는 그럴듯한 간판도 편액도 없고 가게 정면에는 그저 '골동'이라고 먹으로 쓴 고색창연한 나무판자가 걸려 있을 뿐이다.

게다가 가게 주인의 이름도 모른다. 단순히 이름을 물을 기회가 없었기 때문이다. 가게 주인 쪽은 자신이 주머니 가게 미시마야의 도미지로라는 사실을 알고 있는데.

물론 가게 주인의 이름도 가게 이름도 주인이 숨기고 있지는 않다. 물으면 바로 가르쳐 줄 것이다. 하지만 묻지 않아도 때가 오면 자연히 알 수 있겠지. 지금까지의 경위로 보아 이 가게와는 그런 식으로 사귀어야 한다고 도미지로는 느끼고 있다.

"고맙습니다. 전부 다 사고 싶어졌지만 비쌀 테고 하나로 정하는 것도 힘들고……."

"당장 결정하지 않더라도 또 언제든 원할 때에 보러 오시지요."

가게 주인은 비파를 안은 여자 흙 인형을 깨끗한 천으로 다시 싸며 말했다.

"흙 인형은 오슈奧州 현재의 아오모리현, 이와기현, 미야기현, 후쿠시마현을 가리키는 옛 지명 지방에 뛰어난 것이 많습니다. 신경 써서 모아 두었,"

가게 주인의 말이 뚝 끊기고 흙 인형을 싸던 손도 멈추었다.

가게 입구에 사람 그림자가 비치고 굵은 목소리가 났다.

"실례하오, 주인 계시오?"

도미지로는 깜짝 놀랐다. 사랑스러운 흙 인형들을 사이에 두고 마주 앉아 있던 가게 주인이 갑자기 긴장하는 기척을 느꼈기 때문이다.

다시 돌아보니 대머리에 짓토쿠에도 시대에 한학자, 화가, 의사 등이 입던 나들이옷를 입고 손잡이가 투박한 지팡이를 짚은 한 남자가 가게 앞에 서 있었다. 그저 우뚝 서 있을 뿐인데도 자리를 많이 차지하고 있다. 뚱뚱하다고 할까, 몸이 땅딸막하고 대머리도 몹시 크다.

"이거 이거, 에이쇼 선생님."

가게 주인은 계산대에 손끝을 짚고 소리도 없이 일어서더니 신을 꿰어 신고 가게 앞으로 나갔다.

"잘 와 주셨습니다. 이쪽에 앉으십시오."

작은 의자를 꺼내며 권한다. 하지만 에이쇼라고 불린 짓토쿠 차림의 남자는 커다란 머리를 흔들흔들 흔들며,

"주인장, 그것은 어찌 되었소?"

가시 돋친 목소리로 물어뜯을 듯이 물었다.

"무사하오? 다른 손님의 눈에 닿으면 곤란해. 설마 팔아 버리지는 않았겠지."

골동품 가게의 주인은 에이쇼 선생 옆으로 바싹 다가가더니 온화하게 대답했다. "팔리지는 않았습니다. 제가 잘 맡아 가지고 있

습니다."

에이쇼는 가게 주인의 기모노 소매를 움켜쥐었다. "약속을 잊지 마시오. 그 붓은 내 것이오. 결코 다른 누구에게도 넘기지 말고 잘 넣어 두시오."

가게 주인은 소매를 붙들린 채 기분 나빠하는 기색도 없이 "예, 꼭 그리 하겠습니다" 하며 고개를 끄덕였다.

"선생님이 그것을 가까이 두기로 결심하시면 당장이라도 건네 드릴 수 있도록 제가 잘 지키고 있겠습니다. 안심하십시오."

계산대 근처에 있던 도미지로의 눈에도 에이쇼라는 남자의 커다란 대머리가 번들거리는 모습이 잘 보였다. 비지땀을 흘리고 있어서다.

——'그 붓'이라고 했지.

붓도 골동품이 되는 걸까. 오래 쓰면 버릴 수밖에 없는 물건이 아니었나.

——저 대머리는 누구일까?

짓토쿠를 입는 사람은 은퇴한 상인, 마을의 의원, 점쟁이, 시인, 그 외에는?

에이쇼 선생에게는 아무래도 일행이 있었던 모양이다. 가게 주인은 가게 앞에서 시키세仕着せ 주인이 부리는 사람에게 철 따라 해 입히는 옷를 입은 젊은 남자와 이야기를 하고 있었다. 시키세를 입은 남자는 한 손으로 에이쇼의 어깨를 안고, 한 손을 투박한 지팡이 손잡이 부분에 대고, 몹시 황송하다는 듯 가게 주인에게 꾸벅꾸벅 머리

를 숙이며 가게 앞을 떠나가는 참이다. 에이쇼 선생은 비지땀투성이인 대머리를 흔들흔들 흔들면서 멍하니 이끌려 가는 것처럼 보인다.

──병자일까.

이리저리 흐트러지는 추측을 하며 도미지로도 흙 인형 고양이를 손 안에 감싼 채 굳어 있었다.

"아아, 실례했습니다."

가게 주인이 계산대로 돌아왔다. 씁쓸한 얼굴을 하고 있지는 않지만 입 끝이 아주 약간 구부러져 있다.

"자주 오시는 분인가요?"

"단골손님이라고는 할 수 없지만 기연奇緣이 있는 분이기는 하지요."

짧게 대답하던 가게 주인이 눈을 크게 뜨며 도미지로의 얼굴을 보았다. "아하, 그러고 보니 미시마야에 잘 어울리는 이야기네요."

괴담이라는 뜻일까. 도미지로도 자세를 가다듬으며 물었다.

"에이쇼 선생님이었던가요, 저분이 우리 괴담 자리에서 이야기할 만한 사정을 짊어지고 계신다는 뜻입니까?"

골동품 가게의 주인은 천천히 고개를 끄덕이며, 계산대로 돌아와 싸다 만 흙 인형을 부드러운 손놀림으로 들어 올렸다.

"지금은 은퇴하신 몸이지만 옛날에는 그럭저럭 이름난 화공이었던 분입니다."

생각이 이리저리 흩어져 도미지로는 잠시 말을 잃었다.

──화공이라고 생각하고 싶지 않았다.

이루어지지 않을 꿈임을 알면서도 도미지로는 화공을 동경하고 있다. 그런 도미지로가 붓을 사용하는 직업 중에 제일 먼저 그림 그리는 일을 떠올리지 않았을 리가 없다. 짓토쿠를 입는 사람은 확실히 의원이나 시인이 많지만 고령이 되면 화공이나 서예가가 입어도 전혀 이상하지 않다.

하지만 아까는 일부러 그 생각을 하지 않았다. 에이쇼라는 덩치 큰 대머리 노인에게서 불쾌한 느낌을 받았기 때문이다. 비지땀도 더럽고 두툼한 입술을 떨며 가게 주인에게 물어뜯을 듯이 캐묻는 모습이 너무나도 절박해 보여서 동정하기보다 먼저 혐오를 느끼고 말았다.

한편으로는 이 가게 주인에게 '그럭저럭'이라고 평가될 만한 실력이라도 '선생'이라고 불리고, 시키세를 입은 종자를 데리고 다닐 정도의 생활을 하는 저 비지땀 대머리가 부럽다는 생각도 들었다. 그림 그리는 일로 먹고살며 저 나이까지 인생을 꾸려 왔다. 무엇을 배우고, 어떤 노력을 쌓아야 저렇게 될 수 있는 걸까. 아니, 대머리와 비지땀은 닮고 싶지 않지만.

"벌써 4년 전쯤 되려나요. 한창 추운 한겨울에 에이쇼 씨는 중풍으로 쓰러지고 말았습니다."

목숨은 건졌으나 몸의 오른쪽 절반이 잘 움직이지 않게 되었다. 오른팔도 올라가지 않고 하나 둘 셋 손가락을 꼽는 셈조차 제대로 할 수 없었다.

"다리는 점점 회복되어 지금은 저렇게 지팡이가 있으면 걸어다 닐 수 있습니다. 오른팔도 물건을 붙잡는 정도는 할 수 있게 되었 지만."

가장 중요한 그림을 그리는 일은 할 수 없었다.

"쓰러지기 전에는 도제도 있고, 한 번 지도를 하러 나가면 나름 대로 수업료를 내 주는 제자들도 두고 있던 분입니다."

도미지로도 장사를 배우러 나가 있던 가게에서 주인의 도락에 편승하여 출강을 다니는 그림 스승에게 붓 쓰는 방법의 기초를 배운 경험이 있다. 그 사례금은 결코 싸지 않았으리라.

"보는 사람을 무섭게 위협하는 구도와 강렬한 색채의 사용 때 문에 솔직히 말씀드리면 에이쇼 선생님의 화풍이 제 취향은 아니 었지만……."

사랑스럽고 아름다운 흙 인형들을 나무 상자에 넣으면서 골동 품 가게 주인은 한숨을 쉬었다.

"화려하고 대담한 점을 마음에 들어하며 지명해서 그림을 주문 하시는 특이한 취향의 손님도 계셨습니다. 에도 시중의 명찰名刹 고 찰古刹까지는 아니더라도 새로 생긴 작은 절의 장지 그림이나 본당 의 천장화를 부탁받으시기도 하고, 씀씀이가 좋은 상인의 주문으로 조그마한 저희 가게의 반년 치 매상과 비슷할 만큼 값이 나가는 호 사스러운 병풍 그림을 그리시기도 하고."

에이쇼 노인은 확실히 성공한 화공이었다. 그러나 병으로 쓰러져 붓을 마음껏 휘두를 수 없게 되자 그때까지의 인생에서 거머쥐어 온 부도 명성도 만족도 단숨에 잃고 말았다.

도미지로의 가슴속에서는 그 비지땀투성이 대머리에 대한 혐오감이 아직도 사라지지 않는다. 희미한 탄내처럼 콧속에 달라붙어 있다. 그래도 입 한쪽 끝에서 말이 툭 흘러나왔다.

"……가엾게도."

숨길 수 없이 떨리는 목소리에 가게 주인의 표정이 흔들렸다. 도미지로도 자신이 느끼는 감정에 놀라 변명하듯이 가게 주인의 얼굴을 보았다.

"저는 그림을 좋아합니다."

화공을 동경하고 있다거나 화공이 되고 싶은 꿈이 있다는 말까지는 할 수 없었다.

"세상의 모습, 사람의 마음, 부처의 길을 비추는 한 줄기 빛도, 사납게 날뛰는 지옥의 불꽃도, 뛰어난 재능이 있는 화공의 손에 걸리면 응당 표현이 가능하지요. 참으로 멋진 재주 아닙니까."

솔직한 열기가 담긴 도미지로의 말에 가게 주인은 미소를 지었다.

"처음으로 이 가게를 들여다보던 때도 분명 이 뒤에 있던 족자에 눈길을 주고 계셨지요."

맞다. 당시에는 계산대 벽에 남만南蛮의 여자 마물을 그렸다는 특이한 족자가 장식되어 있었다. 어느 방향에서 보아도 여자 마물과 눈이 딱 마주치는 것처럼 느껴지는 이상한 그림이었다.

"그날, 도미지로 씨와 이야기를 하면서…… 아직 특이한 괴담 자리를 열고 계시는 미시마야의 도미지로 씨라는 건 몰랐지만, 저는 왠지 이 젊은 손님도 그림을 그리는 분이구나 하고 생각했습니다."

"예?"

"아니었습니까? 그냥 좋아서 보고 계실 뿐, 그림을 그리고 싶은 마음은 없으신가요?"

도미지로는 당황하며 콧등에 밴 땀을 손가락으로 닦아 얼버무렸다.

"으음, 저어."

도미지로의 당황한 모습에 가게 주인의 미소가 싱글벙글 커졌다. 미시마야의 도련님은 웃는 얼굴 앞에서 거짓말을 할 수 있을 만큼 뻔뻔스런 어른이 아니다.

"흉내 내는 정도로만 배운 적이 있습니다."

"아아, 역시."

"어떻게 아셨습니까?"

알아주니 조금 기쁘다.

"글쎄요. 왠지 모르게 알았습니다만. 지금은 그리지 않으십니까?"

대답이 막혀, 도미지로는 더욱 땀을 흘렸다. 특이한 괴담 자리에서 들은 사연을 '듣고 버리기' 위해 이야기 하나가 끝나면 먹으로 한 장의 그림을 그리고 있다는 사실은 미시마야 내에서만의 비밀이다. 다른 장소에서 술술 늘어놓아서는 안 된다고 도미지로는 스스로를 다잡고 있다. 말하자면 그것도 '듣고 버리기'의 규칙 중 하나이기 때문이다.

"아, 아무리 배워도, 재, 재재재능이 없어서 그만두었습니다."

혀가 움직이지 않는다.

"그, 그래도, 멋진 그림을 만나면 붓 하나로 그려 낸 화공에게 늘 존경의 마음을 느낍니다. 재능을 부러워하기도 하고요. 제게는 없으니까요."

그렇기 때문에 더욱 재능을 잃는 괴로움을 헤아려 보면 마음이 술렁거리는 것이다.

"자신의 재능을 마음껏 살리며 살아가던 분이 어떤 사정으로 재능을 잃게 되었다면 얼마나 분하고 답답할까요. 한 번 무언가를 얻고 나서 잃는 것은 처음부터 전혀 얻지 못한 경우보다 더 아쉽지 않을까요."

그렇게 생각하면 에이쇼 노인의 모습이 아무리 불쾌해도 도미지로의 가슴은 동정으로 아파 온다.

"······도미지로 씨의 말씀이 옳다고 생각합니다."

가게 주인이 조용한 어조로 말했다. 밝은 웃음은 사라지고 고요한 표정이다.

"저희 가게와 에이쇼 선생님의 기연도 바로 그런 분함과 답답함에서 비롯되었는데요."

이쪽이 또 무심코 자세를 가다듬은 기척을 느꼈는지 가게 주인은 문득 손을 들어 제지했다.

"아니요, 더 이상은 그만두지요. 저도 이 자리에서 도미지로 씨에게 괴담 자리를 열어 달라고 조를 정도로 뻔뻔스럽지는 않습니다. 우연이라고는 해도 에이쇼 선생님의 기이한 모습을 보아 버리셨으니, 조금 변명을 할까, 사과를 드릴까 싶어 저도 모르게 말실수를 하고 말았습니다."

이 양반이 머리카락 한 올만큼이라도 당황하는 모습을 도미지로는 처음 보았다.

"알겠습니다. 그럼 묻지 않겠습니다."

"고맙습니다. 정말이지 신용을 세 푼에 사서 한 푼에 깎아 먹는 수다 삼매라니, 부끄러울 따름입니다."

"붓이라고 하셨지요."

──그 붓은 내 것이오.

가게 주인은 몹시 아픈 듯한 얼굴을 하며 이마를 눌렀다. "들으셨습니까."

"지금을 마지막으로 깨끗이 잊겠습니다."

도미지로가 둥근 방석에서 엉덩이를 들며 말했다.

"덕분에 갈증이 가셨습니다. 그럼 덴가쿠 골짜기의 싸움에 다녀오겠습니다."

도미지로는 찬합 꾸러미를 왼손에 들고, 오른손은 있지도 않은 장창을 쥐는 흉내를 내며 싱긋 웃어 보였다.

"신경 쓰여. 신경 쓰여 죽겠어."

너무 힘주어 신음하는 바람에 목소리가 탁하게 들린다. 오카쓰는 평소처럼 도미지로를 향해 방긋 웃으며 말했다.

"곤란하게 되었네요."

"대체 어떤 붓일까, 어떤 사정일까, 생각하기 시작하면 멈출 수가 없어서 밤에도 제대로 잠을 잘 수 없을 지경이야."

그 후로 닷새 동안 도미지로가 열심히 이케노하타에 다닌 결과 미시마야 사람들은 열세 종류의 덴가쿠를 모두 맛볼 수 있었다. 기름으로 튀긴 것은 감칠맛이 있고 맛있지만 소화가 잘 안 된다, 오와리尾張 현재의 아이치현 서부(나고야 부근)를 가리키는 옛 지명 나고야의 붉은 된장은 구수한 맛이다, 교토풍 하얀 된장에 깨를 갈아 넣은 것은 쌉쌀한 술과 잘 어울린다, 된장에 산초를 섞은 것은 어른 입맛, 달걀을 섞으면 아이들에게 인기가 많다──등등, 모두가 시끌벅적하게 즐겼다. 안주인인 오타미가 기가 막혀서,

"갑자기 덴가쿠 갑부님들이 생겼네" 하며 웃을 정도였다.

모두 기뻐해 주어서 도미지로도 물론 크게 만족했다. 그중에서도 작년 말에 본가인 미시마야로 돌아온 후 왠지 사람이 변해 버린 양 걸핏하면 금세 불쾌한 얼굴을 하고 차가운 말을 뱉는 버릇이 생긴 형 이이치로가 덴가쿠 갑부 놀이를 느긋하게 즐기며,

"네게 가르쳐 주는 게 아니었다고 말해서 미안하다. '고레킨'에 매일 다녀와 주어서 고맙구나."

하고 본래의 이이치로다운 밝은 얼굴로 칭찬해 주어서 기뻤다.

——형님은 아직 상심해 있는 거야.

이이치로는 본래 예정보다 일찍 돌아왔다. 혼담이 깨졌다는 사정이 배후에 있었기 때문이다.

——맛있는 음식을 먹이고 즐거운 일을 만들어 주면 점점 원래의 형님으로 돌아오겠지.

이럴 때는 더욱더 도련님 도미지로가 힘을 내야 한다며 팔에 알통을 만들었지만, 한편으로 골동품 가게에서의 일이 아무래도 마음을 떠나지 않는다. 오히려 날이 갈수록 도미지로의 마음속에서 부풀어 간다.

이것도 특이한 괴담 자리에 들어가는 일이라 결론을 내고 이틀째에 오카쓰에게만 털어놓았다.

역병신에게 받은 강한 수호의 힘으로 괴담 자리를 지키는 오카쓰는 다른 사람이 기겁할 만한 일에도 느긋하게 "어머나, 세상에"라거나 "그거 큰일이네요"라고 말할 정도로 어른이다. 에이쇼 선생 붓의 수수께끼에 흥분하는 도미지로를 어르고 달래다가 그래도 도련님이 진정하지 못하자 건실한 의견을 내놓았다.

"아무래도 신경이 쓰여서 진정이 안 되신다면 그 가게 주인을 흑백의 방에 초대하시지요."

도미지로도 마찬가지 생각을 가지고 있었다. 하지만 정중하게 초대해 봐야 골동품 가게 주인은 오지 않으리라.

"그때도 경솔하게 말실수를 해 버렸다면서 거북해했어."

무엇보다도 이 이야기는 가게 주인에게 들어서는 도리에 맞지 않는다. 본래 화공인 에이쇼의 이야기니까.

"그럼 그 화공을 초대."

"하면 좋겠지만 무섭단 말이야."

이때 처음으로 오카쓰의 눈에 놀라는 빛이 깃들었다. "무섭다니요?"

도미지로는 자진해서 오치카의 뒤를 이어 특이한 괴담 자리의 청자 자리에 앉았다. 그러나 결코 호담한 성격은 아니다. 매번 이야기꾼의 무서운 이야기에 움츠러들고, 눈물을 짓거나 속이 나빠지기도 한다. 그 모습을 당지 한 장을 사이에 두고 지켜보아 온 오카쓰는 누구보다도 잘 알고 있다.

그러니 새삼 '무섭'고 자시고 할 일도 없다. 그런데도 도미지로가 분명하게 그 말을 입에 담은 데는 어떤 이유가 있기 때문임을 오카쓰는 알아챈 것이다.

"화공의 그림 그리는 일과 재능에 관련된 이야기일 게 분명하니까. 자세한 내용을 아는 게 무서워. 알면…… 내 마음의 어딘가 소중한 부분이 흔들리고 말 것 같은 기분이 들거든. 아니면 쓸데없는 욕심이 생기게 되거나."

그럴 것 같지 않아? 어린애처럼 캐묻자, 오카쓰는 고개를 끄덕였다.

"예, 저도 그렇게 생각해요."

더욱 나아가 사정없이 말을 이었다.

"아마 그 붓은 병이나 나이 때문에 재능과 기술이 쇠하고 만 화공에게 과거의 힘을 돌려줄 수 있는 것이겠지요."

아니면 단순히 (원래 없는 것이든, 잃어버린 것이든) 그림 재주가 없는 자에게 재능을 준다고 할까. 원하는 대로, 바라는 대로.

하지만 그처럼 솔깃한 이야기에 대가가 따르지 않을 리 없다. 그것이 또 심한 (또는 무거운, 엄한) 대가여서 에이쇼도 그 붓을 가까이 두지는 못하고, 그렇다고 팔아 버리기도 아까워서 골동품 가게 주인에게 맡겨 두고,

──그 붓은 내 것이오. 결코 다른 누구에게도 넘기지 말고 잘 넣어 두시오.

"라고 부탁했다, 는 사정이 아닐까요?"

도미지로는 양손으로 얼굴을 덮었다. 자신도 오카쓰도 특이한 괴담 자리를 계속 진행해 온 탓에 이런 종류의 이야기가 어떻게 전개될지 쉽게 눈치채 버리고 마는 게 아닐까.

"그렇게까지 분명하게 말하지 말아 줘!"

"어머나, 하지만 그렇게밖에 생각할 수가 없는걸요."

"그래서 듣고 싶지 않은 거라고, 나는."

──지금을 마지막으로 깨끗이 잊겠습니다.

가게 주인에게 한 말도 진심이었다. 스스로의 욕심으로부터 자신을 지키기 위해서였는데.

"하지만 신경 쓰여 죽겠단 말이야아아아아아아."

오카쓰는 가슴 앞에서 "예예예" 하고 박자에 맞춰 손뼉을 쳤다.

"수호를 맡고 있는 저도 그런 예는 처음이지만, 장소가 흑백의

방이 아니더라도 청자가 그렇게 받아들였다면 그 이야기는 특이한 괴담 중 하나로 넣도록 하지요. 도련님, 평소처럼 듣고 버리셔요."

한 장의 반지에 이 이야기를 묵화로 그리는 것이다. 그리고 오카쓰에게 건네어 봉해 달라고 한다. '기이한 이야기책'이라는 이름을 붙인 나무 상자 안에.

"……이 이야기를 그리는 것도 내키지 않아."

"그럼 며칠이 지난들 아무것도 해결되지 않아요."

알고 있어. 알고 있다니까.

"좋아, 뭔가 맛있는 걸 먹으면서 잊기로 하지."

"덴가쿠 모둠은 끝나 버렸는걸요."

너무나도 평판이 좋고 성황이라 '고레킨'이 전국에서 모아 온 식재료가 동나고 말았다고 한다.

"지금은 계절이 좋으니까 다른 기획이 또 있을지도 몰라. 효탄코도에 가서 물어보고 올까."

그러자, 그렇게 하자, 간 김에 고우메를 안아 보고 오면 답답한 가슴도 풀릴 것이다. 분명 풀린다, 풀릴 것이 분명하다, 풀려 주지 않으면 곤란하다!

"아니면 계속 거북해서 골동품 가게에도 가까이 갈 수 없을 테고 말이야."

도미지로는 효탄코도에 가서 오치카와 간이치 부부의 얼굴을 보고도 어떻게든 버텨서, 자세한 이야기를 털어놓고 불평을 하며 위로를 청하는 식의 추태는 부리지 않았다.

　다만 아주 조금은 눈감아 달라고 해도 되겠지, 하는 생각에 고우메를 어르며,

　"괴담 같은 이야기를 다른 곳에서 얼핏 들었는데 어중간하게 뱃속에 고여 있어서 곤란하단다."

　하고 이야기하다가, 오줌을 싼 고우메가 울음을 터뜨리자 물러나 돌아왔다. 고우메의 귀여운 웃는 얼굴과 정수리의 달콤한 냄새에 조금은 가슴이 후련해진 듯한 기분이 들었다.

<br>

*

<br>

　에도의 가을을 마무리짓는 간다묘진神田明神 도쿄 지요다구 소토칸다에 있는 신사의 이름 축제는 아카사카의 산노 축제와 1년씩 교대로 개최된다. 양쪽 모두 쇼군이 참관하시는 큰 축제다.

　올해는 간다묘진 차례여서 이 신사에 다니는 상가商家들 중 (이헤에의 말에 따르면) 말석에 매달려 있는 미시마야도 한여름부터 여러 가지 준비를 하느라 분주하다. 하지만 지금까지와 달리 이이치로가 작은나리로 돌아와 준 덕분에 이헤에는 축제 운영 담당자의 한 사람으로서 가게를 비울 수도 있고, 반대로 이이치로를 대신 보내어 축제 운영의 기초를 배우게 하면서 자신은 장사에 힘쓸 수도 있었다.

　그쪽과는 상관이 없는 도미지로는 축제 당일 먹을 밥이나 도시

락을 수배하는 일로 오타미를 도와 크게 활약했다.

이 활약을 묘진 님이 지켜보신 걸까. 그 후로 잊겠다, 잊겠다 하면서도 잊지 못하고 도미지로의 가슴 깊은 곳에 박혀 있던 '에이쇼의 붓' 수수께끼가 덕분에 풀리게 되었다.

축제 당일인 9월 15일에도 미시마야는 가게를 열지만 작업장은 닫는다. 직인들이나 바느질하는 이들은 하루 쉬면서 마음껏 축제를 구경할 수 있다. 도미지로가 수배를 맡은 도시락은 이때 필요하다.

혹시 고용살이 일꾼의 도시락으로 주먹밥이면 충분하지 않느냐고 말하는 사람이 있다면, 간다 일대처럼 화려한 곳에서 주머니 가게와 같이 아름다운 물건을 파는 자로서는 실격이다. 가게의 이름을 물들인 한텐을 입고 인파 속에서 축제의 장식 수레나 이동 무대를 구경하는 직인들과 바느질하는 이들이 보잘것없는 도시락을 펴 놓고 있으면, 곧 미시마야의 불명예다. 꼴사납기 그지없다. 또한 세간에는 (심술궂게) 기억력이 좋은 사람도 있어서 전에 이용한 도시락집에 또 주문하면 "더 나아진 것이 없네요" 하고 헐뜯는다. 즉 아무리 좋아도 같은 가게를 두 번 이용할 수는 없다. 그만큼 중요하고 성가신 물건이 도시락이기 때문에 오타미도 도미지로에게 상의한 것이다.

도미지로는 지혜를 짜낼 뿐만 아니라 여기저기 직접 찾아다니며 예산 내에서 최선이라고 생각되는 도시락을 준비할 수 있었다. 오타미는 물론이거니와 가장 중요한 먹는 사람들이 매우 기뻐해 주어 도미지로의 고생과 고심은 충분히 보답받게 되었다.

축제가 무사히 끝나고 며칠 후, 이쪽에서 인사를 하러 가기 전에 도시락집의 젊은 대행수가 먼저 미시마야를 찾아왔다.

"미시마야 분들이 저희 도시락을 펴 놓고 계신 덕분에 매우 좋은 평판을 얻었습니다. 그 후로 주문이 2할이나 늘어서······."

미시마야가 있는 방향으로는 발을 두고 잘 수 없다<sub>남한테 입은 은혜</sub>를 잊지 않는 마음가짐을 나타내는 관용구는 것이었다.

"그 말씀 그대로 돌려 드리고 싶습니다."

가벼운 다과로 대행수를 대접하던 도미지로는 이 젊은 남자의 얼굴이 신경 쓰이기 시작했다.

——어디선가 만난 듯한 기분이 든다. 눈썹이 짙고 턱이 각지기는 했지만 잘생긴 편이다. 특이한 얼굴은 아니니 내 착각인가.

그런 생각이 담긴 표정에 상대방도 떠오르는 바가 있는 모양이다. 그가 문득 웃었다.

"실례지만 여쭙겠습니다. 미시마야 씨, 제 얼굴이 낯익지는 않으신지요?"

역시 어딘가에서 만났던가. 기억을 이리저리 더듬다가 순간적으로 퍼뜩 떠올렸다.

"그렇군, 덴가쿠 모둠!"

"맞습니다." 도시락집 대행수도 활짝 웃었다. "주인님의 분부로 저는 매일 '고레킨'에 다녔지요."

가기 쉬운 시간이 겹쳤는지 도미지로와는 가게 앞에서 네 번이나 같이 줄을 서 있었다고 한다.

"거참, 그야말로 기연이군요. 묘진 님의 이끄심일까요."

입 밖에 내어 버리고 나니 기연이라는 말의 뒷맛이 혀끝에 까끌하게 남는다. 요즘은 제법 잊고 지낼 수 있게 된 골동품 가게와 에이쇼 선생 사건의 씁쓸한 맛이다.

젊은 대행수가 말을 이었다. "예, 그러게요. 하지만 기연이라면 또 하나…… 미시마야 씨는 간다 이쪽 편에서 이케노하타로 가는 길에 있는 멋들어진 골동품 가게를 아시는지요? 시타야 대로 조금 앞인데 맞은편에 커다란 도자기 가게가 있고."

도미지로의 심장이 펄쩍 튀어올랐다가 원래의 자리로 돌아왔다.

"바깥에는 '골동'이라고 쓴 나무 팻말만 걸려 있는 가게 말씀이십니까?"

예, 예, 하며 도시락집의 대행수는 온몸으로 고개를 끄덕였다. "가게 앞에 늘어놓은 물건이 늘 재미있답니다. 시가라키 도자기로 빚은 크고 작은 너구리 같은 것은 그대로 통째로 사들여서 진열하고 싶어지지요."

아아, 그 가게가 틀림없다. "가게 이름을 아십니까?"

"아마 '후루타안古田庵'이었던 것 같습니다."

오래된古 논田의 암자庵라. 의외로 얌전한 이름이다.

"한데 후루타안이 어떻게 되기라도 했습니까?"

도미지로는 손 안에 식은땀을 움켜쥐며 물었다.

"가엾게도, 가게에서 파는 물건을 도둑맞았습니다. 나이 많은, 옛날에는 잘나갔다는 화공이……."

"어!"

도미지로가 너무 크게 소리를 지르는 바람에 마시던 찻잔의 엽차 표면에 잔물결이 일었다.

"괜찮으십니까?"

"괜찮습니다. 계속하시지요. 그 화공은 덩치 큰 대머리 노인 아닌지요? 만일 그렇다면 저도 본 적이 있습니다."

"맞아요, 맞아! 덩치 큰 대머리라고 들었어요. 아마 아호雅號가 마쓰인지 다케인지."

도시락집의 대행수는 '고레킨'에 다닐 때뿐만 아니라 여러 가지 볼일로 그 길을 오가기 때문에 후루타안 앞도 자주 지나간다. 그래도 노인을 본 적은 한 번도 없었다.

"도둑 소동 때도 저는 그 자리에 없었지만 단골손님 중에 후루타안의 손님이 계셔서요. 나중에 소문을 이야기해 주셨습니다."

어쨌든 그 (마쓰인지 다케인지 하는 아호의) 나이 든 화공이 후루타안에서 훔쳐 낸 건 작은 종이 상자에 담아 밀랍으로 봉한 물건인데,

"도둑 화공은 가게를 나와 구르다시피 도망치며 어디 차분하게 자리를 잡을 겨를도 없이 밀랍을 벗기고 종이 상자의 뚜껑을 열었는데."

꺼낸 것은 한 자루의 붓이었다.

"주위 사람들은 붓이라는 것밖에 알아볼 수 없었다고 합니다. 나이 든 화공은 오른쪽 다리를 약간 끌고 있었는데도 필사적으로 달리는 모습이 무시무시했대요."

도미지로의 굳게 움켜쥔 손 안에서 식은땀이 흘러넘칠 지경이다.

"화공은, 꺼낸 붓을 어떻게 했을까요?"

그게 말이지요──하며 대행수는 목소리를 낮추었다.

"이케노하타 나카초까지 도망쳐 가서 시노바스이케 연못가가 나오자마자 갑자기 붓을 부러뜨리고는."

입에 처넣고 씹어 부수어서 꿀꺽 삼켜 버렸다고 한다.

도미지로는 깜짝 놀랐다. 관자놀이에서 땀 한 줄기가 흘러 떨어졌다.

"굵은 붓은 아니었다고 하지만 먹을 만한 게 못되지요. 억지로 삼키다가 구역질까지 했던 모양인데 그래도 멈추지 않고 끝까지 삼키더니 그 자리에 쓰러졌다더군요."

구경꾼들이 깜짝 놀라 다가가 보니 붓을 먹은 화공은 입을 굳게 다문 채 숨이 끊어져 있었다.

"거기에 후루타안의 주인이 쫓아왔어요. 화공이 죽은 모습을 보고 매우 불쌍해하고 한탄하면서."

큰 소동이었고 심지어 죽은 사람이 나왔으니, 근처 반야番屋 에도 시대에 소방, 자경단의 역할을 했던 파수꾼의 초소. 파수꾼은 지역 주민이 교대로 역할을 맡았다 의 파수꾼이 달려왔고, 오캇피키에도 시대에 요리키·도신의 수하로, 범인의 수

색, 체포 일을 하던 사람도 쫓아왔다. 하지만 엄하게 다그쳐 물어도 후루타안의 주인은 동요하지 않았다.

——돌아가신 이분은 저와 기연으로 얽혀 있는 손님이었습니다.

"붓도 도난당한 것이 아니다, 원래 화공 노인의 물건이고 후루타안에서 잠시 맡았을 뿐이라고 했습니다."

부디 거북한 큰일로 만들지 말고 화공을 장사 지내게 해 주셨으면 좋겠다며 파수꾼들에게 머리를 숙였다고 한다.

"그러다가 소식을 들은 화공의 아들이니 손자니 하인이니 하는 사람들이 달려왔고, 뭐, 오캇피키한테는 얼마쯤 사죄금을 들려 주었겠지요. 별로 말썽도 없이 유해를 인수해 갔습니다."

후루타안의 주인은 시신 수습을 도우며 화공의 가족에게 말했다고 한다.

——저희 가게에서 떠나실 때 선생님은 이미 자신의 목숨이 곧 다하리라 짐작하신 듯했습니다.

붓이 든 종이 상자를 움켜쥐고 가게 주인을 뿌리치며 고함치듯 이렇게 말했다고 한다.

——내 시체는 반드시 화장해 주시오. 이것과 함께 재가 될 테니. 주인장, 지금까지 미안했소. 이건 내가 처리하지.

도미지로의 가슴속에 무거운 돌덩이 하나가 떨어져 내리는 듯했다.

아아, 에이쇼 선생님, 그런 결말을 선택하셨군요.

"도미지로 씨, 괜찮으십니까? 왜 얼굴빛이……."

도미지로는 신경 써 주는 도시락집 대행수 앞에서 더 이상 흐트러지지 않도록 애써 호흡을 가다듬을 수밖에 없었다.

그로부터 며칠 후, 자신의 간이 제자리에 멀쩡히 있나 확인하고 나서 도미지로는 후루타안으로 갔다.

그날의 골동품가게 앞에는 놀고 있는 어린아이의 모습을 본뜬 흙 인형이 몇 개나 장식되어 있었다. 연날리기, 팽이 돌리기, 뱀밥 따기, 벌레 잡기, 물고기 낚시, 부채를 들고 저녁 바람을 쐬고 있는 모습. 하나하나는 도미지로의 엄지만 한 크기지만 생생한 표정이 귀엽다. 나란히 놓여 움직이는 듯 보이는 것도 재미있다.

가게 주인은 안쪽 계산대에 있었다. 장부를 쓰는 중인지 붓을 들고 있었는데 도미지로를 알아차리고는 깜짝 놀라 손을 멈추었다.

"미시마야 씨, 이쪽으로 오시지요."

주인이 권한 둥근 방석에 앉아 도미지로는 그의 얼굴을 보았다.

"……에이쇼 선생님의 소문을 들었습니다."

가게 주인은 곧 납득한 듯 한두 번 고개를 끄덕였다.

"상당한 소동이 일어났으니 분명 미시마야 씨의 귀에도 들어갔겠지요. 아니, 들어갈 거라 기대하고 있었습니다."

늙은 화공의 최후를 도미지로가 알아주었으면 좋겠다고 생각했단다.

"에이쇼 선생님은 그 붓을 가지고 나갈 때 주인장께, 이건 내가 처리하겠다고 말씀하셨다더군요."

가게 주인은 다시 한번 고개를 끄덕이고 어깨를 축 늘어뜨렸다.

"그래서 저도 필사적으로 쫓아가 매달리지는 않았던 것입니다."

무거운 말이었다. 에이쇼는 노인이고 오른쪽 다리가 약간 불편했다. 가게 주인이 옷자락을 걷어 올리고 쫓아갔다면 어렵지 않게 따라잡을 수 있었으리라. 화공의 손에서 붓을 빼앗을 수도 있었을 테지만.

가게 주인은 굳이 그러지 않았다. 에이쇼의 외침을 받아들이고 그 소원을 들어주기 위해.

내가 처리하겠다, 는 말은 '내 좋을 대로 처리하게 해 달라'는 뜻이기도 하다.

가게 주인은 말했다. "그 붓에는 이름이 있었습니다."

자재自在의 붓, 이라고.

누가 이름을 붙였는지는 모른다. 애초에 언제 어디에서 만들어졌는지도 알 수 없었다.

"사용해도 사용해도 낡지 않고 붓끝이 흐트러지는 일도 없습니다. 붓의 털은 잿빛을 띤 흰색인데 새 주인의 손에 건너가 처음에 사용될 때만 희미하게 짐승 냄새를 풍긴다고 합니다."

그 특별한 효능은 도미지로가 오카쓰와 멋대로 한 추측과 판박이였다. 자재의 붓은 사람에게 재능을 준다. 또는 시들어 버린 재능을 다시 한번 되살아나게 한다.

"게다가 대개 붓을 사용하는 모든 재주에 효험이 있어서."

서예나 그림만이 아니다. 붓의 놀라운 힘은 붓으로 글씨나 숫자를 쓰고 배우는 모든 학문에도 미쳤다.

"많은 학자가 십여 년이 걸려도 풀지 못한 어려운 셈법의 술식을, 14, 5세의 젊은이가 이 붓을 손에 들자마자 멋지게 풀어 버렸다는 일화도 있습니다."

다만 거기에는 비싼 대가가 따른다.

"자재의 붓은 사용하는 당사자가 아니라 주위에 있는 사람의 생기를 빨아들입니다."

주위 사람들을 상처 입히고 피를 흘리게 만든다. 마지막에는 목숨까지 빼앗는다. 게다가 그 양상이 하나같이 참혹하다고 한다.

"에이쇼 선생님의 경우에는, 선생님이 붓을 쓰기 시작하고 며칠 후에 우선 부인께 난이 닥쳤습니다."

중풍으로 쓰러진 후로 자유롭게 그림을 그리지 못하는 남편의 속마음을 헤아려 주고 누구보다도 걱정해 온 에이쇼의 아내였다.

"자재의 붓을 얻은 선생님이 병으로 쓰러지기 이전뿐만 아니라 가장 붓이 날카로웠던 무렵과 같은 재주를 되찾으셔서 환희의 눈물을 흘리고 계셨는데."

어느 날 아침, 아내의 오른쪽 눈에서 엄청난 양의 피가 흘러나

오는가 싶더니 퐁 하는 소리를 내며 오른쪽 눈알이 뭉개지고 말았다.

"놀라고 당황한 사이에 코에서도 입에서도 피가 흘러나오고 부인은 그 자리에 쓰러져 정신을 잃었습니다."

가족과 도제들이 당황하여 달려와 에이쇼의 아내를 안아 일으킨 순간, 이번에는 왼쪽 눈이 뭉개졌다. 터져 나온 피가 옆에 있던 도제의 얼굴에 튀었다.

"그 후로 부인은 앓아눕고 말았습니다."

고열과 격통에 시달리고 눈알이 있던 곳에 뻥 뚫린 안와에서는 멎었다가도 갑자기 피와 고름이 흘러나온다. 에이쇼의 아내는 제정신을 잃고 가까스로 입술을 물로 축이는 정도밖에 하지 못한 채, 앓아누운 지 열흘째에 뼈와 가죽만 남아 죽고 말았다.

"열흘 동안 에이쇼 선생님은 정신이 나간 사람처럼 계속해서 그림을 그렸습니다."

무엇이든 생각대로 그릴 수 있었다. 왕년의 힘을 되찾고, 거기에 지금의 경험과 지혜가 더해진 것이다. 에이쇼는 화공으로서 가장 충실한 시간을 얻어 침식을 잊은 채 그림에 몰두했다.

같은 지붕 아래에서 아내가 죽어 가는데도 마음을 쓰지 않고.

"부인의 유해가 너무나도 야위고 시들어 있어서 관에 넣어 묻지도 못하고 화장을 선택하게 되었는데."

에이쇼는 아내의 유골을 담은 뼈 단지가 '좀처럼 볼 기회가 없는 귀한 것'이라며 자재의 붓을 써서 소묘를 그렸다나.

에이쇼의 아내가 사라지자 화공의 손 안에서 계속 움직이던 자재의 붓은 곧 다음 생피를 찾았다.

"시집을 갔던 선생의 따님이 부인의 장례를 치르기 위해 집으로 돌아와 있었지요. 마침 산달이었습니다."

딸의 출산은 세 번째로 앞의 두 아이는 순산하여 건강하게 태어났다. 세 번째 아이도 바로 어제까지는 아무런 지장 없이 순조롭게 자라고 있었는데,

"선생님의 부인을 보내 드린 그날 밤, 갑자기 산기를 느낀 따님은 사흘 밤낮을 고통스러워한 난산 끝에 아이와 함께 숨을 거두고 말았습니다."

이 이야기를 오치카가 아기를 낳은 후에 듣게 되어 다행이다. 도미지로는 마음속으로 어두운 안도의 한숨을 쉬지 않을 수 없었다.

"급히 따님의 산실을 꾸몄던 안방은 흘러나온 피가 며칠이 지나도 마르지 않는 바람에 바닥 판자가 썩어 버려서 두 번 다시 쓸 수 없게 되었다나요."

피의 양이 엄청났기 때문이다.

자재의 붓은 피를 좋아한다. 흠뻑, 듬뿍, 따뜻하고 짙은 피를.

"그 후에도 에이쇼 선생님과 같은 지붕 아래에 있는 사람들이 하나둘 쓰러져 갔습니다."

후계자인 아들, 며느리, 도제, 하녀, 하인. 어떤 사람은 다리가 새까맣게 썩어 설 수 없게 되고, 어떤 사람은 배에 커다란 종기가

생겨 움직일 수 없게 되고, 어떤 사람은 귀와 눈에서 피가 끊임없이 흘러 나왔는데.

"마지막에는 모두 똑같이 뼈와 가죽만 남았지요."

모든 생기와 피를, 불길한 붓에 빨리고.

"온 집안이…… 지옥 같은 모습인데도, 에이쇼 선생님은 아랑곳하지 않고 계속 그림을 그리고 계셨나요."

도미지로의 물음에 가게 주인은 괴로운 듯이 눈을 가늘게 떴다.

"나중에 본인한테서 들은 이야기입니다만."

에이쇼도 주위에서 참사가 이어지고 집안사람들이 픽픽 죽어나간다는 사실을 물론 알고 있었다.

"이래선 안 된다, 붓이 원흉임을 알고 있었지만."

붓을 손가락에서 놓을 수가 없었다. 필사적으로 떼어 내면 곧 초조함이 온몸을 덮친다.

──지금 놓으면 자재의 붓은 어딘가 다른 곳으로 가 버리겠지. 다른 사람의 소유가 되겠지. 이토록 신통한 힘을 가진 붓을 포기해야 하다니. 그럴 수는 없다. 누구에게도 넘겨주고 싶지 않다!

"절대 놓을 수 없다는 생각으로 머리가 가득해지고 다른 생각이 떠오르지 않았다더군요. 아내가 죽고 아들이 죽고 며느리는 피를 흘리며 신음하고 있다. 모두 소중한 가족이다. 구해야 한다."

——이 붓을 놓기만 하면 된다.

　아니, 안 된다. 놓을 수야 없지.

　옴짝달싹할 수 없는 고뇌로부터 화공을 구한 이는 인편으로 일가의 이변을 듣고 위로하러 찾아온 에이쇼의 소꿉친구였다. 한때는 에이쇼와 마찬가지로 그림에 뜻을 두었고 장래가 촉망되는 재능을 가지고 있었지만 눈병 때문에 붓을 꺾고, 그 후의 인생은 뜸 치료사로 살며 병과 장애로 괴로워하는 많은 사람들을 치료해 온 로안이라는 이름의 노인이다.

　에이쇼의 심신 상태를 살펴본 로안 선생은 단박에 꿰뚫어 보았다. 평범한 병이 아니라 심상치 않은 화(禍)가 화공의 집을 유린하고 있음을. 그는 참을성 있게 에이쇼와 마주 앉아 이야기를 듣고 결국 자재의 붓에 관련된 모든 정황을 파악하기에 이르렀다.

　　——에이쇼, 그 붓은 사악한 마물일세.

　신통력이 아니야. 자네가 왕년의 힘과 재주를 되찾았다고 생각하나. 그렇지 않네. 마물에 눈이 흐려져 되찾았다고 착각했을 뿐이지.

　로안 선생은 빛을 잃은 눈에서 눈물을 뚝뚝 흘리며 에이쇼의 손을 잡고 설득했다. 두 사람이 아이였던 시절의 추억 이야기도, 젊을 때 스승님 밑에서 공부하며 서로 이야기했던 꿈도 끄집어내어, 에이쇼에게 사람의 마음을 되찾게 하려고 노력했다.

　사흘 밤낮이 걸려 에이쇼는 간신히 자재의 붓을 움켜쥐고 있던 손가락의 힘을 풀었다. 자재의 붓은 에이쇼의 무릎 앞에 떨어지자 하얗고 작은 뱀처럼 몸을 꿈틀거리며 옆에 있던 로안 선생 앞으로 굴러왔다.

로안 선생은 침착했다. 화공의 집에 가까스로 한 명 남아 있던 늙은 하녀를 불러 부지깽이를 가져오라고 한 뒤에,

"긴 부지깽이로 자재의 붓을 집어 들어 준비해 둔 종이 상자에 넣고는, 끈을 두르고 밀랍으로 봉했습니다."

——나도 한때는 화공이 되려고 했던 몸. 이것을 맡을 자신은 없네. 에이쇼, 누군가 믿을 수 있는 사람이 없는가.

"그래서 후루타안 씨한테."

"예. 과분하기도 하고, 무섭기도 한 역할을 맡게 된 것이지요."

도미지로도 골동품 가게 주인의 고요한 담력을 의지하고 있으니, 에이쇼의 판단은 옳았다고 해야겠다.

그러나 약간 의아한 부분이 있다.

"왜 그때 자재의 붓을 태워 버리지 않았습니까?"

부지깽이로 집은 채 그대로 화로에든 화덕에든 던져 넣어 버렸으면 좋았을 텐데.

"그런다고 화禍가 끝날지 어떨지 확실하지 않으니까요." 가게 주인은 말했다. "상대는 많은 사람의 목숨을 빼앗아 온 마물입니다. 섣불리 없애려다가 더 심한 일이 일어나면 곤란하지요."

당시 후루타안에 에이쇼 선생과 로안 선생이 나란히 함께 찾아와 마물의 붓을 둘러싼 대강의 이야기를 해 주었고 셋이서 상의했다고 한다.

"에이쇼 선생님이 해골 위에 가죽을 씌운 것처럼 야위어 계셔서 저는 인사도 못할 정도로 놀랐습니다. 하지만 말씀을 들으며 지켜보고 있자니 눈이 맑고 표정도 밝아 안심했지요."

로안 선생은 가슴 앞에 큼직한 나무 상자를 안고 있었다. 나무 상자를 열면 더 작은 나무 상자가, 안에는 또 더 작은 나무 상자가 나타나는 식으로 겹친 다섯 개의 나무 상자 속에 자재의 붓을 넣은 작은 종이 상자가 들어 있었다고 한다.

"물론 밀랍의 봉인을 그대로 둔 채 맡았기 때문에 저는 자재의 붓을 이 눈으로 보지는 못했습니다."

보지 않은 채로 두는 편이 골동품 가게 주인의 마음을 차분하게 하는 데에도 좋았다.

"다만 신경이 쓰이는 점은 자재의 붓이 에이쇼 선생님의 손에 들어가게 된 경위입니다."

공교롭게도 에이쇼의 기억은 흐릿했다.

"사지 않았다. 받았다. 아는 사람한테 받은 게 아니라, 어느 날 그림을 사고 싶다며 찾아온 손님이 품에 가지고 있다가 눈앞으로 내밀었다고요."

고개를 갸웃거리고 턱을 문지르며 어떻게든 떠올리려던 화공이 문득 굳은 얼굴로 말했다.

──넋을 잃을 정도로 아름다운 젊은 무사였는데 나와 이야기하는 동안 한 번도 눈을 깜박이지 않았소.

사람이 아니다. 역시 마물이다.

"그 후로 저는 쭉 자재의 붓을 맡아 가지고 있었습니다."

후루타안에서도 봉인 취급이라, 곳간 안쪽 선반 높은 곳에 올려 두어 평소에도 쉽게 눈에 들어오지 않도록 해 두었다.

"완전히 회복한 에이쇼 선생님은 도망치지 않고 살아남은 충성스러운 도제와 고용살이 일꾼들의 도움을 받고, 또 로안 선생님의 치료를 받으며 평안하게 지내셨습니다."

그러나 후루타안이 붓을 맡은 지 1년쯤 되었을 무렵 로안 선생이 병으로 세상을 떠났다. 원래 지병이 있었으니 자재의 붓이 내린 저주에 당한 것은 아닌 듯했지만,

"지탱해 주던 로안 선생님을 잃자 에이쇼 선생님은 다시 마음이 흔들리게 되고 말았습니다."

──자재의 붓을 갖고 싶다.

"붓이 있는 제 가게에 자주 찾아오셨지요."

에이쇼가 올 때마다 가게 주인은 붓을 맡았을 때 셋이서 정한 규칙을 이야기하고 로안 선생의 말을 예로 들어 화공을 진정시키려고 노력했다. 에이쇼도 가게 주인이 설득하면 제정신으로 돌아와 끊임없이 사과하며 물러갔다. 하지만 보름도 지나지 않아 또 찾아왔다.

"시간이 갈수록 간격도 점점 짧아져 갔습니다."

닷새도 못 가서 불편한 다리를 끌며 후루타안을 찾아오는 에이쇼는 얼굴을 일그러뜨리고 비지땀을 흘리고 눈물 어린 눈이 되어, 애처롭기도 하고 꺼림칙하기도 했다고 한다.

"분명 마음속에는 무시무시한 갈등이 소용돌이치고 있었겠지요."

다른 사람은 이해할 수 없는, 붓의 힘을 아는 자만이 짐작할 수 있는 기쁨과 공포가 서로 다투고 있었다——.

"하지만 일전에 결국 그 다툼의 균형이 깨지고 에이쇼 선생님은 붓을 먹어 버리셨군요."

도미지로의 말에 가게 주인은 고개를 끄덕였다.

"왜 지금에 와서 자재의 붓을 분지르고 자신도 죽을 결심이 섰는지 에이쇼 선생님한테 조리에 맞는 이유를 들을 수는 없었지만……."

붓을 꺼내어 가게에서 구르다시피 나가기 전에 화공은 이렇게 외쳤다고 한다.

——로안이 옳았어. 나는 속고 있었던 게야.

"속고 있었다?"

"무슨 뜻인지 저도 확인할 수 없었기 때문에 선생님의 장례에 갔을 때 도제분에게 여쭤보았더니."

에이쇼는 자재의 붓에 매달리던 무렵 그린 작품을 근자에 꺼내어 자세히 살펴보곤 했는데,

"도제분도 알 수 있을 정도로 그 작품들은 질이 떨어져 있었다고 합니다."

뭐? 왕년의 재주와 힘을 되찾고 완성한 작품이 아니었던가?

"막 그렸을 무렵에는 본인에게도 주위 사람들의 눈에도 그렇게

보였겠지요."

그러나 자재의 붓이 미치는 힘을 떠나 세월이 지나고 나서 다시 살펴보았더니,

"훌륭한 그림을 그릴 수 있다는 생각은 전부 공허한 착각, 나쁜 꿈에 지나지 않았다는 진실을 알아 버렸고……."

어린아이의 낙서보다도 못한 치졸한 선. 선명한 색채를 얻기 위해 비용을 아끼지 않고 값비싼 안료를 사용했는데도 전부 빛이 바래었을 뿐만 아니라 썩은 안료를 칠한 것처럼 지저분한 색으로 바뀌어 이상한 냄새를 풍기고 있었다.

"진실을 확인한 순간 에이쇼 선생님은 자재의 붓을 퇴치해야 한다고 결심하셨겠지요."

목숨을 빼앗긴 가족의 원수를 갚겠다. 더 이상 누구도 그 붓에 현혹되는 일이 없도록 산산이 부수어 태워 주마.

도미지로는 중얼거렸다. "자신의 몸과 함께."

그것은 자신이 마물에게 현혹된 탓에 참혹하게 죽은 모든 사람들에 대한 보상이기도 하다. 죽음이라는 형태로밖에 보상할 수 없다는 점은 아쉽고 슬프지만 아무것도 하지 않는 것보다는 낫다.

도미지로는 얼굴을 숙이고 조용히 한숨을 쉬다가 후루타안의 계산대 격자를 바라보았다. 검게 옻칠이 되어 있다. 처음 칠을 했을 무렵에는 선명했겠지만 지금은 고색古色이 짙어져 수수한 멋이 배어난다. 자세히 보니 모서리 부분에 작은 손가락 자국이 하나

눈에 띄었다.

가게 주인의 아이가 낸 것일까. 어린아이를 데려온 손님이 있었나. 멍하니 바라보고 있자니 가슴에 무언가 치밀어 올랐다.

──만일 나 때문에 고우메가 목숨을 잃는다면.

가족 중 누군가가 피를 흘리고 괴로워 몸부림치며 죽어 가는 일이 일어난다면.

제정신으로 살 수 없으리라.

그런 슬프고 무서운 일과 맞바꾸어서라도 얻고 싶은 것은, 하나도 없다. 그 정도의 각오도 없다.

"……저는."

도미지로가 작은 목소리로 중얼거렸다.

"화공을 동경하고 있었습니다."

도미지로는 얼굴을 들지 않은 채 무릎 위에 둔 손의 손톱을 계속 바라보았다. "화공이 될 수 있으면 좋겠다, 좋아하는 그림을 그리며 살아갈 수 있으면 좋겠다고 생각할 때가 있었습니다."

하지만 예술의 길은 자신의 예상과 너무나 달랐다.

"가진 재주를 살리며 살아가는 일이 그저 행복하기만 하진 않다는 걸 알게 되었습니다. 하물며 그것을 잃고, 가지고 있는 재주만으로 만족할 수 없게 되었을 때에는 처절한 혼의 굶주림에 시달리게 되겠지요."

자재의 붓은 그 굶주림을 먹이로 삼는 마물이다. 하지만 마물임을 알면서도 그 힘을 원하는 인간의 나약함이야말로 가장 무서운 것이리라.

"어떤 행동을 하든 거기에는 나름의 업이 따르게 마련이지요." 가게 주인이 온화한 목소리로 말했다. "예술의 길을 걷는 분만의 이야기가 아니라 모든 사람에게 다 마찬가지 아니겠습니까."

도미지로의 귀에, 가게 주인의 말은 위로로도 격려로도 들리지 않았다. 하나의 분별, 지혜로서 스며들지도 않는다.

"이제 가슴에 품은 뜬구름 잡는 동경은 그만두고."

도미지로가 말하며 그제야 얼굴을 들었다. 가게 주인은 입가에 살짝 웃음을 지은 채 또렷한 눈썹 끝을 늘어뜨리고 있다. 그 상냥한 눈빛을 보며 도미지로는 말했다.

"저는 제 그릇에 맞는 생계의 길을 고르고 부모님께 효도하도록 하겠습니다."

화공이 되는 꿈을 단호하게 버리고 취미로 붓을 쥐는 일도 그만두자. 언젠가 아버지 이혜에의 나이가 되고 그때도 그림에 대한 마음이 남아 있다면, 그때야말로 은퇴 후의 취미로 다시 한번 붓을 잡으면 될 일이다. '취미'란 본래 그 정도의 의미이리라.

자재의 붓 이야기는 흑백의 방에서 들은 이야기가 아니니 특이한 괴담 자리의 이야기로 세지 말고 그냥 잊어버리도록 하자. 다음 이야기꾼에게서 듣는 이야기는 굳이 그림을 그리지 말고 듣고 버리기로 하자. 그렇게 하자.

자신이 마음먹은 일을 오카쓰도 이해해 주었으면 좋겠다고 생각한 도미지로는 흑백의 방에서 전부 털어놓았다. 호위 역을 맡은 하

녀는 그리 놀란 얼굴을 하지 않고,

"도련님 마음 가는 대로 하셔요" 하고 다정하게 말했다.

"고마워. 이곳의 책상과 서찰함도 치워 버려."

하지만 이후로 도미지로는 밤에 제대로 잘 수 없게 되었다. 꾸벅꾸벅 졸다 보면 꿈을 꾼다. 자신이 자재의 붓을 손에 들고 그림을 그리고 있다. 또는 누군가 모르는 화공이 자재의 붓을 손에 넣고 자랑하고 있다.

──이 붓만 있으면 천하의 명품을 그릴 수 있다!

상대의 기뻐 보이는 얼굴을 바라보며 도미지로의 가슴은 질투로 타들어 간다. "그만둬!" 하고 소리치다가 잠이 깬다. 식은땀을 흠뻑 흘리며.

그런 일이 엿새나 이어지자 형 이이치로가 아침밥을 먹는 자리에서 물었다.

"매일 밤 가위에 눌리던데 뭔가 싫은 일이라도 있었던 게 아니냐."

아무 일도 없다고 도미지로는 웃으며 얼버무렸다. 진귀한 그림책을 발견하여 읽었더니 이상한 이야기더라고요. 그래서 그래요. 걱정 끼쳐서 미안합니다, 형님.

그러고 나서 혼자 흑백의 방에 들어가 보니 책상도 서찰함도 아직 그대로다. 먹물통에 먹물도 가득 차 있다. 오카쓰의 조처다. 아니꼽달까, 무엇이든 다 꿰뚫어 보고 있어 황공하다고 할까.

1각을 족히 들여 도미지로는 한 자루의 붓 그림을 그렸다. 다 그

리고 나서는 도망치듯 책상을 떠나 손뼉을 쳐서 오카쓰를 부르고
는 평소처럼 봉해 달라고 했다.

이것이 마지막이다. 이제 다시는 그리지 않겠다.

바늘비가
내리는
마　을

음력 10월 초, 이혜에와 오타미가 단풍놀이를 하러 가게 되었다.

부부가 둘이서만 가는 산천 유람은 아니다. 올해 야부이리고용살이 일꾼이 정월 또는 우란분의 16일 전후에 휴가를 얻어 고향집에 돌아가는 것가 끝나고 행수 우두머리에서 막 대행수로 올라간 헤이키치와, 고참 하녀 오시마를 대신해 들어와 일한 지 슬슬 1년이 지나려고 하는 하녀 오요시와 오사토까지 세 사람이 함께 간다. 미시마야에서는 고용살이 일꾼들 각자에게 적당한 시기를 보아 평소의 노고를 치하하고 언제 어떤 형태로 다른 가게에 내보내도 부끄럽지 않은 행동거지를 가르치기 위해, 이렇게 놀러 나갈 때에 데리고 가는 풍습이 있다. 사환인 신타도 몇 년 전에 오치카를 수행하여 매화 꽃놀이와 요릿집에 따라간 적이 있다.

당일에 가게를 보는 일은 후계자인 이이치로가 맡는다. 본인이 송구스러워서 호칭은 계속 대행수지만 입장상으로는 틀림없이 총대행수인 야소스케도 이날은 계산대를 이이치로에게 양보하고 가게에도 나가지 않기로 했다.

"가끔은 만 하루 동안 쉬든 놀든 하고 싶은 일을 하게."

안주인인 오타미의 말에 야소스케가 제일 먼저 청한 것은,

"그렇다면 효탄코도를 찾아가고 싶은데요……."

듣고 보니 야소스케는 드디어 어머니가 된 오치카도, 아기 고우메도 아직 제대로 대면하지 못했다.

"그래야지, 그래야지. 그쪽에는 내가 이야기를 해 두겠네. 느긋하게 고우메를 안아 보고 오시게."

야소스케는 미시마야가 지금 같은 큰 가게가 되기 전부터 이헤에와 오타미를 위해 한결같이 충실하게 일해 주었다. 평소에는 아무도 신경 쓰지 않지만, 실은 나이도 이헤에보다 두 살 위인 만큼 장사 경험은 단연 야소스케 쪽이 두텁다. 이헤에에게는 야소스케가 장사의 스승이었던 시절도 있다. 부부가 이 정도까지 주머니 가게를 꾸려 올 수 있었던 것은 다른 누구보다도 야소스케 덕분이었다.

화공이 될 수 있으면 좋겠다……라는 덧없고 느긋한 동경을 단호하게 잘라 내겠다 결심하고 나서 도미지로는 지금껏 신경 쓰지 않았던 일, 마음에 두지 않았던 일들에 저도 모르게 신경을 쓰게

되었다.

야소스케라는, 가까이 있는 걸 당연하게 여겼던 인물의 과거를 생각하는 일도 그중 하나다.

——부지런할 뿐만 아니라 계산에도 밝은 사람이 어째서 자기 가게를 가지려고 하지 않았을까. 왜 아버지와 어머니의 마루 밑에서 숨은 일꾼으로 30년이나 지내 왔을까.

야소스케에게도 자신의 미래를 이렇게 하고 싶다, 저렇게 하고 싶다, 저것이 갖고 싶다, 이것은 싫다는 욕심이나 취향이 있었을 터인데. 자신의 가게를 갖는 꿈도 상인이라면 한두 번은 품지 않았을 리가 없다. 그런데 눈앞에 있는 야소스케한테서는 그런 욕구의 기미조차 느껴지지 않는다.

——웬만한 스님보다 욕심이 없어.

몸집이 작고 늘 약간 곤란한 듯 눈썹이 처져 있고 요통이 있는 아저씨. 아니, 슬슬 할아버지인가. 그러나 야소스케에게는 손주는커녕 아내도 자식도 없다. 자신의 인생을 모두 미시마야에 바쳐 왔다.

미시마야의 아들로서는 그저 감사하는 마음밖에 없다. 다만 이제야 자신의 인생을 진지하게 생각하기 시작한 젊은이로서는 야소스케가 자신의 삶을 후회하지 않을지 의문이다. 그런 생각을 하고 있던 탓에 야소스케와 얼굴을 마주하면 쑥스러운 듯한, 켕기는 듯한 기분이 들어 곤란했다.

미시마야 일행이 단풍놀이를 한 후에 들를 식당은, 늘 그렇듯이 오타미의 부탁을 받은 도미지로가 궁리하고 또 궁리하여 골랐다. 유명한 요릿집으로 해 두면 수고는 들지 않지만 그러면 기대를 받은 보람이 없다고 할 수 있다. 헤이키치와 하녀들은 주인과 안주인이 데려가 주는 곳이니 어디든 좋지 않겠나. 하지만 그것만으로는 재미가 없다.

도미지로는 효탄코도의 간이치로부터 최근의 밥집과 요릿집의 평판을 입수하고, 단풍놀이 때 사용할 배의 타고 내리는 위치도 고려하여, 료고쿠 야나기바시에 있는 '히토모지'라는 요릿집으로 마음을 정했다. 이제부터 제철을 맞는 옥돔을 통째로 튀겨 조린 요리와, 도미 꼬리와 머리로 낸 육수를 끼얹어 대접하는 황매화밥 계란 노른자를 잘게 부숴 밥 위에 올려서 황매화와 같은 색깔을 낸 것으로 유명한 곳이다. 가게의 구조가 아담하고 요란스럽지 않은 점도 좋다.

덧붙여 말하자면 가게 이름인 '히토모지一文字'는 '미소히토모지 三十一文字 5·7·5·7·7의 다섯 구로 이루어진 짧은 시 단가(短歌)의 다른 이름. 총 31글자로 이루어져 있어 이렇게 불렸다'에서 착안한 것인데, 주인의 생가가 에도 아마미소甘味噌 쌀누룩으로 만든 된장. 대두에 비해 쌀누룩을 넣는 비율이 많은 것이 특징으로 소금기가 적고 단맛이 난다를 만드는 된장(미소)집이기도 하다. 단맛이 강한 하얀 된장은 고급품인지라 평소에는 좀처럼 맛볼 수 없다. '히토모지'에서는 이 된장을 사용한 구이나 무침을 몇 종류나 갖추어 내준다.

이런 준비를 하고 있을 때 도미지로는 진심으로 즐거워 수고라고는 전혀 아끼지 않는다. 몇 번이나 사전 답사를 하러 찾아가고 끈질기게 조사도 한다. 자신의 돈을 쓰면서 아깝다고도 생각하지 않는다. 사람들이 기뻐해 주면 족한 것이다.

모든 준비가 끝나고 드디어 내일이 단풍놀이. 날씨도 좋아서 이 상태라면 비가 올 걱정은 없겠지——라는 이야기를 하면서 둘러앉아 저녁을 먹은 후, 도미지로는 형 이이치로가 야소스케를 불러 안채의 장롱방 쪽으로 들어가는 모습을 목격했다.

장롱방이라고 뭉뚱그려 부르는 이유는 세 평에 마루방이 반평 딸려 있는 그 다다미방에 거의 온 집의 장롱과 차 상자가 모여 있기 때문이다. 오타미의 지시였는데 가족들이 몸에 걸치는 모든 의류의 정리 정돈과 관리를 한 곳에서 해치워 버리기 위한 방책이었다.

볕도 잘 들고 바람도 잘 통하는 방이지만 툇마루는 없다. 오타미의 지휘로 하녀들이 부지런히 드나드는 시기는 1년에 두 번 옷을 바꿀 때 정도다. 그런 곳에 후계자인 장남과 대행수가 무엇을 하러 가는 걸까.

이이치로는 머리도 좋고 얼굴도 좋고 목소리도 좋고 사람 됨됨이도 좋은, 이지러진 데가 없는 보름달 같은 사내다. 동생으로서 팔이 안으로 굽어서가 아니라 세상 사람들이 인정하는 사실이다. 고용살이 일꾼들의 신뢰도 두텁고, 야소스케도 평소 주인인 이혜에를 대할 때와 똑같이 이이치로에게도 경의를 품고 있음을 옆에서 보아도 알 수 있다.

한데 무슨 일일까. 도미지로는 약간 불안함을 느꼈다. 보름달 같았던 형도 지금은 가끔 변덕스러울 때가 있기 때문이다. 작년 여름쯤 혼담이 깨진 일로 상심하고 마음을 치유하지 못한 채 장사 일을 배우던 가게에서 미시마야로 돌아온 뒤로 가끔이기는 하지만 묘하게 심술궂게 굴거나 차갑게 굴 때가 있었다.

도미지로는 아직 좋아하는 상대와의 관계에서 그 정도의 상심을 경험한 적이 없(애초에 그렇게까지 좋아하는 상대를 만나지 못했)기 때문에, 이이치로의 마음 깊은 곳에 어떤 가시가 박혀 있고, 그것이 욱신거리면 얼마나 괴로운지 짐작이 가지 않는다. 다만 시간이 지나면 이이치로가 타고난 명랑함을 되찾아 주리라 믿고 있다. 새로운 만남이 있으면 순조롭지 못하게 깨진 혼담도 전부 옛날이야기가 되고 아무래도 상관없는 사소한 일이 되어 사라져 가리라고.

그래도 지금은 마음에 걸려 견딜 수가 없어서 복도 끝에 몸을 숨긴 채 상황을 엿보고 있다. 복도 막다른 곳의 벽에는 작은 선반이 있고, 오카쓰가 꽃을 꽂거나 가끔은 모양 좋은 돌을 어디에선가 구해 와 장식해 두기도 한다. 오카쓰가 하는 일이니 분명 이유가 있겠지만 물어볼 기회가 없었다. 지금이 그 기회라는 척, 입이 좁은 꽃병에 꽂혀 있는 수선화를 감상한다. 만져 보니 놀랍게도 생화가 아니라 천으로 만든 조화였다. 오카쓰는 이런 걸 어디에서 구해 오는 걸까.

이이치로가 장롱방에서 나와 총총히 거실 쪽으로 물러갔다. 도미지로를 알아채지는 못했고 조금 서두르는 기색이었다.

그럼 야소스케는 무엇을 하고 있을까? 도미지로는 살금살금 장롱방으로 다가갔다. 당지문의 둥근 고리를 살며시 잡아당기자 앞쪽에 있는 한 평 반짜리 작은 방으로 장롱방에 켜 놓은 사방등의 불빛이 새어 나오고 있었다. 심지를 아주 길게 해 두었는지 몹시 밝다.

더욱 살금살금 다가가 도미지로는 목을 빼고 장롱방 안을 엿보았다.

사방등이 만드는 따뜻한 빛의 테두리 안에 정좌한 야소스케의 옆얼굴이 보인다. 무릎 앞에 두꺼운 종이를 펼쳐 놓고 옷을 개는 중이다.

"어?"

큰일났다. 마음속으로만이 아니라 소리를 내어 말해 버렸다. 곧 야소스케가 이쪽을 돌아보고 숨어 있던 도미지로는 발각되었다.

"뭐 하고 있어요, 야소스……."

이름을 채 다 부르기도 전에 야소스케의 새빨개진 눈과 뺨에 빛나는 눈물 자국이 눈에 들어왔다.

우아아아아. 형님이 또 변덕을 일으켜서 일부러 이런 곳까지 불러내 꾸짖은 걸까. 철이 들기 전부터 함께 살아왔지만 지금까지 오치카의 혼례 때를 빼면 대행수님이 이렇게 손 놓고 우는 얼굴을 본 적이 없다.

"어, 어어어어, 어어어어."

마구간에서 말을 달래는 소리를 내려던 게 아닌데, 나도 참 무엇을 하고 있는 건지. 아무래도 혀가 돌아가지 않는다.

도미지로의 얼굴을 보자 야소스케는 당황한 듯 얼굴의 눈물을 닦고 다시 이쪽을 향하더니 납작하게 머리를 숙였다.

"꼴사나운 모습을 보여서 뭐라 드릴 말씀이 없습니다. 용서해 주십시오, 도미지로 씨."

그러고 보니 야소스케만은 도미지로가 몇 번을 '도련님이라고 불러 줘'라고 장난스럽게 말해도 귀에 들어오지 않는다는 듯한 얼굴을 하고 '도미지로 씨'라고 계속 부르고 있다.

——어릴 때는 '아기씨'였지.

이런 때인데도 상황에 어울리지 않는 생각이 떠올랐다. 야소스케는 형제가 어렸을 때, 이이치로는 지금과 다르지 않은 '이이치로 씨'로, 도미지로는 '아기씨'라고 불렀다. 장남보다 작은 차남이기 때문일 것이다.

"나, 나한테 사과할 것 없어요, 야소스케 씨."

도미지로도 고참인 고용살이 일꾼 우두머리를 좀처럼 함부로 부를 수가 없다. 본가인 미시마야로 돌아온 그날부터,

"앞으로 잘 부탁하네, 야소스케" 하고 당당하게 굴던 이이치로와는 그릇이 다르다.

"대체 어떻게 된 거예요, 야소스케 씨가 울다니……. 혹시 오치카가 다시 한번 혼례를 올리게 되기라도 한 거예요?"

일부러 요란스럽게 손짓발짓을 하며 도미지로는 말해 보았다.

그러자 야소스케의 표정이 누그러졌다. 쿡쿡 웃는다.

"그런 일이 일어난다면 효탄코도의 간이치 씨가 큰일이겠지요."

"그 녀석이라면 세상을 비관하고 출가해 버릴지도요."

이번에는 둘이서 작게 웃었다. 그리고 야소스케는 오히려 공손할 정도로 정중한 손놀림으로 무릎 옆에 펼쳐 둔 두꺼운 종이와 옷을 도미지로에게 가리켜 보였다.

"……조금 전에 받았습니다."

"이 옷을? 아, 하오리도 속옷도 있군요."

지치부기누秩父絹 사이타마현 지치부 지방에서 만들어지는 무늬 없는 견직물. 옷이나 침구 등의 안감으로 쓰인다로 지은 겨울 고소데와 견주絹紬 작잠사(柞蠶糸)로 짠 얇은 평직물. 담갈색을 띠며 절(節)이 있다. 이불, 양산, 옷 등에 사용된다 주반, 오글오글한 비단으로 된 검은 하오리다. 하오리에는 미시마야의 이름이 자수 문양으로 좌우의 소매와 등에 들어가 있다.

도미지로는 물었다. "이거, 형님이 야소스케 씨한테?"

"예." 깊이 고개를 끄덕이고 야소스케는 또 눈시울을 적셨다. "내일 효탄코도를 찾아갈 때 입고 가라고요."

흐으음. 도미지로는 크게 뜨고 있던 눈을 깜박거리며 깊이 숨을 들이쉬었다가 내쉬었다. 꽤 멋진 일을 했네, 형님.

기모노도 하오리도, 어제 생각나서 오늘 지어 낼 수 있는 물건이 아니다. 그저께 시작해도 무리다. 즉, 꽤 옛날부터 준비를 해 두었다는 뜻이 되는데,

"자네를 위해 지은 것이 아니다, 나도 받은 것을 주는 것뿐이니 신경 쓰지 말라고 하셨습니다."

"어, 그런가요?"

그건 그것대로 또 이상하다. 누가 언제 이이치로를 위해 지은 옷일까. 어째서 소중하게 아껴 두었을까. 시침질한 실도 그대로 남아 있는 새 옷을.

뭐, 아무래도 상관없으려나. 야소스케 씨는 보고 있는 나도 찔끔 눈물이 나올 정도로 기쁜 모양이니까.

"잘됐네요."

"예, 고맙습니다."

"옷을 개면 내가 야소스케 씨 방까지 가져다줄게요. 가끔은 거드름을 피우면서 따라오세요."

미시마야에 들어와 살고 있는 야소스케는 동쪽 한 모퉁이에 있는 두 평 반짜리 방에서 지내고 있다. 부엌과 하녀방 근처고, 측간 옆이다. 하지만 본인은 아침 해가 들어 기분이 좋고 자기 나이가 되면 측간에 가기 쉬운 편이 고맙다고 주장하며, 누가 뭐라고 설득해도 더 좋은 방으로 옮기려 하지 않았다.

"안심했어요. 언뜻 보았을 때는 형님한테 혼난 거라고만 생각했거든요."

두꺼운 종이를 포개며 끙차 하고 일어서는 도미지로에게 야소스케는 웃음을 지었다.

"아니요, 잔소리도 들었습니다."

뭐야, 형님, 역시 혼낸 거예요?

"내일 하루는 작은 나리가 계산대에 앉을 거라고, 전환점으로 삼기 좋은 기회라고요."

──이것을 계기로, 야소스케를 총대행수라고 부르겠네. 아버지에게도 어머니에게도, 다른 사람들한테도 그렇게 부르라고 말해 둘 거야. 가게의 서열은 중요하니 무책임하게 거북처럼 목을 움츠리는 것은 그만두고 격에 맞는 행동을 해 주십시오.

"아하하." 도미지로는 저도 모르게 웃음을 터뜨리고 말았다. "잘난 척 말하는 주제에, 마지막에는 주십시오라니 정중하네요."

"그렇지요."

"그럼 푹 쉬세요, 총대행수님."

"안녕히 주무십시오, 도미지로 씨."

긴 복도를 되돌아가며, 도미지로는 콧노래를 부르다가 곧 멈추었다. 이런 시각에 콧노래라니, 이헤에의 귀에 들어갔다간 혼나고 말 것이다.

\*

하룻밤이 지나 단풍놀이를 가는 일행은 무사히 출발했다.

미시마야는 아침 식사부터 개점 준비, 주위 청소와 물 뿌리기, 이웃과 인사를 나누는 일까지도 모두 작은 나리 이이치로의 지휘하에 수행했다. 어제까지와 전혀 다르지 않은 일을 하는데도 갑자기 젊어진 듯한 분위기에 둘러싸였다.

그리고 모두가 그 사실을 기뻐하고 있었다.

주인이 건강해도 일정한 나이가 되면 대가 바뀌는 상가는 드물지 않다. 가게 자체를 새롭게 하기 위해 필요하기 때문이다. 미시마야에도 그때가 착실하게 다가오고 있다.

대가 바뀌기 전에 이이치로는 우선 아내를 맞이해야만 한다. 일전의 깨진 혼담을 아직도 마음에 두고 있으니 그런 이야기는 당분간 없으리라 짐작했지만, 꼭 그렇지만도 않을지 모른다. 필요하다면 이이치로는 자신의 울적함 따위는 싹둑 잘라 내 버릴 것이다.

생각해 보면 오치카가 시집가기 전 둘이서 차분하게 술을 마셨을 때 형은 분명히 말했었다. 자신은 기꺼이 미시마야를 물려받아 아버지 대보다도 더욱 이 가게를 키우고 싶다고. 욕심도 야심도, 하고 싶은 새로운 장사도 있다고.

훌륭한 2대 주인에게 그만큼 훌륭한 안주인이 되어 줄 아내가 필요하다면, 어울리는 여자를 아내로 맞을 것이다. 좋아하느니 반했다느니 하는 감정은 그때뿐, 화무십일홍이다. 피었다 지는 추억이라 여기면 된다. 상인의 인생은 그 후로도 오래 이어진다. 그 정도로 딱 잘라 생각할 담력과 현명함을 갖춘 이이치로다.

이런저런 생각을 하면서 개점 준비를 돕던 도미지로는 지금부터가 잘 팔릴 때인 어깨 덮개나 목도리를 펼쳐 놓는 장식 선반 가장자리에 오른쪽 정강이를 호되게 부딪쳐 우는소리를 하는 꼴이 되었다.

"세상에, 이거 큰일이네요."

도미지로의 부어오른 정강이를 힐끗 본 오카쓰가 비명을 질렀다.

"찬물로 식히고 습포를 대지요. 부엌까지 걸어가실 수 있겠어요? 누가 도련님을 좀 부축해 드리세요."

그때는 아프고 부끄러워 정신이 없었지만 시간이 조금 지나자 울적해지기 시작했다. 나는 또 뭘 하고 있는 걸까. 바보 같은 소동을 일으키는 바람에 나들이옷을 차려입고 나가는 야소스케를 배웅하지도 못했다. 효탄코도는 길 두 개를 사이에 두고 있을 뿐인 이웃이지만, 도미지로가 선물로 사 가라고 권한 과자를 파는 곳은 아사쿠사고몬浅草御門 에도성을 둘러싸고 있던 문 중 하나. 간다가와(神田川) 강이 스미다가와(隅田川) 강으로 흘러드는 곳 앞에 위치하며, 아사쿠사데라(浅草寺)로 통해 있어 이렇게 불렸다. 주로 서민들이 많이 이용했다 옆에 있는 과자가게다. 멀리 돌아서 가라니 바보처럼 여겨질 수 있으나 오치카도 간이치도 분명히 좋아할 테니 사 가지고 가라——는 전언을 오카쓰에게 부탁하는 것이 고작이었다.

혼자서 흑백의 방에 틀어박혀, 툇마루에 걸터앉아 습포와 무명천을 둘둘 감고, 아직 제철이 되려면 먼 무처럼 통통해진 오른쪽 다리를 바라보며 한숨을 한 번, 또 한 번.

이제 듣고 버리기 위한 그림은 그리지 않기로 결심하고 책상도 서찰함도 치워 버렸다. 텅 빈 흑백의 방에 오늘은 오카쓰도 바빴는지 꽃도 없다. 늘 이야기꾼을 맞이할 때 반지를 붙여 두었던 도코노마에는 흔해 빠진 단풍 산의 족자가 걸려 있다.

요즘 특이한 괴담 자리는 뜸해졌다. 직업소개꾼 도안 노인에게서 아무 말이 없다는 핑계로, 도미지로 쪽에서도 새로운 이야기꾼을 보내 달라는 재촉을 하지 않고 여지껏 헛되이 시간을 보내고 말았다.

막상 이야기꾼을 맞아들여 이야기를 듣고 버리는 단계가 되면, 역시 그림을 그리고 싶어져 버릴까 봐 그랬다. 그림을 그리지 않으면 제대로 듣고 버리지 못해서, 들은 이야기를 가슴속에 담아 두는 꼴이 될지 모른다는 불안도 있었다.

고작해야 괴담을 듣는 청자 역할을 하는 정도인데, 뭘 그렇게까지 깊이 생각하는 걸까. 무릇 괴담 자리란 술자리에서 흥이 올라 시작할 때도 있는 놀이에 불과하다. 그런데 불안하다느니 무섭다느니 어린애도 아니고.

사정을 모르는 이라면 그렇게 말하며 놀릴지도 모른다. 하지만 도미지로에게는 특이한 괴담 자리와 관련된 모든 것이 매우 진지해서 단순한 놀이가 아니었다.

──계속하려면 용기를 내.

붓을 들지 않은 채 흑백의 방에 들어오는 모든 이야기를 듣고 버릴 재주를 익혀 나가야 한다. 그럴 수 있을까. 의욕이 있나.

도코노마의 단풍 산을 바라보면서 자문자답하고 있자니 복도 쪽에서 신타의 목소리가 들렸다.

"도련님, 좀 어떠십니까?"

연고가 효과가 있어서 욱신거리는 아픔은 꽤 나아졌다. 그러나 오른쪽 정강이는 꼴사납게 부어올랐다.

"부끄러울 뿐이지 이제 괜찮아."

대꾸하며 툇마루에서 방 쪽으로 옮기려던 도미지로는 제대로 일어설 수 없어서 스스로도 놀랐다.

"걱정 끼쳐서 미안하구나. 들어오렴."

당지문을 탕탕 여닫으며 신타가 동그란 얼굴을 내밀었다. 무명 천으로 둘둘 감긴 도미지로의 오른쪽 정강이를 힐끗 보더니 자신도 아픈 듯한 표정을 짓는다.

"실은 도안 씨가 보낸 심부름꾼이 와서, 지금부터 이야기꾼을 보내려고 하는데 사정이 어떠시냐고 물어서요."

도미지로는 당장 대답하지 못하고 입을 다물었다.

마침 이럴 때에 새로운 이야기꾼이라니.

──왠지 노린 것 같잖아.

보다시피 지금의 도미지로는 생각대로 움직일 수가 없다. 부끄 럽고 혼자 있고 싶어서 흑백의 방에 틀어박혔는데. 그러기를 기 다렸다는 듯 오랜만에 이야기꾼이 온다고 한다.

도안 노인이 도미지로에게 심술궂긴 하지만 자재의 붓에 관련 된 일화는 도미지로와 오카쓰밖에 모른다. 어지간한 두꺼비 선인 이라도 그림을 그리는 붓을 버리기로 결심한 도미지로의 갈등까 지 꿰뚫어 보았을 리는 없다.

그렇다면 이것은 흑백의 방의 뜻일까. 이제 그만 정신 바짝 차리고 청자 역할을 해라, 못 하겠다면 다음 청자를 찾으라는.

설마, 지나친 생각이라 여기면서도 가슴 한켠이 무거워진다.

──나는 자원해서 흑백의 방의 청자가 되었다.

여기에서 도망치는것이 더 부끄러운 일이다.

"……알았다."

작은 목소리밖에 나오지 않는다. 강하게 헛기침을 하고 등을 편 도미지로는 다시 말했다.

"알았다. 이야기꾼은 일단 아버지의 거실로 안내해 드리렴. 나도 서둘러 채비할 테니."

"알겠습니다."

신타가 떠나자 교대하듯이 오카쓰가 들어왔다.

"그럼 준비할게요."

옷 갈아입는 도미지로를 거들고 나서, 오카쓰는 도미지로가 다리를 접지 않고 앉을 수 있도록 얕은 걸상 높이의 등받이 의자를 가져왔다.

"어디에서 구해 온 거야?"

"골방에 들어 있더군요. 옛날에 마님이 발목을 다치셨을 때 작업장에서 사용하시려고 친한 목수한테 부탁한 물건이라고 들은 기억이 있어요."

황공하다. 도저히 머리를 들 수가 없다.

도미지로를 등받이 의자에 앉히고 불편함이 없는지 확인하더니, 오카쓰는 작은 새가 춤추는 것처럼 즐겁게 바지런히 일했다.

변변치 못한 족자를 걷어 내고 비젠備前 도자기오카야마 현 비젠 시 일대에서 12세기 경부터 만들어진 도기(陶器)의 소태(素胎)를 구워 단단하게 한 그릇. 대부분은 적갈색이며, 유약을 입히지 않고 구운 것이다로 된 묵직한 통 모양의 화기花器를 도코노마에 두고, 새빨간 단풍 가지 하나와 노란 기가 강한 단풍 한 가지를 조합하여 운치 있는 모양으로 꽂는다.

"용케 꽃장수가 금세 와 주었네."

"아뇨, 아뇨, 이 단풍은 정원에서 잘라 온 거예요."

어, 진짜? 이렇게 적당한 색으로 물든 단풍이 어디에 심어져 있었을까.

미시마야의 정원은 그리 훌륭하다고는 할 수 없지만 이헤에의 취미로 계절을 나타내는 초화草花나 열매가 열리는 나무를 여럿 섞어 심어 두었다. 조금이나마 그림에 뜻이 있는 사람으로서 매일 정원을 바라보며 영혼의 자양분으로 삼아 왔다고 자부했건만, 그 눈은 해태 눈이었을까. 스스로에게 실망하고 말았다.

"그럼 손님을 모셔 올게요."

잘라 낸 나뭇가지를 한데 모으더니 오카쓰가 스륵 일어선다.

"괜찮으시겠어요?"

"응. 나는 도망치지도 숨지도 않을 거야."

도미지로는 한껏 굵은 목소리를 내려고 했지만, 높은 등받이 의자에 다리를 뻗고 앉는 익숙하지 않은 자세 탓에 뒤집어진 목소리가 나오고 말았다.

오카쓰는 도미지로의 얼굴을 바라보며 문득 미소를 짓더니 말했다. "여쭌 것은, 상처가 어떤지 걱정이 되어서예요. 열이 나지는 않으시고요?"

"괜찮아."

"그렇다면 더 이상 묻지 않겠습니다. 도련님은 오치카 아가씨에 버금가는 훌륭한 청자가 되셨으니까요."

오카쓰가 떠나자 도미지로는 그 말을 곱씹었다. 오카쓰의 말은 거짓도 아니지만 진실도 아니다. 도미지로의 망설임을 꿰뚫어 본 오카쓰의 격려다. 그 뜻을 알면서도 응하지 못한다면 사내가 아니라는 뜻이리라.

"도련님, 손님을 모셔 왔습니다."

신타의 목소리가 들리고 복도에 면한 작은 방의 당지문이 열렸다. 이내 흑백의 방 쪽 문도 열린다. 이쪽의 툇마루에서 비치는 불빛이 닿도록 두 방 사이에 있는 장지문에는 두꺼운 종이를 덧발랐기 때문에 사람 그림자가 희미하게 보인다. 심장이 크게 고동쳤다. 안 돼, 안 돼, 진정하라고.

그렇다, 오늘의 이야기꾼에게는 제일 먼저 도미지로의 한심한 모습에 대해서 사과해야 한다. 가게 앞에서 선반 가장자리에 정강이를 부딪쳐 엉엉 울며 눈에서 불이 나고 얼굴에서 불이 났습니다. 너무 익살스럽게 말하면 실례다. 진지한 얼굴로 사과해야 한다. 도미지로는 짧은 시간 동안 이것저것 생각하며 숨을 가다듬었다.

"초짐 베옵겠습니다."

흔치 않은 인사를 던지며 흑백의 방으로 들어온 남자는 기모노의 오른쪽 소매를 축 늘어뜨리고 있었다. 도미지로는 순간 눈을 깜박거리고 말았지만 잘못 본 게 아니었다. 분명히 오른쪽 소매 안에는 아무것도 없다. 오른팔이 없는 것이다.

키는 그리 크지 않지만 어깨가 넓고 튼튼해 보이는 몸집에, 벗겨진 이마에서 네모진 턱 끝까지 볕에 잘 그을려 있다. 아슬아슬하게 '멧돼지 목'이라는 말을 듣지는 않을 정도로 굵은 목에는, 이 또한 볕에 그을린 탓인지 깊은 주름이 몇 겹으로 접혀 있다. 주름이 나이 때문이라고 생각되지 않는 이유는 두 눈이 생기가 넘치고 맑으며 입가에 희미한 웃음이 있기 때문이다. 아직 불혹은 되지 않았을 듯한데.

"아, 안녕하세요."

깜짝 놀라서 도미지로의 목소리가 또 묘하게 뒤집어졌다. 어허, 이러다가 버릇 되겠구먼.

"저는 이 별난 괴담 자리의 청자, 도미지로라고 합니다. 자, 그쪽으로 앉으십시오."

도코노마 앞의 방석 쪽으로 자리를 권하자 이야기꾼은 가볍게 머리를 숙였다. 그 눈빛이 오카쓰가 꽂은 두 가지 색의 단풍 위에 멈추었다.

"아아, 이거 예쁜 허끔이로군요."

또 익숙지 않은 표현을 쓴 데다, 도미지로가 아니라 화기에 꽂

혀 있는 단풍을 향해,

"실례하겠습니다."

온화한 말투로 양해를 구하고 나서 이야기꾼은 기모노 자락을 걷으며 앉았다.

하오리는 입지 않았고 손에 들고 있지도 않다. 하얀 버선은 신고 있지만 기나가시着流し 하카마나 하오리를 입지 않은 남성의 약식 복장 차림이고, 이렇게 보니 옷감은 혼유키지마本結城縞 이바라키현 유키(結城) 지방에서 나는 질긴 명주나 무명으로 짠 줄무늬 옷감인 듯하다.

으음. 미시마야라면 대행수에 가까운 행수가 입는 옷감이다. 머리는 상투의 밑동을 위로 꺾어 올리고 밑뿌리 부분에서 묶은 후 끄트머리를 일부러 흐트러뜨린 흔한 모양으로 직인들이 많이 하는 머리 모양이다.

──어떤 일을 하는 분일까.

장부나 주판을 노려본다든지, 앉아서 섬세한 수작업을 할 것 같지는 않다. 볕에 그을린 상태로 보아 조금 더 몸을 쓰는 일일 듯한데 그렇다고 오로지 땀 흘려 일하며 벌고 있는 것처럼 보이지도 않는다.

게다가 사고 탓인지 병 때문인지, 아무것도 없는 오른쪽 소매.

"미시마야의, 으음…… 작은 나리, 도미지로 씨였던가요. 다시 한번, 초짐 베옵겠습니다."

왼손을 무릎 위에 두고 자세를 바로 하더니 절을 한다. 도미지로는 절을 받고 높은 등받이 의자 위에서 몸을 비틀어 어떻게든 자세를 바로 하려고 했다.

"잘 와 주셨습니다. 정말 부끄러운 일이지만 저는 보시다시피 이런 모습이라 제대로 인사를 드릴 수도 없군요."

"아뇨, 아뇨, 그대로 계십시오."

생업이 짐작되지 않는 이야기꾼은 더욱 허둥거리는 도미지로 쪽을 향해 왼손을 뻗으며 말했다.

"아까 사환에게 들었습니다. 바로 오늘 아침에 다치셨다면서요. 무리하시면 안 됩니다. 이것에게는 신경 쓰지 마시고, 작은 나리가 펜헌 자세로 앉아 주십시오."

으으음. 도미지로의 마음속에서 평소와 같은 호기심이 술렁이기 시작했다. 아까부터 이야기꾼이 몇 번인가 입에 담고 있는 흔치 않은 표현은 사투리일까. 완전히 억양이 사투리인 것은 아니고, 에도 말로 대화를 하고 있는 가운데 가끔 독특한 말씨가 얼굴을 내민다.

"저어, 가르쳐 주십시오. '펜헌 자세'라는 말은 '편한 자세'라는 뜻이 맞을까요?"

도미지로의 물음에 이야기꾼은 퐁 소리가 날 것처럼 입을 동그랗게 벌리더니 입 모양 그대로 "오오" 하고 말했다.

"바로 맞습니다. 저도 모르게, 죄송합니다."

부끄러워하는 표정이 솔직해서 호감이 간다.

"사과하지 마십시오. 저야말로 무례하여 죄송하지만 재미있어서 여쭤보았습니다."

"이것은, 그렇게 신기한 말을 하고 있나요?"

하고 있다, 하고 있다. 도미지로는 기뻐서 맛있는 음식을 입에 넣었을 때와 같은 심정이 되었다.

"그 '이것'은 '저'나 '나'라는 뜻일까요?"

이야기꾼은 이번에는 눈을 동그랗게 뜨더니 부끄러운 듯이 목을 움츠리며 자신의 콧등을 가리켰다. "예. 제가 태어난 곳에서는 자신을 '이것', 상대를 '저것' '그것'이라고 합니다."

남녀노소 모두 구별은 없고 다들 그렇게 부른다고 한다.

"그럼 '누구'는 '어느 것'이 되겠군요."

이야기꾼은 크게 고개를 끄덕였다. 이를테면 "오늘 아침에는 어느 것이 이것과 함께 짐을 밀 테냐?"는 "오늘 아침에는 누가 나와 협력하여 짐을 옮길 테냐?"라는 뜻이다. 다만 짐수레나 손수레 등, 짐을 무언가에 실어 옮기는 경우에 그렇게 말하고, 들어서 옮기는 경우에는 '업는다'고 한다. 더더욱 흥미롭다.

"처음에 말씀하신 '초짐 베웁겠습니다'는요?"

"처음 뵙겠습니다, 뵐 기회를 주셔서 고맙습니다, 라는 뜻입니다."

"그렇군요! 저도 흉내 내서 써 볼까요. 어조가 좋고 멋있네요."

즐겁게 대화를 나누던 중에 오늘은 신타가 다과를 가져왔다. 반찬은 뜨겁지만 갑자기 결정된 이야기꾼이라 평소처럼 도미지로가 공들여 맛본 과자는 없다. 급히 마련한 다과는 가게에서 일하는 사람들의 간식으로 쓰려고 사 둔 소박한 고구마과자다. 찐 고구마를 으깨어 술 향을 더하고 참깨를 갈아 만주만 한 크기로 종이에 싼 것이다.

"사환 님, 수고를 끼치네요."

신타에게도 정중하게 대하는 이야기꾼은 도미지로가 고구마과자에 대해 설명하자 매우 기뻐했다.

"1년 중 이 계절에 에도에 나오면 군고구마가 맛있어서 늘 감탄한답니다."

이야기꾼의 고향에서도 고구마는 나지만, 에도에서 매매되는 고구마와는 종류가 다른지 섬유가 많고 딱딱하다고 한다.

"그거 유감이로군요. 이 근처에서 살 수 있는 쓰보야키壺燒き 고구마단지 모양의 그릇에 넣어서 구운 고구마도 실패는 없으니 역시 고구마의 종류가 중요한 걸까요."

이 고구마과자는 식어서 단단해진 찐 고구마를 맛있게 먹기 위해 과자가게의 주인이 연구하여 만들어 냈다. '고가네이모'라는 이름으로 판매하기 시작했는데 재료가 싸니 값도 싸고 배도 든든해서 이득인 간식이다.

오늘은 도미지로가 차를 끓일 수 없다. 이를 배려하여 신타는 이야기꾼과 도미지로 각자의 옆에 쟁반을 놓고 다도와 과자 접시를 하나씩 두었다. 이야기꾼의 쟁반은 손이 닿기 쉽도록 야무지게 왼쪽에 둔 것이 대견하다.

사환이 물러가고 이야기꾼과 둘이 남았지만 한동안은 다과를 즐겼다. 이야기꾼은 지극히 자연스럽게 왼손을 사용하며 행동에 아무런 지장도 없다. 최근에 시중에서 있었던 일이나 계절의 풍물을 둘러싼 세상일을 이야기하고 있자니, 이야기꾼의 사투리로는 '하시다'가 '허스다' '허슨'이고, 'ㅇㅇ해 주십시오'가 'ㅇㅇ해 받습니다' 'ㅇㅇ해 받지요'가 된다는 사실이 귀에 들어왔다.

"본론에 들어가기도 전에 사투리 때문에 고향이 어딘지 들통날까 걱정이군요."

말을 꺼내 준 덕에 도미지로도 겨우 청자로서 자세를 바로 했다.

"저희 규칙은 도안 씨한테 들으셨겠지요."

미시마야의 괴담 자리에서는 이야기꾼 자신을 포함하여 이야기와 관련된 사람의 인명이나 지명, 가게 이름 등은 사실대로 말하지 않아도 된다. 덮어 두기 위해 가명이 필요하면 그 자리에서 도미지로도 이야기꾼을 도와 생각해 본다.

"지금까지 들은 바로는 당신의 고향이 어디인지 짐작이 가지 않습니다. 그 점은 안심하십시오."

그러자 이야기꾼은 눈을 약간 가늘게 떴다.

"저로서는 고향이 어디인지 들켜 버려도 딱히 곤란하지는 않지만……."

가늘게 뜬 눈 속에 고향의 풍경이 떠오른 걸까. 말이 한 번 끊겼다.

"이야기를 다 들으시고 나면 작은 나리는 분명 제 고향을 싫어하시게 되겠지요. 불길하고 돼먹지 못한 사람들이 사는 곳이라고 경멸하실지도 모릅니다."

그게 조금 걱정이라고 한다.

도미지로는 새삼 찬찬히 이야기꾼을 살펴보았다. 오른팔은 없어도 왼팔을 자유자재로 쓰고 있다. 말투에 불쾌한 데가 없고 성격이 밝으며 붙임성이 좋다. 생업의 종류와 상관없이 고용인으로서 아랫사람을 부리는 입장이겠지만 아랫사람들에게도 의지가 되고 있을 듯하다. 말하자면 사람 좋아 보이는 인물이다. 그 좋아 보이는 심성에서 '불길하고 돼먹지 못한 사람들이 사는 곳'이라는 말이 나온다. 특이한 괴담 자리라서 가능한 일이다.

"방금 하신 말씀과 비슷한 얘기를 저는 이곳 흑백의 방에서 적지 않게 들었습니다만."

도미지로의 말에 이야기꾼은 눈을 깜박거렸다. 아까는 솔직하게 휘둥그레지던 눈이지만 지금은 한두 줄기의 근심과 의혹이 걸려 있다.

"이야기를 듣고 그렇게 생각한 적이라곤 없습니다."

무서워질 때는 있다. 가슴이 찢기는 듯한 아픔을 느낄 때도 있다. 두려워서 떨릴 때도 있다.

하지만 이야기 속에서 웃고 울던 사람들을 싫어하게 된 적은 없다. 하물며 경멸할 리가 있나.

"이곳에서 듣는 이야기 속에는 사람에 관한 진실이 흩어져 있습니다." 도미지로는 말했다. "그것을 중시하는 일은 있을지언정 얕보거나 경멸하는 일은 결코 없습니다. 만일 한 번이라도 제가 그런 태도를 취했다면 흑백의 방은 저를 청자로 인정해 주지 않았겠지요."

그렇다, 흑백의 방에는 의사意思가 있다. 한순간의 망설임도 없이 도미지로는 단언했다.

"……그렇다면."

이야기꾼은 그렇게 말하며 왼손을 목덜미에 대고 한두 번 고개를 끄덕였다.

"말씀드리도록 하지요. 우선 이것의 이름은 몬지로門二郞라고 합니다."

그해에 성의 부정문不淨門 옆에서 주운 두 번째 아이라서 몬지로.

"미아나 미아로 가장하여 버린 아이, 처음부터 숨길 생각 없이 명백하게 버린 아이……. 이것의 고향은 그런 오갈 데 없는 아이들이 많이 있는 곳이어서 주운 장소나 순서에 따라 이름을 붙이는 관습이 있었습니다."

갑자기 이야기가 무거워졌다. 버려진 아이에게 이름을 붙이는 관습이 있다는 말은 아직 이름도 없는 아기가 버려지거나, 아니면 그럭저럭 자란 아이라도 이름이 붙여지지 않(기억하지 못하)는 등, 좋지 못한 사정이 얽힌 경우가 많다는 뜻이리라.

"이야기하기 쉽도록, 괜찮으시다면 먼저 지명을 정하지 않으시겠습니까?" 하고 도미지로는 말했다. "성의 이름도 상관없고요. 이야기 속에 자주 나오는 장소나 사람의 이름도 그때그때 정해 주시면 제가 외워 두겠습니다."

몬지로가 놀란 표정을 지었다. "참으로 사려가 깊으시군요."

"모처럼 와 주신 분께서 가능한 한 가벼운 마음으로 이야기해 주셨으면 좋겠다는 마음일 뿐입니다."

몬지로는 도미지로의 얼굴을 바라보고 나서 문득 아련한 눈빛으로 오카쓰가 꽂아 둔 단풍 가지 쪽을 바라보았다.

"……언젠가는 다른 지방에 사는 누군가에게 털어놓으면 좋겠다는 생각을 하고 있었습니다."

그리고 아주 옛날부터, 하고 말을 이었다.

"모르는 곳에 사는 사람에게는 이것 같은 아이들을 키워 준 그 마을이 어떻게 보일까 궁금했지요."

도미지로는 온화하게 말을 걸었다. "오랜 숙원을 이루는 데에 미시마야의 특이한 괴담 자리를 골라 주셔서 고맙습니다."

몬지로는 문득 제정신으로 돌아온 듯 다시 도미지로를 바라보며 크게 한두 번 고개를 끄덕이더니 말했다.

"그럼, 으음…… 번의 이름은 어떻게 할까요. 에도보다 훨씬 따뜻하고 복숭아나 귤 같은 과일이 많이 나는 곳인데요."

바다도 산도 수량이 풍부한 강도 있고 초록색 들판에는 계절에 따라 여러 꽃들이 핀다. 쌀은 물론이고 온갖 과일과 나무 열매가 열린다고 한다.

"풍요로운 땅이군요. 그렇다면 풍요롭다는 한자를 따서 '유타카노쿠니豊ノ国'로 하면 어떨까요. 아니면 '호사쿠 번豊作藩'."

도미지로의 제안을 듣고 몬지로는 얼굴에 웃음을 띠었다. "유타카노쿠니, 마음에 듭니다. 이제 번의 이름이나 영주님의 이름 없이도 이야기할 수 있겠군요. 거리나 마을의 이름은 이것이 차차 생각할 테니 이해하기 어려울 때는 말씀해 주십시오."

"알겠습니다."

마음속으로 유타카노쿠니는 남쪽 지방 어딘가이려니, 하고 도미지로는 생각했다. 북쪽에는 아까와 같은 조건이 갖추어진 곳이 없다.

"유타카노쿠니 자체는 그리 넓은 땅이 아닙니다. 주군의 가문은 예로부터 후다이譜代 다이묘 가문의 격 중 하나. 세키가하라 전투 이전부터 도쿠가와 가문의 가신이었던 자 및 그 격식에 준하는 자 가문이었지만, 다이묘가의 영지로는 아주 작지요. 손바닥 만합니다."

인근의 번들도 비슷한 크기의, 비슷하게 풍요로운 땅이었다. 덕분에 도쿠가와 쇼군 가가 다스리는 천하태평의 시대가 되고 나서는 다툼다운 다툼이 일어난 적이 없다. 내홍도 반란도 봉기도, 영토나 수원水源을 둘러싼 분쟁과도 인연이 없었다.

"그래서인지 유타카노쿠니 주변에는 신께 바치는 제사나 축제가 많습니다. 물론 신사神社도 큰 것에서부터 작은 것까지 다 셀 수도 없을 정도로 많고요."

"그렇군요. 풍요로운 땅을 지키고 풍요의 은총을 주시는 신이 많이 계시기 때문이겠지요."

신의 수만큼 제례와 제사가 있다고 생각하면 이상할 것 없다.

하지만 도미지로의 말에 몬지로는 몹시 감탄한 기색이다.

"아아, 박식하시군요. 작은 나리의 말씀이 맞습니다만 이것은 어른이 되어 얼마쯤 다른 지방의 사정에 밝아지고 나서야 비로소 그런 이치를 알았습니다."

숨김없이 칭찬을 들으니 낯간지럽다. 늘 하듯이 저는 느긋한 차남이니 작은 나리가 아니라 도련님이라고 불러 주십시오——하고 찬물을 끼얹고 말았다.

"옛날부터 주위 번들과 싸움이 없고 장사 거래도 활발하고 오가기가 힘들 만큼 험한 산이 없다 보니 가도街道도 잘 정비되어 있는 데다 강이나 바다는 배로 오갈 수 있지요. 여러 가지 사정이 좋았기 때문에 제사나 축제에 다른 지방 사람들이 왁자지껄하게 구경하러 왔습니다."

"이세 참배이세 신궁(伊勢神宮)에 참배를 가는 것. 이세 신궁은 미에현 이세시(市)에 있는 일본 왕실의 종묘로, 일본 신화의 시조신인 아마테라스 오미카미를 모시고 있는 곳이다. 에도 시대에는 사람은 죽기 전에 한 번은 이세 신궁을 참배해야 한다는 의식이 널리 퍼져 있었다나 곤피라 참배곤피라(金毘羅)는 가가와현에 있는 신사 고토히라구(金刀比羅宮)를 말한다. 곤피라 참배는 이세 신궁 참배 다음으로 에도 시대 서민들의 동경의 대상이었다처럼요?"

"아이고, 그런 대단한 신을 예로 드시면 벌을 받지요!"

왼손 손바닥을 흔들어 대며 허둥지둥 부정하는 몬지로지만 눈은 기쁜 듯이 가늘어진다.

"에도 근처라면 가와사키대사川崎大師 가와사키시 다이시마치에 있는 진언종 절. 헤이켄지(平間寺)라고도 불리며, 액막이 대사로 유명하다나 에노시마 신사江島神社

가나가와현 에노시마에 있는 신사. 신사의 기록에 따르면 552년에 지어졌다고 하며, 변재천(弁才天)을 모시고 있다 등이 떠오르는군요."

본래는 지방의 신이지만 역사와 유래가 알려지면서 멀리에서도 믿는 사람들이 모이게 되었다. 동시에 즐거운 산천 유람 장소로도 유명해진 곳이다.

"최고지요. 그렇게 다른 곳에서 손님이 모여들게 되면 찻집이 생기고 밥집이 생기고 여관이 생기고 역참 마을이 만들어지고 작게나마 유곽이 생기거든요. 길거리 곡예사나 떠돌이 극단 일행이 들러 가건물을 짓고 공연을 하게 되고요."

"온천은 나옵니까? 나온다면 온천장도 생길 것 같네요."

몬지로는 옳거니 하듯이 크게 고개를 끄덕였다. "있습니다. 타박상에 잘 듣는 하얀 물이 솟는데 바위 사이에 움푹 팬 곳에 있지요. 도련님을 모셔 가고 싶네요."

좋겠다, 가고 싶다. 이야기에 정신이 팔려 잊고 있던 오른쪽 다리의 정강이가 지끈거렸다.

"제사나 축제와 연관된 세공품을 기념품으로 파는데, 만드는 작업장도 파는 장사도 활발하지요."

몬지로가 문득 왼손을 자신의 가슴에 대었다.

"이것의 생업도 그런 일입니다."

유타카노쿠니의 산에서 나는 옥석과, 옥석을 가공한 세공품 도매상에서 고용살이를 하고 있다.

"무엇을 해서 먹고사는지 처음에 말씀드려 두지 않아 도련님도 기분 나쁘셨겠지요. 죄송합니다."

그보다 생업의 내용 쪽에 흥미가 끌리는 도미지로다.

"어떤 옥석이 납니까? 어떤 세공품인지요? 저 같은 사람도 들으면 알 수 있을까요? 몬지로 씨도 장사 일로 에도에 오신 거로군요."

질문하는 기세에 눌렸는지 몬지로가 쓴웃음을 지었다. "여기서 제일 잘 팔리는 물건이라면 염주입니다."

불사佛事에 사용하는, 둥근 돌이나 구슬을 꿴 그 염주다.

"유타카노쿠니의 옥석은 붉은줄접시조개 같은 옅은 자주색을 띠고 있지요. 게다가 햇빛이나 사방등, 촛불의 불빛에 따라 색깔이 다르게 보입니다."

햇빛 아래에서는 붉은 기가 강하고, 등불 아래에서는 푸른 기나 보라색이 강하게 떠오른다. 옥석의 색깔부터가 다양하여 옥석은 칠색석, 염주는 '칠색염주'라고 불린다.

도미지로는 "으~음" 하고 신음하며 천장을 올려다보았다. "저희도 주머니 가게라서 예쁜 물건에는 소식이 빠른 편인데 칠색염주는 부끄럽지만 처음 듣습니다. 아버지나 어머니라면 알고 계실지도 모르지만요."

"좀처럼 많이 만들 수 있는 물건은 아니라서요……."

자랑일 것이다. 몬지로의 콧방울이 실룩거린다.

"옛날에 오오쿠大奧 에도 성 중심의 일부로 쇼군의 부인과 첩실이 거처하던 곳의 여관女官 사이에 칠색염주가 매우 유행하여 출입하는 잡화상이 가지고 가는 대로 족족 날개 돋친 듯 팔린 적이 있었다더군요."

"지금은 어떻습니까? 혹시 저희가 팔고 싶다고 하면 몬지로 씨네 가게에서 사들일 수는 있을까요?"

몬지로가 한눈에 봐도 알 정도로 대답이 막히는 바람에 도미지로도 서둘러 말을 이었다.

"아, 그렇게 귀중한 물건이니 마음대로 파실 수는 없으려나요?"

"……예. 성의 허가를 얻어야 합니다."

소재인 칠색석도 해가 갈수록 수가 줄어드는 모양이다.

"이제 영지 내의 광상鑛床을 다 파내 버린 것인지도 모릅니다."

"그거 유감이로군요."

"이것도 1년의 절반은 새로운 광상이나 옥석을 찾아다니는 게 일입니다. 탐색을 가는 곳마다 산의 신께 기도를 드리기 때문에 행자行者 흉내도 냅니다."

과연. 도미지로는 내심 무릎을 쳤다(정말로 무릎을 치면 지금은 오른쪽 정강이가 지끈거리고 만다). 몬지로는 옥석 도매상의 상인이자, 옥석을 찾아다니는 행자이기도 하구나. 풍채로 엿본 인상에서 생업이 잘 보이지 않았던 데는 이유가 있었네. 어쩌면 옥석을 찾아다니다 험한 산중에서 오른팔을 잃었을지도 모르겠다. 하지만 급하게 묻지 않아도 조만간 이야기에 나오겠지.

"감사하게도 유타카노쿠니에서는 칠색석뿐만 아니라 진귀하고 아름다운 옥석이 몇 종류나 납니다."

이들은 세공품에 사용될 뿐만 아니라 안료顔料나 화장품의 재료도 된다고 한다.

안료라. 그림을 그릴 때 사용하는 것이다. 귀중한 옥석을 갈아 넣어 그 색을 살린다. 유타카노쿠니에서 나는 안료는 분명히 값이 비쌀 테지. 이제 도미지로와는 인연이 없지만.

"이런 장사는 유타카노쿠니의 성에서 감찰을 받아 에도 번저藩邸 에도에 두었던 여러 번의 저택를 통해 약정을 맺은 곳과 거래하도록 되어 있어서……. 이것도 새로운 용건이 생기면 에도 번저를 찾아뵈러 갑니다."

몬지로는 상당한 거리를 여행하여 멀리 에도까지 오는 것이리라.

"고생이 많으셨겠습니다. 언젠가 몬지로 씨가 장사의 약정을 전부 맡아 하시게 된다면 부디 미시마야도 떠올려 주십시오."

무명천으로 둘둘 감은 오른쪽 다리를 쭉 뻗은 자세로 도미지로는 가능한 한 정중하게 머리를 숙였다.

"고맙습니다."

몬지로도 마주 절을 한 번 하고는 덧붙였다.

"하지만 참으로 죄송하게도 이것은 태생이 좋지 않기 때문에 장사를 하면서 그 정도까지의 중직에는 오를 수 없습니다."

아. 성의 부정문에서 주워 온 아이였지.

"부디, 그런 얼굴 하지 마십시오."

몬지로 쪽에서 웃음을 지어 보였다. 자신은 지금 어떤 표정을 띠고 있었던 걸까, 도미지로는 조금 부끄러워졌다.

"먼저 말씀드려 두자면, 이것의 태생이 무언가 나쁜 쪽으로 작용하는 일은 유타카노쿠니 영지 내에서는 한 번도 없었습니다."

다만 옥석 상인으로서는 높이 올라갈 수 없을 뿐이다.

"아까 말씀드렸다시피 유타카노쿠니에는 다른 지방에서 온 많은 사람들이 떠들썩하게 드나들기 때문에."

국경이나 가도변, 큰 가게들이 모여 있는 성하마을에만 그치지 않는다. 제례나 축제를 보려고 영지 내 여기저기를 사람들이 돌아다닌다.

"산천 유람이나 종교적인 참배를 하러 오는 사람들이 떨구어 주는 돈으로 유타카노쿠니는 더욱 윤택해집니다. 나쁜 일은 하나도 없지만……."

많은 사람들이 드나들면서 미아가 늘어나는 것만이 곤란한 일이었다.

"게다가 진짜 길을 잃은 미아만이 아니지요." 도미지로는 말했다. "여러 가지 이유가 있어서 가족을 잃은 아이들이 유타카노쿠니의 영지 내에 모여들어 왔겠군요."

여기라면 자신을 키워 주겠지. 여기라면 먹고살 수 있겠지. 여기라면 친절한 누군가가 주워 주겠지. 그만한 여유가 있는 풍요로운 곳이니까.

몬지로는 고개를 한 번 끄덕이고 나서 말을 이었다.

"개중에는 열두세 살의 나이에 사창가에 팔렸다가 필사적으로 도망쳐 나온 여자아이들도 있는데."

유타카노쿠니의 영지 내에서는 '미아'들을 받아 주는 곳이 몇
군데 정해져 있었다.

"성하마을에서는 이것을 주워 준 성 뒤쪽. 영지 내를 동서로 관
통하는 가도에서는 서쪽 끝에 있는 여관마을의 돈야바. 북쪽 산
지에서는 산림부교의 둔소. 남서쪽의 바닷가에서는 제일 큰 선주
의 집으로."

그곳에서 얼마 동안 생활하던 '미아'들은 이윽고 수양 부모의
집에 맡겨진다. 수양 부모는 꼭 가까운 곳에 사는 사람만은 아니
다. (장래의) 일꾼이나 고용살이 일꾼을 찾고 있는 상가나 농가
등은 영지 내의 여러 장소에 있다.

"'미아'를 주운 곳에서는 좋은 수양 부모가 나타나지 않을 때도
있고, 귀찮은 일이 꽤 많지요."

그러다 보니 수양 부모(라는 명목에 지나지 않는 경우라도)들
의 의뢰를 받아 괜찮아 보이는 미아를 찾아 데려다주는, 일종의
직업소개꾼 같은 장사가 성립하게 되었다.

"뭐, '수양收養 소개상'이라는 예쁜 이름으로 부르고 있고 분명히
선량한 소개 상인도 있지만 유녀를 기생집에 파는 상인 같은 악
랄한 놈들도 있었습니다. 돈이 얽히면 어떻게 해도 그렇게 되지
요."

"몬지로 씨는 좋은 소개상을 만나셨습니까?"

저도 모르게 조급히 묻고 말았다. 몬지로는 눈을 가늘게 뜨며

대답했다.

"더없을 정도로 좋은 소개상에게 맡겨졌지요."

몬지로가 말한 수양 소개상은 영지 내 북부의 산골 마을에서 왔다. 수양 소개상 동료들 사이에서도 별난 인물로 알려져 있었다고 한다.

"이름은 센조. 엄청나게 가냘픈 남자였습니다."

얼핏 보면 코흘리개 사환 정도의 나이로 보였다. 하지만 행동거지와 목소리, 말투로 곧 사환이 아님을 알 수 있다. 오히려 노인에 가까운 나이의 남자라는 것을.

"몸집이 가냘프고 뼈대가 가늘고 머리도 조그맣고 손바닥도 단풍잎처럼 작았습니다."

단풍잎이라는 말에 도미지로는 물었다. "아까 도코노마에 장식한 두 가지 색깔의 단풍을 보고 '예쁜 허끔'이라고 말씀하셨지요. 허끔은 조합이라든가 배합이라는 뜻으로 해석해도 될까요?"

"아아, 맞습니다. 유타카노쿠니의 말이지요."

"그렇군요. 저도 모르게 생각나서 이야기를 자르고 말았네요."

그러나 몬지로는 고개를 가로저었다.

"아니, 허끔 이야기가 나왔으니 마침 잘되었습니다. 수양 소개상 센조 씨는, 데려가는 아이들의 허끔을 매우 신경 쓰는 사람이었거든요."

어째서일까. 도미지로는 고개를 갸웃거리며 떠오르는 생각을 말해 보았다.

"나이가 다른 아이들을 한꺼번에 맡아 형제자매로 만든다거나, 어른이 되면 부부가 될 수 있도록 남자아이와 여자아이로 조합한 다거나……."

추측이 맞았는지 몬지로는 눈을 약간 휘둥그레 떴다.

"도련님은 혹시 비슷한 이야기를 알고 계십니까?"

"아뇨, 아뇨, 처음 듣습니다."

"그런데 용케 아셨군요. 대단하십니다."

소박한 감탄의 말이다. 도미지로의 오늘 하루는 쥐구멍에 들어가고 싶을 만큼 경솔한 부상으로 시작되었으나, 몬지로를 맞아들인 순간 형세가 바뀐 듯하다.

"센조 씨가 아이들을 데려가는 산속 마을에는 아주 값이 비싸고 귀한 산물이 있었는데요."

채취하는 일이 몹시 위험하다고 한다.

"혼자서는 무리라 늘 2인 1조가 되어 일합니다. 어린아이 때부터 조합을 정해 두면, 계속 함께 일을 배우고 기술을 닦아서 어른이 될 무렵에는 호흡이 딱 맞게 되니까요."

2인 1조를 남녀로 꾸릴 필요는 없어서, 남자끼리든 여자끼리든 상관없다. 나이 차이도 별로 문제는 되지 않는다.

"마음이 맞고 호흡이 맞으면 됩니다. 뭐, 남자아이와 여자아이를 허꺼서 두 사람이 사이좋게 일하다가 어른이 되면 그대로 부부가 되는 것도 자연스러운 일일 테고요."

"부럽네요."

도미지로로서는 깊은 뜻을 담고 한 말이 아니지만, 몬지로의 귀에는 의미심장하게 들린 모양이다. 또 입매가 느슨해졌다.

"도련님, 혼인은……."

"가망이 전혀 없습니다." 그렇게 말하며 도미지로도 웃었다. "제 허끔은, 아직 어디에선가 미아가 되어 있는 게지요."

자, 몬지로 자신의 이야기로 돌아가자.

"성 뒤쪽에서 주워 왔을 때 이것은 나이도 확실치 않았습니다."

여름이었고 어른의 유카타※衣 여름철이나 목욕 후에 입는 면으로 된 홑옷를 뜯어 새로 지은 듯한 홑옷 고소데에 너덜너덜한 띠를 매고 있었으며 머리는 민머리였다고 한다.

"걸을 수는 있었고 혈색도 나쁘지 않았고 의외로 몸은 살집이 통통했지요. 하지만 말은 하지 못했어요. 무엇을 물어도 전혀 대답하지 않았습니다. 결국 몸집만 클 뿐이지 나이는 세 살쯤일 거라는 대략적인 판단이 내려지고, 우선은 어느 종이 도매상에 맡겨지게 되었습니다."

유타카노쿠니에서는 수양 소개상을 통해 수양 부모가 정해질 때까지 일시적으로 미아인 아이들을 맡는 일이 부유한 상가나 지주, 농가에 부과된 의무였다.

"오갈 데 없는 아이를 키우는 데에는 수고도 돈도 듭니다. 계속 한 곳으로 정해 두면 부담이 커지기 때문에 당시 성하마을에서는 몇 년에 한 번, 주요 상가들이 모여 돌아가면서 맡기로 했다더군요."

물론 맡고 싶어 하지 않는 상가도 있었다. 성의 명령이니 어쩔 수 없다, 죽지 않을 정도로 먹이기만 하면 되겠지, 하며 맡은 아이들을 개나 고양이처럼 취급하는 곳도 있었다.

다행히 몬지로를 맡은 종이 도매상은 장사가 잘되어 형편이 좋았고, 본래 시끌벅적한 대가족이었기 때문에 오갈 데 없는 아이들에게 친절했다.

"이것보다 먼저 열 살쯤 된 여자아이와 이것과 비슷한 나이의 남자아이를 키우고 있었는데, 두 사람 다 뺨이 통통하고 눈은 맑고 옷차림도 단정했습니다."

"몬지로 씨도 그 아이들도 운이 좋았군요."

"참으로 그렇습니다." 몬지로의 눈에 부드러운 빛이 깃든다. "앞선 두 아이는 센조 씨의 신세를 지지 않고 다른 소개상의 소개로 멀리 입양되어 갔기 때문에 이후의 일은 소문으로밖에 알지 못합니다만, 남자아이는 상인이 되어 가게를 꾸렸고 여자아이 쪽은 좋은 집에 시집가서 잘살고 있다더군요. 미인이었으니까요."

이 세상도 살 만하다 싶어지는 이야기다.

"든든한 보살핌을 받는 사이에 이것은 점차 말을 하게 되었습니다. 그리고 가게에서 제일 나이 많은 하녀 우두머리가 이것의 발바닥을 만져 보더니 발뒤꿈치의 굳은 정도로 볼 때 세 살이 아니라 여섯 살은 되었을 거라고 하더군요."

──지금까지 말을 하지 않은 까닭은 무언가 숨기고 싶은 사연이 있었기 때문 아닐까요.

재미있는 가설이라고 도미지로는 생각했다.

"그 부분은 어땠습니까? 몬지로 씨는 자신의 신상이나, 성 뒤에 버려지기 전의 삶에 대해서 무언가 기억하고 있었습니까?"

몬지로는 도미지로의 얼굴을 빤히 보았다. 도미지로도 기죽지 않고 마주 바라보는 바람에 한순간 눈싸움이 되고 말았다.

"……여러 가지를 기억하고 있었습니다."

가볍게 어깨를 으쓱이며 몬지로는 자백했다.

"다만 말로 잘 표현할 수가 없었지요. 뒤꿈치는 굳었어도 머리는 그렇게까지 단단하지 않았어요."

드문드문 기억하고 있는 것은 우선 살던 곳이다. 바다가 내려다보이는 절벽 위에 서 있는 커다란 저택으로 늘 해명海鳴이 들려왔다.

함께 있었던 이는 어머니였으리라. 늘 울고만 있는 여자였다. 해명도 시끄러웠지만 여자의 울음소리도 시끄러웠다. 저택에는 머리를 높이 묶어 올린 하녀들이나 시키세를 입은 남자들이 몇 명이나 있어 어머니와 몬지로의 시중을 들어 주었다.

"덥다 춥다, 배가 고프다 목이 마르다, 아프다 가렵다. 그런 불편을 느끼는 생활은 아니었습니다."

그러던 어느 날, 울기만 하던 어머니가 모습을 감추었는가 싶더니 누군가 몬지로를 허술한 기모노와 띠로 갈아입히고, 모처럼 얏코에도 시대에 아이가 머리를 기르기 시작할 때 좌우 귀 위의 머리카락만 남기고 나머지는 모두 민 것으로 상투를 묶을 준비를 하고 있던 머리카락을 모두 **빡빡 깎**

았다.

"바구니에 밀어 넣고 데리고 나가더니 어딘가 도착해서 끄집어 내더군요. 눈을 껌벅거리며 성의 돌담과 부정문을 올려다보고 있는 사이에 혼자 남겨졌습니다."

바구니에서 내려졌을 때 무뚝뚝한 남자의 목소리로,

――앞으로 누군가 이름을 물으면 나뭇가지에서 태어난 기노코木/子라고 대답해라. 그 이외의 이야기는 아무것도 입 밖에 내서는 안 된다. 알겠지?

"그런 명령을 들은 기억이 납니다."

도미지로는 신음했다. 이렇게 말하면 가엾은 어린 몬지로에게 미안하지만, 참으로 흥미롭다.

"실은 지체 높은 태생이었는지도 모르겠군요."

신분도 지위도 있는 남자가 첩에게서 얻은, 공공연하게 내놓을 수 없는 사내아이.

"지체 높다니, 아무리 뭐라 해도 과장된 말씀입니다" 하며 몬지로는 쓴웃음을 띤다.

"다만 이·것·의 모친은 분명히 세상에 떳떳이 나설 수 없는 몸이었겠지요. 재력은 있어도 정이 없는 남자의 첩이 되어 이·것·이라는 사내아이를 낳았지만 행복해지지는 못했거나, 괜히 사내아이를 낳아 버리는 바람에 행복을 거머쥐지 못했거나. 후자라면 괜히 태어나 버린 사내아이도 귀찮아서 내쫓아 버린 것이고요."

만난 지도 얼마 안 되는 도미지로가 이러니저러니 억측하지 않아도, 몬지로는 지금껏 실컷 생각하며 방금 말한 줄거리로 정리함으로써 자신의 마음을 다독여 왔으리라. 말투에는 조금도 뾰족한 데가 없고 담담하다.

"그래도 바로 어제까지는 편안한 생활을 해 왔으니 불평을 하면 벌 받겠지요. 원래 있던 곳으로 돌아가려 해봤자 방법이 없다는 사실도 알고 있었고요."

어린아이치고는 최고로 훌륭한 분별이다.

"다만 아무리 이것이 멍청한 아이라도 나뭇가지에서 태어난 기노코라는 말은 거짓말 같아서,"

아무것도 기억하지 못하고 아무것도 모르는 척하며 내내 입을 닫고 있었다.

하지만 종이 도매상에서의 생활에 익숙해지기 시작하고, 과거보다는 현재와 앞으로의 일을 생각할 수 있게 되었기 때문에 조금씩 말문도 트였다.

"몬지로 씨는 어디에서 어떻게 보아도 멍청한 아이가 아닙니다."

오히려 보통 이상으로 똑똑하고 어른스러운 아이였다. 역시 아버지가 상당히 뛰어난 인물이었음이 틀림없다.

"칭찬해 주셔서 고맙습니다. 옛날의 이것도 기뻐할 겁니다."

몬지로는 왼쪽 손바닥을 가슴에 대었다. 지금도 그 안쪽에 있는 민둥머리의 아이에게 전하듯이.

"그래서…… 이것은 종이 도매상에서 자랐습니다. 읽고 쓰기와 주산을 배우고 청소나 빨래 같은 일을 거들며 조금씩 한 사람 몫을 해내는 사환이 되었고요."

아까 한 이야기 속의 여자아이가 수양 부모의 집으로 떠나고, 남자아이가 떠나고, 새로운 미아가 차례차례 맡겨져 동료가 되었다. 몬지로는 새로 맡겨진 아이들을 돌보고, 몇몇 수양 소개상이 와서 아이들을 골라 데려가는 모습을 지켜보았다. 그러나 자신은 종이 도매상에 남아,

"여기서 계속 고용살이를 하고 싶다, 했으면 좋겠다는 바람을 갖기 시작했을 무렵."

수양 소개상 센조가 종이 도매상을 찾아왔다.

"처음으로 그 사람의 얼굴을 보았습니다. 그때까지는 센조 씨가 온 적이 없었거든요. 나중에 들었는데, 종이 도매상의 아이들은 평안하니 서둘러 수양 부모를 찾지 않아도 된다고 생각했다더군요."

종이 도매상이 미아들에게 잘 대해 준다는 사실은 성하마을에서도 잘 알려져 있었던 것이다.

──하지만 오늘은 아무래도 사내아이가 하나 필요해서 말이다. 미쓰루기야마 산의 하자마무라 마을로 갈 수양아들이다. 허끔의 동생뻘이 될 아이는 이미 결정되었지만, 형뻘이 될 아이가 없어. 이 가게에 있는 몬지로라는 사환이 부지런하고 힘도 세다는 소문을 들었다. 안성맞춤이 아닐까 싶어 찾아온 거야.

"처음에 말씀드렸다시피 사람들의 시선을 끌 정도로 몸집이 작

고, 하지만 뭐랄까…… 어린 마음에도 넋을 잃고 쳐다볼 정도로 남자다움이 넘치는 분이었습니다. 그래서 싫은 느낌은 들지 않았지만."

그렇다고 해도 뜬금없는 제안이었다. 새해가 되고 얼마 지나지 않아 종이 도매상에서는 소나무 장식을 막 뗀 참이었다. 몬지로는 (이곳에 오고 나서의 대략적인 계산으로) 열두 살이 되었고, 새해 선물로 받은 새 앞치마가 기뻐서 더 열심히 일하자고 힘을 내던 참이었는데.

"종이 도매상의 나리는 센조 씨의 제안을 듣고는 거의 망설이는 기색도 보이지 않았습니다."

──몬지로, 짐을 꾸리거라.

몬지로의 가슴에는 지금도 그때의 놀람과 슬픔이 남았나 보다. 이제 상처가 아니라 흉터지만, 사라지지는 않았다. 희미하게 눈가가 젖어 있다.

"이것이 울상을 지으며 준비하고 있자니, 뒤꿈치를 살펴봐 준 하녀 우두머리가 슬쩍 다가와 머리를 쓰다듬어 주었습니다."

울지 말아라, 하고 말했다.

"센조 씨의 눈에 드는 것은 아주 명예로운 일이라고요. 미쓰루기야마 산은 보물의 산이고, 하자마무라 마을에서 일을 잘하면 여기에서보다 훨씬 더 나은 생활을 할 수 있다면서."

──매일 흰 쌀밥을 먹을 수 있어.

"아하." 도미지로는 고개를 끄덕이며 흥이 올라 저도 모르게 팔짱을 끼었다. "미쓰루기야마 산이, 아주 값비싸고 귀한 산물이 나는 곳이로군요."

그래서 '보물의 산'으로 불리는 것이리라.

"예. 하자마무라 마을은 그 산물을 채취하는 사람들이 모여 사는 유일한 두메 마을이었습니다."

험한 지형, 변덕스러운 날씨, 자주 일어나는 홍수와 산사태. 미쓰루기야마 산을 중심으로 하는 첩첩산중은 보물이 나지 않는다면 사람이 기꺼이 살기는커녕 가까이 가는 일조차 드문 지역이었다고 한다.

대체 어떤 보물일까.

호기심에 눈을 빛내는 도미지로에게, 몬지로는 조금 거북한 듯한 얼굴을 했다.

"실망하지 마십시오. 새의 깃털과 알입니다."

제비의 일종인 야마와타리라는 산새 새끼의 깃털과 알껍질이라고 한다.

"야마와타리는 다른 어느 곳에도 없습니다. 그 일대의 하늘에서만 날아다니고, 둥지를 짓고 알을 품는 곳이라고는 미쓰루기야마 산 안에서뿐이지요."

미쓰루기야마 산은 특이한 모양을 하고 있다. 밥그릇을 엎어 놓은 듯한 초록색 산이 8부 능선쯤에서 갑자기 험해지고 초록색도 사라져, 갈색의 산등성이와 바위 자락이 드러난 채 우뚝 솟아 있다. 꼭대기는 비구름에 가려질 정도로 높다. 즉 밥그릇 위에 검검=쓰루기을 꽂은 것처럼 보인다고 해서 이런 이름이 붙었다.

"위험한 곳에야말로 아름다운 보물이 있다. 동화 같군요."

도미지로의 느긋한 감탄에 몬지로가 웃으며 말했다.

"찬물을 끼얹는 것 같아 죄송하지만 야마와타리의 깃털은 결코 아름답지 않습니다."

"예?"

"불에 몹시 강하지요. 거기에 가치가 있는 것입니다."

야마와타리의 깃털로 실을 자아 짠 천은 지옥불 속에서도 조금도 그을리지 않는다.

"그래서 몸에 걸치는 하오리나 한텐 외에 성의 휘장이나 도구, 침구에도 사용되었습니다. 화재에 대비하기에는 무엇보다도 좋으니까요."

세상에, 실용품이었단 말인가.

"……하지만 알껍질은요? 화려한 색깔의 껍질 같은 게 아닌가요?"

몬지로는 쿡쿡 웃었다. "칙칙한 흙색 껍질입니다. 약의 재료가 되지요."

기침을 동반하는 가슴 병에 잘 듣는 약으로, 달이는 약뿐만 아니라 환약으로 만들 수도 있다.

"'보명환寶命丸'이라는 이름을 붙여 한때는 에도나 교토에까지 팔았습니다."

소출이 좋은 유타카노쿠니는 두 가지 산물 덕분에 직접 돈을 벌 수도 있었다.

"당시의 쇼군 가에 헌상하고 치하를 받는 일도 몇 번이나 있었 다고 합니다."

두 산물 모두 도미지로는 처음 듣는 이름이다. 불에 강한 천은 소방수의 한텐으로도 사용되고 있을지 모른다. 보명환 쪽은 감사 하게도 지금까지 도미지로의 주위에 폐병으로 고생하는 사람이 없었기 때문에 듣고 알 기회가 없었을 것이다.

몬지로는 이야기를 계속했다. "그러저러해서 이것은 센조 씨에 게 이끌려 종이 도매상을 나오게 되었는데요."

성 뒤에서 주워 온 후로 몬지로를 보살펴 주고 사환으로서 일 하는 법을 가르쳐 주고 침식을 함께해 온 고용살이 일꾼들과, 몬 지로가 돌보아 주던 '미아' 아이들이 모두 나와 전송해 주었다.

"전별 선물까지 받았습니다. 납작한 작은 봉투를 주기에 뭘까 했더니 가자마이風舞 한 장이 들어 있었지요."

가자마이?

"유타카노쿠니의 제례 중 하나로 '가자바라이風払い'라는 액땜의 주술이 있었습니다."

대강 말하자면 인형 모양으로 잘라 낸 종이에 붉은 안료로 액厄이 라 쓰고 높다란 곳에서 바람에 실어 허공으로 날리는 것이 가자바 라이의 방법이다.

"높다란 곳이란 산이나 바닷가 같은 데서는 절벽 위, 커다란 나 무 꼭대기처럼 괜찮아 보이는 곳을 가자바라이 용도로 이용합니다.”

성하마을이나 여관마을에서는 소방 망루를 이용했다.

“가자바라이에 사용되는 소방 망루에는 다리가 약한 노인이나 여자, 아이도 올라갈 수 있도록 튼튼한 사다리가 설치되어 있었습니다.”

그래도 액막이를 바라는 사람이 사다리나 높은 곳에 올라갈 수 없는 경우에는 대리할 사람을 세우면 된다. 사람이 많은 마을 안에서는 심부름 삯을 받고 대행하는 장사까지 있었다고 한다.

이때 인형 모양으로 잘라 낸 종이를 ‘가자마이’라고 부른다.

“흐음~. 히나 인형을 강이나 바다에 흘려보내 재앙을 쫓는 경우라면 알고 있지만, 그런 액막이는 또 처음 듣습니다. 여러 지방을 다룬 평판기에서도 읽은 기억이 없군요.”

도미지로는 감탄했다. 하지만 몬지로는 조금 당황한 기색이다.

“아니, 평판기에 실릴 정도의 일은 아니니까요. 제례라고 하니 거창하게 들렸군요. 그냥 관습이랄까요. 누군가가 열이 났다거나, 짚신 끈이 끊어졌다거나, 꿈자리가 사나웠다거나, 그런 작은 액이 있을 때마다 바람에 휙 날려보낼 뿐이니까요. 유타카노쿠니는 1년 내내 바람이 강한 지방이었으니 이용했을 뿐입니다.”

몬지로가 “게다가, 으음……” 하며 우물거린다.

“지금은 더 이상, 아무도 가자바라이를 하지 않습니다. 중지된 지 대략 20년은 되었으려나요. 그래서 그…… 중지되기까지의 사연이 이것이 하려는 이야기입니다.”

도미지로는 의자 위에서 자세를 바로 했다. 오늘은 아무래도 안 되겠다. 오랜만이라 기세가 오르지 않는 걸까. 진통 효능이 있는 연고 때문에 머리가 둔해졌을지도 모른다.

"그랬군요. 성가시게 훼방을 놓아 죄송합니다."

진지한 도미지로를 보고 이번에는 몬지로가 몸 둘 바를 몰라 한다.

"아니, 이것의 잘못입니다. 이야기가 서툴렀어요. 자신이 알고 있는 내용을 다른 사람이 이해할 수 있도록 전달하는 건 꽤나 어려운 일이로군요."

몬지로가 회지를 꺼내 콧등의 땀을 누른다. 그 표정에 선량함과 성실함이 배어 있어 도미지로는 저도 모르게 미소를 짓고 말았다.

"그럼 제 쪽에서 조금씩 여쭈어도 되겠습니까?"

"아아, 그편이 낫겠습니다."

"그렇다면 가자바라이에 대해서 좀 더 자세히 가르쳐 주십시오. 그렇지…… 가자마이로 쓰는 종이는 흔히 있는 반지 같은 걸 사용해도 괜찮습니까?"

몬지로는 자세를 반듯하게 했다.

"아뇨, 아뇨, 가자마이용 종이가 따로 있습니다."

네보소根細라는 잡목의 가지를 바짝 조려 섬유를 떠서 만드는 '노후'라는 조잡한 종이라고 한다.

"전국戰國 시대에는 이 종이를 병량兵糧으로 곳간에 쌓아 두고 여차할 때는 죽으로 끓여 먹었다고 합니다."

"아하. 본래는 먹을 것이었군요."

"예. 뜨거운 물에 넣으면 금세 풀어져 미음처럼 됩니다. 의외로 배도 든든해지고 속에서부터 따뜻해진다고 해서 귀하게 여겼던 모양이더군요."

"맛은 어떨까요? 맛있으려나요?"

먹보인 도미지로에게는 가장 신경 쓰이는 부분이다.

"글쎄요……. 자진해서 먹고 싶어질 만한 맛은 아닌 듯합니다."

가자바라이라는 액막이 풍습 자체는 기원이 너무 오래되어 정확히 알 수 없다. 다만 여기에 '노후'를 쓰게 된 시기는 전쟁이 끝나 태평성대가 도래하고 나서인 것이 틀림없다고 한다.

"유타카노쿠니의 풍토기風土記에도 그렇게 적혀 있다고 하니까요."

"병량으로서의 역할이 없어져서 다른 사용법이 생긴 걸까요."

'노후'는 몹시 값이 싸고 쉽게 만들 수 있다. 가자마이는 매년 예상이 되지 않을 정도로 많이 사용되는 물건이니 안성맞춤이다.

"그리고 액을 싣는 용도니까, 높은 곳에서 바람에 날려 보낸 가자마이가 주위에 팔랑팔랑 떨어져 있어서는 곤란한지라."

가능한 한 멀리까지 날아가 사람들의 눈에 띄지 않고 비바람에 사라져 버리는 편이 바람직하다. 그 점에서도 부드럽고 약한 '노후'는 적합했다.

"이것이 고용살이 일꾼들에게 받은 가자마이는 가게에서 팔던 물건에서 탈락하여 남은 것이라 지저분했습니다."

하지만 마음을 담은 전별 선물이었다.

"앞으로 종이 도매상 사람들과는 다른 곳에서 살아가게 될 몬지로 씨에게 만일 액이 덮쳐 온다면 그 가자마이에게 대신해 달라는 것이로군요."

그때의 일을 떠올리는지 몬지로는 천천히 눈을 깜박였다.

"센조 씨에게 보여 주었더니 기름종이를 주었습니다."

──봉투째 싸서 복대 사이에 단단히 끼워 두어라. 그 가자마이는 네 목숨을 지켜 줄 테니까.

목숨을 지켜 준다니, 참으로 든든한 말이 아닌가.

"작은 보따리를 짊어진 채 그 매듭을 양손으로 움켜쥐고──아니, 양손으로 매듭에 매달리는 듯한 모습이 되어 이것은 센조 씨의 뒤를 따라 걸어갔습니다."

또 한 사람, 점찍어 둔 여자아이가 있다는 상가에 들렀지만 공교롭게도 그곳에서는 센조가 원하는 아이를 보내려고 하지 않았다.

"하자마무라 마을에는 보내지 않겠다며, 인정머리 없게 딱 잘라 거절했지요."

센조는 매달리는 기색도 없이 선선히 포기하고 상가를 떠났다. 그러나 몬지로는 약간 두려운 기분이 들었다.

"슬쩍 뒤를 돌아보았더니."

상가 앞에서 귀신처럼 화난 얼굴을 한 하녀가 요란하게 소금을 뿌리고 있었다.

"하자마무라 마을은 그렇게 꺼려지는 곳일까, 그렇게 무서운 곳일까 싶어서 무릎이 덜덜 떨리더군요."

자신도 여기서 빙글 뒤로 돌아 도망치는 편이 좋지 않을까. 지금이 목숨의 갈림길이 아닐까. 센조는 발이 빠를까. 자신이 뛰어도 금세 따라잡히고 말까.

"센조 씨는 하자마무라 마을이 있는 산속 깊은 곳에서 내려온 몸이라, 작업복 위에 솜옷을 껴입고 볕을 피하기 위한 둥근 삿갓을 쓰고 모모히키<sub>일본 전통 복식의 하의로, 속옷으로도 입었다. 허리에서 발꿈치까지 약간 붙게 입는 바지로, 허리는 끈으로 묶게 되어 있다</sub>에 가죽 각반을 차고 있었습니다."

가죽 각반은 끝이 하얗게 바래고 둥글어질 정도로 오래 사용한 물건이었다. 약간 새것인 짚신은 센조가 걸을 때마다 끽끽 소리를 냈다. 단단해 보이는 가쿠오비<sub>角帯 빳빳하고 폭이 좁은 남자용 허리띠</sub> 틈새에 찔러 넣은 돈끈도 박자에 맞추어 금속성의 소리를 낸다. 그 소리를 듣고 있노라니 몬지로는 더욱 조바심이 났다.

──좋아, 도망치자.

"그 순간 이쪽에 등을 향한 채 센조 씨가 말을 걸었습니다."

──애야, 몬지로. 지금까지 누군가가 느를 찾으러 온 적은 있느냐.

느는 '너' '당신'이라는 뜻이겠지.

"이것은 혀가 목구멍 안으로 말려 들어간 기분이 되어 아무 말도 할 수 없었습니다."

센조는 발걸음을 바꾸지 않고 여전히 앞을 보며 이어서 말했다.

──누군가가 찾으러 오는 아이는 미아지. 몇 살이 되어도, 몇 년이 지나도, 아무도 찾으러 와 주지 않는 아이는 버려진 아이다.

"그래도 실망할 필요가 없단다. 센조 씨는 그렇게 말했습니다."

──버려진 아이라면, 스스로 자신을 주우면 되는 거야.

"그리고 이것을 돌아보더니 씨익 하고 입 끝을 잡아당겨 웃었습니다. 이것은 기겁을 하고 말았지요."

센조의 입안에는 이가 하나도 보이지 않았다고 한다.

"이가 빠져 버리면 발음이 새게 마련인데 센조 씨는 그렇지 않았어요. 똑똑히 알아들을 수 있는 말투였고 목소리도 힘찼습니다."

혼이 빠져나간 표정으로 몬지로는 오로지 센조를 따라 걸었다. 어느새 성하마을의 여관이 모여 있는 변두리까지 와 있었다.

바람이 세게 불면 쓰러져 버릴 것 같은 허술한 여인숙 앞에서 센조처럼 둥근 삿갓을 등에 멘 남자아이가 빈 나무통에 앉아 두 다리를 흔들고 있었다. 이쪽을 알아차리더니 빈 나무통에서 뛰어내려 달려왔다.

"초봄 무렵인데도 묘하게 볕에 그을려 가무잡잡하고 말라서 뼈가 불거진 아이였지요. 살이 없어서 먹을 데가 없는 물고기 같았습니다."

센조가 남자아이에게 다가가 손바닥을 머리 위에 얹었다. 나란히 서니 남자아이가 매우 작아서, 남들보다 훨씬 몸집이 작은 센조가 되레 어른처럼 커 보였다.

——몬지로, 이 애가 나나시名無し다. 나이는 여덟 살.

그리고 아이의 얼굴을 들여다보더니 몬지로 쪽으로 손을 뻗으며 말했다.

——나나시, 이쪽에 있는 형이 몬지로다. 나이는 열두 살이었지?

몬지로는 흰자위만 눈에 띄는 가무잡잡한 피부의 꼬마에게 시선을 빼앗기고 말았다.

——둘 다, 오늘부터 형제나 마찬가지다. 사이좋게 지내렴.

"예, 그 아이가 이것의 허끔이었습니다."

*

허허~이! 커다란 떡갈나무 꼭대기에서 나나시가 큰 소리를 지른다.

"형, 맞았어! 이곳 둥지에는 보물이 가득 있어."

계절은 한여름. 숲에는 시원한 초록색 잎이 우거져 올려다보이는 하늘을 거의 덮어 버릴 것 같다. 몬지로는 야마와타리의 둥지는커녕 꼭대기에 있는 나나시의 모습도 볼 수가 없다.

"몇~ 개나, 있~어~?"

몬지로는 양손으로 나팔을 만들어 목소리가 내려온 쪽을 향해 물었다.

나나시는 곧 대답했다. "여덟 개!"

"그럼 일곱 개만 가져와. 알겠지? 꼭 하나 남겨야 해."

"응~."

나나시의 목소리가 숲의 나뭇잎을 술렁거리게 한다.

"먼저 깃털을 모으고 껍질은 나중에 해. 그것도 몇 번이나 들었지?"

"응~."

나무 위에 올라가면 나나시는 늘 들떠서 바보처럼 된다. 진심으로 높은 곳을 좋아하는 녀석이다. 몬지로는 쓴웃음을 지으며 목에 감은 수건으로 얼굴을 닦았다.

야마와타리는 귀중한 보물을 주는 데다 풀모기 같은 독충을 먹는, 하자마무라 마을에 사는 사람들에게는 이중삼중으로 고마운 익조다. 원앙 못지않게 부부 사이가 좋아, 한 번 짝이 되면 어느 한쪽이 죽을 때까지 두 마리가 알을 낳고 부화하여 새끼를 키운다. 산란은 1년에 한 번 초봄에 하는데 한 쌍이 세 개에서 다섯 개의 알을 낳는다. 그러니 여덟 개는 드문 일이다.

평소에는 미쓰루기야마 산의 절벽에 살고 바위틈을 오가며 날아다닌다. 산란 때만은 절벽 아래의 울창한 숲속까지 내려와 풀잎이나 마른 잎, 잔가지 등을 엮어 나무 높은 곳에 둥지를 짓는다. 고물상에서 파는 소쿠리처럼 생긴 둥지다.

둥지에서 알을 까고 새끼를 키우다가 가족이 함께 미쓰루기야 마 산의 절벽으로 돌아가지만 이듬해 산란기가 되면 다시 숲까지 내려와, 전해에 만든 둥지를 새 풀과 나뭇잎으로 보수한 뒤에 알을 품는다.

하나의 둥지를 두 번이나 세 번은 쓰는 게 이 산새의 습성이다. 다만 전해의 새끼들이 남긴 알껍질이나 깃털이 깨끗이 사라지면 그곳이 자신들 부부의 둥지라는 사실을 알 수 없게 되므로 다른 곳에 새 둥지를 짓는다.

알껍질과 깃털이라는 보물을 받는 쪽인 하자마무라 마을 입장에서는 2년이나 3년 같은 둥지를 조사하면 되는 상황과, 매년 새 둥지를 찾는 데서부터 시작하는 상황 사이에 수고의 차이가 크다. 둥지가 있는 곳은 아래에서 올려다보면 목이 아플 만큼 높은 곳으로 정해져 있기 때문에, 작업 자체가 목숨을 거는 일이다. 조금이라도 수고를 줄이는 편이 좋다. 그래서 아무리 보물이 아깝다는 생각이 들어도 앞으로의 이익을 생각해 알껍질을 하나는 둥지에 남겨 두는 규칙이 있었다.

둥지 안쪽에 붙어 있는 깃털을 먼저 모으고 알껍질은 나중으로 돌리는 것도 작업 순서의 규칙인데 이유는 단순하다. 야마와타리 새끼의 깃털은 사람의 콧김에도 날아가 버릴 정도로 가볍기 때문에 제일 먼저 회수하지 않으면 손해인 것이다.

하자마무라 마을에 온 지 만 2년이 지나 몬지로는 열네 살, '이름이 없는名無し' 나나시는 열 살이 되었다. 2인 1조로 알과 깃털을

모으는 일로 훌륭하게 수확을 올리고 있다.

나나시는 몬지로와는 달리, 그해의 전해 여름에 유타카노쿠니 일부에서 유행한 열병으로 부모 형제를 잃은 고아였다. 소작인 공동주택에서 살던 아이였기 때문에, 그대로 인근 사람들의 신세를 지고 있다가 센조에게 발견되었다. 물론 나나시 따위 말고 부모가 지어 준 이름이 따로 있지만 본인은 말하고 싶지 않은지 누가 물어도 '나나시야'라고밖에 대답하지 않았다. 하자마무라 마을에서 살게 되고 나서도 변함이 없어서 결국 센조 씨가,

"그렇다면 느의 이름은 나나시다."

라고 정했다. 본인도 불만이 없는지 스스로 "이것 나나시야"라고 자신을 소개하게 되었다.

나나시는 몸이 가볍고 높은 곳을 좋아하며 무서움을 몰랐다. 대담하다거나 용감하다는 뜻이 아니라, 자신이 죽는다거나 다쳐서 아플지도 모른다는 생각을 조금도 하지 못하는 것 같았다.

야마와타리의 둥지에서 보물을 찾는 일을 하자마무라 마을에서는 '산일'이라고 부른다. 그리고 둥지를 찾아 나무의 높은 가지까지 올라가는 쪽을 '소라', 아래에 남는 쪽을 '도다이'라고 부른다. 몸에 밧줄을 감은 소라는 올라가면서 줄기의 요소요소에 말뚝을 박고 거기에 밧줄을 걸어, 만에 하나 발이 미끄러져도 거꾸로 떨어지지 않도록 한다. 도다이는 밧줄의 반대쪽 끝을 단단히 붙든 채 버티고 서 있는 역할을 맡는다.

몬지로와 나나시 사이에서는 몬지로가 도다이고 나나시가 소

라다. 일을 배우기 시작하고 처음 반년 동안 몬지로는 몇 번이나 울상을 지을 정도로 힘들었다. 밧줄을 붙잡는 손이 거칠어지고 피투성이가 된다. 버티고 서 있지 못하고 소라의 움직임에 끌려 비틀거리는 바람에 나무줄기에 호되게 머리를 부딪치거나 넘어져서 발을 삐기도 했다. 그때마다 산일을 총괄하는 두목이나 하자마무라 마을의 촌장은 야단을 쳤다.

"안 돼, 안 돼, 그래서는 안 된다."

"몬지로, 이 굼뜬 녀석. 느한테는 아직 밥을 줄 수 없다."

밥을 먹지 못하는 벌을 계속 받다가 배가 너무 고파서 기절한 적도 몇 번이나 있다.

——어째서 이런 일을 당해야 하나.

자신은 성하마을의 종이 도매상에 있고 싶었다. 자진해서 센조를 따라온 게 아니다. 갈팡질팡하는 사이에 쫓겨나 돌아갈 수 없었을 뿐이다.

종이 도매상에서는 많은 도움을 받았다고 생각하고 있었지만, 어차피 자신은 성가신 존재, 필요 없는 존재였던 것이다. 센조에게 아이를 넘기지 않겠다며 소금을 뿌리던 상가도 있었는데(그 가게 사람들은 하자마무라 마을이 어떤 곳인지 잘 알고 있었으리라), 종이 도매상은 몬지로를 자진해서 넘겼다. 망설이는 기색은 머리털만큼도 보이지 않았다——하고, 도다이 연습이 너무나도 괴롭다 보니 옛날 일까지 거슬러 올라가 비굴하게 원망하는 마음을 가지게 되었다.

허끔인 나나시는 완전히 달랐다. 배우지 않아도 원숭이처럼 나무에 잘 올라갔다. 밧줄을 다루는 방법도 금세 익혔고 두목에게도 자주 칭찬을 받았다.

연습을 시작하고 한 달이 지나자 소라인 나나시와 도다이인 몬지로의 차이는 주위에서 보기에도 안쓰러울 정도였다. 마을 어른들 중에는 몬지로가 이 일에 적합하지 않으니 돌려보내는 편이 낫겠다는 말을 꺼내는 사람도 있었다. 센조 씨의 보는 눈도 틀릴 때가 있군, 하며.

하지만 당사자인 센조도 두목도 누가 무슨 말을 하든 신경 쓰지 않았다. 몬지로에게는 할 수 있을 거다, 연습을 계속하라며 질타할 뿐. 몬지로는 차라리 어디론가 도망쳐 버릴까 하는 생각까지 했다.

그의 속내를 아는지 모르는지, 양손이 피투성이가 되어 헐떡이는 몬지로 옆으로 내려온 소라가 말했다.

"이 형은 이제 필요 없어. 나나시는 다른 도다이를 원해."

악의 없는, 어린아이다운 말투였다.

몬지로는 얼굴이 화끈 달아오르고 가슴이 찢어지는 듯했다. 분한데도 눈물이 날까 봐 이를 악물었다.

다음 순간 소라의 가볍고 작은 몸이 날아갔다. 두목에게 얻어맞은 것이다.

"나나시, 몬지로 형한테 사과해라. 느들은 죽을 때까지 허끔이야. 목숨을 맡기고 서로를 지키는 거다. 두 번 다시 그런 말 하지 마라. 알겠니?"

나나시는 공포로 새파랗게 질려 허둥지둥 몬지로에게 사과했다. 덜덜 떨며 말도 제대로 하지 못했다. 날아가면서 땅바닥에 머리와 가슴을 부딪쳐, 얼굴이 까지고 입 끝이 찢어져 있었다.

아아, 아프겠네. 몬지로는 처음으로 동생뻘의 허끔을 가엾게 생각했다.

"그만 용서해 주세요. 이것도 사과드리겠습니다. 그리고 정진하겠습니다."

몬지로는 두목 앞에 손을 짚고 머리를 숙였다. 입을 딱 벌리고 있던 나나시도 허둥지둥 따라하려다가, 땅바닥에 몬지로의 상처투성이 손에서 떨어진 피가 까맣게 배어 있는 것을 알아차렸다. 그러자 나나시는 딸꾹질을 하듯이 울음을 터뜨리고 말았다.

"알았으면 되었다. 마음이 맞도록 둘이서 힘내야 한다."

두목이 떠난 후에도 나나시는 울음을 그치지 않았다. 몬지로는 가만히 머리를 쓰다듬어 주었다.

그 일을 계기로 두 사람은 조금씩 호흡을 맞춰갈 수 있게 되었다.

미쓰루기야마 산의 산기슭 일대에 펼쳐져 있는 깊은 숲에 들어가, 새끼가 떠난 후의 야마와타리 둥지를 찾아내고, 거기에 올라가 조심스럽게 보물을 가져온다. 1년 내내 산에서 하는 일은 정해져 있지만, 어떻게 해낼지는 허끔의 재량에 맡겨져 있었다. 모두의 보고를 받고 두목이 둥지의 위치를 적은 지도를 만들고, 가끔 새로 그려 주지만, 지도를 베껴 사용할지 어떨지조차 각 허끔의 생각에 달려 있다.

하자마무라 마을은 대략 20세대 정도 규모의 마을이었다. 센조에게 이끌려 온 아이들을 포함해서 마흔 명 정도가 살고 있다.

촌장이 제일 높고 그다음이 산일 두목, 그다음이 센조다. 그 아래는 모두 같았다. 누가 산일로 많이 벌든 그걸 으스대거나 추어올려지거나 하는 일은 없었다. 먹을 것은 평등하게 나누고 입을 옷이 해져도 여자들 중 누군가에게 부탁하면 금세 수선해 주거나 새것을 마련해 주었다.

마을은 깊은 숲의 남서쪽 끝에 있고 근처에는 맑은 물이 가득한 작은 호수와 그곳에서 흘러나오는 몇 줄기의 샘이 있었다. 밑바닥에서 맑은 물이 솟고 있는지 샘은 마르는 일이 없다.

그러나 흙은 좋지 않았다. 숲은 풍요롭게 우거져 있는 데 반해 애써 경작해도 왠지 밭의 소출은 변변치 못했다. 고작해야 마을에서 소비할 만큼의 고구마나 콩, 메밀을 얻는 정도였다.

마을의 생계를 지탱하는 것은 산일 쪽이다. 채집한 깃털과 알 껍질은 마을 작업장에서 깔끔하게 분류하고 먼지나 더러움을 제거한 후 중개상이 있는 근처의 마을이나 시정으로 실어 낸다. 운반 역할을 맡고 있는 사람은 마스조라는 노인인데 하자마무라 마을에서는 가장 연장자였다. 머리카락도 눈썹도 새하얗고 허리가 굽어 있었지만 짐수레를 끄는 '돈비'라는 이름의 갈색 말(사람으로 환산하면 마스조와 비슷할 정도로 늙은 말이었다)을 몰고 가파른 산길도 아랑곳하지 않은 채 중개상에 갔다가, 돌아올 때는 그 짐수레에 마을 사람들이 먹을 것이나 생활에 필요한 물건들을 산더미처럼 싣고 돌아왔다.

여름이 아무리 덥고 겨울이 아무리 추워도 마스조 할아버지는 불평 한 마디 하지 않는다. 보통은 이삼일에 한 번 새벽에 나갔다가 해 질 녘에 돌아온다. 때로 갑자기 필요한 것이 생기면 짐수레는 두고 돈비의 등에 올라타 물건을 사러 가거나, 성하마을까지 나가지 않으면 구할 수 없는 약 같은 것은 몇 달에 한 번 날짜를 정해 멀리까지 구하러 가 주기도 했다.

마스조 할아버지 다음으로 연장자인 사람은 촌장과 산일 두목이다. 두 사람은 옛날에 허끔이었다고 하고 지금도 호흡이 잘 맞는다. 둘 다 독신으로 아내는 없다. 자식도 없다. 아니, 하자마무라 마을에는 '가족'이라는 당연한 것이 없었다. 다른 마을 사람들과 삶의 방식이 달랐다.

마흔 명 중 어른이 스물세 명, 남자가 열세 명이고 여자가 열 명. 젊은이도 몇 명 있지만 전체적으로 고령인 사람이 많다.

다만 어른들은 센조만큼 극단적이지 않더라도 모두가 나이를 가늠하기 힘든 구석이 있었다. 가령, 얼굴은 주름투성이인데 눈이 어린아이처럼 맑거나, 혹독한 산일을 계속하고 있는데도 양쪽 손바닥이 갓난아기처럼 부드럽거나, 마스조처럼 허리가 굽었는데도 체력이 좋고 민첩하게 움직이거나.

'노인이니까'라는 이유로 산일을 그만두는 사람도 없다. 산일에는 남녀의 차이도 없었다. 여자는 여자끼리 허끔을 짜서 남자들의 허끔보다 좋은 수확을 올리는 일도 드물지 않았다.

몸이 가볍고 동작이 빠르고 야마와타리가 놀라지 않도록 기척을 지우는 데 뛰어나고 눈과 귀가 좋으면 남녀에 상관없이 일을 잘할 수 있는 것이다.

나머지 열일곱 명이 아이——유타카노쿠니에서 남자아이가 성인이 되는 나이를 축하하는 열여섯 살보다 아래로 남자아이가 열 명이고 여자아이가 일곱 명이다. 지금은 오미야라는 열다섯 살짜리 여자아이가 가장 나이가 많고, 열네 살인 몬지로가 두 번째다. 바로 밑으로 오시즈라는 열세 살 여자아이가 있다. 나머지는 조금 차이가 나서 나나시와 같은 열 살 전후고, 가장 아래는 아직 아장아장 걸어다니는 하루이치春市라는 젖먹이다. 봄春에 나나쿠사 시장市에서 주워 온 '미아'라서 이런 이름이 붙었다.

하자마무라 마을에서는 어른은 모두 아이들의 조부모이고 부모이고 손위 형제자매였다. 갖가지 물건을 조달하는 마스조, 수양 소개상을 하고 있는 센조, 산일을 총괄하는 두목, 마을 사람들을 관리하는 촌장 네 사람은 말하자면 장로 같은 존재였다.

사는 곳은 간소한 오두막집이다. 미쓰루기야마 산기슭의 숲속, 왠지 한 곳에만 이끼가 낀 눈잣나무가 모여 있는 곳에 처마를 나란히 하고 지어졌다. 판자벽에, 지붕은 판자지붕이거나 초가지붕인데, 지붕을 누르기 위한 작은 돌도 얹지 않는다. 하늘을 향해 솟아 있는 커다란 산 덕분에 하자마무라 마을을 둘러싼 산기슭의 숲 일대에는 1년 내내 거의 바람이 불지 않았기 때문이다. 강한 바람은 상공에서 산자락을 감으며 불 뿐 아래까지는 내려오지 않았다. 그래서 구름도 상공에만 생기고 따라서 비도 거의 안 내렸다. 계절에 따라 안개는 끼지만 제대로 된 비다운 비는 몇 년에 한 번 오는 정도였다. 그래도 마을 사람들의 생활은 풍부한 용수湧水가 지탱해 주고 있어 목마름에 시달리는 일은 없었다. 숲의 나무와 풀도 지하를 도는 수맥 덕분에 늘 윤기를 띤다.

마을에서는 꽤 멀리, 산을 사이에 두고 거의 반대쪽이지만 몇 군데 온천이 솟는 곳도 있다. 아무래도 미쓰루기야마 산은 오래된 화산인 듯하고, 지금은 화산 활동을 쉬고 있지만 땅속 깊은 곳에는 아직 열원이 살아 있는 것 같았다.

비바람을 걱정할 필요가 없는 오두막에서 마을 사람들은 대략 일곱에서 여덟 개 조로 나뉘어 침식을 함께했지만, 늘 같은 사람들끼리 모여 살았던 건 아니다. 아이들이 싸우거나 허끔의 호흡이 맞지 않게 되어 잠시 떨어져서 머리를 식히거나 하는 일로 꽤 자주 바뀌었다. 남자와 여자가 같이 있다 보면 부부가 생길 테고, 실제로 그런 분위기의 남녀는 몇 쌍이나 있지만, 그렇다고 해서 반드시 두 사람이 함께 사는 것도 아니었다. 이를 의아하게 여기는 분위기도 없었다.

열두 살까지 성하마을의 종이 도매상에서 살았던 몬지로는 좋든 싫든 간에 그럭저럭 세상 물정을 알고 있었기 때문에, 이 마을에서 아기가 태어나지 않는 이유는 부부가 함께 사는 관습이 없기 때문이리라 여겼다.

하지만 허끔인 나나시는 더 어리다 보니 그 부분이 잘 이해가 가지 않는 듯, 올해 초봄에 센조 씨가 하루이치를 데리고 돌아왔을 때 문득 이런 말을 했다.

"하루이치는 귀엽네. 하지만 이 마을에는 더 어린 아기가 있었던 적이 없지?"

"그렇지."

"여자들은 아무도 아기를 낳지 않는 걸까?"

나나시는 정말로 이상하다는 듯이 고개를 갸웃거렸다.

"내가 있던 공동주택에서는 여자들이 계속 아기를 낳아서 구미가시라組頭 에도 시대에 나누시(名主)를 보좌하여 마을의 사무를 처리하던 사람가 항상 화를 내곤 했는데."

나나시가 자신이 태어나고 자란 곳을 입에 담은 건 처음이었다. 몬지로는 그쪽에 흥미가 끌렸다.

"느의 집도 형제자매가 많이 있었어?"

몬지로의 물음에 나나시는 눈썹을 확 찌푸렸다. 어린 마음에도 엉겁결에 '말실수를 했다'는 기색이라 우스워서, 몬지로는 그만 웃음을 터뜨리고 말았다.

"웃지 마아."

"미안, 미안."

몬지로가 솔직하게 사과해서인지, 나나시는 흥 하고 작게 코를 울리며 어린애다운 표정으로 돌아와 말했다.

"형이랑 누나가 일곱 명 있었어."

나나시는 여덟째 아이였던 것이다.

"이제 필요 없다, 먹여 살릴 수 없다, 이름을 붙이는 것도 귀찮다면서 그대로 '하치8이라는 뜻'라고 불렀지."

꼭 개한테 하는 것 같았다고 말하며 또 코를 울린다.

"많이 있었는데 모두 돌림병으로 덜컥 죽어 버렸어. 제일 위의 누나가 죽을 때, 하치는 하치만八幡 하치만다이진(八幡大神)을 말한다. 하치만다이진은 오진 천황(應神天皇)을 비롯하여 히메가미(比売女), 진구 황후(神功皇后)의 신위를 가리키는데, 궁시(弓矢)의 수호신으로 무사들이 숭앙하는 신이었으며 일반에도 널리 신앙의 대상이 되었다 님의 하치야, 길한 이름이니까 목숨을 건진 거야, 라고 말했지만 그런 걸 기억하는 것도 화가 나니까 이건 나나시면 돼."

산일을 하다가 잠시 쉴 때라, 두 사람은 올려다보아야 할 정도로 키가 큰 삼나무숲 속에 들어와 있었다.

"슬슬 올라갈까?" 하고 몬지로가 말하면서 이야기는 끝났다. 몬지로는 속으로 '나나시가 조금 더 자라면, 부부가 한 이불에서 자야 아기가 생긴다고 가르쳐 주자'고 생각했지만, 매일 일을 하며 바쁘게 지내는 사이에 잊어버리고 말았다.

야마와타리 덕분에 풍요로운 하자마무라 마을 사람들은 좋은 음식을 먹을 수 있었다. 그 점은 확실히 종이 도매상의 하녀 우두머리가 말한 대로였다. 옷이나 신도, 숲속에서 지내기 쉽도록 튼튼한 것이 제일이긴 했지만 여자아이들은 화려한 색깔의 옷이나 신을 받을 수 있었고 정월에는 머리 장식도 사 주었다.

하지만 이 마을의 독보적인 유복함을 보여 주려면 무엇보다도 '준비금' 이야기를 해야 하리라.

남자아이도 여자아이도 열여섯 살에서 열일곱 살, 아무리 늦어도 스무 살이 되기 전에는 하자마무라 마을을 나간다. 그만큼 성장하면 남자는 뼈가 굵어지고 여자는 살이 올라 체중이 늘어나기 때문에 산일은 위험해서 할 수 없다. 이 부근에서는 달리 생계를 꾸릴 방법이 없으므로 마을에서 나가 새로운 삶을 시작해야 하는 것이다.

사실 수양 소개상 센조는 이러한 '미아'들의 갈 곳을 정하는 역할도 맡고 있었다.

깨끗한 물을 마시고 좋은 음식을 먹고 부지런히 일해 몸을 단련하고 '미아'들을 따뜻하게 맞아 주는 '대가족'에 의해 키워진 젊은이다. 연장자들에게 읽고 쓰기나 주산도, 최소한의 예의범절도 대강 배운다. 어디에 고용살이를 가거나 시집이나 장가를 가도 부끄럽지 않다. 다만 출신이 '미아'인 점을 메우기 위해 하자마무라 마을에서는 그들에게 상당히 거액의 준비금을 쥐어 준다. 센조는 이를 바탕으로, 앞으로의 인생을 맡겨도 불안하지 않은 곳을 찾아 인연을 맺어 주는 일을 한다. 둥지를 떠나는 젊은이에게 자질이 있으면 준비금으로 장사를 하도록 도와줄 때도 있다.

가끔은 나이를 먹긴 했지만 마을을 떠나지 않고 싶어 하는 경우도 생기곤 했다. 산일은 위험해도 보람이 있고, 아름다운 풍경과 느긋한 마을의 생활에는 다른 곳에서 얻기 힘든 안락함이 있으니까. 이곳에서 촌장이나 두목의 나이가 될 때까지 일하며 살고 싶다, 산일을 위해 몸을 가볍게 할 필요가 있다면 맛있는 밥을 줄이고 참아도 좋다, 제발 이곳에 있게 해 달라고 울며 애원하는 '미아'도 있었지만, 그 소원이 받아들여진 예는 없었다.

몬지로와 나나시도 산일을 어떻게든 해 나갈 수 있게 되었을 무렵 두목에게서 이 규칙을 배웠다.

"허끔 중 한쪽을 혼자 둘 수는 없으니 느들은 나나시가 열여섯 살이 되면 함께 산을 내려가거라."

항상 그럴 생각으로 이곳에서 보내는 시간을 헛되이 하지 않도록 명심하라며.

센조와는 대조적으로 두목은 몸집이 다부졌다. 얼굴도 억세고 머리카락도 눈썹도 숱이 적다. 무서운 용모인데도 아이들의 머리를 쓰다듬어 주는 손가락은 뱅어 같다. 기묘한 뒤죽박죽이 눈에 띄는 마을 사람들 중 한 명이지만 결코 싫은 느낌은 들지 않았다. 나나시도 센조와 비슷하게 두목을 잘 따랐다.

"두목님, 나나시는 계속 이 마을에 있고 싶어요."

벌레에 쏘였는지 풀독이 올랐는지, 목 옆을 벅벅 긁으며 나나시가 말했다. "어디에도 가고 싶지 않아요."

"그럴 수는 없다." 두목은 숱이 적은 눈썹을 송충이처럼 움직이며 나나시에게 무서운 얼굴을 해 보였다. "느는 마을에서 내려가서 멋진 사내가 되는 거야."

멋진 사내란 어떤 사내일까. 몬지로는 웃고 말았지만 나나시는 입을 삐죽거렸다.

"나나시는 마을에 있으면서 두목님 같은 멋진 사내가 될 거예요."

이 말에는 촌장도 웃었다. 그리고 손을 뻗어 나나시의 머리를 쓰다듬으며 말했다.

"마을에서 이것 정도까지 나이를 먹고 멋진 사내가 될 수 있는 건, 본래 이곳에서 태어난 사람뿐이다. 나나시나 몬지로처럼 다른 곳에서 온 사람은 어른이 되면 이곳에 있을 수 없어."

"어째서요?"

그렇다, 어째서일까? 두목의 억센 얼굴을 바라보던 몬지로의 눈에도 의문의 빛이 떠올랐다.

두목은 몬지로의 눈빛을 받고는 나나시 쪽으로 시선을 돌리더니 웃음을 머금은 부드러운 목소리로 말했다. "먼 옛날, 이것들의 조상님이 이 땅에 자리를 잡았을 때 미쓰루기야마 산의 신과 그렇게 약정을 맺었거든."

미쓰루기야마 산은 신역神域이다. 자리 잡고 사는 사람의 수가 늘면 사람의 기운으로 더러움이 쌓이기 때문에.

"조상님의 후예인 이것들만이 이 땅에서 인생을 마칠 수 있도록 허락된 것이지."

대신 이곳에 오는 '미아'들은 풍족한 생활을 하며 나갈 때 큰돈을 지참할 수 있게 되었다.

지금까지 마을을 나갈 때의 일을 생각한 적이 없었던 몬지로지만 이렇게 새삼 옛날이야기를 들으니 어느 모로 보나 이치에 맞는 말처럼 여겨졌다.

홋토코 한쪽 눈이 작고 입이 삐죽 나온 우스꽝스러운 남자의 탈 같은 표정을 짓고 있던 나나시가 진지한 얼굴로 물었다. "모두들, 이 마을에 있는 한은 돌림병 걱정도 없다고 전에 센조 씨가 그랬어요. 그것도 이곳이 신의 땅이기 때문이에요?"

촌장은 크게 고개를 끄덕였다. "아아, 그래. 나나시는 똑똑하구나."

동생이 칭찬을 받는 모습을 흐뭇하게 바라보며 자신도 개평이나마 얻어 볼까 싶었던 몬지로는 떠오른 생각을 입에 담았다. "두목이나 센조 씨가 가끔 모여서 마시는 탁주도 미쓰루기야마 산의 신과 관련이 있는 건가요?"

마을의 어른들은 가끔 술잔치를 벌인다. 마시는 술은 반드시 새하얀 탁주다. 나이 많은 여자들이 1년에 한 번 정도의 비율로 커다란 나무통에 빚는데 완성도를 확인하는 일은 촌장의 역할이다.

"몬지로도 눈치가 빠르구나." 촌장의 눈이 가늘어졌다. "그건 산의 신께 바치는 술의 퇴물림이다. 이것들도 얻어 마심으로써 몸을 강하게 만들 수 있지."

마찬가지로 약정 중 하나라고 했다.

"나나시도 마셔 보고 싶어."

"맛있는 게 아니야. 배탈이 날 게다. 다른 곳에서 온 나나시한테는 효과도 없고."

탁주가 든 나무통을 보관하는 오두막 출입구에는 자물쇠가 걸려 있다. 아이들이 장난삼아 마시지 못하도록 하기 위한 방편일 것이다.

마을 어른들의 술잔치는 밤에 아이들이 잠든 후 열리지만 엄격하게 비밀로 하고 있지는 않다. 몬지로도 한 번 밤중에 잠이 깨어 측간에 가려고 일어난 김에 본 적이 있다. 담소하며 탁주를 마시는 어른들은 편안하고 즐거워 보였다.

하지만 뚜껑이 열린 나무통에서 희미하게 풍겨 오는 탁주 냄새는 별로 좋지 않았다. 달인 한약 같은 냄새가 났기 때문이다.

──얼마든지 더 맛있는 술을 사 와서 마시면 될 텐데.

코를 움켜쥐며 얼른 침상으로 돌아온 몬지로였지만, 약 냄새 나는 술을 신이 내려 주셨다면 납득이 간다. 그렇다면 술잔치 자리에 안주가 전혀 없었던 까닭도 그래서일까?

애초에 이 마을 어른들은 먹을 것에 미련이 없어 보였다. 하루에 세 번, 우선 아이들을 잘 먹이고 나서 어른들이 식사를 하는데 항상 눈 깜짝할 사이에 식사를 끝내 버리고 몬지로나 나나시가 아직 트림을 하고 있을 무렵에는 뒷정리를 시작한다.

미쓰루기야마 산의 신과 약정을 맺음으로써 수호를 받고 있는 마을의 어른들은 어쩌면 신선에 가까운 존재가 아닐까. 두목과의 대화를 계기로 몬지로는 그렇게 생각하게 되었다. 신선은 불가사의한 신통력을 갖고 있고 다치지도 않고 병에도 걸리지 않고 이

슬을 먹으며 유유히 장생불사한다. 종이 도매상에 있었을 때 요

미혼娛本 에도 시대의 소설의 일종. 권두 그림 및 몇 장의 삽화가 있다. 공상적인 구성, 복잡한

줄거리를 흥미 위주로 지은 것이 많으며, 불교적 인과응보·도덕적 교훈 등을 내용으로 한다을

좋아하는 하녀에게서 들은 이야기다. 신선이 되려면 힘든 수행을

쌓아야 하지만 하자마무라 마을에서 태어나고 자란 어른들은 처

음부터 산의 신의 가호를 받았으니 특별한 존재가 아닐까.

　——다른 곳에서 주워온 이것 따위가 똑같이 살 수는 없겠지.

　도다이로서 일할 수 있고 수확을 올리고 어른들에게 칭찬을 받

고 맛있는 음식을 먹을 수 있다. 더위와 추위는 있지만 거친 날씨

에 위협당할 걱정은 없고 밤에는 푹 잘 수 있다. 나나시도 말했지

만 이 마을에는 돌림병도 다가오지 못한다. 사소한 눈병이나 감

기조차도 누구 하나 걸리지 않는다.

　이곳에 올 수 있어서 다행이라고 생각한다. 하지만 몬지로는

나나시와 달리 마음 한구석에 성하마을 종이 도매상의 추억이 있

다. 그리고 더 올라가면 성 뒤에 버려지기 전의 희미한 기억도 있

었다.

　자신이 어디에서 온 누구인지, 이제 와서 알려는 생각은 없다.

하지만 몬지로는 마을의 규칙에 저항하면서까지 신선인 양 거들

먹거리며, 하자마무라 마을에서 밖으로 나가지 않는 인생을 보내

고 싶다고도 생각하지 않았다. 더 크게 살고 싶다. 나나시도 조

금 더 분별이 생기면 사람이 살아가는 길은 산일 외에도 있음을

알고 흥미를 갖게 될 것이다. 그러면 두목이 말한 대로 함께 산을

내려가자.

──그때까지는, 열심히 일하자.

마을의 어른들에게 은혜를 갚자. 큰돈을 받아도 부끄럽지 않도록, 두둑이 벌어 두는 것이다.

몬지로가 짊어져야 하는 책임은 도다이로서 나나시의 목숨을 지키는 것, 찰과상도 입히지 않는 것이다. 그러나 녀석은 늘 벌레에 쏘이는 데다 쏘인 데가 부어서 온몸에 흔적이 남아 있다. 그 흔적을 볼 때마다 창피하게도 '이것이 대충 한 것도 아닌데……' 하고 생각해 버린다. 그만큼, 나나시는 이미 몬지로가 책임지는 동생이 된 것이었다.

하루이치가 마을에 온 해에는 아무 일도 없이 지나갔다. 이듬해에는 제일 나이가 많은 여자아이 오미야가 열여섯 살이 되었는데, 새해가 되자마자 성하마을에 내려갔던 센조 씨가 오미야를 위해 혼담을 가져오는 경사가 생겼다.

"류류테이라면 영주님이나 오쿠니 님お国様 에도 시대에 영주가 자신의 영지에 두었던 첩이 미하타御旗 축제 때 쉬시는 가게지?"

몬지로뿐만 아니라 성하마을에서 온 '미야'라면 누구나 그 요정을 알고 있었다. 류류테이는 유타카노쿠니에서 나는 고급 해산물과 임산물을 일류 요리사가 조리해 내놓는 곳이다. 미하타 축제는 옛날에 유타카노쿠니를 지킨 유명한 무사들의 갑옷에 꽂았던 기旗를 모신 신사의 축제로, 화려한 기가 난무하는 웅장한 가무가 볼거리다. 번주가 축제를 관람할 때는 반드시 류류테이에 들르는 것이 관습이다.

"그런 엄청난 요정의 며느리로 오미야를?"

터무니없이 좋은 혼담에 마을 사람들은 흥분했다. 산일이 맞지 않아 지금까지 줄곧 밥을 짓고 빨래를 하고 아이들을 돌보며 지내온 오미야는 하얀 피부의 미인이고 성격도 다정하다.

한데 오미야는 어디에서 류류테이의 눈에 들었을까. 미하타 축제는 물론이고, 하자마무라 마을의 아이들은 유타카노쿠니 영지 내에서 열리는 어떤 축제에도 참가하지 않고 구경하러 가지도 않는다. 이곳에 맡겨진 날부터 나가는 날까지 산을 내려가는 일이 없는 게 '미아'들의 생활이다. 매일 하루 종일 바쁘기 때문에 다른 곳을 동경하고 있을 시간도 없다.

"그야, 당연히 센조 씨에게 신용이 있으니 그런 것이지."

몬지로의 소박한 의문에 천연덕스럽게 웃으며 대답해 준 이는 오스가였다. 물어본 적이 없어서 나이는 모르지만 노인 같은 분별과 소녀 같은 사랑스러움을 함께 갖추고 있는 사람이다. 아이들을 부지런히 돌보아 주는 모습이 어머니 같아서, 오미야 바로 밑의 동생뻘인 오시즈는 정말로 '엄마'라고 부르고 있다.

그때는 둘이서 빨랫줄에 산더미 같은 빨래를 너는 중이었다. 산일을 할 때 입는 쓰쓰소데나 모모히키는 부상을 방지하기 위해 두껍게 만들었다. 빨면 물을 머금어 무거워지기 때문에 몬지로는 자주 빨래 널기를 도왔다.

"하지만 오스가 씨. 성하마을에는 소금을 뿌릴 정도로 이 마을을 싫어하는 사람들도 있는걸요."

오스가는 눈을 깜박거렸다. "누가 언제, 그런 짓을 했어? 느한테 소금을 뿌리던?"

몬지로는 종이 도매상을 나오던 그날, 센조 씨가 또 한 명의 여자아이를 데리러 가려고 했다가 거절당했을 때의 일을 털어놓았다.

"세상에, 그거 무서웠겠구나. 이 일을 다른 사람한테 말했니?"

"……말하지 않았어요."

"말하지 그랬니. 센조 씨도 신경 쓰지 않았을 거야."

세상에는 여러 사람이 있고 생각도 제각각이야, 하고 오스가는 말했다.

"이 마을은 미쓰루기야마 산의 신 슬하에 있으니 마을 사람들은 신관 같은 존재고, 비싼 값에 팔리는 귀중한 산물을 채취하며 살아가고 있으니 존경해야 한다는 사람도 있어."

하지만 다른 마을과는 환경이 워낙 상이해서 이곳에 사는 이들을 본래 사람이 아니라고 두려워하는 경우도 있지, 하고 말했다.

"사람이 아니라니, 너무하네요."

"느들은 모두 부지런하고 착한 아이들인데."

오스가가 몹시 자랑스러운 듯이 말해서 몬지로는 부끄러워졌다.

"웬만한 사람들보다 훨씬 배짱이 좋고 평범한 사람과는 다른 거라고 좋은 뜻으로 받아들이렴. 목숨을 건 산일을 하고 있고, 무엇보다도……."

말하다 말고 오스가는 갑자기 혀를 삼킨 것처럼 입을 다물었다.

"무엇보다도, 뭔데요?" 몬지로는 되물었다. 오스가가 하다 만 말보다도 오히려 표정이 신경 쓰였기 때문이다.

입을 가볍게 시옷자로 다문 채, 몬지로의 얼굴을 유심히 살피던 오스가는 후우 하고 한숨을 쉬며 물었다.

"몬지로, 느는 이곳에 온 지 이제 곧 3년이 되지. 지금까지 비를 본 적이 있니?"

몬지로는 어리둥절해졌다. 비? 하자마무라 마을을 둘러싸고 있는 마을 일대에 비는 내리지 않는 게 아니었나?

"안개가 짙어져서 보슬비처럼 축축해진 적은 있지만 빗방울은 한 번도 본 적 없어요."

"누군가한테 비가 오면 단단히 조심해야 한다는 말을 들은 적도?"

"없어요."

다소 의외였는지 오스가는 가느다란 눈썹을 찌푸렸다. 이 마을의 여자들은 눈썹을 깎지는 않지만 모두 가늘고 단정한 눈썹을 하고 있다.

"사실을 말하면 이 부근에도 비가 전혀 내리지 않는 건 아니야. 3년에 한 번 정도로 내릴 때가 있지. 이것이 기억하고 있는 한으로는 반년 동안에 두 번이 내려서 모두들 곤란했던 적도 있어."

이 부근에 내리는 비가 왜 '곤란'할까.

"내려오는 게 빗방울이 아니기 때문이야. 마치 시침바늘 같은, 가늘고 날카로운 고드름 같은 것이지."

'바늘비'라고 불린다고 한다.

"제대로 맞으면 산일로 먹고사는 강하고 덩치 큰 남자들도 순식간에 온몸이 구멍투성이가 되고 말아."

오스가는 옛날에 그렇게 죽은 마을 사람의 유해를 두목과 촌장이 처리하는 모습을 본 적이 있다고 한다.

"추울 때였기 때문에 그 사람은 두꺼운 솜을 넣은 잔잔코를 입고 있었어. 너덜너덜해졌더라고. 작업복도 모모히키도 벌레에 쏘인 것처럼 작은 구멍이 가득 뚫려 있고."

너무 무서운 광경이라 지금도 눈꺼풀 안쪽에 달라붙어 떨어지지 않는다고 했다.

"다행히 방심하지 않고 하늘을 보고 있으면 바늘비를 내릴 것 같은 구름 덩어리가 다가오는 건 금방 알 수 있어."

그러면 알아차린 사람이 큰 소리로 소리치며 냄비와 솥을 두드려 마을 사람들에게 알리기로 되어 있다. 설령 잘못 보았거나 구름의 방향이 빗나가 비가 내리지 않아도 제일 먼저 소리쳐 알린 사람이 꾸중을 듣는 일은 없다.

——웃으며 끝낸다면 그게 좋다. 조심해서 나쁠 건 없다.

"이런 훈계는 아무 일도 없을 때 앞질러 들어 봐야 깜박 잊어버리는 법이지. 촌장님도 두목님도, 몬지로와 나나시한테는 진짜

비가 내릴 것 같을 때가 오면 가르쳐 줄 생각인지도 몰라."

잊기는커녕 몬지로는 벌벌 떨고 있었다. 하늘에서 셀 수 없을 정도로 많은 바늘이 내려오다니 악몽 같지 않은가.

"성하마을에서는 그런 비에 대한 소문을 들은 적이 없었어요. 바늘비가 내리는 건 이 부근뿐인가요?"

"맞아."

몬지로가 "왜"라고 묻기 전에 오스가는 빈 빨래통을 양손으로 들어 올리며 옆으로 다가왔다.

"아까도 말했지? 이곳은 산의 신 슬하야. 마음가짐이 좋지 못한 사람이 활개를 펴는 일이 없도록 미쓰루기야마 산의 신께서 지켜보고 계시지. 마을 사람들도 그 사실을 아니까 바늘비라는 신벌을 받는 일이 없도록 몸가짐을 삼가며 산의 신께서 주시는 풍요로운 생활을 하고 있는 거야."

하자마무라 마을은 다른 곳과 다르다. 사람들도 다른 마을 사람들과 다르다. 그것을 존중해 줄지, 두려워하며 소금을 뿌릴지는 받아들이는 쪽의 마음에 따라 달라진다. 다만 어느 쪽이든 가볍게 입에 담아도 되는 일이 아니라는 것만은 같다.

"류류테이는 역시 대대로 영주님의 후원을 받는 오래된 가게인 만큼 지혜가 있지. 미쓰루기야마 산의 신 슬하에서 자란 아름답고 부지런한 처자를 며느리로 맞이하면 더욱 큰 복을 가져오고 집안의 보물이 되리라 기대하고 있을 거야. 분명 오미야를 소중히 여겨 줄 테지."

오스가의 표정은 밝고 목소리도 신이 나 있었다. 하지만 그때, 빨랫줄에 매단 젖은 수건 한 장이 바람에 펄럭이며 오스가의 얼굴에 일순간 그늘을 드리웠다. 그러자 오스가의 얼굴뿐만 아니라 모습 전체가 젖은 수건과 똑같이 얄팍하게 보였다.

몬지로의 눈에는 그 한순간의 풍경이 선명하게 아로새겨져, 꽤 시간이 지난 후에도 잊히지 않았다. 살아가며 훨씬 더 잊기 힘든 일을 경험하고 나서도 왠지 그때 오스가의 얼굴에 드리웠던 그늘만 생각나는 것이 이상했다.

\*

"그로부터 열흘도 지나지 않아, 오미야는 센조 씨와 함께 산을 내려갔습니다."

대뜸 류류테이로 시집을 가는 게 아니라 일단은 적당한 상가의 양녀가 되어 기초적인 신부 수업을 받고 나서 혼례를 올리게 되었다.

"오스가 씨가 말했던 대로 그쪽에서는 오미야를 보물처럼 소중히 여겨 주었지요. 네 명의 아이를 낳고 지금도 류류테이의 안주인으로 행복하게 살고 있습니다."

경사스러운 이야기일 텐데 왜 몬지로의 입매가 희미하게 일그러져 있을까. 도미지로는 잠자코 기다렸다.

몬지로는 약간 목소리를 낮추며 말을 이었다.

"……오미야는 이것에게도 손위 누이 같은 사람이라 많은 보살 핌을 받았고, 사이도 좋았습니다."

그래서 마을을 나가기 직전에 오미야는 몬지로에게만 몰래 털 어놓았다.

"산일을 하는 마을의 남자들 중에 다쓰마쓰라는 젊은 남자가 있었는데."

젊다고 해도 촌장이나 두목에 비해 젊다는 정도이고, 몬지로의 눈에는 꽤 나이를 먹은 것처럼 보였다. 다만 다쓰마쓰는 이목구 비가 뚜렷하고 몸놀림이 가벼우며 무엇을 해도 멋있는 미남이었 다.

"오미야는 다쓰마쓰 씨를 짝사랑하고 있었다는 겁니다."

성숙해질 나이의 여자아이가 어른 남자에게 품는 동경이다.

"앞에서도 말씀드렸지만 하자마무라 마을에는 정해진 부부라 는 형태가 없습니다. 다쓰마쓰 씨도 아내가 없었고 특별히 친하 게 지내는 여자도 없는 듯했습니다."

미남인 다쓰마쓰는 할머니에게도 어린 소녀에게도 똑같이 친 절했다.

"오미야도 귀여움을 받았으니 열을 올리고 말았겠지요."

늦어도 스무 살이 되기 전까지는 마을을 떠나야 하는 '미아'의 입장을 잊고 하자마무라 마을에서 태어난 남자를 사랑하여 가슴 깊은 곳에 온갖 꿈을 그리고 있었던 것이다.

"이것은 말해 주었습니다. 느는 반드시 마을을 나가게 된다. 다쓰마쓰 씨는 나가지 않는다. 두목님의 후계자가 되어도 이상하지 않을 정도로 산일을 잘하는 사람이니 다른 곳으로 갈 리가 없다. 그러니 두 사람이 맺어지는 일도 있을 리 없다. 바보 같은 소리 말라고."

그러자 오미야는 우는 듯 웃는 듯한 얼굴로 말했다고 한다. '그렇지, 바보지, 하지만 꿈이란 그런 거잖아.' 그 말에는 지금 이렇게 몬지로의 입으로 들어도 달콤쌉쌀하고 안타까운 울림이 있었다.

──마을 어른들은 절대로 절대로 이곳에서 나가지 않는 걸까? 그분들도 모두 옛날에는 어딘가 다른 곳에서 왔을 텐데.

"오미야의 그 중얼거림이 어찌 된 셈인지 이것의 귀에 남았습니다."

마치 얼굴에 걸쳐진 거미줄처럼 의문이 달라붙었다. 모두 옛날에는 어딘가 다른 곳에서 왔다.

"그렇지, 하자마무라 마을의 어른들은 어디에서 왔을까. 두목이나 촌장이나 센조 씨는 이곳에서 태어났지만 부모는 아니지. 부모들은 어디에서 여기까지 올라와 지금 같은 생활을 쌓은 것일까."

매일의 풍요롭고 바쁜 생활 속에서는 이런 새삼스러운 의문을 품을 여유가 없었다. 어른의 분별을 갖기 시작한 몬지로의 마음을 오미야의 혼담이라는 변화의 파도가 씻어냄으로써 문득 눈을 뜨게 됐는지도 모른다.

"또 하나, 바로 그때 눈을 뜬 것처럼 깨달았는데요. 하자마무라 마을에는 묘지가 없었어요. 가까운 곳에 절도 없었고요. 성하마을을 떠난 후로 그때까지 이것은 스님을 본 적이 없었습니다."

장례가 없는 거야 우연히 그랬을 뿐이겠지. 앞으로는 언젠가 있을 거라고 각오해 두어야 한다. 산일은 목숨을 거는 일이다. 실제로 나나시도 높은 곳에서 떨어질 뻔해 간담이 서늘해진 적이 몇 번 있었다. 만일 불운하게도 목숨을 잃는다면 누가 경을 읽어 주고 어디에 매장하는 걸까.

"가슴속이 개운치 않았지만 오미야가 무사히 마을을 나갈 때까지는 이것도 얌전히 있었습니다. 경사스러운 일로 마을 전체가 들떠 있는 상황에 어울리지 않는 물음이었으니까요."

게다가 경사의 열기가 식고 평소 생활이 돌아왔을 때쯤 마침 좋은 기회가 찾아왔다.

"촌장님이 순시를 나간다는 겁니다."

반년에 한 번 정도 촌장은 미쓰루기야마 산의 슬하를 돌아다니며 무언가 이변이 일어나지 않았는지 확인한다. 낙석이나, 낙뢰에 의한 화재의 흔적을 발견하거나, 샘의 수량水量을 재는 등 해야 할 일은 여러 가지가 있다.

"촌장님한테는 마당 산책 같은 일이겠지만 역시 혼자서 가면 위험하니까요. 반드시 함께 가는 사람이 있습니다."

몬지로는 거기에 자원했다.

"미쓰루기야마 산에 대해서도, 부근의 숲이나 연못이나 오솔길에 대해서도 더 잘 알고 싶다고 하면서 말이지요. 머리를 숙이며 부탁해 보았습니다."

순시에는 하자마무라 마을에서 태어나 산을 다니는 데 익숙한 남자가 따라가는 것이 관습이다. '미아'는 불러 주지 않는다. 하지만 몬지로는 끈질기게 매달렸다.

"자신은 이곳에 온 게 늦었으니 오래 있을 수 없다. 그런 만큼 한 번이라도 좋으니 순시에 데려가 달라며."

의외로 촌장은 몬지로의 부탁을 받아들여 주었다. 오히려 함께 따라가기로 했던 남자 쪽이 꺼렸을 정도다.

"지금 생각하면 촌장님은 이것이 마음속에 품은 의문을 눈치채고 있었겠죠. 그래서 이 기회에 의심을 흩어 버리려고 선뜻 허락해 준 거예요."

결국 몬지로를 다쓰마쓰가 보살피며 촌장과 셋이서 순시를 나가게 되었다. 계절은 초여름, 비가 내리지 않는 하자마무라 마을과는 상관없지만 아래 세상에서는 장마가 끝나고 햇빛이 강해지기 시작한 무렵이었다.

"두 끼 분의 주먹밥과 물통을 들고 햇빛을 가릴 둥근 가사를 쓰고 독충을 피하기 위해 약 냄새 나는 연고를 손발에 바르고 새 짚신을 신고 여분의 짚신도 허리에 매달고."

산일을 나갈 때보다도 꼼꼼하게 준비하는 이유는 그만큼 마을에서 멀리 떨어지기 때문이라고 촌장이 가르쳐 주었다.

"옛날에 촌장님과 두목님은 허끔이었고 두목님이 도다이, 촌장님이 소라였지만, 촌장님의 몸집은 조금도 작지 않고 빨랫대처럼 키가 컸는데요."

이 사람이 어떻게 소라를 했던 걸까 내심으로 줄곧 이상하게 생각하고 있던 몬지로였지만,

"막상 촌장님의 뒤를 따라 숲을 헤치고 들어가 보니 납득이 갔습니다. 움직임 하나하나가, 뭐랄까…… 깃털처럼 가벼웠습니다."

몬지로가 당황하고 있자니 다쓰마쓰가 웃었다.

——느만 그런 게 아니다. 처음에는 모두 놀라지.

"다쓰마쓰도 소라였기 때문에 언젠가 촌장님처럼 되고 싶다고 말했습니다. 촌장님도 지장보살 같은 얼굴로 웃고 있었지요."

이윽고 몬지로 앞에 서서 걸으며 촌장은 조금씩 이야기하기 시작했다.

"지금부터 갈 곳은 '미아'뿐만 아니라 마을 사람들도 대부분 잘 모르는 곳이라고 했어요. 왜냐하면 아주 위험하기 때문이라면서."

——마을 주변과는 바람의 방향도 바람의 높이도 다르다. 땅 밑에서 열이 올라오는 곳도 있고 갑자기 구름이 끼고 바늘비가 내릴지도 몰라.

"바늘비라면 오스가 씨한테 배웠어요."

몬지로가 그렇게 말하자 촌장은 긴 턱을 끄덕였다.

"느도 슬슬 바늘비를 볼 때가 되었지. 몇 가지 알아 두면 좋은

게 있다. 오늘은 마침 잘되었구나."

하자마무라 마을은 미쓰루기야마 산의 산기슭 남서쪽에 위치해 있다. 순시를 할 때는 마을 동쪽의 나무문으로 나가서 산기슭을 크게 한 바퀴 돈다.

"이 숲은 산기슭의 4분의 1 정도밖에 차지하지 않는다. 나머지 4분의 3은 딱딱한 바위나, 먼 옛날 분화 때 흘러내린 용암류와 쌓인 화산재 위에 납작하게 달라붙듯이 풀이 돋아 있을 뿐이지."

그곳에서는 사람이 살 수 없다. 야마와타리조차 날아오지 않는다. 숲과 숲에 감싸인 하자마무라 마을만이 생명이 있는 곳이다.

"그래도 순시는 해야 하니, 도중에 운 나쁘게 바늘비를 만나고 말았을 때를 위한 대비는 되어 있지."

커다란 바위 틈새에 판자를 걸쳐 두거나, 사람이 들어갈 수 있을 정도의 나무 구멍이 있는 곳을 깃발로 표시하거나, 길의 요소요소에 두꺼운 나무판자로 비 피할 곳을 설치해 두거나.

"숲을 나간 적이 없으면 모르겠지만 다른 곳에서는 마을 주위보다 훨씬 자주 비구름이 생긴단다."

몬지로는 놀랐다. "그럼 하자마무라 마을은 숲 덕분에 바늘비로부터 보호받고 있는 거군요. 숲이 없었다면 큰일이 났겠어요."

"느는 이해가 빠르구나." 촌장은 입가에 주름을 만들며 웃음을 지었다. 두 사람의 뒤를 지키듯이 묵묵히 걷고 있던 다쓰마쓰도 잘생긴 얼굴로 싱긋 웃었다.

"하지만 그렇다면 순시도 위험하지 않아요? 왜 가는 거지요?"

"산 님의 기분을 살펴야 하기 때문이야."

미쓰루기야마 산은 지금 잠들어 있지만 옛날에는 몇 번이나 분화를 되풀이했던 산이다. 언젠가 또 화를 내며 눈을 뜰지 모른다.

"아무리 이것들이 기분을 살피고 있어도 막상 분화하게 된다면 어떻게 할 수도 없다만."

그래도 전혀 대비해 두지 않는 것보다는 낫다고 한다.

"지금은 이것이 느만 한 나이에 일어났던 분화가 마지막이지. 그때 산의 일부가 크게 깎여서 산 모양이 조금 바뀌어 버렸어."

그 탓에 바람의 방향도 바뀌고 산기슭의 숲도 하자마무라 마을도 영향을 받았다고 한다.

"마을의 오두막이 세워져 있는 곳에는 오래된 눈잣나무가 모여 있지. 숲 아닌 곳에서는 눈잣나무 같은 건 보이지 않는데 그곳만 그래."

듣고 보니 그랬다.

"눈잣나무는 바람이 강한 곳에서 자라지. 그러니까 옛날에는 숲의 그 주변에 산에서 바람이 불어 내려오는 바람길이 있었다는 뜻이다."

지난번의 분화로 산의 모양이 바뀌고 바람의 흐름도 바뀌었기 때문에 예전의 바람길은 사라졌다. 그래서 빽빽하게 모여 있던 눈잣나무가 있는 곳이 비로소 하자마무라 마을 사람들의 적당한 살 곳이 되었다.

"이전에는 마을 사람들이 샘 근처에 살았는데 안개나 서리가 고이는 곳이라 지내기가 좋지 않았지."

물 긷기는 편해서 좋을 것 같은데, 하고 몬지로는 생각했다. 하자마무라 마을에서 물 긷는 일은 대부분 '미아'인 아이들이 한다. 다른 사람과 힘을 합치는 법을 쉽게 배울 수 있고, 아직 다른 일을 하지 못할 때도 물이라면 길을 수 있는 데다 힘 쓰는 일을 시켜 보면 허끔의 궁합도 대강 알게 되기 때문이다.

"숲을 빠져나가면 산이 깎인 곳이 보여."

뒤에서 다쓰마쓰가 말을 걸었다.

"순시에 따라오지 않으면 볼 일이 없는 풍경이지. 나나시한테 선물로 그 이야기를 들려 주렴."

그러고 보니 몬지로 일행이 나올 때 나나시는 한바탕 소란을 일으켰다. 왜 형만 순시에 데려가 주는 거냐, 나나시도 갈 거다, 허끔이니까 같이 갈 거라며 난리를 쳤다. 몬지로가 돌아오면 마을 밖에서 본 것, 들은 것을 전부 이야기해 주겠다고 약속하여 겨우 납득시켰는데.

촌장의 깃털 같은 발걸음에 이끌려 몬지로도 평소보다 가볍게 걸을 수 있었다. 한바탕 땀을 흘리며 물통의 물을 마시고 이윽고 숲의 출구가 보이는 데까지 오자,

"자, 보렴." 다쓰마쓰가 옆쪽의 머리 위 높은 곳을 가리켰다. "산이 깎이고 바위 색이 달라졌지?"

걸으면서 그쪽을 올려다본 몬지로는 고꾸라지다시피 발을 멈추었다. 그만큼 이상한 풍경이었다. 하자마무라 마을이 있는 쪽

에서 미쓰루기야마 산의 도신刀身 이쪽을 바라보아서는 전혀 알 수 없다. 산의 깎인 부분은 정확하게 도신의 반대쪽인 것이다.

깎였다고 할까, 패었다고 할까. 길이는 전체의 절반에 이른다. 햇빛이 그곳에서 그늘이 될 정도이니 깊이도 꽤 깊을 것 같다.

"귀를 기울여 보렴. 저 깎인 곳에서 바람이 빙글빙글 돌며 흩어져 가는 소리가 들리거든."

애써 귀를 기울이지 않아도 소리가 들렸다. 그렇다기보다 느껴졌다. 상공 높은 곳에서 산의 팬 부분으로 바람이 불어 들어가며, 휘잉 하고 높은 소리로 노래하고 있다.

"저것 덕분에 마을을 둘러싼 숲은 더 안전한 곳이 되었어. 그전까지는 많으면 1년에 두세 번까지도 내리던 바늘비가, 2, 3년에 한 번 내릴까 말까 하는 정도로 줄었지."

대신 이전보다도 더 많은 바람을 불러들이고 빨아들이게 된 미쓰루기야마 산의 이쪽 편 기슭은 그만큼 바늘비가 내리는 빈도가 늘고 말았다.

"숲을 나가면 돌멩이와 땅바닥에 달라붙은 잡초가 있을 뿐이야. 여기에서도 보이겠지만."

촌장의 말대로였다. 숲이 갑자기 끊기더니 거기에서부터는 드넓고 밝고 아무것도 없는 경사면이 펼쳐져 있다. "이 부근은 돌밭이라고 불러." 다쓰마쓰가 가르쳐 주었다.

"오른쪽으로 내려가면 돌밭 안에 한 덩어리의 덤불이 있단다. 이것과 다쓰마쓰는 그쪽까지 가 볼 테니까 느는 여기서 기다리고 있으렴."

경사면의 오른쪽 아래를 쳐다보니 확실히 시들어서 갈색이 된 덤불이 솟아 있다.

"저건 야생 네보소야."

'노후'의 재료가 되는 잡목이다. 저런 관목이었나.

"사람 손이 닿으면 다쓰마쓰의 키 정도까지 훌륭하게 자란다만. 이 부근은 바람이 강하고 저기 있는 네보소는 몇 번이나 바늘비를 맞으니까."

좋아, 갈까? 하고 촌장은 다쓰마쓰를 재촉하여 돌밭으로 걸음을 내디뎠다. 주위를 둘러보면서 신중하게 걸어간다. 뒤에 남겨진 몬지로는 얌전히 숲과 돌밭의 경계에 멈추어 서서 눈부신 해님과 미쓰루기야마 산을 올려다보며 문득 생각했다.

──숲이 여기에서 끊겨 있는 까닭은 산 모양이 바뀔 정도였다는 저번 분화 때, 이 자리를 용암이나 녹은 암석이나 뜨거운 진흙이 흘러 내려갔기 때문이 아닐까.

그렇게 생각하며 관찰해 보니 숲의 경계에 서 있는 나무들은 숲 안쪽에 있는 나무들에 비해 줄기가 가늘고 키도 작다. 즉 어린 나무다. 과거에 한 번 완전히 불타고 나서 새로 났기 때문일까?

그 모습을 머리에 떠올려 보니 등골이 오싹해졌다. 만일 미쓰루기야마 산이 깨어나 분화한다면, 이번에는 도신 이쪽 편이 무너질 수도 있다. 그러면 하자마무라 마을은 그대로 삼켜지고 말지도 모른다.

아아, 말이 씨가 된다. 몬지로는 고개를 흔들며 돌밭을 걸어가는 촌장과 다쓰마쓰 쪽으로 시선을 던졌다. 다쓰마쓰는 처음에는 경사면을 따라 위로 올라갔지만 지금은 덤불 안을 살피는 촌장 쪽으로 향하고 있다.

──뭔가 찾고 있나?

촌장은 갈색으로 시든 네보소를 헤치며 잎 사이를 들여다보는 중이다. 다쓰마쓰도 걸으면서 커다란 돌멩이 밑을 들여다보거나, 이마 위에 손으로 차양을 만들며 더 아래쪽까지 바라본다.

그때 촌장이 덤불 안에서 무언가를 집어냈다. 다쓰마쓰가 촌장에게 가까이 다가가자 두 사람은 얼굴을 가까이 하더니 촌장이 집어 든 것을 살펴보는 듯했다.

두 사람은 잠시 더 주위를 서성대다가 겨우 몬지로 곁으로 돌아왔다.

"이쪽으로 오너라. 발밑이 미끄러우니 조심하고."

몬지로는 두 사람에게 달려가려다가 보기 좋게 발이 미끄러졌다. 넘어져서 손을 짚은 땅은 꺼끌거려서 줄칼 같았다.

"아~아, 내가 뭐랬느냐."

한바탕 웃으면서도 다친 데가 없는지 확인한 촌장은 몬지로의 눈앞에 손가락으로 집은 것을 들이밀었다.

"자, 뭔지 알겠니?"

물론 알고 있다. 가자마이다. 사람 모양을 하고는 있지만 가운데가 찢어져 버렸다. 촌장이 손가락으로 누르고 있지 않으면 바람에 당장이라도 두 조각으로 찢어져 버릴 것 같다.

"덤불 안에 걸려 있었나요?"

"그래. 미쓰루기야마 산을 향해서 불어 올라가는 바람을 타고 실려오지."

가자마이를 날리는 액막이는 유타카노쿠니 전역에서 이루어지고 있다. 가자마이는 바다까지 날아가고 산을 지나 몇 개나 되는 마을을 넘고 강을 건넌다. 그러다가 어디엔가 팔랑팔랑 떨어진다. 다만 성하마을과 그 주변에서 날린 가자마이에 한해서는 미쓰루기야마 산으로 빨려드는 강하고 또렷한 바람의 흐름을 타고 종종 여기까지 실려온다고 한다.

"저번 분화로 산의 모양이 바뀌기 전에는 지금 마을 사람들의 집이 있는 부근까지도 몇 장이나 날아왔단다."

거기에 바람이 다니는 길이 있었기 때문이다.

"숲에 떨어지면 무사히 멀쩡한 모양으로 남을 때가 많아. 하지만 돌밭이나 이 앞에 있는 바위밭에 떨어지면 거의 무사하지 못하지."

촌장은 유감스러운 듯이 중얼거리며 주운 가자마이를 회지로 싸서 품에 넣었다.

"이런 가자마이를 주워 주기 위해서라도 순시는 해야 해. 가자마이는 몸에 액을 띠고 있으니 산의 흙으로 돌아가기까지 시간이 걸리거든. 계속 흩어져 있으면 산의 신께도 실례가 되고 가자마이한테도 너무하지 않느냐?"

찢어진 인형은 확실히 몬지로의 눈에도 불쌍해 보였다.

"이것들 하자마무라 마을 사람들도 목숨을 잃으면 이곳의 흙으로 돌아간다. 이곳에는 산의 신의 기가 가득 차 있어서 부처님께 매달리지 않아도 모두 길을 잃지 않고 가야 할 곳으로 갈 수 있지."

촌장은 그렇게 말하고 또 입가에 주름을 지으며 웃었다. 다쓰마쓰가 고개를 끄덕이며 말했다.

"몬지로, 요전에 이것한테 마을의 절은 어디에 있느냐고 물었지? 절은 없어도 돼. 알겠니?"

응, 알았어요——하고 몬지로가 말을 마치기도 전에 세 사람의 뒤쪽, 숲이 끊기는 부분 어디에선가 엉뚱한 비명이 울렸다.

"으악~! 살려 줘요!"

순간 돌아본 몬지로의 눈에 묘한 광경이 들어왔다. 누군가 숲의 경계에 서 있는 나무 꼭대기에서 마치 엉덩이로 실을 토하며 하늘을 나는 거미처럼 허리에 밧줄을 매고 허공에 호를 그리며 부웅 떨어지는 게 아닌가.

"우와아아!"

촌장과 다쓰마쓰도 고함을 지른다. 세 사람의 눈앞에 날아든 사람이 갈색으로 시든 네보소 덤불 속으로 털썩 떨어지고, 조종하던 손길을 잃은 꼭두각시 인형의 실처럼 밧줄도 뒤를 쫓아 떨어졌다.

"나나시!"

"이 멍청이!"

나나시가 몰래 세 사람의 뒤를 쫓아온 것이다. 땅바닥을 걸으면 도저히 세 사람의 걸음을 따라잡을 수 없었겠지만, 소라인 나나시는 숲의 커다란 나무를 타고 가지에서 가지로 건너온 모양이다.

몬지로는 정신없이 덤불에 손을 집어넣어 나나시를 안아 일으켰다. 잔가지가 부러지고 갈색으로 시든 잎이 떨어진다. 보니 잎은 한 장도 제대로 된 모양이 없이 상하거나 부러지거나 작은 구멍이 뚫려 있었다. 바늘비 때문이다. 사람의 목숨까지도 빼앗아버리는, 하늘에서 내려오는 바늘이라는 해악의 증거였다.

다행히 그 높이에서 떨어지고도 멀쩡한 나나시가 전혀 주눅 들지 않은 얼굴로 말했다.

"역시 형이 도다이로 버티고 있지 않으면 생각한 것처럼 날 수가 없네."

다쓰마쓰가 나나시를 업고 일단 서둘러 숲속 나무 그늘로 돌아왔다.

"나나시, 햇빛을 받아서 눈앞이 캄캄해진 게지? 땀을 많이 흘리는구나."

촌장은 무서운 얼굴을 하고 나나시의 얼굴이며 팔다리를 여기저기 쓰다듬었다. "지금은 괜찮아 보여도 뼈가 부러지면 나중에 붓는다."

다쓰마쓰도 서둘러 마을로 돌아가자고 말했다. 그러자 나나시가 입을 삐죽거리며 불만을 표했다. 몬지로도 반쯤은 유감스럽고 반쯤은 나나시 때문에 불안해진 마음이 진정되지 않았다.

"다친 데가 있으면 나을 때까지 산일은 할 수 없어. 나나시가 쉬면 그동안에 몬지로는 다른 허끔을 찾고 말 거다."

나나시를 꾸짖거나 엄포를 놓으며, 촌장과 다쓰마쓰는 몬지로도 몹시 걱정해 주었다. 처음으로 순시에 따라와서 보고 들은 광경에 놀란데다 소동까지 일어났다. 속이 울렁거리지는 않는지. 어딘가 다치지 않았는지. 덤불의 마른 가지에 손가락이나 피부를 베지 않았는지. 걱정하는 모습이 몬지로에게는 조금 야단스럽게 여겨질 정도였다.

하자마무라 마을로 돌아가기 전에 나나시를 찾으러 숲에 들어온 마을 사람들을 만나, 또 웃음을 사기도 하고 혼나기도 했다. 마을에 도착하니 양팔을 쥐어짜다시피 걱정하고 있던 오스가가 몬지로와 나나시의 얼굴을 보자마자 눈물이 글썽글썽해졌다.

"미안해요."

"미안합니다."

몬지로는 잘못하지 않았지만 아무래도 허끔이니 둘이서 실컷 사과하는 처지가 되었다.

몸의 상처를 살핀 후, 몬지로와 나나시는 샘 옆의 씻는 곳으로 가서 몸을 씻었다. 빨래와 목욕을 하는 장소는 이곳으로 정해져 있고, 어른들과 '미아'들이 몇 조로 나뉘어 사용하고 있다. 언제나 시원한 곳이다.

맑은 물 밑바닥에는 작은 자갈이 많이 가라앉아 있다. 나나시가 물가에 쪼그리고 앉아 물을 휘저으며 물고기나 게를 찾는 시늉을 한다.

"떨어지는 나나시를 받아 준 덤불은 야생 네보소래. 앞으로는 송구스러워서 네보소에도 '노후'에도 발을 두고 잘 수 없겠다."

몬지로가 형다운 말을 해 주며 작은 등을 씻어 주고 있자니, 갑자기 나나시가 고개를 틀어 이쪽을 보았다.

"그런 게 네보소라고?"

"응. 촌장님이 그랬어."

"흐음~." 나나시는 요란스럽게 입을 삐죽거렸다.

"그럼 야생 네보소는 그대로 '노후'인 걸까?"

이상한 말을 꺼냈다.

"형은 몰랐어? 그 잎도 가지도, '노후'로 되어 있었어."


"……그때는, 크게 의미가 있는 말이라고 생각하지 않았습니다."

흑백의 방 손님인 성장한 몬지로가 먼 곳을 보는 듯한 눈을 하고 중얼거렸다. 그 눈동자 속에 비치고 있을 추억의 풍경을 도미지로는 떠올려 보았다. 마치 그림을 그릴 때처럼.

──안 돼. 쓸데없는 짓이야.

이제 그리지 않겠다고 결심했는데, 뭘 하고 있는 걸까, 나는.
몬지로의 얼굴을 바라보며 마음을 다잡는다.

"나나시는 아직 어려서 네보소와 '노후'의 차이를 모르는 거겠지, 정도로 생각하고 있었습니다."

"하자마무라 마을에서도 일상생활 속에서 '노후'를 사용하는 일이 있었겠지요?"

"어쨌거나 값이 싸고 약한 종이라서요."

왠지 몬지로의 목소리가 목에 걸리며 낮아졌다. "두메 마을의 생활에서는 쓸 데가 없습니다, 없지만."

마스조 할아버지는 상당히 자주 짐수레에 '노후' 다발을 싣고 돌아왔다고 한다. 어디에 어떤 쓰임새가 있어서 그렇게 많은 양을 사 왔을까.

"이 수수께끼도 당시 이것의 변변치 못한 머리에는 떠오르지 않았지요. 나중에 모든 것이 끝나 버리고 나서 천천히 생각하다 보니 새삼 떠올랐을 뿐이고."

모든 것이 끝나 버리고 나서.

도미지로는 남몰래 긴장했다. 미쓰루기야마 산의 신께서 지켜주시는 하자마무라 마을의 생활이, 왜 어떻게 끝나는 것일까. 몬지로의 이야기가 막바지에 접어들고 있다.

"이것은 두 번 다시 순시에 따라가지 못했습니다."

도미지로의 얼굴을 바라보며 몬지로는 말을 이었다. "그것도 별로 신경 쓰이는 일은 아니었지요. 나나시와 둘이서 산일을 열심히 하고, 벌이가 좋으면 두목님한테도 마을 사람들한테도 칭찬을 받을 수 있고, 밥도 맛있고, 매일매일이 극락 같았으니까요."

어른이 되면 '미아'는 마을에서 나가야 한다. 뭐, 규칙이라면 어쩔 수 없다, 산 아래 마을의 삶도 좋다고 생각하던 언젠가의 자신이 몹시 경솔했다는 생각이 들었다. 어느새 하자마무라 마을은 몬지로에게 유일무이한 고향이 되어 있었던 것이다.

"그것을 깨닫고 나서 겨우 1년 남짓밖에 남지 않았는데 말입니다."

"……몬지로 씨가 하자마무라 마을을 떠나기까지?"

그러자 도미지로의 눈을 똑바로 바라보며,

"아니요. 하자마무라 마을이 없어져 버리기까지" 하고 몬지로는 대답했다. "끝이 시작된 것은, 이제 반년 후면 이것이 열일곱, 나나시는 열셋이 되는 해의 여름이었습니다."

*

그때까지 몬지로와 나나시는 바늘비를 만나지 않았다. 비는커녕 가까운 곳에서 비구름을 본 일조차 없었다.

"느들, 운이 좋은 아이들이야."

그렇게 말한 이는 오스가였지만, 나나시의 강한 운을 알고 있는 다쓰마쓰도 그 의견에 동조했기 때문에 순식간에 마을 사람들이 두 사람을 '부적 허끔'이라고 부르게 되었다.

미쓰루기야마 산과 아래 세상을 오가는 마스조 할아버지는 산 위에서만 비가 적은 게 아니라 지난 몇 년 동안 유타카노쿠니에서 가뭄이 자주 일어나고 있음을 알았을 테지만, 그 이야기를 입 밖에 내어 마을 사람들의 흥을 깎지는 않았다. 할아버지도 몬지로와 나나시를 '부적' 취급해 주었다.

그 무렵에는 아장아장 걸어다니던 하루이치도 고집쟁이로 성장하고, 센조가 새로 데려온 한 쌍의 쌍둥이 아기가 마을 여자들의 마음을 사로잡고 있었다. 유복한 상가에서 태어났지만 보기 드문 남녀 쌍둥이였기 때문에 '동반자살한 남녀의 환생'이라며 꺼려져서 센조가 맡아 데려온 것이다. 그리고 또 두 명, 두 살짜리 여자아이와 네 살짜리 남자아이가 새로 들어와, 어느 쪽이 하루이치와 허꿈이 될지 모든 사람들의 주목을 모으는 중이었다.

'미아'들 중 가장 연장자가 된 몬지로는, 말하자면 맏형이었다. 한 살 아래인 오시즈는 모든 아이들의 손위 누이 역할이고, 네 살 아래인 나나시도 둘째 형다운 자각을 갖게 되어 어린 아이들에게 '나나시 형'이라 불리며 어깨를 으쓱하는 일이 많아졌다.

그러던 어느 날, 몬지로와 나나시는 촌장이 사는 오두막에 불려갔다. 아무 생각 없이 둘이서 얼굴을 내밀었는데 그곳에 두목도 센조도 모여서 기다리고 있어 깜짝 놀랐다.

순간 몬지로는 생각했다. 자신의 앞일에 대해 무언가 말하려는 거라고. 다음 정월이면 열일곱 살이 되니, 이상하지는 않다.

"몬지로, 그렇게 무서운 얼굴 하지 마라." 촌장이 달래는 듯한 말투로 말했다. 센조도 어린아이 같은 둥근 얼굴로 활짝 웃는다.

"자, 둘 다 거기 앉으렴. 배는 고프지 않니? 만주가 있단다."

두목이 만주가 가득 들어 있는 찬합을 내밀어 주었다. 나나시는 몹시 기뻐하며 달려들어 양손에 만주를 움켜쥐고 입 안 가득 집어넣기 시작했다. 마을 여자들이 직접 만든 게 아니라, 새하얀 만주 껍질에 과자가게의 이름이 화인으로 찍혀 있는 만주였다.

"아까 마스조 씨가 돌아오셨지요" 하고 몬지로는 말했다. "이렇게 더운데, 늘 고마운 일입니다. 이것 따위보다 마스조 씨가 훨씬 더 다리가 튼튼하세요."

만주에 넋이 팔린 나나시는 눈치채지 못한 기색이지만 몬지로의 말이 끝나자마자 촌장, 센조, 두목 세 사람 사이에 팽팽한 현 같은 것이 쨍 하고 울리는 듯했다.

곧 촌장이 천천히 입을 열었다.

"실은, 그 마스조의 일로 상의할 게 있어서 두 사람을 부른 거란다."

정확하게는 마스조의 후계 이야기였다.

"몬지로, 느에게 부탁하고 싶다."

말한 사람은 센조였다. 두목은 그 옆에서 팔짱을 낀 채 눈썹을 찌푸리고 있었다.

"몬지로가 짐수레를 끌게 되면 나나시의 허끔을 다시 뽑아야 하는데……."

자신의 이름이 나오자 만주에 정신이 팔려 있던 나나시가 "우웅?" 하고 목구멍이 막힌 것 같은 목소리를 낸다.

"그건 이것이 알아서 하겠네." 두목은 말했다. "도다이 몬지로를 잃는 건 뼈아프지만 마을 전체를 생각하면 마스조 할아버지의 후계가 더 중요해."

"몬지로, 느는 똑똑하고 눈치도 빠르다. 겉모습도 튼튼하고 누구에게나 호감을 사지. 이 마을에 오기 전에 성하마을의 큰 상가에 있었던 경험도 도움이 될 게다." 몰아치듯이 말하던 센조가 나나시를 향해 눈을 가늘게 떴다.

"걱정 마라, 나나시. 형이 없어지는 건 아니야. 오히려 몬지로는 마을 사람들 중 하나가 되는 게다."

몬지로는 당장은 대답을 할 수가 없었다. 목구멍을 막아 버릴 정도의 기쁨이 가슴 밑바닥에서 치밀어 올랐기 때문이다.

마을 사람들 중 하나가 될 수 있다. 산을 내려가지 않아도 된다. 진심으로 고향이라고 생각하는 이 마을에서, 사람들의 삶을 지키고 사람들과 함께 앞으로의 세월을 보낼 수 있다.

그러자 앙금이 묻어 입이 지저분해진 나나시가 멍한 얼굴로 묻는다. "그럼 나나시도 계속 형이랑 같이 있어도 되는 거예요?"

센조가 몸을 내밀며 상냥한 목소리로 말했다. "그건, 나나시가 지금의 형과 같은 나이가 되면 생각해 보자."

"저, 정말로……?"

떨리는 목소리로 간신히 되물은 몬지로 앞에서, 마을의 주축인 세 장로가 말했다.

"정말이다."

"느가 승낙해 준다면."

"부탁해도 되겠니, 몬지로."

몬지로는 말없이 마룻바닥에 이마를 갖다 박을 듯한 기세로 엎드렸다. 그러자 나나시가 딸꾹질을 하면서 "나나시한테도 부탁하세요" 하고 소리를 질러서 세 장로가 웃었다.

결론이 나자 몬지로는 촌장과 함께 곧 마스조를 만나러 갔다. 허리가 깊이 굽은 할아버지는 매우 기뻐하며 두 손으로 몬지로의 손을 잡고는 눈물을 흘렸다. 듣자 하니 제일 먼저 몬지로를 후계로 삼자는 말을 꺼낸 것은 마스조였다고 한다.

"이 할아범도 이제 안심하고 죽을 수 있겠다."

이렇게나 의지해 주고 인정받고 있다고 생각하니, 몬지로는 소라처럼 나무 꼭대기까지 날아오를 것만 같았다.

그로부터 열흘 정도, 몬지로는 마스조가 끄는 짐수레의 뒤를 밀고 성하마을 사이를 몇 번이나 오가며 마스조가 물건을 사고파는 거래처 상가를 돌았다. 야마와타리 새의 보물을 사들여 주는 도매상에는 특히 공들여 인사를 했다.

어디에 가도 마스조가 꾸벅꾸벅 머리를 숙여서 몬지로는 거북했다. 계속 행동을 함께하고 있으니 그가 얼마나 늙고 쇠한 상태인지 분명히 알 수 있어서 견딜 수가 없었다. 지금까지 모두들 마스조에게 지나치게 의지하고 있었다는 사실을 깨달았다.

열흘째의 해 질 녘, 찾아가야 하는 마지막 가게를 돌고 나서 마스조는 성의 부정문 쪽으로 발길을 향했다. 빈 짐수레는 가벼워서 바퀴가 덜컹거리며 튀어올랐다.

성의 뒤쪽, 바깥 해자에 걸려 있는 돌다리 앞에서 마스조는 걸음을 멈추었다. 서녘 해가 강렬하다. 천수각을 장식하는 한 쌍의 봉황상에도 빛이 튕기고 있다.

"지금의 느가 시작된 곳이다. 여기서 헤어지자꾸나. 이것은 가마."

그렇게 말하며 마스조가 짐수레를 잡고 있던 손을 놓았다. 몬지로는 땀투성이인데, 마스조의 주름투성이 얼굴과 목에는 땀이 한 방울도 보이지 않는다. 아아, 땀도 말라 버릴 정도로 늙은 것이다.

"하, 하지만 어떻게 하시려고요? 어디로 가는데요?"

"집으로 돌아갈 거야."

너무 놀라서 몬지로는 목소리도 나오지 않았다. 마스조의 집이라니. 하자마무라 마을이 아니었어?

"나는 본래 성하마을에서 태어났단다. 생가는, 지금은 현손玄孫 손자의 손자이 물려받았지."

거기에서 남은 생을 보낼 거라고 했다.

"하자마무라 마을에 들어갈 때 약속해 두었거든. 하기야 나는 이제 그리 오래 살지는 못할 게다. 심장이 약해질 대로 약해져서 잠든 사이에 숨이 멈춰 버리겠지."

어째서 그런 말을 태연하게 하는 걸까.

"느는 생가가 없지. 내 뒤를 물려받으면 여기저기 있는 가게와 거래를 해 나가면서 나이를 먹고 마을을 떠난 후에 의탁할 수 있는 곳을 열심히 만들어 두렴. 마을에 있으면 사람인 여자는 아내로 맞이할 수 없으니까."

응? 뭐라고? 할아버지, 지금 이상한 말을 하지 않았나?

어디부터 어떻게 물어야 할지 망설이고 있는 사이에 마스조는 몬지로의 의문을 막듯이 이어서 말했다.

"하자마무라 마을에는 나나 느 같은 사람이 필요해. 사람들을 위해서 도움이 되어 주렴. 느한테도 복은 많을 테니까."

"그 이상은 아무것도 가르쳐 주지 않고 마스조 씨는 가 버렸지요."

몬지로가 진심으로 쫓아가면 쫓아갈 수 있었겠지만, 텅 비어 있다고는 해도 짐수레를 두고 갈 수는 없었다.

"게다가 이쪽을 향한 마스조 씨의 등에는 뭔가…… 아무 말도 할 수 없게 만드는 엄숙함이 있었습니다."

결국 몬지로는 혼자서 하자마무라 마을로 돌아갔다.

"이날을 경계로 드디어 혼자서 마을과 아래 세상을 오가게 되었습니다."

젊고 체력이 있고, 사고파는 거래는 마스조가 오랜 세월 쌓아 올린 연줄을 더듬어 가기만 하면 된다. 만에 하나 말썽이 생기면 혼자서 끌어안지 않고 촌장에게 상의한다. 하나도 어렵지 않다. 성하마을에 가게 되니 그리운 종이 도매상에도 들를 기회가 생겨서,

"그 하녀 우두머리 아주머니한테 잘 자랐다고 칭찬을 받았습니

다.”

──역시, 느는 하자마무라 마을에 가길 잘했어.

“아주머니 입장에서는 말할 수 없었겠지만, 종이 도매상은 나리가 병으로 쓰러지시고 살림살이가 빠듯해졌다고 얼핏 듣기도 해서요.”

이제 ‘미아’를 맡아 줄 정도의 여유는 없고 고용살이 일꾼의 수도 줄었다고.

“이것도 만일 종이 도매상에 남아 있었다면 안타깝게도 일자리와 먹을 것, 입을 것을 잃는 처지가 됐을 뿐일지도 모르지요.”

세상은 살아가기 힘들다. 야마와타리의 보물만 있으면 풍요롭게 살아갈 수 있는 하자마무라 마을은 역시 극락에 가까운 특별한 곳이다.

“그렇게 생각하니 더욱더 자신이 얼마나 행복한지 강하게 곱씹게 되어 마을을 떠나자는 생각은 꿈에도 하지 않았습니다.”

언젠가 마스조처럼 나이를 먹어 역할을 다할 수 없게 되면, 숲에서 조용히 죽자. 누군가에게 부탁해 묻어 달라고 하자.

“이것이라는 도다이가 갑자기 사라져서 나나시한테는 미안한 일이 되었지만, 새로운 허끔이 정해질 때까지는 두목님이 도다이를 맡아 주셨어요.”

몬지로와 두목은 연차가 다르다. 나나시는 하늘 저편까지 날아갈 수 있을 듯한 소라가 되어 그쪽은 그쪽대로 만족스러워했다.

하지만 즐겁고 바쁘게 지낸 여름날을 돌이켜보면 훗날 일어날

참사의 흉조凶兆 같은 일이 몇 가지 있었다.

"숲속의 샘물이 솟아오르는 장소가 바뀌거나, 어떤 날은 샘물
이 묘하게 따뜻하게 느껴지곤 했던 것. 지렁이 떼가 땅에 나와 죽
어 있었던 것⋯⋯."

몬지로가 험악한 표정으로 눈을 가늘게 뜨며 말했다.

"그리고 오시즈가 갑자기 잠꼬대 같은 말을 꺼냈습니다."

몬지로에게는 누이동생뻘, '미아'들에게는 의지할 수 있는 손위
누이가 되어 주던 아이다.

"류류테이로 시집간 오미야와 마찬가지로 산일은 하지 않고 아
이들을 보살펴 주었습니다. 매일 부지런히 일하며 늘 웃는 얼굴
이었는데."

——몬지로 오라버니는 이제 마을을 나가지 않아도 되겠네. 하
지만 정말로 괜찮겠어?

사 온 물건들을 분류하다가 단둘이 있게 되었을 때 목소리를
낮추며 그렇게 물어서 놀랐다.

"당연히 괜찮다고 대답했더니 오시즈는 몹시 실망한 듯한 얼굴
을 했습니다."

——전에는 언젠가 성하마을로 돌아갈 거라고 했잖아. 그래서
몬지로 오라버니가 산을 내려갈 때 이것도 함께 따라가서 몬지로
오라버니의 색시로 삼아 달라고 말할 생각이었는데.

"이것에게는 정말로 잠꼬대로밖에 여겨지지 않았습니다. 오시
즈를 그런 눈으로 본 적은 없었거든요."

당사자인 오시즈도 몬지로에게 마음이 전혀 없다는 기색을 느낀 모양이다. 악담을 하는 듯한 기세로 지껄여 댔다.

——사람들이랑 다투고 싶지 않아서 잠자코 있었지만, 이것은 말이지, 어디에서 굴러먹던 말 뼈다귀인지도 모르는 미아들과 달라. 성하마을의 오래된 신관 집안의 피를 물려받았다고. 아버지가 후계 다툼에서 지는 바람에 집도 재산도 잃은 채 뿔뿔이 흩어지고 말았을 뿐이야.

——그래서 이것에게는 나름의 지혜도 있고 눈치도 있어. 이 마을은 사람이 사는 곳이 아니야. 오래 있어선 안 돼. 받을 것을 받고 나면 얼른 떠나서 잊어버리는 게 좋다고.

대체 무슨 말을 지껄이는 걸까. 화가 나기보다는 어이가 없어서 멍하니 있는 몬지로에게 오시즈는 동정하는 듯한 눈빛을 보내며 내뱉었다.

——이것은 달거리가 시작되어서 벌써 부정해졌어. 좋은 곳이 정해지면 뒤도 안 돌아보고 나갈 거야. 몬지로 오라버니가 언젠가 크게 후회하면서 이것한테 매달리면 그때 이야기 정도는 들어줄게.

"그리고 발밑에 침을 뱉는 시늉을 하며 가 버렸습니다."

이후로 오시즈는 두 번 다시 몬지로와 단둘이 있으려고 하지 않고 눈을 마주치는 것조차 피하게 되었다.

"오시즈가 신관 가문의 지혜로 눈치챈 것이 무엇인지, 물론 신경이 쓰였기 때문에 꼭 물어보려고 했는데."

기회를 붙잡기도 전에 하자무마라 마을이 끝나는 날이 찾아오고 말았다.

"무슨 일이 일어났을지, 짐작이 가십니까?"

몬지로의 물음에 도미지로는 생각했다. 가슴속에서 심장이 불온하게 술렁거린다.

"지금까지의 이야기로 보아……."

미쓰루기야마 산의 크게 깎인 산.

"두려워하고 있던 분화가 시작된 것일까요?"

몬지로는 도미지로를 똑바로 응시했다. 그리고 대답했다. "분화가 아닙니다."

대분화였다.


처음에는 여름 끝물의 소나기구름처럼 보였다. 아침부터 엄청 요란한 구름이네, 하고 생각했지만.

아니었다. 미쓰루기야마 산의 도신刀身 같은 산꼭대기까지 뿜어져 올라가는 새하얗고 뜨거운 증기. 그 안쪽에 수많은 불똥이 춤추고, 이윽고 산자락 쪽에서 분진으로 이루어진 굵은 띠가 피어올라 전체를 짙은 회색으로 물들여 간다.

숲이 흔들렸다. 처음의 땅울림은 멀고, 거의 환청 같았다. 다음 땅울림은 땅속을 달리는 벼락처럼 귀보다도 먼저 발바닥에 떨림으로 전해져 왔다.

몬지로는 성하마을로 갈 준비를 하며 짐수레를 손질하고 있었다. 바퀴가 덜컹덜컹 울리는 소리에 깜짝 놀라 몸을 일으키자, 마을 사람들의 집 쪽에서 놀란 웅성거림과 두려워하는 아이들의 울음소리가 들려왔다.

곧 산이 불을 뿜는다. 이곳에 있으면 위험하다. 숲속을 지나 어쨌든 조금이라도 떨어진 곳으로 도망쳐야 한다.

"용암이 어느 쪽으로 흐를지 알 수 없지만, 옛날의 분화 때처럼 저쪽으로 가 준다면 이쪽은 살 수 있다."

촌장이 사람들에게 차근차근 말하고, 두목이 채비하는 방법을 가르친다. 소매가 있는 옷을 겹쳐 입어라. 짚신에 각반을 차고 모모히키를 입어라. 가능한 한 맨살을 내놓지 마라. 입가에 손수건을 감아라. 머리를 지킬 수 있도록 냄비든 그릇이든 무엇이든 좋으니 뒤집어써라.

"용암이 오지 않아도 화산탄은 날아온다. 조심, 또 조심해라."

그 말이 끝나기도 전에 귀가 멀 듯한 울림 소리와 함께 미쓰루기야마 산의 도신 밑부분에서 검은 연기와 용암이 뿜어져 올라왔다.

"이거 큰일이구나." 원래 하얀 센조의 얼굴이 더욱 하얘졌다. "다들 도망치자. 나를 따라오너라."

아이들을 지키면서 숲을 빠져나가는 사람들의 등을 바라보며, 몬지로는 두목과 둘이서 그 자리에 남았다. 앞으로의 생활에 보탬이 될 만한 것을 가능한 한 가지고 나갈 작정이었다.

두목은 몬지로의 머리에 손잡이가 없는 질냄비를 씌워 주었다.

"웃을 일이 아니다. 죽어도 이걸 떨어뜨리지 마."

둘이서 분담하여 마을 안을 돌며 당장 먹을 것이나 아이들의 갈아입을 옷 등을 안고 와서 짐수레에 실었다. 그러고 있는 동안에도 미쓰루기야마 산에서 날아오는 크고 작은 바위 조각이나 연기로 된 꼬리를 끄는 화산탄이 마을 여기저기에 떨어진다. 간소한 오두막 지붕에는 구멍이 뚫리고 땅에는 흙먼지가 피어오른다.

저것에 맞으면 죽는다. 몬지로는 죽을 둥 살 둥 뛰어다녔다. 생각나는 대로 전부 긁어모았다. 그러다가 문득 몸 씻는 샘에 물통으로 사용하는 죽통을 놔뒀다는 사실을 떠올렸다. 오늘 아침에 오스가와 오시즈가 마을 사람들의 수만큼 씻어 놓은 물통이다.

몬지로는 몸 씻는 곳으로 달려갔다. 도중에 큰 땅울림을 느끼고 쪼그려 앉으니, 마을 반대쪽의 출구에 가까운 곳에서 쏴아아 아아아 하고 무언가 무너지는 엄청난 소리가 났다. 그 부근의 나무가 부러지면서 쓸려 간다.

땅울림으로 지면이 무너져 버린 것이다. 아니면 깊은 땅속 암반이 갈라져 어긋난 걸까. 아아, 이건 잠시 도망쳐서 숨어 있으면 지나가는 수준의 재앙이 아니다. 몬지로는 공포로 몸이 타들어 가는 듯했다. 온몸에 소름이 돋았다.

붕.

커다란 물체가 하늘을 스치고 날아와, 몬지로가 가려는 길의 오른쪽 오두막 지붕을 뚫었다. 오두막 안에는 단지가 몇 개나 놓여 있다. 마을 어른들이 연회 때마다 마시는 하얀 탁주를 빚는 단지다.

붕.

다음으로 날아온 것은 몬지로의 시야를 스칠 때 그림자를 드리웠다. 크다! 순간 옆으로 뛰어 피하며 몸을 숙였다. 머리에 뒤집어쓴 질냄비 속으로 들어가 버리고 싶다──고 생각하는 몬지로의 눈앞에서, 한아름이나 될 듯한 커다란 바위 조각으로 술 빚는 오두막은 일격에 반파되었다. 기둥이며 판자벽이 부러지고 깨지고, 그 뒤를 이어 단지가 깨지는 소리가 울려 왔다.

부서져 가는 술 빚는 오두막에 이어서 화산탄이 떨어져 내려온다. 가까스로 서 있던 마지막 기둥이 부러지고 바싹 마른 초가지붕의 잔해에서 연기가 솟았다.

불이 나면 큰일이다. 몬지로는 버둥거리며 일어났다. 그때 부서진 오두막에서 몇 줄기나 흘러나오는 탁주를 보았다. 마치 하얀 눈물 줄기 같았는데──.

이 냄새. 맡아 본 적이 있다.

노후를 물에 녹인 냄새다.

종이 도매상에 있었을 때, 장사 지식 중 하나로 대행수에게 배웠다. '노후'는 약해서 찬물이나 더운물에 잘 녹는다. 값은 싸지만 가자마이에 사용되는 복을 부르는 물건이니 소중히 여겨야 한다. 물을 가까이 하지 않도록 조심해라. 비를 맞히지 마라. 순식간에 녹아 버리니까.

──술이 아니었던 건가? 다들 이런 걸 마시고 있었단 말이야?

대체 왜?

의문으로 굳어 있는데 두목이 몬지로의 이름을 부르는 소리가 들리고 곧 모습이 보였다. 낡은 솜옷을 머리에 뒤집어쓰고 있지만 끝이 그을려 있다.

"뭘 하는 거냐. 다친 데는 없고?"

"두목님, 오두막에서 연기가 나고 있어서."

"금방 사방에서 불길이 솟을 거야. 지금은 포기하고 도망치는 게 최선이다."

"주, 죽통을 싣고 가려고요."

"몸 씻는 곳에 있는 거 말인가? 이것이 가마. 느는 먼저 짐수레가 있는 곳으로——."

부우우웅.

재앙이 내뿜는 소리가 날카롭게 울리더니 회색 연기로 뒤덮인 하늘 어디에선가 화산탄이 날아오기 시작했다.

그중 하나가 두목의 단단한 오른쪽 어깨를 스치고 몬지로의 바로 옆을 지나 어딘가로 떨어졌다. 불길한 냄새와 함께 바닥을 뒹구는 검은 연기의 꼬리가 보인다.

두목이 확 불타올랐다.

말 그대로다. 화산탄이 닿은 곳에 엷은 연기가 피어오르고, 눌은 자국이 생기더니, 순식간에 퍼지며, 두목이 사라졌다. 새까맣게 탄 찌꺼기가 팔랑거린다. 이내 불똥이 깜빡거리고, 그걸로 끝.

두목이 있던 곳에 두목이 몸에 걸치고 있던 옷들이 그대로 떨

어져 있다. 머리에 뒤집어쓰고 있던 낡은 솜옷이 제일 위에 있는
채로.

이럴 수가.

사람은 이렇게 불타서 사라지거나 하지 않는다. 머리카락과 피
부뿐만 아니라 피도 살도 뼈도 있으니까.

하지만 사람이 아니라면.

가령 종이라면.

그때 몬지로의 머릿속에는 하나의 답이 떠올라 있었다.

옛날부터 하자마무라 마을에 살고 있는 어른들은 어떤 사람들
일까. 그러고 보니 마을의 어른들은 몬지로나 다른 아이들이 보
고 있는 곳에서 목욕을 한 적이 없다. 밥도 함께 먹은 적이 없다.
아이들이 먼저다, 어른들은 나중에 먹어도 된다며. 그 상냥함에
감탄하고 의아하게 생각하지도 않았지만.

콧구멍이 뜨겁다. 불길이 몇 개나 치솟고 있다. 흐르는 물에 뛰
어든 몬지로는 첨벙첨벙 달려 마을에서 도망쳤다. 미쓰루기야마
산은 노하고, 하늘을 덮은 구름은 거무스름한 기운을 띤 회색으
로 바뀌며 더욱더 짙어지고, 코를 찌르는 이상한 냄새를 띤 열풍
熱風이 산 주위를 몇 줄기나 날아다니며 포효한다. 이윽고 마을 사
람들의 집을 지켜 주던 눈잣나무 고목이 차례차례 불타며 새까맣
게 타 떨어져 갔다.

하자마무라 마을은 끝을 맞았다.

몬지로의 이야기도 담담하게 끝을 향해 간다.

"……물에서 떠나는 게 무서워서, 좌우간 물길을 따라 산을 내려갔습니다. 어떻게 해도 지나갈 수 없는 막다른 곳에 부딪히면 다시 숲속으로 돌아가 물이 있는 곳을 찾아서는 그곳에 숨으며, 이것은 혼자서 헤매고 있었습니다."

먼저 도망친 나나시 일행과는 반나절 넘게 합류할 수 없었다고 한다.

"하늘은 연기로 막히고 해님은 보이지 않아 낮도 밤도 없었지요. 나나시가 끈질기게 이것의 이름을 불러 주지 않았다면 다시는 만나지 못했을 겁니다."

먼저 탈출한 마을 사람들은 미쓰루기야마 산의 도신 자락에 있는 숲에서 완전히 떨어져, 돌밭 같은 경사면을 내려가서 그 너머의 절벽에 있는 바위밭까지 도망친 상태였다. 서로 겹쳐 있는 커다란 바위가 차양처럼 튀어나와 있거나 좁은 동굴을 만들고 있는 곳이다. 재를 머금은 바람은 아직도 불어 내려오지만 화산탄이나 바위 파편은 여기까지 닿지 않는다.

몸을 바싹 붙인 채 서로를 위로하고 격려하던 마을 사람들과 아이들은, 재에 범벅이 되고 상처투성이인 몬지로를 맞아들이며 수고했다고 말해 주었다.

촌장이 "두목은?" 하고 짧게 물어서 "헤어져 버렸어요" 하고 대답하자 오스가가 그를 안으며 등을 토닥인다.

센조와 촌장은 계속 머리를 맞대고 이야기를 나누고 있었다.

어디로 도망칠까. 어디에 의지할까. 대화의 결론을 기다리는 사람들은 모두 겁을 먹은 채 지친 기색이 역력하다. 어린 '미아'들은 배를 곯고 있다. 쌍둥이는 남자아이 쪽이 약하게 울고 여자아이 쪽은 지쳐 잠들어 있었다. 자기도 가벼운 화상을 입었으면서 오시즈가 열심히 아이들을 보살피는 중이다.

자신의 눈으로 본 두목의 최후를 몬지로는 아직 말로 내뱉을 수가 없었다. 가슴속에 깃든 의심과 떠오르는 답을 정리하기도 어려웠다.

"이 재난이 지나가고 나면 센조 씨와 촌장님한테 캐물어 보자. 오스가 씨라도 좋다. 오시즈한테도 더 자세한 이야기를 들어 보자. 어지럽게 생각하고 있는 사이에 이것도 정신이 아득해지고 말아서."

다음에 눈을 떴을 때는 재앙을 마감하는 더 큰 재난이 하늘에서 내리고 있었다.

"비가 내리고 있었습니다."

분화로 생긴 연기와 뜨거운 기운이 비구름을 부른 것이리라.

"바늘 정도가 아닌, 창 같은 엄청난 비였어요. 게다가 바람이 소용돌이치며 불어닥쳐 옆에서 들이치는가 하면 땅바닥에 스칠 듯한 곳에서 비를 뿜어 올려 신고 왔지요."

바위밭의 지면은 암반 위에 옛 분화 때의 용암류와 무시무시하게 쏟아진 화산재 층이 얼룩이 되어 올라가 있다. 즉, 비에 강한 곳과 약한 곳이 있다. 약한 곳은 빗물로 순식간에 가느다란 시냇물이 생기고, 내리면 내릴수록 시냇물의 수도 늘어 간다.

"무서워서 견딜 수가 없었지만 이것은 마을 사람들의 발치를 보았습니다."

짚신을 이중으로 신고 조금이라도 비에 젖지 않은 곳으로 이동하고 불어닥치는 비가 섞인 바람을 피하고, 그래도 숨길 수가 없었다.

"모두, 녹기 시작했어요."

어깨를 바싹 맞대고 공포를 견디는 사람들 사이에서 나야 할 땀 냄새가 아니다. 몬지로가 맡은 냄새는 그 탁주와 같은 냄새——녹은 '노후'의 냄새였다.

"센조 씨의 작고 새하얀 동그란 얼굴이 이것을 바라보고 있었어요. 촌장님의 얇은 입술이 더욱 얇아져서 떨리고 있었고요."

오스가는 바위벽에 달라붙어 있었다. 말 그대로의 의미로 납작하게 달라붙었다.

——도망쳐야 해.

"모두를 질타하는 듯한 큰 소리를 지른 사람은 오시즈였습니다."

——이대로는 안 돼. 다들 도망쳐야 해. 아래에 있는 숲까지 뛰어가자!

이제 알았겠지, 몬지로 오라버니. 오시즈는 우두커니 선 채 움직이지 못하는 몬지로의 팔을 붙잡고 흔들면서 소리쳤다.

——하자마무라 마을의 사람들은, 가자마이의 화신이야!

먼 옛날, 지난번의 분화로 산의 모양이 바뀌기 전까지는 성하마을이나 그 주위에서 바람에 날린 가자마이가 산의 신 슬하인 숲, 눈잣나무가 모여 있는 부근까지 무사히 날아올 때가 있었다.

가자마이들에는 날린 사람의 마음이 담겨 있다. 재앙을 떨치고 복을 비는 소박하고 간절한 마음이 담겨 있다.

그 마음이 가자마이에게 임시로 사람의 모습을 주었다. 그렇게 태어난 것이 센조 씨나 촌장이나 두목 등, 미쓰루기야마 산의 신에게 선택된 하자마무라 마을의 어른들이다.

사람은 아니지만 사람의 마음을 가진 이 화신들은 사람의 피와 살을 갖추고 있지 않다. 그렇기 때문에 불사신이다. 병에도 걸리지 않고, 나이를 먹는 일조차 없다. 각각의 모습은 그 가자마이를 날린 사람의 모습이겠지만 물론 당사자는 이미 죽었다.

좋게도 나쁘게도 하자마무라 마을에 대해서는 소근거리는 소문들이 있었다. 마스조의 거취에서 짐작해 보건대 가자마이의 화신들이 하자마무라 마을의 '시민권'을 얻어 정착하고, 야마와타리가 가져다 주는 보물을 통해 유타카노쿠니의 부를 얻을 수 있게 되기까지──그 구조가 생기기까지는 상응하는 세월이 있었으리라. 성이나 성하마을의 높으신 분들이 장악하고 있었겠지. 어디든 유타카노쿠니의 부를 만들어 내는 비밀을 엄하게 봉인하는 것이 아니라 온화하게 지켜보아 왔다.

화신들은 사람의 더러움을 싫어한다. 하지만 한편으로 몸에 띤 사람의 기운이 없어지면 임시로 얻은 사람의 모습을 유지할 수 없게 되고 만다. 그래서 '미아'들을 거두었다. 좋은 것을 먹이고, 역할을 주고 제대로 가르치고, 성장해 가는 아이들에게서 사람의 기를 흡수하는 대신 언젠가는 재산을 주고 둥지를 떠나는 모습을 지켜본다.

아무것도 모르는 '미아'들이 진실을 깨닫게 해서는 안 된다. 침식을 함께하면서도, 화신들이 물에 약하다는 사실을 들키는 일이 없도록 세세하게 신경을 써 왔다. 나이가 많은 아이를 촌장의 순시에 데려가, 돌밭의 덤불——야생 네보소의 가지나 잎이 바늘비에 상했다고 알려 주는 이유도, 있지도 않은 바늘비의 인상을 그럴듯하게 만들어 내기 위해서였다. 물론 그 덤불은 사전에 꾸며둔 가짜에 지나지 않는다.

그때 나나시가 천진하게,

——그 잎도 가지도 '노후'로 되어 있었어.

라고 말한 까닭은 착각도 착시도 아니고 본 그대로의 진실을 말한 것이었다.

거짓말이다. 가짜다. 하지만 악의는 없다.

이상하기는 하지만 누구에게도 해를 주지 않는다. 무엇 하나 나쁜 것은 없다.

그런 비밀이, 분화와 큰 비에 의해 부서져 간다.

"키가 큰 촌장님의 몸에 비가 스며 흐느적거리며 흔들리고 있었습니다."

몬지로는 속삭이듯이 말하고 눈을 내리깔았다.

"몸이 작은 센조 씨는 이미 모습을 알아볼 수 없게 되어 있었어요."

──몬지로, 미아 아이들을 데리고 도망쳐라.

"촌장님이 '건강하렴' 하고," 몬지로가 손으로 눈가를 덮으며 말했다. "이것에게 웃음을 지어 주었을 때, 생각났다는 듯이 커다란 땅울림이 나고 발밑이 무너졌습니다."

흙모래에 삼켜지고, 절벽에서 밀려 쓸려간다. 몬지로는 필사적으로 저항하며 움켜쥘 수 있는 튀어나온 곳을 찾았다. 바로 옆에서 나나시가 떠내려간다. 몬지로가 다리를 내밀자 나나시가 붙들었다.

"죽어도 놓지 마!"

다른 미아들의 비명이나 울음소리에 몬지로는 이를 악물었다. 어른들의 목소리도 띄엄띄엄 들렸다. 하자마무라 마을 사람들은 어떻게든 미아들을 산사태 속에서 끌어내어 안전한 곳으로 밀어 올리고, 자신들은 차례차례 휩쓸려 갔다──아니, 비와 토석류에 녹아 사라져 간다.

몬지로와 나나시 옆을, 오스가였던 것의 잔해가 스치고 갔다. 얼굴의 절반과 한쪽 눈이 두 사람을 달래듯이 희미한 웃음을 띤 채.

그때 머리 위에서 오시즈가 떠내려왔다. 쌍둥이 중 여자아이를 껴안고 있다.

"오시즈, 이것의 머리로 올라가!"

몬지로가 토석류 속에서 외치자 오시즈가 아기와 함께 쑥 끌어 올려졌다.

다쓰마쓰다. 오시즈와 아기를 구해 주었다! 하지만 그러는 동안에도 잘생긴 얼굴에, 몸에, 쏟아지는 비가 수많은 구멍을 뚫어 간다.

비가 바늘인 것이 아니었다.

마을 사람들이 종이였다.

다쓰마쓰는 구멍투성이가 되어 힘없이 한가운데에서 부러지고 끝에서부터 녹고, 입고 있던 작업복과 모모히키만이 토석류에 삼켜져 갔다.

나나시와 둘이서 어떻게든 바위밭으로 기어 올라가 보니, 몬지로의 오른팔에는 푹 팬 듯한 상처가 생겨 있었다. 곧 오른팔을 잃는 원인이 되는 끔찍한 상처였지만,

"그때는 아프다고도 느끼지 않았습니다."

몬지로는 거기에서 갑자기 말을 끊고 도미지로 쪽을 들여다보았다.

"──저기, 괜찮으십니까?"

도미지로는 손으로 얼굴을 덮고 있었다. 뜨거운 눈물로 젖은 눈꺼풀 속에 여러 정경이 떠오른다. 사람은 아니지만 사람의 마음을 가진 화신들. 그 눈에 깃든 웃음과 눈물. 그 존엄함, 그 다정함. 그것은 분명히 '생명'이었다.

──그리고 싶다.

나는 역시 그림을 그리고 싶다. 이런 것을 그리고 싶다. 도미지로는 지금 흑백의 방에 앉아, 도도히 흘러넘친 그 마음에 삼켜지고 있다.

젖은 수건이 가볍게 얼굴에 닿은 순간, 수건보다도 흐늘흐늘한 정체를 드러내고 만 오스가. 친절하고 부지런하고, 아이들에게 사랑받았던 인형의 화신. 그 밝게 웃는 얼굴을 그리고 싶다. '노후'를 녹인 하얀 탁주 같은 것을 나누어 마시고, 야마와타리에서 얻는 보물에 대해 자랑스럽게 이야기하고, 허꿈과 서로를 치하하며 산일을 하는 남자들. 그 즐거운 한때를 그리고 싶다.

나는 그리고 싶다. 붓을 버리고 싶지 않다.

"으음, 저기, 미시마야의 도미지로 씨. 그렇게 울지 마십시오."

몬지로의 곤란한 듯한 목소리에 도미지로는 간신히 얼굴을 들었다. 아직 눈물은 멈추지 않는다. 하지만 이때, 자신의 등에 올려져 있던 눈에 보이지 않는 커다란 짐을 시원하게 뒤로 내던진 듯한 기분이 들었다. 그것이 어딘가로 날아가는 우스꽝스럽고 가벼운 소리를, 분명히 들었다고 생각했다.

편집자
후        기

## "당신이 지금 읽고 있는 책 위에 묘한 기운이 서려 있소……."

미국의 심리학자 로버트 플루치크에 따르면 인간에게는 8가지 기본 감정이 있다고 합니다. 기쁨, 공감, 기대라는 3가지 긍정적인 감정과, 슬픔, 분노, 혐오, 공포, 놀람이라는 5가지 부정적인 감정이 그것이죠. 후자 쪽이 더 발달한 까닭은 위험을 피해 살아남기 위한 필수적 역할을 수행하기 때문입니다. 미야베 미유키 작가가 이런 말을 한 적이 있지요. 호러라는 장르에는 죽음을 의사체험하게 함으로써 일상의 빛남을 거꾸로 조명하는 효과가 있다고. 부모 자식간의 애틋한 정을 소설에서 그대로 묘사하면 듣는 사람이 머쓱해질 수 있지만 그걸 잃어버리거나 위협받는 상황을 그리면 얼마나 소중한가를 비로소 떠올릴 수 있다면서. 뿐만 아니라 다음과 같은 효과도 있다더군요.

1) 가슴을 두근거리게 함으로써 혈액순환 개선.

2) 그로 인해 흥분도가 증가하여 칼로리 소비.

3) 덕분에 자연스러운 다이어트가 추구된다고 할까.

4) 읽고 있으면 현재 생활의 불안감이 줄어듦.

5) 어지간한 실제적 공포에 면역력도 생깁니다.

6) 끝나면 '아아 이 무서운 걸 다 참아냈다'는 성취감.

그러니 호러라는 장르는 지속적으로, 아니 가끔 한 번씩이라도 들여다볼 필요가 있다고 생각합니다. 미야베 미유키의 괴담집을 여름에 내는 이유도 그래서니까요. 이번에도 역시 어른의 여름방학에 어울리는 이야기입니다.

비극적인 일을 당한 소녀의 원한과 집념이 만든 가족을 지키는 인형, 누구든 원하기만 하면 자유자재로 걸작을 그려낼 수 있는 마성의 붓, 정체를 짐작하기 힘든 이들이 사는 마을에서 자란 소년의 이야기가 담긴 『청과 부동명왕』은 2021년 8월부터 2022년 7월까지 일간지에 연재되었습니다. 코로나가 맹위를 떨치던 시기라 마음이 불안했던 작가는 잠에서 깨도 기억에 또렷이 남는 꿈을 꾸는 일이 잦았는데, 하루는 밭에서 줄무늬가 있는 호박 같은 것이 나오는 꿈을 꿨답니다. 둥글고 줄무늬가 있는 오래된 불상 같기도 하고 멧돼지 새끼와도 닮았다고 생각하면서 표제작인 「청과 부동명왕」을 써내려갔다고 하네요.

여자를 함부로 대하는 나쁜 버릇이 있는 도매상의 대행수에게 속아 아기를 가지게 된 오나쓰는, 자신의 어리석음 때문에 죽고 만 아기와 무엇 하나 나쁜 짓을 하지도 않았는데 저세상에 가서도 멸시당하는 이모를 향한 가족의 시선에 환멸을 느끼고 집을 뛰쳐나옵니다. 그리하여 자리를 잡은 곳은 아무도 살지 않아 황폐해진 동천암으로 농작물이 자라지 않는 그 땅에 울외(청과)를 심으며 삶의 터전을 가꿔나가지요. 이후 아이를 갖지 못해 쫓겨난 여자, 자식을 잃은 죄를 뒤집어쓰고 이혼당한 여자, 심한 시집살이에 소처럼 부려먹히다 도망친 여자, 살던 곳에서 쫓겨나고 죽어서도 들어갈 무덤조차 없는 여자, 갈 곳 없고 의지할 곳 없는 여자들이 모여 드는데『청과 부동명왕』출간 직후 미야베 미유키 작가는 잡지《다빈치》와의 인터뷰에서 이렇게 얘기한 바 있습니다.

"에도 시대에 관해 공부할 때마다 부당한 사회 규범에서 벗어난 여성들이 살아간다는 게 얼마나 힘든 일이었을지 절감하곤 합니다. 그래서 이번에는 연대하는 여성들의 모습을 그리고 싶었어요. 현실에서는 일이 '이렇게' 쉽게 진행되지 않지만 '이렇게' 되었으면 좋겠다는 바람을 담아 써내려갔습니다."

흥미로운 점은 동천암에서 제각각의 삶을 가꾸며 경제적 독립을 획득한 여성들이 오치카의 출산을 위해 힘을 빌려주었다는 겁니다. 이 이야기는 마치 "충분한 재력을 획득한 후에 결혼하고 또 분만해야 한다"고 주장한 작가 요사노 아키코와 "임신과 출산은 개인적인 일이 아니기 때문에 국가가 적극적으로 모성을 보호해야 한다"고 주장한 여성 운동가 히라쓰카 라이초의 논쟁을 떠올리게 하는 구석이 있어요. 촉발된 지 100년이 흐른 지금까지도 정답을 찾지 못한 논쟁을, 저출산 시대를 맞아 미야베 미유키가 소설을 통해 '무엇이 문제인지' 환기시키려던 게 아니었을까 ("아이는 보물이다. 이 세상이라는 밭의 고귀한 열매다. 고맙다, 고맙다, 우린보 님, 정말 고맙습니다.") 하는 생각도 해봅니다.

두 번째 이야기 「단단 인형」은 우화적인 분위기를 풍긴 표제작과 다르게 상당히 무섭습니다. 그야말로 시골호러田舎ホラ─ 각 지방의 다양한 풍습과 전설을 모티브로 한다는 뜻라고 할까. 된장을 만드는 마을을 방문한 몬이치는 마을 사람들이 탐관오리에게 끌려가 학대받고 죽임을 당

하는 장면을 목격합니다. 막부의 눈길이 닿지 않는 영지 내에서 벌어지는 다이칸의 악행은 다양하고 기록으로 남은 사례도 충분하기에 각종 영화나 드라마, 소설로 만들어져 왔지요. 픽션에서는 대체로 절대적인 구원자가 나타나거나 몹쓸 짓을 당한 당사자가 직접 복수를 행하는 형태로 전개되는 경우가 많습니다. 하지만 미야베 미유키는 지금까지 목도해 온 전개와는 다른 형태의 결말을 제시해보고 싶었던 모양이에요. 「청과 부동명왕」과 「단단 인형」에서는 이런저런 곤란에 직면하고 불합리한 일을 당하면서도 강하게 넘어서는 여성이 그려져 있는데 이에 대해 작가는 다음과 같이 술회하더군요.

"사실 쓰는 동안에는 의식하지 않았어요. 한데 돌아보니, 예를 들어 「단단 인형」의 경우 목숨을 잃을 수도 있는 위험한 상황을 만나서도 계속해서 곧은 마음을 지킨 '오빈'과 같이 유연하고 강한 여성이 등장해 있더군요. 시대상이 반영된 것이겠죠."

이어지는 두 편은 도미지로의 성장에 관한 이야기입니다. 느긋하고 밝은 성격인데다 미래에 대해 확실하게 생각하지 않았던 도미지로지만 오치카가 시집을 가서 목숨을 걸고 출산을 하여 ("출산은 목숨을 거는 일이다. 너, 지금부터 오치카가 얼마나 힘든 일을 하려는 건지 알고는 있는 게야?") 어머니가 되는 것을 계기로 앞으로의 인생을 진지하게 고민하게 되지요. 동경하던 화가의 길을 갈 것인가, 아니면 아버지나 형처럼 장사꾼이 될 것인가. 「자재의 붓」과 「바늘비가 내리는 마을」은 도미지로가 자신의 인생이 나아갈 길을 결단하는 에피소드로 꽤 오래 전부터 준비해 왔다고 합니다.

"오치카가 행복을 얻고, 도미지로도 드디어 자신의 미래를 진지하게 마주해야 할 때가 왔어요. 태평하게 살아온 청년이 하고 싶은 것과 현실 사이에서 흔들리는 모습, 현대를 살아가는 독자들에게도 충분히 공감할 수 있는 고민이라고 생각합니다. 붓에 얽힌 괴담과 기이한 마을의 삶을 그린 이야기는 오래전부터 준비해 두었습니다. 특히 이야기의 결말에 공을 들였어요. 원래는 본편이 끝나면 하녀 오카쓰가 나와서 도미지로와 이런저런 이야기를 나누는데, 이번에는 다른 형식이 어울린다고 생각했어요. 지금까지와 다른 대목도 눈여겨봐 주시면 좋겠습니다."

이렇게 미시마야 변조괴담 시리즈 9권을 마무리하며 세어보니 미야베 미유키 작가가 쓴 괴담은 모두 40(부록『면영귀』 포함)편이네요. 그중에서 베스트라면 저는 (1) 기치장치 저택,『피리술사』(2) 식객 히다루가미,『삼귀』(3) 암수(구로스케),『안주』(4) 주사위와 등에,『삼가 이와 같이 아뢰옵니다』(5) 구로타케 어신화 저택,『눈물점』을 꼽겠습니다. 당신의 베스트가 무엇인지도 궁금한데 99번째 이야기에 마침표가 찍히는 그날, 다함께 (어디까지나 비유적인 의미로) 머리를 맞대고 무엇이 제일 좋았는지 얘기해보아요. 그때까지 건강하시길. 저도 지치지 않도록 힘닿는 데까지 최선을 다할게요. 끝으로 미시마야의 앞날에 대한 미야베 미유키 작가의 인터뷰를 전하며 마치도록 하겠습니다.

"제 건강을 걱정해 주시는 독자분들이 많은데 아직은 괜찮습니다. 게다가 미시마야 시리즈에서 해보고 싶은 것이 잔뜩 남아 있으니까 말이죠. 언젠가 쓰고 싶은 것은 구로사와 아키라 감독의 〈7인의 사무라이〉나 〈요짐보〉 같은 이야기. 태평성대라고 불리는 에도 시대에도 강도나 산적이 있었을 테니 준비만 잘 하면 쓸 수 있을 것 같습니다. 지금까지 동물을 주인공으로 한 이야기나 본격적인 역사와 관련한 이야기는 자제해 왔는데 앞으로는 에도 시대에 일어난 역사적 사건도 이야기 속에 넣고 싶네요. 이런 상상을 할 때가 가장 즐겁습니다. 시리즈이기 때문에 1년에 한 권씩은 신작을 내놓을 요량이에요. 곧 10번째 책이 나옵니다. 내년에 또 여러분과 만나기를 기대할게요."

2023년 2월부터 《주간 신조》에 연재를 시작하여 이제 슬슬 마무리 단계에 접어든 미시마야 변조괴담 시리즈 10권의 제목이 『고양이의 참배猫の刻参り』라는데. 궁금하네요. 다음 작품에서는 또 무슨 일이 일어날지, 어떤 이야기꾼이 나타나 말을 걸어줄지. "당신이 지금 읽고 있는 책 위에 묘한 기운이 서려 있소……."

삼송 김 사장 드림.

청과 부동명왕

초판 1쇄 발행  2024년 9월 13일

**지은이**   미아베 미유키
**옮긴이**   김소연

**발행편집인**   김홍민 · 최내현
**책임편집**   조미희
**편집**   김하나
**마케터**   마리
**표지디자인**   이혜경디자인
**용지**   한승
**출력**   블루엔
**인쇄 · 제본**   대원

**펴낸곳**   도서출판 북스피어
**출판등록**   2005년 6월 18일 제105-90-91700호
**주소**   (10595) 경기도 고양시 덕양구 동송로 23-28 305동 2201호
**전화**   02) 518-0427
**팩스**   02) 701-0428
**홈페이지**   https://blog.naver.com/hongminkkk
**전자우편**   editor@booksfear.com

ISBN 979-11-92313-57-3 (04830)
ISBN 978-89-91931-29-9 (SET)